ちくま文庫

文読む月日（上）

トルストイ
北御門二郎 訳

筑摩書房

Круг Чтения

by Лев Никола́евич Толсто́й

1908

目次

文読む月日　上

——言葉は神なり

訳者まえがき

『文読む月日』は、編者ビリューコフの言葉どおり、その第一版が一九〇六年ポスレードニク社によって刊行されたあと、さらにさまざまの訂正と補筆による一大改訂が行なわれた第二版が準備され、トルストイ自身一九〇八年にそれに序文を寄せている。この、第一版に対する第二版の優越性は、ビリューコフやトルストイの言葉によって読者も納得していただけると思うが、トルストイがこの第二版の正式刊行を待たずに死んでいったことを思えば、胸が痛む。

幸い私が四十六年前ハルビンのとある古本屋で手に入れた原書が、その第二版であった。私は時折りこの書を手に取って、大好きなカントや孔子の言葉などをパラパラと拾い読みはしたが、ごく最近まで全部を通読したことはなかった。ところが三大長篇その他の翻訳もすみ、ポピュラーな作品の大部分をノートに訳出したあと、ある晴れた日、突然この書が私の心を惹《ひ》き、丹念にページを追って読み進むうちに、旺然《おうぜん》と翻訳意欲が湧《わ》いた。さらに新しいトルストイ、さらに深いトルストイをそこに発見した思いだったたからである。

結局私は、この書の翻訳に十五カ月の日時をかけた。毎日毎日が古今東西の聖賢との交遊であったこの十五カ月は、煩悩《ぼんのう》具足の凡夫である私の心を少しは浄《きよ》めてくれたと思うが、何よりもそれは、「ひとり灯《ともしび》のもとに文《ふみ》をひろげて、見ぬ世の人を友とするぞ、こよなう慰《なぐさ》むわざなる」という、『徒然草』第十三段のなかの兼好法師の喜びにも似た喜びと慰めとを私に与えてくれた。

ビリューコフによれば、第一版が刊行されたときも、トルストイは大変喜んで、「自分の著述は時が経《た》つにつれて忘れられるであろうが、この書物だけはきっと人々の記憶に残るにちがいない」と言っていたという。五十有余年のあいだトルストイの著作に親しんできた私は、『文読む月日』のみならずとも、ことごとくの彼の著作が、全人類共有の財産として永遠に読み続けられるであろうことを信じて疑わぬが、とにかくトルストイ自身序文で触れているとおり、最晩年の彼は日々この書に親しんでいたようである。同じくビリューコフによれば、アスターポヴォ駅での臨終《りんじゅう》の数日前、突然彼は枕頭《ちんとう》の娘タチヤーナに頼んで、彼が最近大増補したばかりの『文読む月日』の十月二十八日（トルストイが最後の家出をした日）の条を読んでもらい、「みんないい、みんな簡潔でいい……そうだ、そうだ……」と呟《つぶや》いたという。そのなかのカントの言葉とシラーの言葉を紹介しよう。

「苦悩は活動への拍車《はくしや》である。そしてわれわれは、活動のなかにのみ生命を感ずる」

（カント）

「順境に馴《な》れてはいけない。それはたまゆらに過ぎ去る。持てる者は失うことを学び、幸福な者は、苦しむことを学ぶがよい」

（シラー）

彼のこの人生掉尾《とうび》の大労作、臨終の日の枕頭の書を無視してトルストイは語れない、と言えないだろうか？

私の知るかぎり、この書の全訳は、故原久一郎氏訳で『一日一善』として、一九三五年に岩波書店から、さらに一九三七年に中央公論社から出版されたものだけであるが、それが私のテキストとところどころ食い違っている点から見て、どうやら第一版によったものと思われるし、それに、戦前の政府の検閲によって、殺人、権力、軍隊、戦争といった言葉が至るところで伏字《ふせじ》になっていることを思えば、私の新訳は曲がりなりにもはじめてこの書を、完全なテキストによる完成された形で日本にデビューさせたことになると思う。

実はこの書は、先に私の随筆集『トルストイとの有縁《うえん》』や『トルストイ戯曲集』を出してくれた武蔵野書房の協力のもとに、今回地の塩書房によって刊行されるわけであるが、自分の翻訳を通じて、小さいながらも良心の塊《かたまり》とも言うべき出版社にめぐり逢えたことを天に感謝せざるをえない。

この書の翻訳に取り組んでいるあいだ、私はこの世の憂《う》いをいっさい忘れた。いわば私は、祈禱《きとう》の文句にある、〃病いも悲しみも嘆きもなく、ただ終わりなき命のある国〃の住人だった。そこには時間を超え、空間を超え、因果律を超えた法悦があり涅槃《ねはん》があった。この法悦、この涅槃をなるべく大勢の人々と頒《わ》かち合うことこそ、訳者の切なる願いである。だから私は、トルストイの口吻《こうふん》を真似て、次のように訴えることとしよう。

〃願わくば読者諸子が、日夕この尽きざる思想の泉に汲《く》むことによって、私自身がこの書の翻訳に当たって経験したような、そしてまた最後の訳者校正の過程において経験しつつあるような、崇高にして実り多き感情を経験されんことを！〃

「すべてこの水を飲む者はまた渇《かわ》きを訴えん、されどわが与えんとする水を飲む者は永遠《とこしえ》に渇かず、わが与うる水は、飲む者のなかに湧き出《い》でて、永遠の命に至る水の源とならん」

（「ヨハネ伝」第四章一三―一四節）

一九八三年九月十二日

北御門　二郎

編者の言葉

今回われわれが新たに刊行するこの『文読む月日』は、従前の旧版に比べて次のような長所がある。一九〇六年ポスレードニク社によって『文読む月日』が刊行されたあと、レフ・ニコラエウィチはさまざまの訂正と補充と加筆によって一大改訂を行なった。かくて『文読む月日』の改訂版が一九一一年から一九一二年にかけて、スィチン社によって上梓《じょうし》されたが、それは帝政ロシヤの検閲によって多くの箇所が削除され、歪曲《わいきょく》され、伏字だらけで世に出ることになった。

しかし、全作品を完全な形で保存するため、何部かの伏字《ふせじ》のない校正刷りが作られた。その校正刷りが、モスクワのトルストイ博物館の古文書のなかにあったのである。

本書はその完全な校正刷りによって出版されたものであり、したがって二つのすぐれた特徴を兼備している。すなわち、新たな校訂と、テキストの完璧さがこれである。

一九二二年　ベルリンにて

パーウェル・ビリューコフ

序文

本書はこの私が、数多くの著作や箴言《しんげん》集からさまざまの思想を収録したものである。署名のないものは、著者名の記されていない箴言集から取ったものか、あるいは私自身のものである。

その他の言葉にはみな著者の署名があるが、残念なことにそれを収録する際、それがどんな著作から取られたかを明記しなかった。

また私はしばしば、原書によってでなく、外国語訳から重訳したりしたので、私の翻訳は完全に原書に忠実でない点があるかもしれない。原作と完全には呼応しない箇所の存するもう一つの理由は、長い文章のなかから一つ一つの思想を選びだす際、私は印象の明白性と統一性とを求めて、若干の言葉や命題を省略し、ときにはある言葉を別の言葉に置き換えるばかりでなく、完全に私自身の言葉で表現せざるをえなかったことである。

その理由はほかでもない。私が本書を世に問う目的は、原作者の言葉をそのままオウム返しに翻訳することではなくて、さまざまな著作者の偉大にして実り多き思想の恩恵を受けつつ、なるべく多数の読者によりよき思想と感情とを喚起せしめるような、手ごろな日々の読み物を提供することにあるからである。

願わくば読者諸子が、日夕《にっせき》この書に親しむことによって、私自身がこの書の作成に当たって経験したような、さらには今なお日々これに親しむことによって、またよりよき第二版作成のための精進《しょうじん》の過程において経験しつつあるような、崇高《すうこう》にして実り多き感情を経験されんことを。

一九〇八年三月　ヤースナヤ・ポリャーナにて

レフ・トルストイ

〈本文中、＊を付した箇所は、原書でイタリック体になっている箇所である〉

文読む月日——一月

一月一日

㈠　第二義的なもの、不必要なものを多く知るよりも、真に善《よ》きもの、必要なものを少し知るほうがよい。

㈡　選ばれた小さな文庫のなかに、いかに巨大な富が存在しうることだろう。数千年にわたる世界のあらゆる文明国のなかから選ばれた、最も聡明《そうめい》にして尊き人々の世界が、その研鑽《けんさん》とその叡智《えいち》の所産を、文庫のなかでいとも整然とわれわれに展示してくれているからである。それらの人々自体は姿も見えず、近づきがたい存在であり、またもしわれわれが彼らの孤独を破り、彼らの営為を妨害するならば、彼らはそれを堪《た》えがたいと思うであろうし、あるいは社会的諸条件が彼らとの交流を不可能ならしめる場合もあるであろう。しかしながら、そこには彼らが己《おの》れの最上の友にさえも示さなかった思想が、世紀を隔てた第三者のわれわれに、明瞭な言葉で述べられている。まことにわれわれは、人生における最大の精神的恩恵を書物に負うているのである。（エマスン）

㈢　われわれはもともと反芻《はんすう》動物であって、単に万巻の書を頭に詰め込むだけでは不充分である。もしもわれわれが、その嚥下《えんか》したものをよく反芻し、消化しないならば、書物はわれわれに力と栄養とを与えないであろう。（ロック）

㈣　大勢の著者の著述や、あらゆる種類の書物を読むことによって、頭のなかに混乱と曖昧《あいまい》さが生じないように用心するがよい。もしも有益な何かをそこから引きだしたいと思ったら、疑いもなく価値のある作家の著作だけに親しむべきである。過度の乱読は、頭脳を散漫にする。それゆえ、異論なく良書と認められたものだけを読むがよい。もし、一時的に別種の書物に接したいという気持が生じたとしても、いつかまた必ず以前の読書に帰ることを、けっして忘れないがよい。（セネカ）

㈤　何をおいてもまず、良書を読むことである。でないと、とうとう一生涯読まないで終わることになるだろう。（ソロー）

(六) 自分自身の思想が涸渇《こかつ》したときに、はじめて書物を読むべきである。それはきわめて聡明な人々にも往々起こることなのだ。しかしながら読書によって、未完成ながらも自分自身のものである思想を搔《か》き乱すことは、己れの霊への犯罪行為である。

(ショーペンハウエル)

(七) 文学においても、人生におけると同一の現象が見られる。どちらを向いても至るところにひしめいて、まるで夏の蠅《はえ》のようにすべてのものを汚す、度しがたき俗衆(その数は実におびただしい)にぶつかる。そのために、現に見られるような悪書の氾濫《はんらん》、良き種子の発芽を妨害する文学的毒草の異常な繁殖が生ずるのである。そのような書物は、本来、精選された真に優秀な作品に対してのみ注がるべき時間と金と精神力とを、人々から奪うものである。悪書は単に無益であるのみでなく、断然有害である。世に出る文学書の十中八九までは、騙《だま》されやすい大衆のポケットから少しでも余計に金を引き出そうと思って出版されており、それゆえ著者や出版社や印刷屋はことさら書物を分厚にするのである。一行いくらの売文業者に至っては、より以上に有害で厚顔無恥な欺瞞《ぎまん》を行なっている。くだらぬ文章を並べ立てて一行いくらと受け取るこの日傭《ひやと》い人夫どもは、読者の好尚《こうしょう》を傷つけ、真の教養を滅ぼすものである。これらの害毒に対する対抗手段として、われわれは是非〝読まない術《すべ》〟を学ばねばならない。つまり、別の言葉で言えば、一般に俗受けのするもの、わいわい騒がれるようなものは最初から読まないことである。もっとあっさり言えば、出版された最初の年が、その存在の最後の年となるようないっさいの出版物を唾棄《だき》することである。

しかし、断わっておくけれども、愚者たちのために書く人が、いつも最大の読者層を持つものである。本来人々は、その定められた短く儚《はかな》い一生を、古今東西の第一級の書物に、雲霞《うんか》のごとき劣等な作家たちの上に塔のごとく聳《そび》える天才的作家の作品に親しんで過ごさなければいけないのに。そのような作家のみが、人々を真に教え養うものなのである。悪書は読むことの少なきに失することはありえないし、良書は読むことの多きに失することはない。悪書は、心を曇らす精神的毒物である。衆愚が古今の良書に親しむ術を知らず、そのときの目新しい作品だけに飛びつくため、現在の文士たちはいつも井のなかの蛙《かわず》のように同じテーマを蒸《む》し返し、同じ主張を繰り返しているので、われわれの世紀がその汚醜を脱却する日がなかなか来ないのである。（ショーペンハウエル）

＊(八)　物質的毒物と精神的毒物との差異は、前者の大多数が不快な味を伴うのにひきかえ、新聞とか悪書とかいった精神的毒物は、往々にして魅惑的である点に存する。

一月二日

㈠　最も野蛮な迷信の一つは、現代のいわゆる学者たちの大多数にはびこる、人間は信仰なしに生きられるという迷信である。

㈡　いつ、いかなる時代にも人々は、自分をはじめにこの世にもたらしたものは何者で、またその究極の目的は何かを知りたいと、あるいは少なくともそれについて自分なりに納得するものを持ちたいと渇望してきた。それで、その要求を満たすために、万人を起源を一にする同胞として結合せしめる紐帯《ちゅうたい》を闡明《せんめい》し、かつまた万人の生に共通の課題と共通の究極目的を闡明するために、宗教が現われたのである。

㈢　真の宗教とは、人々が己《おの》れを囲繞《いにょう》する無限の生とのあいだに打ち建てる関係の謂《いい》であり、それが彼の生とこの無限の生とを結び、彼の行為を指導するものである。

㈣　あらゆる宗教の本質は、私はなんのために生きるのか、私を取り囲む無限の世界に対する私の関係は何かという問いに対する答えにのみ存する。きわめて高尚な宗教から、最も野蛮な宗教に至るまで、およそいかなる宗教も、その根底にそのような、己れを囲繞する世界と〝我〟との関係の樹立というものを持たぬものはない。

(五)　宗教は人々の最高最善の教育者であり、最大の啓蒙《けいもう》者であるが、それに反して信仰の外面的現象や政治上の利己的活動は、人類の進歩を妨げる最大の障害である。宗教の本質である神聖にして永遠なるものは、感ずるかぎり、生きているかぎりの万人の心を一様に満たすものなのである。

われわれが探求の歩を進めれば進めるほど、あらゆる偉大な宗教の根本原理が一つであること、開闢《かいびゃく》以来今日まで連綿と続いてきた教えが一をもって貫かれていることが明らかになるであろう。あらゆる信仰の深奥《しんおう》には、唯一永遠の真理の流れがある。ゾロアスター教徒はゾロアスター教の旗を、ユダヤ教徒はユダヤ教の旗を、キリスト教徒は十字架を、回教徒は半月旗を掲げるがいい。しかしながら彼らもみな、そうしたものは単なる外面的目印にすぎなくて、あらゆる宗教の本質的原理は、イエスによっても、パウロによっても、マヌーによっても、ゾロアスターによっても仏陀《ぶつだ》によっても、またまたモーゼによってもソクラテスによってもシラーによってもマホメットによっても、等しく説かれている〝隣人への愛〟であることを忘れてはならない。

（モリス・フリューゲル）

＊㈥　特定の教えを神の啓示ととる（だからそれは神学と呼ばれるのであるが）ことではなくて、われわれのあらゆる義務全般を神の誡《いまし》めととることのなかに、およそ宗教の本質は存在する。

（カント）

㈦　信仰なき人の生活は、禽獣《きんじゅう》の生活と選ぶところがない。

一月三日

㈠　〝わが糧《かて》は、われを遣《つか》わしし者の御旨《みむね》を行ない、その御業《みわざ》を成就《じょうじゅ》せしむるにあり〟とキリストは言った。われわれにもそれぞれ、われを遣わした者の御業を成就せんがための仕事がある。われわれは、神がわれわれを介して果たす御業の全貌を知ることはできない。しかし、その御業に参加するために何をなすべきかは、これを知らずにはいられない。

㈡　われに向かいて〝主よ主よ〟と言う者、ことごとく天国に入るにはあらず、天に在《ま》しますわが父の御旨《みむね》を行なう者のみ入るべし。

（「マタイ伝」第七章二一節）

㈢　燃える力、光を放つ力がないならば、せめて光を消さぬようにするがよい。

㈣　智慧の掟《おきて》を知る者も、これを愛する者に劣る。これを愛する者も、これを実践する者に劣る。（中国の智慧）

㈤　われわれの生涯で最も重要な問題は、自分たちに与えられたこの短い一生のあいだに、われわれは、われわれをこの世に遣わした者が自分たちに望むことを行なっているかどうかということである。われわれは、はたしてそれを行なっているのであろうか？（『タルムード』による）

＊㈥　私は苦しい。だから神に助力を求める。しかしながら私が神に仕えるべきであって、神が私に仕えるべきではない。そのことを思い出せば苦しみも軽減するであろう。

㈦　この地上と天上とのあいだに深淵《しんえん》があるわけではない。神がわれわれに与えたもうたこの住所を、永久に悪と我欲と圧制の支配下にあるべきものと考えることは、神聖冒瀆《ぼうとく》と言わねばならない。地上は単なる贖罪《しょくざい》の場所ではなく、真理と正義をもたらすために努力すべき住所である。そしてその真理と正義への希求は、万人の心に内在するはずである。

（ヨセフ・マッジニ）

(八) いつかはわれわれは天使になれると思っていようと、かつてはナメクジだったと信じていようと、とにかくわれわれは、自分たちに課せられた仕事を誠実に手落ちなく果たすようにしなければならない。

（ジョン・ラスキン）

(九) 人生の目的を一身上の幸福にありと考えるならば、人生は堪《た》えがたい虚妄と化するであろう。しかしながら聖賢が、そしてわれわれの理性、われわれのハートがわれわれに告げるごとく、人生はわれわれをこの世に遣わした者への奉仕であると考えるならば、人生はたちまち絶えざる喜びとなるであろう。

一月四日

(一) われわれはたとえそうしようと思わなくとも、否応なしに世間との結びつきを感ぜざるをえない。産業、商業、芸術、学問、なかんずくわれわれの境遇の同一性、われわれの世界に対する関係の同一性がわれわれを結びつけているのである。

＊㈡　善《よ》き人々は、あえてそのことを意識せぬまま互いに助け合っている。しかしながら悪しき人々は、意識的に互いに敵対行動をとるものである。　（中国の俚諺《りげん》）

㈢　すべての人がそれぞれの重荷を負い、それぞれの欠点を持っている。何人《なんぴと》も他人の助力なしで暮らせるものではない。それゆえわれわれは互いに慰《なぐさ》め合い、話し合い、誡《いまし》め合って助け合わねばならない。　（『聖賢の思想』より）

㈣　世の中は、千人の人間が一緒に働けば、同じ千人がてんでんばらばらに働く場合より、はるかに多くのものを生産できるようになっている。しかしながらそのことから、九百九十九人が一人の奴隷にならねばならないという結論は出てこないはずだ。　（ヘンリー・ジョージ）

㈤　善人は悪人の師であり、悪人は善人が教育すべき生徒にほかならない。自分の師を尊敬しない者も、自分の生徒を愛さない者も、ともに間違っている。　（『老子』）

㈥　人間はみなアダムの子――いわば一つの体の手であり足である。手が苦しめば足も苦しむ。他人の苦しみに冷淡な者は、人間の名に値しない。　（サアディ）

(七) われわれ一人一人の生活は、人類全体の生活と密接に結ばれて進まねばならない。なぜならすべての被造物は協調と合一を求めているからである。自然界においてと同様、精神界においても、いっさいの生命現象のあいだには密接な相互関係がある。

(マルクス・アウレリウス)

(八) およそ開闢《かいびゃく》以来の人類の歴史は、人類の合一に向かっての絶えざる前進の歴史である。その合一は種々様々な方法で達成されるものであり、その合一のために働く人々のみならず、これに抗《あらが》う人々さえも、それに奉仕しているのである。

一月五日

(一) 人々のひしめく建物のなかで誰かが「火事だっ!」と叫ぶ。すると人々は戸口に殺到し、たちまち何十人何百人の死人が出る。

(二) 言葉による害毒は、かくも明白である。しかしながら、われわれがわれわれの言葉によって苦しむ人々を目の前に見ない場合も、その害毒は同様に大きい。銃弾で受けた負傷はまだ治《なお》るけれど、言葉によって与えられた傷は、けっして治らない。

（ペルシャの格言）

㈢　人もし言葉に躓《つまず》きなくば、これまったき人にして、全身に轡《くつわ》をつけうるなり。われら、馬を己《おの》れに従わせんために轡をその口に置くときは、その全身を御しうるなり。また船を見よ。その形は大きく、かつ烈《はげ》しき風に追わるるとも、いと小さき舵《かじ》にて舵取りの欲するままに操るなり。かくのごとく、舌もまた小さきものなれど、その発揮する力、大なり。見よ、いかに小さき火の大なる林を燃やすかを。舌もまた業火《ごうか》なり、不義不正の王なり。

（「ヤコブ書」第三章二～六節）

㈣　人が他人の悪口を言っているのを聞く場合、一緒に相槌《あいづち》を打たぬようにするがよい。悪口が聞こえたら、しまいまで聞かないようにし、聞いたことも忘れるようにするがよい。反対に、人の善行の話は忘れないでいて、みんなに話すがよい。そのようにすれば、われわれはまもなくすっかりそれに馴《な》れて、他人の悪口を聞くと、自分が罵《ののし》られたかのように苦しく感じ、うっかり人の悪口を言ってしまった場合、自分で自分を殴《なぐ》りつけたように痛く感ずるようになるであろう。

（東洋の金言）

(五) 争論には耳を傾けるがよい。しかしその仲間入りはせぬがよい。ほんの些細《ささい》な言葉にも、激昂や短気を交えぬように用心するがよい。いかなる場合も好ましくないが、正しい仕事を行なう場合は、なおさらそうである。なぜなら怒りがその正しい仕事に曇りを与えるからである。

（ゴーゴリ）

(六) われ言えり、「われ舌にて罪を犯さざらんがため、わが往《ゆ》く道を見守らん。不信の者わが前にあるあいだ、わが口に轡《くつわ》をはめん」と。

（「詩篇」第三十九篇一節）

＊(七) 言葉によって人々の心に互いの反感を煽《あお》り、彼らの合一を妨げる人間になってはいけない。

一月六日

(一) 善をなすには努力が必要であるが、悪を行なわぬためには、より以上の努力が必要である。

(二) 聖者の境地に達するためには、何よりもまず自制心が大事である。その自制心はなるべく早くからの習慣になっていなければならない。もし早くからの習慣になっていれば、われわれの善徳を強固なものにするであろう。強固な善徳を身につけた者にとって、打ち克《か》ちえないものは何もない。

（『老子』）

㈢　人々が夢中になって騒ぐもの、それを手に入れるために躍起になって奔走《ほんそう》するもの――そうしたものは、彼らになんらの幸福ももたらさない。奔走しているあいだは、その渇望するもののなかに自分らの幸福があると思っているけれども、それが手に入るや否や、彼らは再びそわそわしはじめ、まだ手に入れていないものを欲しがり、人が持っていれば羨《うら》ましがる。心の平安は、いたずらなる欲望の充足によって生ずるものでなく、反対にそうした欲望の棄却によって生ずるものである。もしもそれが真実であることを確かめたいと思うなら、そうした空しい欲望を満足させるために君が今日まで注いできた努力の半分でいいから、それらの欲望からの脱却に注いでみるがいい。そうしたら君はまもなく、そのことによってはるかに多くの平安と幸福とを獲得できることを発見するであろう。

（エピクテトスによる）

㈣　誘惑に打ち負かされぬ人に光栄あれ！　神は万人を試みたまう。ある人は富によって、ある人は貧困によって。富める者は困窮する者に惜しみなく施すかどうかを、貧しき者はその貧苦を託《かこ》つことなく、恭順な気持で堪《た》え忍ぶかどうかを。（『タルムード』）

㈤　矢のごとく走る馬車にも似た自分の怒りをじっと制する者をこそ、私はよき馭者《ぎよしや》と呼ぶ。そのほかの力なき者は、ただ手綱を握っているだけなのだ。（仏教の教え）

㈥　もしも君が、不快なことがいろいろ重なって、憤怒《ふんぬ》と激昂の発作を感じたならば、急いで自分自身に沈潜し、自制心を失わぬようにするがよい。われわれが意思の力で平安な精神状態に返る術《すべ》を学べば学ぶほど、われわれの裡《うち》の精神を平安に保つ能力が増大する。

＊㈦　君が自分の欲情を制しえないで、何度罪に陥っても、けっして絶望してはならぬ。欲情との闘いを続ければ続けるほど、その力は衰え、それに対する勝利を容易にするものである。

一月七日

㈠　人々に対する善意は人間の義務である。もしも君が善意をもって人に対さないならば、君は最も大事な自分の義務を果たさないことになる。

(二)　たとえどんなに哀れな、滑稽《こっけい》な人間であろうと、すべての人を尊敬しなければならない。どんな人のなかにも、われわれのなかと同様の霊が宿っていることを忘れてはいけない。ある人が、精神的にも肉体的にも嫌悪感を催させるような場合でも、「そうそう、世の中にはこんな変な人間もいるさ、忍耐しなくっちゃ」と考えなくてはいけない。もし、われわれがそういう人たちに嫌悪感を示したならば、まず第一にわれわれは正しく振る舞ったことにならないし、第二にその人たちを死にもの狂いの闘いに誘い込むことになる。たとえ彼がどんな人間でも、自分自身を改造することはできないのだ。彼としては不倶戴天《ふぐたいてん》の仇敵《きゅうてき》として、われわれと闘う以外ないではないか！　それなのにわれわれは、彼が現在のような人間でなくなったら優しくしようといったていたらくである。彼にはそんなことができっこない。それゆえ、どんな人間に対しても、善意をもって接し、その人にできないことを、つまり別人になることを要求しないようにしなければならない。

＊(三)　悪の誘惑に陥っている人に対して、残酷であってはいけない。自分も人から慰《なぐさ》められたいように、君もその人を慰めるようにしなければならない。

（『聖賢の思想』より）

(四)　①　今日なしうることを明日に延ばすな。

②　自分にできることを人にさせるな。

③　傲慢《ごうまん》は衣食住に必要な経費以上に高くつく。

④　どれほどわれわれは、起こるかもしれないというだけで、実際には起きもしなかったことのために悩み苦しんだことであろう。

⑤　もし腹が立ったら、何かをしたり言ったりする前に十まで数えるがいい。それでもまだ心が鎮《しず》まらなかったら百まで、それでもまだなら千まで数えるがいい。

（ジェファーソンによる）

(五)　何人《なんぴと》をも蔑《さげす》むな。隣人に対する悪念や猜疑《さいぎ》の念を絶て。他人の行ないや言葉を常に善意に解せよ。

（『聖賢の思想』より）

(六)　聖者は硬直した心を持たない。聖者は己《おの》れの心を万人の心に適応させる。それゆえ善徳の人には善徳の人として対応し、罪深き人には善徳の可能性を持つ者として対応する。

（東洋の金言）

(七)　聡明で善良な人間ほど、人々のなかに善を認めるものである。　（パスカル）

(八)　優しい心は、いっさいの矛盾を解きほぐす人生の花である。それは紛糾したものを解明し、困難なものを容易にし、陰鬱なものを明るくする。

一週間の読み物

泥棒の子

ある町で陪審《ばいしん》裁判が行なわれた。陪審員のなかには、百姓や貴族や商人がいた。イワン・アキーモウィチ・ベーロフというれっきとした商人が陪審員長だった。みんながこの善良な商人を尊敬していた。商売が非常に正直で、誰も欺《あざむ》かず、勘定をごまかさず、困った人を助けたからである。彼はもう七十に近い老人だった。陪審員たちが集まって宣誓して、それぞれの席につくと、ある百姓の馬を盗んだという廉《かど》で起訴されている男が連れてこられた。いよいよ裁判が始まろうとした途端、イワン・アキーモウィチが起立して、裁判長に向かって言った。

「裁判長殿、お許しください。私は裁判することができません」

裁判長はびっくりして、「それはまたいったいどうしてです?」と言った。

「とにかく、私にはできません。どうか役目を免除してください」

突然イワン・アキーモウィチの声が震えだしたかと思うと、彼は泣きだしてしまった。泣いて泣いて、しばらくは口もきけなかった。が、やがて気を取り直して裁判長に向かって言った。

「裁判長殿、私が裁くことのできないのは、私や私の父がこの泥棒よりずっと悪い人間かもしれないからです。どうして自分と同じような人間を裁くことができましょう。とても駄目です。どうかお暇《いとま》をください」

裁判長はイワン・アキーモウィチをいったん放免し、その晩自分の家へ呼んで「どうして裁判を拒否なさったのですか?」と尋ねた。

「実はこうなのです」。イワン・アキーモウィチはそう言って、裁判長に次のような身の上話をした。

あなたは私が商人の子で、この町に生まれたとお思いでしょうが、実はそうじゃありません。私は百姓の子です。父は百姓で、この界隈《かいわい》随一の泥棒で、とうとう監獄で死にました。もともといい人間でしたが、ただ酒呑《の》みで、酔っぱらうと母をぶったりいろんな乱暴をしたり、どんな悪いことでもしでかして、あとになって悔むのでした。あるとき父はこの私を泥棒をしに一緒に連れてゆきました。そしてそれが機縁で私は幸福を摑《つか》んだのです。

一つ聴いてください。あるとき、私の父がほかの泥棒たちと酒場で落ち合って、どこかうまい稼ぎ場所がないものかと相談しました。そのとき父がみんなに言ったのです。

「それがだね、お前たち、ほら、あのベーロフって商人とこの往来のほうへ向いた土蔵よ。あそこにゃ数えきれねえくれえ金目のものがあるんだが、ただ、入り込むのが容易じゃねえってわけだ。そこでおらあ、思案してみたんだが、考えりゃ、あの土蔵にゃ小ちゃな窓が一つある。ただ高《たけ》えところにあるうえに、狭くって大人にゃくぐり込めねえ。そこでおらあ、また考えたんだが、おらんとこに一人、はしっこい餓鬼《がき》がいる(というのはつまりこの私のことです)。で、そいつを一緒に連れていって、紐《ひも》で縛《しば》って窓んところまで吊《つ》り上げてやる。そしたらそいつが窓から忍び込む。それから細引でなかへ吊り下げてやるんだが、そのときもう一本の細引を餓鬼に持たせておく。すると餓鬼がその紐に金目のものを括《くく》りつけるから、おいらがそれを引っぱりだすって寸法さ。存分引っぱりだしたら、こんどは餓鬼も引っぱりだしてやったらいい」

泥棒たちはその名案に大喜びして、「じゃ、早速その息子を連れてこいよ」と言ったのです。

　そこで父は家に帰って大声で私を呼びました。母が「あの子に何か用があるの」って訊《き》くと、「用があるから呼ぶんじゃねえか」と父が言いました。そこで母が「あの子は往来にいるの」と言うと、「すぐここへ呼んでこい」ってわけです。母は、父が酔っぱらっているときはなんと言ってもだめで、すぐ手を出すことを知っていましたので、往来へ出て私を呼びました。すると父が私に言うのです。

「おい、ワーニカ！　お前、這《は》い込むのはうめえだろう」

「うめえとも、どこへだって這い込んでみせる」

「そいじゃ、俺《おれ》と一緒に来い」

　母が止めようとしましたが、父が拳固《げんこ》を振り上げたので、黙ってしまいました。父は私に着物を着替えさせて連れだしました。父は私を酒場へ連れていって、お茶とお菓子をご馳走しました。そしてみんな晩までそこに坐り込んでいました。暗くなってから、一同は出発しました。三人連れと、それにこの私でした。まもなくそのベーロフという商人の家のそばへやって来ました。そこで私は細引で縛られ、もう一本の細引を手に持たされて、吊るし上げられました。

「恐いかい？」

「恐いもんか、へっちゃらだい」

「じゃ、窓からなかへ、へえるんだ。そしてええか、なるべく上等なものをとるんだぞ。何よりも毛皮のものをな。手に持ってるその細引で縛るんだ。でも気いつけろ、細引の端じゃなくて、まんなかのところで縛るんだぞ。俺たちが品物を引っぱり上げるとき、端っこがお前の手もとに残るようにな。わかったか？」

「わかってる、ちゃんとわかってる」

　こうして私は窓まで吊るし上げられ、私が窓から這い込むと、こんどは吊り降ろされました。床に着くと、すぐ私は手探りしはじめました。真っ暗で何も見えないので、ただ手で探るだけです。毛皮物を探り当てると、すぐにそれを細引の端のほうでなく、まんなかのところで縛る。そしたら外の三人がそれを引っぱり上げます。やがてまた細引を引っぱり寄せて品物を縛る、といった調子で、三度ばかり品物を引っぱりだすと、細引が全部外へたぐりだされてしまいました。もうそれだけで結構というわけです。そしてこんどはまた私を吊り上げはじめました。私が両手で細引につかまっていると、三人で引っぱるわけです。

　ところがちょうどなかごろまで引っぱり上げられたとき、細引がぷっつりと切れてしまいました。そして私は下へ落ちたのですが、幸い広い枕の上で怪我はしませんでした。あとで知ったことですが、ちょうどそのとき、番人が三人を見つけて騒ぎ立てましたので、三人は盗んだ物を持って一目散に逃げてゆきました。

三人が逃げてしまって、私は一人ぼっちになりました。一人で暗いところにいると、急に恐ろしくなって、ママ、ママ！　ママ、ママ！　と言って泣きわめきました。でも恐ろしさと悲しさですっかり疲れ、それにそれまで眠っていないので、つい、いつのまにか枕の上で眠ってしまいました。

ふと目が覚めると、目の前に灯《あか》りをもった当のベーロフ氏と巡査が立っていました。巡査が私に、誰に連れられてきたかと尋ねました。父ちゃんと一緒に来た、と私は答えました。「お前のおやじは誰だ？」

私はまた泣きだしました。そのとき、ベーロフ老人が巡査に向かって、「もういいですよ。子供は——天使だもの、子供に親の名を明かさせるには及びません。失ったものは失ったでいいから」

もう天国に行ってしまわれましたが、ベーロフ氏は本当にいい方でした。それにまた、奥さんがそれに輪をかけて慈悲深い方でした。奥さんは私を自分の部屋へ連れていって、お菓子をくれました。それで私は、泣きやみました。子供ってものは、なんでもちょっとしたもので喜びますからね。

翌朝奥さんは私に、「うちへ帰りたい？」と訊《き》きました。私はなんと言っていいかわからず、ただうんと言いました。するとこんどは奥さんが「わたしのとこにいたい？」と訊きましたので、私はまた「うん」と言いました。「それなら、ここにいなさい」

というわけで、私はそのままそこにいることになりました。そして、あげくのはて、そこに住みついてしまいました。そこの家の人たちは、役場へ捨て子を拾ったという届けをして、私を里子にしてくれました。最初は走り使いをしていましたが、やがて適当な年ごろになると、番頭にしてもらい、店を管理させてもらいました。私の勤めぶりもまんざらでなかったからでしょう。それにしても本当にいい人たちで、心から私を愛してくれ、とうとう娘を私の嫁にくれました。そして私をそこの養子にしてくれました。やがてベーロフ老人は死んで——財産はみんな私のものになったのです。

これが私の身の上です。私は泥棒だし、泥棒の子でした。どうして人様を裁けましょう。それに裁判長さん、それはキリストの教えに悖《もと》ると思います。私たちはすべての人々を赦《ゆる》し、すべての人々を愛さなければなりません。もしある人が泥棒で罪を犯したとしても、その人を罰したりしないで、逆に憐《あわ》れんでやらねばならないと思います。キリスト様がどんなにおっしゃったか、思い出してください。

イワン・アキーモウィチは以上のように話した。そこで裁判長は質問をやめ、キリスト教の掟《おきて》から言って、はたして人を裁いていいものか、じーっと考え込んだのだった。

（レースコフ原作、レフ・トルストイ述）

一月八日

㈠　キリストの教えは、非常にわかりやすくて、子供たちさえ、その真意を理解している。ただキリスト教徒らしく見せかけたり、そう自称していながら、実際はそうでない人々だけが、これを理解しえないのである。

㈡　仏陀《ぶつだ》は言った。「霊に仕える生活を始める人は、暗い家のなかへ光を持ち込む人のようなものである。暗闇は、たちまち退散する。ひたすらその生活を堅持するがよい。そうすれば君の内部に、まったき光明の世界が臨むことになるであろう」

㈢　キリストが財神《マモン》の誘惑と名づけたものを脱却し、飢えを凌ぐ日々の糧《かて》のみで満足し、天の父に向かって、天の父が播《ま》かず刈らざる鳥たちに与えたまうほどのものしか求めない一般庶民——そうした庶民こそ、この世の欲望と計らいに埋もれて暮らす人々より、はるかに真実の生活、霊の生活を送っているのである。それゆえ、真に英雄的な行動や献身的な行動は、これを庶民のなかに求めざるをえないのだ。

もし一般庶民がいなかったら、人間的義務の教えはどうなるのだろう？　社会生活を支える唯一のもの、民族の力と尊厳性の基盤は、いったいどうなるのだろう？　民族が衰微に向かうとき、一般庶民を措《お》いていったい誰がこれを復活更生せしめうるであろう？　またもし病いすでに膏肓《こうもう》に入り、民族の死滅が免れがたき場合にしても、これまた一般庶民のなかからでなくて、いったいどこからその朽木に代わる使命を帯びた若木が発芽するであろう？　だからこそ、キリストも一般庶民に語りかけたのだし、一般庶民も、彼を天の父の使者と認めてその名を称《たた》え、その権能に服してその教えを讃栄するのである。これに反して、教会の高僧たちやこの世の学者たちは、彼を罵《のの》り、彼を殺した。しかしながら彼らの暴力や悪巧みにもかかわらず、さらにはその処刑にもかかわらず、キリストは一般庶民のなかに勝利を得た。民衆は彼の王国をこの世に樹立したが、それが世界に広がるのも、庶民の手によってであろう。己《おの》れの終末の日の接近を早くも恐れはじめた、暴力機構の上に立つ権力が、躍起となってその霊的萌芽を摘み取らんとしている新しい人類の生活は、庶民によって誕生させられるであろう。

（ラムネ）

㈣　いずれも同じように有害な二つの迷信を心して避けなければならない。一つは神の本体を言葉で言い表わせると教える神学の迷信であり、もう一つは、神の力などというものは学問的な研究によって解明されるとする科学の迷信である。

（ジョン・ラスキン）

㈤　次のキリストの最後の訓誡は、彼の教え全体を表現している。〝私があなたたちを愛したように、あなたたちも互いに愛し合いなさい。もしあなた方が互いに愛し合えば、あなたたちが私の教え子であることをみんなが知るでしょう〟

キリストは、〝もしあなたたちがあれを信ずれば〟とか〝これを信ずれば〟とかは言わないで、〝もし愛し合うならば〟と言っている。信条などというものは、人々の意見や知識の絶えざる変化につれて変化する。それは時間と結びついていて、時間とともに変わるのだ。しかし愛は時間を超える。愛は常住不変である。

㈥　私の宗教は――生きとし生けるものへの愛である。

（イブラギム・コルドーフスキー）

＊㈦　キリストの教えの実現のためには、その歪曲《わいきょく》を取り除くだけで充分である。

一月九日

㈠　記憶によってでなく、自らの思索によって得られたもののみが、真の知識である。

(二)　われわれが今まで学んだことをすっかり忘れたとき、真の認識が始まる。あるものを認識せんとするとき、それと自分との関係が学者によって定められていると考えているあいだは、一歩もその認識に近づかない。あるものを認識するためには、まったく白紙の立場でそれに近づかなければならない。（ソロー）

(三)　絶えず他人の思想ばかりに接していると、自分自身の思想が妨害され萎縮させられるものであるが、それが長期間にわたると、もしその思想にそのような不自然な影響に反発するだけの柔軟性がない場合、完全に衰滅するであろう。だからしょっちゅう読書したり、勉強ばかりしたりしていると、頭がおかしくなるのであるが、同じようにわれわれが赤の他人の思想に接するため、あまり勝手に自分の思想的・学問的活動を中断することが重なれば、自分自身の思想体系ないし学問体系が、その統一性と関連性とを失うことになる。

書物で読んだ思想に席を譲るために自分自身の思想を追っ払うのは、ちょうどシェイクスピアが当時の旅行者を非難して言ったように、他人の土地が見たいので自分の土地を売り払うようなものだと、私は思う。それどころか、ある事柄について自分であらかじめ思索しないうちに、それについて書かれたものを読むのも、有害と言わねばならない。なぜなら新しい材料と一緒に、それに対する他人の見方、他人の態度がその人の頭のなかにまぎれ込むからである。もともと人間には怠惰《たいだ》と無関心から、自ら努力して思索するよりも、できあいの思想を受け入れて用をすませようという習性があるから、ますますその確率が大きい。この習性がやがて根を張ると、もはや思想は溝に注ぐ小川のように、ただ一定の通路を進む。そうなると、自分自身の新しい思想を発見することは二重に困難になる。独自性のある思想を持つ学者がめったにいないゆえんもそこにあるのである。

（ショーペンハウエル）

㈣　知識は通貨のようなものである。自分で金の採掘作業に従事したとか、その鋳造に参加したとか、あるいは少なくとも正直に働いて流通貨幣を手に入れたとかいった場合、その人は自分が知識という通貨を持っていることを誇っていい。しかし彼がそんなことは何一つしないで、ただ通りがかりの人から鼻先に投げてもらっただけならば、なんで自慢する資格があろう？

＊㈤　人間の頭脳にとって、あまりに早くあまりに多く学ぶよりも、全然学ばないほうが弊害が少ない。

(六)　偉大なる思想家の偉大なるゆえんは、彼らがそれまでにあった書物や伝説とは無関係に、自分で考えたことを述べて、自分より前に生きていた人々や、現に自分を取りまいている人々が考えたことを述べているのではない点にある。それと同様に、われわれもみな、ときどきまるで火花のように心のなかにぱっと明るく燃えひろがる思想を、絶えず注意して逃がさないようにしなければならない。われわれ一人一人にとっても、そうした内面的光明のほうが、きら星のごとき詩人や哲人の集団の観察や研究よりも、はるかに有意義である。　　（エマスン）

(七)　思想は自分の知能によって獲得されたとき、あるいは少なくともすでに心に兆《きざ》している疑問に対して答える場合に、はじめて人生を動かす。これに反して、頭と記憶力だけで受け入れられた他人の思想は、人生に影響を与えず、それに反する行為と平気で共存する。

(八)　より少なく読み、より少なく学び、より多く思索せよ。本当に必要で、心から知りたいと思うことだけを教師や書籍について学ぶがよい。

一月十日

㈠　教育の基礎は、万有の本源に対する関係の樹立と、その関係から生ずる行動の規範の樹立である。

㈡　されど、われを信ずるこの最も小さき者の一人を躓《つまず》かす輩《やから》は、ろばの引き臼《うす》を己《おの》が首にかけられ、海の深みに沈めらるることこそ、彼にとりてまされり。躓きあるがため、この世は禍《わざわ》いなるかな。躓きは来たらざるをえざれども、躓きを来たらす者は禍いなるかな。（「マタイ伝」第十八章六、七節）

（訳註――トルストイはこの箇所を「私の信仰は何にあるか」のなかで誤訳として指摘しているが、そのままここに引用している。こんごの研究課題と思う）

㈢　児童教育に当たって忘れてならないことは、児童はただ人類の現在の状態に合うように教育されるのでなく、将来のよりよき状態に合うように、換言すれば、今までと違ったよりよき生活条件に合うように教育されるべきだということである。普通両親は、その子供を現在の世間（たとえ堕落していても）に合うようにしか教育しない。ところがわれわれは、児童を将来のよりよき世の中に合わせて教育してはじめて、人類の未来社

会の改善に貢献しうるのである。（カントによる）

㈣　将来に役立つ人間を教育しようと思ったら、完全無欠な人間を目標に教育しなければならない。——そのとき、はじめてその被教育者は、将来彼がともに暮らすであろう新しき世代のよき仲間となるであろう。

＊㈤　子供に自己の内部の神性を自覚させることこそ、その両親や教育者たちの最大の義務だと私は思う。（チャンニング）

㈥　真の教育の目的は——人々に善事を行なわしむるばかりでなく、そのことに喜びを感ずるようにさせることである。廉直《れんちょく》であるばかりでなく、廉直を愛させることである。正義にかなうばかりでなく、正義に飢え渇《かわ》くようにさせることである。（ジョン・ラスキン）

㈦　宗教は教育の基礎である。それなのにわがキリスト教社会では、誰一人信じていない事柄が教えられている。子供は鋭いのでそれを見破り、教えられる事柄を信じないばかりでなく、教える人たちをも信用しないのである。

一月十一日

(一) 謙虚さなしに自己完成は不可能である。〝現にほら、俺はこんなに立派なのに、このうえ何が完成だ〟

(二) 高くなるに従い、ますますへりくだれ。多くの人が高き地位と名誉のなかにいるが、人生の謎《なぞ》は低きにいる人々にのみ啓示される。あまりに困難なこと、己《おの》れの力量以上のことを求めてはならない。しかしながら、自分に使命づけられた事柄は、真剣に考察せよ。自分に不必要なものに好奇心を持つな。今でも君には、君が理解しうる以上のものが示されているのだ。多くの人々がその見せかけの意見によって自らを欺《あざむ》いている。それゆえ、ありもしない知識をひけらかしたりしてはいけない。

（エクレジャスト・アポクリフィーチェスキー）

(三) イエス彼らを呼び寄せて言えり、「異邦人の君主が民を司《つかさど》り、大いなる君が民の上に権を振るうは、汝《なんじ》らの知るところなり。されど汝らのうちにては、しかあるべからず、汝らのうち大いならんと欲する者は汝らの僕《しもべ》となり、汝らのうち誰にてもあれ、頭《かしら》たらんと欲する者は汝らの僕となるべし。かくのごとく人の子の来たれるも、仕えらるるためにあらず、かえって仕え、かつ諸人《もろびと》の贖《あがな》いとして己が命を与えんためなり」

（「マタイ伝」第二十章二五〜二八節）

㈣　侮辱を受けてもその報復をすることなく、穏やかにこれを忍びうる者は、人生における偉大な勝利者である。

（ジェネヴィオ・ラン）

㈤　君の仲間のある者は君を非難し、ある者は君を褒《ほ》める。君を非難する者に近づき、君を褒める者から遠去かれ。

（『タルムード』）

㈥　君にふさわしい席よりも低い席につくがいい。下へ行けと言われるより、上へ行けと言われるほうがいい。自らを高うする者は神によって卑《ひく》められ、自らを卑うする者は神これを高めたまう。

（『タルムード』）

㈦　行住坐臥《ぎょうじゅうざが》、汝の内なるあらゆる支配欲の絶滅に努めよ。名誉と賞讃とを求むるなかれ。それらは汝の霊を滅ぼす危険性を蔵している。心して、われには他人になき美徳ありとの己惚《うぬぼ》れを避けよ。

（『聖賢の思想』より）

(八) 賢者は自分に対しては厳しいけれど、他人《ひと》に求むることをしない。彼は己れの境遇に満足して、自分の運命に対して天を怨《うら》んだり、他人を責めたりしない。それゆえ彼は低きにあって運命に従順なのである。それに反して愚者は、地上の幸福を求めてしばしば危険に陥る。矢が的に当たらない場合、射手は自分を責めて人を責めない。賢者もまた、そのように振る舞う。 (孔子)

＊(九) 汝らのうち最も大いなる者は、皆の僕《しもべ》とならん。およそ己れを高うする者は卑《ひく》められ、自らへりくだる者は高められん。 (「マタイ伝」第二十三章一一、一二節)

(十) 自分の行なったすべての悪事を思い出すがいい。それは、こんごの悪事への抑止力となるであろう。もし自分の行なった善事を思い出せば、それはこんごの善事への抑止力となるであろう。

一月十二日

(一) 他人に代わって、彼らの神および宇宙に対する関係を決定する権利を僭する人々がいるし、一方その権利を他人に譲って、他人の言うことをそのまま盲信する大勢の人々がいる。その両者とも同様に過《あやま》ちに陥っているのだ。

㈡　あらゆる宗教上の問題がすでに解決され、あらゆる宗教上の教理が確立されていると思い込んで、すぐにそうした問題の解決や教理の確立を、引き受ける人たちの手に万事を任せる人々がいる。他人が断然自分の専売特許と考えている事柄について、何を思い煩《わずら》うことがあろう？　自分たちとしては日夜、面白おかしく暮らして、酔生夢死の一生を送ればいい——といった具合である。そうした愚鈍な自己満足の結果が、大勢の人々の他人の言葉を理解しようという努力の欠如となって現われている。盲目的な信仰によって作り上げられた鉄の軛《くびき》の痕跡が、奴隷の目印としてわれわれの頸《くび》に長く残りはしないかを私は恐れる。（ミルトン）

㈢　人が自分の道徳的自主性を放棄したそのときから、自分の義務を内心の声によらず、一定の階級もしくは党派の見解によって決定しはじめたそのときから、自分が百万人のなかのたった一人にすぎないからというので、個人としての自分の義務を省みなくなったそのときから——その瞬間から彼は自分の道徳的な力を失い、神にのみ可能なことを人間に求め、あさはかな人智の指令を神の権能の座に据えるのである。

（チャンニング）

㈣　われわれはまるで、最初はお祖母《ばあ》さんから、その次は先生たちから、さらに長ずるに及んでは道で出会ういろんなおえら方から教わる確固不動の真理を、オウムのように繰り返す子供のようなものである。われわれはそうした人たちから聞いた言葉をどんなに躍起になって暗誦しようと努力することだろう。しかしながら、いったんわれわれがそうしたわれわれの教師たちが立っていた段階に達して、彼らの言葉の意味を理解するや、われわれの幻滅はあまりにも烈《はげ》しく、彼らから聞いたことなど、いっさい忘れてしまいたくなるのである。

（エマスン）

㈤　偽りの預言者に心せよ、彼らは羊をよそおいて汝らに来たれども、内は飽くことを知らざる狼なり。その結ぶ実によりて彼らを知るべし。あにイバラよりブドウを、アザミよりイチジクをつむ者あらんや。かくのごとく、すべて善き樹《よきき》は善き実を結び、悪しき樹は悪しき実を結ぶ。善き樹は悪しき実を結ぶあたわず。悪しき樹は善き実を結ぶあたわず。善き実を結ばざる樹は、すべて切られて火に投げ入れらるべし。されば汝ら、その実によりて彼らを知るべし。

（「マタイ伝」第七章一五〜二〇節）

㈥　われわれは過去の聖賢から伝わった教えを大いに利用していいけれども、ただ自分の理性によってその教えを検討し、取るべきものは取り、棄つべきものは棄てなければならない。

＊㈦　われわれは一人一人自分自身で、自分と世界および神との関係を樹立しなければならない。

一月十三日

㈠　信仰とは人生の意義の理解およびその理解から生ずる義務の認識の謂《いい》である。

＊㈡　善き人とは誰か？　信仰を有する人のみが善き人である。しからば信仰とはなんぞや？　信仰とは己《おの》れの意思と良心との、換言すれば普遍的理性との調和の謂である。

（中国の仏教）

㈢　信仰は善き人を作る働きをするだけではない。善き人の信仰は、その人をすべてが容易で喜びに満ちた境地にまで高めてくれるのだ。

（レッシングによる）

㈣　なくてかなわぬ唯一のこと、それはすべてを神に委《ゆだ》ねることである。自らの姿勢を正し、この世の絆《きずな》、わが身の運命《さだめ》を解きほぐすことは、神に任せることである。消滅であろうと、不滅であろうと、かまわぬではないか。いずれにせよ来るべきものが来るのだ。そして来るものは、必ず善であろう。人生を生き抜くためには、善に対する信仰以外何一つ必要ではない。

（アミエル）

㈤　二種類の平安がある。一つは消極的平安で、それは騒がしさ、煩《わずら》わしさのない状態であり――いわば戦いのあと、嵐のあとの静けさである。しかしながらもう一つ、最初の消極的平安はその序曲にすぎないような、より完璧な心の平安がある。それはすべてを理解する精神的平安であり、〝神の国は汝《なんじ》らの内にあり〟というのがその真実の名称である。信仰がわれわれに与える平安は、この種の心の平安に属している。それは神および世界との意識的合一であり、万物との愛による結合であり、すべての清浄無垢《むく》なものへの愛情であり、私利私欲を棄て去ることであり、万有の心、万有の生に参与することであり、己れの意思とその無限の本源とのまったき調和である。そこにこそ人間の真の平安と幸福とが存在するのだ。

（チャンニング）

(六)　人類の最期の日、審判が行なわれて、善なる神も怒りをもって臨まれるであろう、と言われている。しかしながら善なる神からは善以外の何物も生じえない。恐れるなかれ。最期の日は喜びに満ちたものとなろう。この世にいかなる信仰が存在しようとも、真の信仰はただ一つ、神は愛なりという信仰である。愛からは善以外の何も生じえないのだ。

（ペルシャの箴言《しんげん》）

(七)　われわれは死後どうなるのだろう？　と尋ねる人がいる。それに対しては、次のように答えねばならない。「もし君が口先だけでなく、心から〝汝の御旨《みむね》は地に行なわるるがごとく、天にも行なわれんことを〟と、換言すれば、〝汝の御旨はこの世の一時的生命において行なわるるがごとく、永遠の生においても行なわれんことを〟と祈るならば、別に死後はどうなるだろうなどと、考えなくていいではないか。ただ悠久無限の存在者を称《たた》えつつ、その御旨にすべてを任せるがいい。君は、その本質が愛であることを知っているはずだ。どうして恐れることがあろう？　キリストは死に臨んで言った。〝父よ、わが霊を汝の手に託す〟と。この言葉を口先だけでなく、衷心《ちゅうしん》から言える人、そうした人にはそれ以上何一つ必要でないのだ」。もしも私の霊が父の御許《みもと》へ帰ったならば、その霊にとって最善のこと以外、起こるいわれはないのである。

(八) 真の信仰を持つためには、自己の内部にそれを涵養《かんよう》しなければならない。それを涵養するには、信仰にかなう行為をしなければならない。信仰にかなう行為の本質は、素晴らしい功名《こうみょう》・手柄を立てることのなかにあるのではなく、人目につかないささやかな、それでもひたすら神のためになされた行為のなかにある。「みんな一人で死んでゆかねばならない」とパスカルは言った。同様に、真に生きるということは、ただ人々の前でなくて、神の前に一人で生きることなのである。

(九) 信仰なしに心の平和を見出せると考えてはいけない。

一月十四日

(一) 人が自分の内で愛していい者は、万人の内に存する唯一者だけである。万人の内に存する唯一者を愛するというのは、とりもなおさず神を愛することなのである。

(二) 「師よ、律法において最も大いなる第一の掟《おきて》はいずれぞ?」と問いしに、イエスこれに言えり、「〃汝《なんじ》心を尽くし、魂を尽くし、意を尽くして、主なる汝の神を愛すべし〃。これ最も大いなる第一の掟なり。第二もまたこれに似たり、〃汝の隣人を、己《おの》れのごとく愛すべし〟。すべての律法と預言者とは、この二つの掟に拠《よ》るなり」

（「マタイ伝」第二十二章三六〜四〇節）

㈢　人々が生きるのは、彼らがわれとわが身について配慮するからでなく、人々の心のなかに愛があるからである。神は、人々がてんでんばらばらに生きることを欲したまわぬらしくて、彼らの一人一人に何が必要かをお示しにならず、むしろ人々が合一して暮らすことをお望みになって、そのため彼らに向かって、万人が自分のためにも、ほかのすべての人々のためにも、必要なものは何かをお示しになっているようである。人々はみんな、自分で自分のことを慮《おもんぱ》かることによって生きているように思っているけれど、実はただ愛によってのみ生きているのである。もし人々のなかに愛がなかったなら、ただ一人の赤ん坊も育たないだろうし、ただ一人の人間も生き残らないであろう。

＊㈣　人々は愛によって生きる。自己愛は——死のはじまりであり、神と人々への愛は——生のはじまりである。

㈤　神は愛である。愛のなかに居る者は神のなかに居り、神もまた彼のなかに居る。いまだ何人《なんぴと》も神を見た者はいない。しかしながら、もしわれわれが互いに愛し合うならば、神はわれわれのなかに居り、そのまったき愛もわれわれのなかにあるであろう。もし自分は神を愛するが、兄弟は憎むという者がいたら、その人は嘘つきである。なぜなら現に目に見える兄弟を愛さない者が、どうして目に見えない神を愛するはずがあろう？　兄弟よ、互いに愛し合うがいい。なぜなら愛する者は神より生まれ、そして神を知るであろう。神は愛なのだから。愛のなかに居る者は神のなかに居り、神もそのなかに居るのだ。

（「ヨハネ第一公書」第四章より）

(六)　自分の兄弟を赦《ゆる》すことができない人は、その兄弟を愛していないのである。真の愛は無限である。もし真の愛であれば、いかに大きな侮辱でも、赦さぬことはない。

(七)　自分の気に入る者ばかりを愛するのは、本当の愛とは言えない。真の愛とは、相手のなかにある、自分のなかのものと同一の神を愛する場合だけに、言えることである。そうした真の愛によって、われわれはただに自分の血族のみならず、またわれわれを愛する者のみならず、不愉快で悪質な人々、われわれを憎む人々をさえ愛することができる。そのような人々を愛するためには、その相手も、われわれがわれわれ自身を愛しているように自分自身を愛しているということ、われわれのなかに神が居るように、相手のなかにも神が居るということを忘れないようにすることである。そのことさえ忘れなければ、いかなる態度で相手に接すべきかが、わかるであろう。それさえわかれば、相手を愛することができるし、もしまたそれができれば、それはわれわれを愛する者を愛する場合よりいっそう大きな喜びをわれわれにもたらすであろう。

㈧　愛がわれわれの生活の本源なのではない。愛は――結果であって、原因ではないのだ。愛の原因は――自分の内なる神的ないし霊的本源の自覚である。その自覚が愛を要求し、愛を生むのである。

一週間の読み物

悔い改むる罪人

〝また言いけるは「イエスよ、御国《みくに》に至りたまわんとき、われを御心に留めたまえ」と。イエス、これに言えり、「われ、まことに汝《なんじ》に告ぐ、汝、今日われとともに楽園にあらん」〟（「ルカ伝」第二十三章四二、四三節）

ある人が七十年間この世に生きていたが、そのあいだずーっといろんな罪を犯してきた。そして病気になったが、悔い改めようとはしなかった。やがて死が訪れて、いよいよ息を引き取る直前、彼は泣きながら言った。「主よ、十字架の上の盗賊のごとく、われを赦《ゆる》したまえ！」と。そして言い終わるや否や、息を引き取った。

この罪人の魂は神を慕い、その慈悲を信じて天国の戸口へやって来た。罪人は天国の扉を叩いてなかへ入れてもらうように頼んだ。すると、扉のなかから、「天国の扉を叩いているのは誰か？　この男は生涯のあいだにどんなことをしたか？」と尋ねる声が聞こえた。

告発者の声がそれに答えて、その男のすべての罪業《ざいごう》を並べ立て、善行のことは一つも言わなかった。と、扉のなかからそれに答えて、「そのような罪人は天国へ入ることはできない。立ち去るがよい」という声が聞こえた。そこでその男は言った。「主よ！　あなたの声は聞こえますが、お顔は見えないし、お名前も存じません」

すると、その声が答えた。「私は――使徒ペテロだ」。そこで罪人は言った。「お憐《あわ》れみください、使徒ペテロ様。人間の弱さと神のお慈悲を思い出してください。あなたはキリスト様のお弟子だったではありませんか？　主の口から直接その教えを聞き、主の生涯でお示しになった手本を、ごらんになったではありませんか？　主が憂いと哀《かな》しみに沈まれて、あなたに三度も眠らないで祈ってくれと頼まれたのに、あなたはやっぱり睡魔に負けて眠ってしまい、主が三度ともあなたの眠っている姿をごらんになった、あのときのことを思い出してください」

「それからまた、あなたが主に向かって、死んでも主のことを知らぬふりはしませんと誓いながら、主がカヤパの庭へ曳《ひ》かれたもうたとき、三度まで主を知らぬと言われたことを思い出してください。私もやはりそうだったのです」

「それからまた、鶏が鳴くとあなたはすぐ外へ出ていって、烈《はげ》しく泣かれたことを思い出してください。私もやっぱりそうだったのです。私をなかへお入れにならないわけにゆかないじゃありませんか」

すると、天国の扉のなかの声がやんだ。しばらくすると、罪人はまたもや天国の扉を叩いて、なかへ入れてくださいとお願いした。すると扉のなかから別の声が聞こえてきて、「この男は誰か？　下界にいたころ、どんな暮らしをしていたのか？」と尋ねた。

告発者の声がそれに答えて、再び罪人の悪行を並べ立て、善行のことは全然言わなかった。すると扉のなかの声が答えた。「ここより立ち去れ。そのような罪人は、われわれと一緒に天国に住むわけにはゆかない」。罪人は言った。「主よ、あなたのお声は聞こえますが、お顔が見えず、お名前も存じません」。するとなかから声がして、「わしは王にして預言者、ダヴィデだ」

罪人はなおもあきらめず、天国の扉を立ち去らないで言った。「ダヴィデ王様、私を憐れんでください。人間の弱さと神のお慈悲とを思い出してください。神様はあなたを愛して人々の王となされました。あなたは国も、名誉も、富も、大勢の妻も子も何もかも備わっていました。それでもあなたは屋根の上から貧しい者の妻を見て欲情を起こし、ウリヤの妻を奪って、アモン人の剣で彼を殺しておしまいになりました。あなたは富める身でありながら、貧しい者から最後の小羊を取り上げ、その男も滅ぼしておしまいになりました。私もそれと同じことをしたのです」

「それからまた、あなたが悔い改めて、〝われはわが罪を知る。われの罪は常にわが前にあり〟とお嘆きになったことを思い出してください。私もそれと同じことをしたのです。私をなかへ入れてくださらないわけにはまいりますまい」

するとなかの声がやんだ。しばらくすると、罪人はまたもや扉を叩いて天国へ入れてくれるよう嘆願した。すると扉のなかから第三の声が聞こえて、「その男は誰だ、下界でどんな暮らしをしていたのか？」と尋ねた。告発者の声がそれに答えて、三度その男の罪業を数え上げ、善い行ないは全然取り上げなかった。すると扉のなかから声が聞こえ、「ここを去るがよい。罪人は天国へは入れないのだ」と言った。

罪人は言った。「あなたのお声は聞こえますが、お顔が見えないし、お名前も存じません」。その声は答えて言った。「私は預言者ヨハネだ。キリスト様の愛弟子《まなでし》だ」

それを聞くと罪人は大喜びで言った。「今こそ私をお入れにならぬわけにはまいりますまい。ペテロ様とダヴィデ様は、人間の弱さと神の仁慈をご存じなので、私を入れてくださるでしょう。ところで、あなたには多くの愛があるので、入れてくださると思います。預言者ヨハネ様、ご自分の書物のなかに〝神は愛である、愛なき者は神を知らず〟とお書きになったのは、あなたではありませんか？　その老後に、人々に向かって、ひたすら〝兄弟よ、汝《なんじ》ら互いに相愛せよ〟と繰り返されたのは、あなたではありませんか？　そのあなたが現に今私を憎んだり追っ払ったりなさるいわれがありましょうか！　あなたとしては、自分自身の言葉を否定するか、それとも私に愛を垂れて、天国に入れてくださるか、二つに一つです」

するとと天国の門が開き、ヨハネはこの悔い改めた罪人を抱いて天国へ入れてやった。

（レフ・トルストイ）

一月十五日

(一)　キリスト教の根本的意義は、人間、すなわち神の子と父なる神との直接的交流の樹立にある。

(二)　キリストの性格の最も重要な本質的な点はどこにあるか？　と諸君は尋ねる。それは彼が人間の霊の偉大さを確信していた点にある、と私は答えよう。彼は人間のなかに神の姿や形の反映を見たので、いかなる状況いかなる性格の人間であっても、ことごとくこれを愛したのである。イエスは物質的外被を透視する目で人々を見た。肉体は彼の前には消え去ったのである。彼は富者の美服と貧者の襤褸《らんる》を透《すか》してその奥なる人の霊を見た。そして無知の闇と罪汚れ《つみけが》のただなかに無限に発達しうる力と完成の萌芽を、不滅の霊的本性を見た。彼は堕落の極に達した人間の内部にも光明の天使と変わりうる存在を見た。いやそれどころか彼は、そういう彼自身の内部にも、誰の手にも届くもの以外の特別なものは何もないことを感じていたのである。

（チャンニング）

㈢　各個人の場合と同様、民衆全般としても、種々の偏見からの脱却がただちに道徳的障害を減少せしめず、より野蛮な支配体系がより高度な支配体系に取って代わるだけである。大勢の哀れな人々がその交代に際して、今まで自分を支えていたものを失う。しかしそのことは何も悪いことでも危険なことでもない。それはただ成長にほかならない。赤ん坊もいつかは一人歩きしなければならない。従来なじんできた迷信を奪われた人は、最初のうち自分が捨て子になったような、あるいは家なし子になったような気がする。しかしながらそうした外的支柱の喪失は、彼を自己の内部に向かわせ、それによって彼を強固にする。彼は自分が神と向かい合っていることを感ずる。彼は書物のなかでなく、自分の霊のなかで教えの意味を読み、彼の胸中の礼拝堂は天にも届く大きな聖堂となるのである。

（エマスン）

㈣　神の認識には知的なものと、信仰に基づく道徳的なものとがある。知的認識はあやふやで危険な誤謬《ごびゅう》に陥りがちである。一方道徳的認識は、道徳的行為を要求する資質だけを神に帰しようとする。そのような信仰こそ自然であり同時に自然を超えるものである。　（カントによる）

＊㈤　単に道徳的生活のみを求めず、道徳を超えるものを追求せよ。　（ソロー）

㈥　諸君と神、すなわち諸君のなかに住む霊とのあいだに介在するすべてのものを恐れよ。

一月十六日

㈠　悪しき社会制度の最大の原因は、誤れる信仰である。

㈡　人間が生きることの意味は、己《おの》れのなかの不合理なものを合理的なものへ導いてゆくことにある。そのためには次の二つが必要である。

① 生活の不合理さをありのままに眺め、それに面《おもて》をそむけないこと。
② 来たるべき未来の社会の合理性に関して、きわめて純粋な理念を持つこと。

社会制度の不合理さと、それから生ぜざるをえない生活の悲惨さを思うとき、おのずとそれに嫌悪の情を覚えざるをえないし、一方合理的生活の可能性をはっきり意識するとき、おのずとそれに向かって精進せざるをえない。それゆえ不合理から生ずる悪を隠さず、合理的生活の幸福をはっきり人々に示すことが、すべての人類の教師の任務でなければならない。

しかしながら、そのモーゼの座にはいつも、その行ないの悪しきゆえに、光に向かって進もうとしない人々が坐っている。したがって自らを人の師と称する人々は、絶対に現在の社会機構の悪や、来たるべき未来社会の合理性を明らかにしようと努めないばかりか、むしろ反対に現在の生活の不合理さを隠し、来たるべき未来の生活の合理性に対する信仰の芽を摘みとろうと努めるのである。また、そうした目的で、警察や軍隊や刑法や監獄や託児所や養老院や養育院や遊女屋や瘋狂院《てんきょういん》や病院や保険会社などをはじめ、強制的に取り立てた税金で設立されているあらゆる義務教育機関や少年院その他もろもろの機関が存在し、活動しているのである。

これらの機関はみな、単に悪を隠匿《いんとく》するのみならず、宿命的に新たな悪を生み、それが滅ぼすつもりの悪をかえってしゃにむに、まるで雪ダルマのように増大させているのである。もしもこうした悪を隠匿する目的の、しかもただただそれを増大するだけのもろもろの機関の建設に注がれる千分の一の努力が、それによって隠匿された悪との闘いに注がれるならば、明るみに晒《さら》されたそれらの悪は、すみやかに消滅するであろう。

㈢　われわれは現代の社会の諸般の事象に対して、慎重な注意をもって臨まねばならない。常に古い考え方を脱却し、新しいそれを摂取することによって、自分の意見を変える心構えがなければならない。われわれは先入観を棄てて、完全に白紙の立場で物事を判断しなければならない。風向きの変化を顧みず、いつも同一の帆を上げる航海者は、絶対に目的の港に着くことはないであろう。

（ヘンリー・ジョージ）

㈣　労働者と資本家は自分らの関係を改善しようと思ったら、〝目には目を、歯には歯を〟という古いモーゼの律法を棄てて、愛の律法を実行しなければならない。換言すれば、人にせられんと思うごとく、人にも振る舞わねばならない。

（リュシー・マローリ）

㈤　人々が今のままの人々であるかぎり、いかなる暴力強制による改革も悪を是正しえない。それゆえ悪の是正はわれわれの生活形態の変化にではなくて、ひたすら善と道理の普及拡大に待たねばならない。

(六) キリストの教えを簡明率直に受け取りさえすれば、われわれ全部が、そしてまた一人一人が陥っている恐るべき欺瞞《ぎまん》がたちまち明瞭になるであろう。

*(七) 似而非《えせ》信仰の要求に屈すること——そこに人々の不幸の最大の原因がある。

一月十七日

(一) 自分の内的使命を果たし、霊に仕えて生きることによって、われわれは自ら最も効果的な形で社会生活の改善に奉仕することになる。

(二) 人々を、その内的生活において解放されている以上に外的生活において解放することはできない。 (ゲルツェン)

(三) 空想家もしばしば正確に未来社会を空想するが、ただ待とうとしないのである。彼は自分の力でそれを近づけようとする。自然にとって千年を要するものが、自分の生

きているあいだに成就《じょうじゅ》するのを見たがるのである。　（レッシング）

㈣　なにゆえに諸君はその不遇な境涯にあっていたずらに自分を苦しめるのか？　諸君の欲するところは善であるけれど、諸君はいかにしてそれを達成すべきかを知らない。生命を与うるものだけがこれを享受することができると知るべきである。神なくしては諸君は何ごとも達成できないであろう。

諸君はその苦悩の座にあって、いたずらにもがきまわるが、いったい何を発見したというのだ？　諸君は幾人かの圧制者を滅ぼしたが――すぐにほかの前より悪い圧制者が現われた。諸君は奴隷制度を打ち倒したが、すぐにまた新しい流血制度と、さらに新しい奴隷制度が諸君に与えられたではないか。

諸君と神とのあいだに立ちはだかって、その影で神の姿を諸君から隠す人々を信じてはいけない。そういう人々には必ず邪悪な意図がある。なぜならば、人々を合一せしめる愛がもっぱら神より生ずるように、人々を解放する力ももっぱら神より生ずるからである。自分の恣意《しい》やわがままだけで動く人が、諸君のために何をすることができよう。たとえその意図は善で、ひたすら善のみを願っているとしても、彼は律法の代わりに己《おの》れの意図を、掟《おきて》の代わりに己れのイデオロギーを諸君に押しつけるであろう。それはすべての圧制者の手口なのだ。

一つの圧制を別の圧制と替えるために前者を滅ぼすのは無意味である。支配者が誰でなくて、誰になったということに自由があるのでなくて、神のみが支配者であることのなかにそれはあるのである。神が支配しないところでは、人間が支配する。神の国は正義と仁愛の支配する国であり、その基礎はキリストによって説かれた掟、すなわち仁愛と正義の掟への信仰である。正義の掟は、万人は父なる神の前に、そしてまた唯一の師なるキリストの前に平等であると教える。また仁愛の掟は、ただ一人の父の子、ただ一人の教師の生徒として人みな互いに相愛し、相助けよと教える。

もしも人々が諸君に向かって、「われわれより以前には誰一人正義とは何かを知らなかった。正義はわれわれをもって嚆矢《こうし》とする。われわれを信ずるがいい。われわれは諸君に諸君の満足するような正義を樹立するであろう」と言った場合、それは諸君を欺《あざむ》いているのであり、たとえ真剣に諸君に対して自由を約束したとしても、それは彼らが自分で自分を欺いているのである。なぜなら彼らは諸君が自分たちを主人と認めることを望んでいるのであり、そうなれば諸君の自由はそれらの新しい主人への服従を意味するにすぎないからである。だから諸君は彼らに向かって、われわれの主人は神のみであり、ほかに主人は要《い》らないと答えるがいい。そうすれば神が諸君に自由を与えるであろう。

（ラムネ）

(五) 水がサイフォンによって甲の容器から乙の容器へ、両者の容量が平均するまで移されるように、人間の叡智《えいち》もいっぱい溢《あふ》れた人から全然持ち合わせない人に移される性質のものだったら、けっこうかもしれない。しかし悲しいことに、他人の叡智を受け入れるためには、何よりもまず自ら努力しなければならないのだ。

*(六) もしも諸君が人に向かって善を教えることができるのに、それをしない場合、諸君は己れの兄弟を失うことになる。　（中国の格言）

(七) 自分の霊をより改善し、より完成させつつ己《おの》れの一生の仕事に励むがよい。そしてそのことによってはじめて、最も実り多き形で社会一般の生活の改善に貢献しうることを確信せよ。

一月十八日

(一) 賢者とは、己《おの》れの人生の使命を知る者の謂《いい》である。

(二) 学者とは——書物を読んでいろんなことを知っている人のことである。教養人とは――その時代に最も普及した知識や風俗習慣をすっかり身につけた人のことである。賢者とは――自分の人生の意味を理解している人のことである。

㈢　開闢《かいびゃく》以来常にあらゆる民族のなかに、人間にとって一番知らねばならないことに関する学問を築く教師が現われてきた。この学問はいつも一人一人の、そしてまた万人の使命が、それゆえにまたその真の幸福がどこにあるかを教えた。この学問によってはじめてわれわれは、そのほかのすべての知識の意義を判断できるのである。

学問の対象は無限に多い。だから万人の使命と幸福とはどこにあるかの知識を欠く場合、無限の対象のなかからの選択が不可能になる。したがってその知識を欠けば、そのほかのいっさいの知識も芸術も、現に今のキリスト教社会においてそうであるように、有害無益な遊びとなってしまう。

㈣　現代の人々が送っているような、あらゆる時代のすぐれた人々の意識に反する、愚劣な生活に対する唯一の言いわけは、若き世代の人々が天体の位置とか、数百万年前の地球の状態とか、生物の起源とかいった、いろんな難しいことを学ぶだろうということである。

しかし彼らはただ常に万人にとって必要なただ一つのこと、すなわち人生にはいかなる意味があるか、いかに人生を生きるべきか、この問題について古《いにしえ》の聖賢はいかに考え、いかなる結論を与えているかは、学ぼうとしない。現代の若い世代はそれを学ばないばかりでなく、むしろ神の律法の名のもとに、教師自身が信じてもいないあからさまなでたらめを学ぶのである。つまり現代の生活の建物の土台に、石ではなくて浮袋が据えてあるようなものである。そんな建物がどうして倒れずにいられよう。

(五)　現代において一番目につく現象は、愚にもつかぬ知識を山ほど蓄《た》め込んで、自分を学者とか教養人とか賢人とか思っている人が、自分の人生の意味も知らないばかりか、むしろ知らないことを鼻にかけるといった深い迷妄の淵にはまり込んでいるという現象である。が、またそれと反対に、化学の分子式も知らず、ラジウムの視差や性質も知らぬ無学ないし文盲の人々で、それでも己《おの》れの人生の意味を知っている真の賢者がいて、しかもそのことを鼻にかけることなく、ただ限りない増上慢《ぞうじょうまん》によってますます迷妄の泥《でい》濘《ねい》にはまり込みつつある似而非《えせ》賢人を憐むといった現象も、それに劣らず目につくのである。

＊(六)　真に必要な唯一の学問は――人間いかに生くべきかについての学問である。そしてそれは万人の手に届く学問である。

一月十九日

㈠　各人の自己犠牲によってのみ、一般社会の生活は改善される。

㈡　一羽の燕《つばめ》が春を呼ぶのではないと言われる。しかし、たとえ一羽の燕では春を呼べないとしても、すでに春を感じた燕としては、飛ばないでじーっと待っているわけにゆこうか？　もしもすべての蕾《つぼみ》や草がじーっと待ってばかりいたら、春はけっしてやって来ないであろう。そのようにわれわれとしても、神の国の建設のために、自分が一羽目の燕か千羽目の燕かなどと、考える必要はないのである。

㈢　天と地は永遠である。なぜ永遠かと言えば、それはもともと自分のため存在しはじめたものではないからである。だからその存在は永遠なのだ。そのように聖人も己《おの》れを脱却することによって永遠となる。彼は永遠となることで強力無比となり、己れに必要ないっさいのことをなしとげる。　（『老子』）

＊㈣　個人生活にしても、社会全般の生活にしても、掟《おきて》はただ一つ、その生活を改善し

たいと思ったらそれを放棄する覚悟をしなければならない。

(五)　かつてこの世に起きた善と悪との闘争のなかでも最大の闘争が開始される前兆を、多くの民が待ち望んでいる今日、世界のあらゆる場所で、すでにかすかな雷鳴が聞こえている今日、神の軍隊とサタンの軍隊の決戦の時が迫り、自由か隷従かという人類の未来の運命がそれにかかっている今日――こうした重大な時局に臨んで、われわれは何よりもまず、神の軍隊の兵士としての使命を果たすためには、人々を救うために自ら貧しい生活を送られた神の軍隊の指揮官の範例に倣《なら》わねばならないということを忘れてはならない。すなわち、すべてを抛《なげう》ち、己れの頭を枕するところも持たず、死者をして死者を葬むるに任せつつ、今日はここ、明日はあそこと、あらゆる危険な場所、あらゆる闘いの場所へ馳《は》せ参ずることができるように、固く安逸を誡《いまし》めることを忘れてはならない。死者というのは、移ろうものへの煩悩《ぼんのう》に陥り、物質欲の虜囚となって、自分のなかに解放を求める霊の存在することさえ知らず、生きることは闘うこと、つまりは死ぬこと、それによってはじめて偉大なる自由が成就《じょうじゅ》されることを知らぬ人々の謂《いい》である。

（ラムネ）

(六)　人間の完成度は、その個我からの脱却の度合によって計られる。われわれが個我から脱却すればするほど、われわれの人間としての完成度も大きくなる。

(七) 犠牲を払うことなしに生を改善しようと試みても無駄である。そのような試みはただ改善の可能性を遠去けるだけである。

一月二十日

(一) 死亡と出生は――二つの境界線である。この境界線の向こうには、同じような何かがある。

(二) 死んだら霊はどうなるのだろう？　と考えるなら、生まれる前はどうだったのだろう？　と考えないわけにゆかない。もしも君がどこかへ行くとすれば、君はどこかから出てきたことになる。人間の一生も同じである。君がこの世にやって来たのは、どこからかやって来たのである。もしも君が死後も生きるとすれば、誕生前にも生きていたわけである。

(三) われわれは死後どこへ行くのか？　もと来たところへ帰るのである。もと来たところには、われわれが〝私〟と呼んでいるものは存在しなかった。だからわれわれは、そのときどこにいたか、どのくらい長くいたか、そこには何があったか、いっさい覚えていないのである。もしもわれわれが死後、もと来たところへ帰るとしたら、死後の世界にもわれわれが〝私〟と呼ぶものは存在しないだろう。それゆえわれわれには、死後の自分たちの生活はどうかということは全然わからない。ただ一つ確かに言えることは、生まれる前のわれわれにとって悪が存在しなかったように、死後にも悪は存在するはずがないということである。

(四)　われわれが善《よ》き生活を送っている場合、われわれは今日ただ今が幸福であり、この生活のあとに何が来るだろうと考えはしない。よし死を思ったとしても、現在の生活がうまく運んでいることから推して、死後もやっぱりうまくゆくだろうと信ずるにちがいない。神は善であって、われわれのために最善を尽くしてきたし、今後も最善を尽くすであろうと信ずるほうが、天国でのさまざまな喜びを信ずるよりもはるかに堅実で心に平安を与えるものである。

＊(五)　われわれが生まれるとき、われわれの霊は肉体という柩《ひつぎ》のなかへ置かれる。しかしこの柩、つまりわれわれの肉体は徐々に滅んでゆき、われわれの霊はますます解放さ

れてゆく。そして肉体が死亡したとき、霊は完全に解放されるのである。

（ヘラクレイトスによる）

㈥　この世の生活のあとに何がやって来るだろうか、などと穿鑿《せんさく》する必要はない。ただ現在の生活のなかでわれわれがその理性や心情によって知る、われわれをこの世に遣わせし者の御旨《みむね》を行なうように努力すればよい。

一月二十一日

㈠　ある人のなかの理性がますます強固になり、煩悩《ぼんのう》がますます衰滅してゆくにつれて、その人のなかの神および隣人に対する愛という霊の生活が解放される。意識的にその解放に協力する者は幸いである。

㈡　もしもある人が、自分の家に屋根を葺《ふ》いたり、窓を取りつけたりせずに、雨風のたびに外へ飛びだして、風に吹かれ雨に濡れながら、雨雲に向かってお前は右へ行け、お前は左へ行けとどなっているのを見たら、われわれはその人のことを、あれは気が狂っているのだと言うにちがいない。しかしながら人々が悪を行なうのを見て、腹を立てて彼らを罵《ののし》り、自分の内の悪を根絶する努力をいっさいしないならば、われわれもその狂人と同じことをしているわけである。自分の内の悪を避けること、つまり屋根を葺き、窓を取りつけることは、われわれにもできることだけど、世のなかの悪を根絶することは、雨雲に命令することと同様、困難なのである。もしも人々が人を教える代わりに、ほんの稀《まれ》にでも自分自身を教えるようにすれば、世の中の悪は次第《しだい》に少なくなり、人々の暮らしは次第によくなるであろう。

(三)　過《あやま》ちや手違いが起きても気を落とすな。自分の過ちを意識することほど勉強になることはない。それは自己教育の最大の方法の一つである。

（カーライル）

(四)　自分と無縁の事柄に心を煩《わずら》わすな。無関係なことに容喙《ようかい》するな。むしろ自分自身を正し、完成への道を急ぐがよい。

（『聖賢の思想』より）

(五)　われわれの生活は、ちょうどわれわれの先祖の生活が人類にとっての遺産であるように、われわれ自身にとっての道徳的遺産である。われわれが行なった偉大な行為は、そのあとのわれわれのすべての行為をそれにふさわしいものにするための大きな契機となる。

（ジョージ・エリオット）

(六) 小さな悪事を行なっても、これぐらい大したことではないなどと絶対に考えてはいけない。「今日はしたけれど、もうこれからしない」と言う。そんなことは嘘である。一度やったことをもう二度とやらないというのは、なかなかできることではない。善事の場合にも「別に努力する必要はない。これくらいへっちゃらで、やろうと思えばいつでもやれる」などと言ってはいけない。そんなことは思ってもいけないし、言ってもいけない。ほんの小さな善事でも、必ず善き生活を築くための力を与えてくれる。悪事が必ずその力を減殺《げんさい》するように。

(七) 古いリンゴの木から熟《う》れたリンゴの実がリンゴの若木のそばに落ちた。リンゴの若木はリンゴの実に向かって言った。「こんにちは、リンゴの実さん。あんたも早く腐って、私のように芽を出して木になるといいね」——「このお馬鹿さん、腐りたいならお前が勝手に腐ったらいい」とリンゴの実は言った。「私がこんなに真っ赤で美しく身がしまっていて、みずみずしいのがわからないのかね。私は腐ったりなんかしたくない。楽しく暮らしたいのだよ」。「だけどお前さんのその美しさもその体も——みんなみんな一時の借り衣裳ですよ。そのなかには生命は全然ありませんよ。生命は、お前さん、自分で気づいていないけど、お前さんのなかにある種子のなかにあるんですよ」。「そんな種子なんてものがあるものか。馬鹿馬鹿しい」。リンゴの実はそう言って話をやめてしまった。

自分のなかに霊的生命が宿っていることを意識せず、ただただ動物的生活を送っている人々も、そのリンゴの実のようなものである。しかしながら欲すると欲せざるとにかかわらず、その人もリンゴの実と同じように、年とともに老衰してゆき、自分の生命と思っていたものが消滅していって、真実が絶えず成長する真の生命の存在がますますはっきりしてくるのである。だからして、いっそ最初から、いずれは死滅する生命によらずに、絶えず成長して滅びることのない生命によって生きるほうがよくはないだろうか？

＊(八)　われわれは、世のなかで一番大事なことは、何か目に見える仕事、たとえば家を建てるとか、畑を耕すとか、家畜に餌《えさ》をやるとか、果物を収穫するとかいった仕事であって、自分の霊などといった、なんだか目にも見えない代物《しろもの》のことを考えるのはちっとも大事なことでなく、やってもいいけどやらなくてもいいこと、といったふうに考えている。ところが本当は、霊のことを考えるということだけが、つまり毎日少しずつでも善良な人間になってゆくということだけが本当の仕事であり、その他いっさいの目に見える仕事は、その霊のことを考えるという仕事がなされているときに、はじめてわれわ

れに益をもたらすのである。

一週間の読み物

自己完成

人間は神の完全性に達することはできないが、それでも絶えず少しずつでもそれに近づくよう努力しなければならない。それが開闢《かいびゃく》以来、人類に定められた進路である。それはまさにイバラの道であって、その前途にはさまざまの困難が待ちかまえている。しかしながらそれはまた、われわれにさまざまの成果をもたらしてくれる点で、慰《なぐさ》めの道、悦《よろこ》びの道であるが、そのいや果ての成果が地上における人類友愛の世界、平和と愛の神の国の建設である。そのときはじめて、究極的な偉大な合一が訪れる。しかしながら、合一というのは各人の生命と万人の生命との合流であるから、その合一の実現のためには、それが要求するかぎりの自己棄却——分裂と孤立をもたらすすべてのものの自主的拒否——という方法以外はない。

福音書の教えも、すべてそれである。それはおよそ仁愛の教えであり、神および神のすべての被造物を抱擁《ほうよう》する普遍的な愛の教えである。すべての神の被造物のなかにおいて、すべては何よりもその方向に向かって動くのである。自愛からは、傲慢と貪欲と淫欲と妬《ねた》みと瞋恚《しんい》と怨恨《えんこん》とかが生じ、神に基づく万人の生の一体感からは、温柔、自己棄却、および内的平安――すなわち地上の苦しみを何物によっても破壊されない至福へと昇華せしめる、純粋な法悦が生ずるのである。

しかしながら忘れてならないのは、諸君がこの道を進めば進むほど、過去の王に奉仕する時代の子らからの妨害がますます強くなるであろうということである。彼らは諸君を憎み、そして迫害するであろう。諸君が周囲に播《ま》く善――その善の芽を摘み取るために、諸君を法廷に引きだし、牢獄に入れ、あくまで己《おの》れの奉仕する悪の続行を計るであろう。この聖なる戦いに敗北を喫しないよう心を強く持ち、勇猛心を発揮してほしい。この戦いを諸君のあとに続く者たちへの最大の遺産として残してほしい。戦いのあとには休息が来るであろう。そしてこの戦いは、「神は勝利を収めた。神の国が地上に建設され、神の子らには祖国が与えられた」と言われる日まで続くであろう。（ラムネ）

〃汝《なんじ》自らのごとく汝の隣人を愛せよ〃という道徳律は、福音書に言われているように（訳註――「マタイ伝」第二十四章三五節に「天地は廃せん、しかれどもわが言は廃せざらん」とある）、それが遂行されぬまま廃棄されるということは絶対にない。それは、重力の法則や化学上の化合の法則やその他のあらゆる物理的法則と同様、必然的なものである。

われわれは、かつては物理学上の法則も不安定で、すべての自然現象に共通には適用されなかったけれど、やがて研究に研究を重ねて、ついに必然的法則に達したと考えてもいい。道徳律の場合も同様である。われわれが道徳律を育て上げるのだ（訳註――モーゼの律法からさらに高度の律法がイエスによって説かれ、それが人々の心に定着していった）。賢者にとってこの世で最も身近な目的は、この世のすべての存在の合一である。最初のうちは、一定の人々だけが徐々に理性の法則を受け入れて、人生の幸福は各人が自分一個の幸福を目指すことによってでなく、万人の幸福を目指すことによって達成されることを悟るけれど、やがてほかの者もみな徐々にそのことを悟ったり、いやでも悟らされたりするようになる。

一月二十二日

㈠　およそ人殺しというものが、いかなる条件下においても、すべての宗教上の教えや人々の良心に表現されている神の掟の乱暴きわまる、明々白々な侵犯であることは動かぬ事実である。

㈡　キリストはどこにいる？　彼の教えはどこにある？　キリスト教諸国のなかのど

こに彼の教えはあるのだろう？　いろんな施設のなかにも――それはない。不公平の塊《かたまり》のような法律のなかにも――やっぱりない。エゴイズムに浸透された風俗習慣のなかにも――やっぱりない。いったいキリストの教えはどこにあるのか？

それは人間性の深奥《しんおう》において準備されつつある未来のなかにあるし、世界の隅から隅までの諸国民を震撼《しんかん》させつつある動きのなかにあるし、浄《きよ》らかな霊や正しき心の精進のなかにある。それはまた万人の意識のなかにある。なぜなら誰しもが、現在の体制はそれが仁慈と友愛を否定する悪であるゆえに、カインの末裔《すえ》の遺産であるがゆえに、神の栄光の前にいずれは退散すべき亡霊のごときものであるがゆえに、けっして長続きはしないことを知っているからである。（ラムネ）

㈢　兵役とは何か？　ほかでもない。若者が成長し、しっかりした体になり、両親の手助けができるようになるや否や、彼を検査場へ連れてきて裸になれと命じ、体を検査したうえ、十字架と福音書にかけて上官の命令には絶対服従すること、命令されれば誰でも彼でも殺すことを誓わせられることである。彼がその理性にも良心にも反し、福音書のなかのキリストの誡《いまし》めにも反する命令に服して誓いをすると、早速彼に軍服を着せ、鉄砲を与え、射撃の訓練を与えて、同胞である人間を殺しに行かせる。彼が殺すように命ぜられる人々は、彼に対して何一つ悪いことをしたことはなく、彼としてもその人々を見たこともないのに、福音書にかけて誓ったという理由で、彼らを鉄砲で撃ったり剣で突き刺したりする。実はまさにその福音書のなかに、誓ってはいけないし、同胞を殺すことはもちろん、同胞に対して怒ってもいけないと説かれているのに。

㈣　総じて軍隊勤務は、それに就《つ》いた人々を、完全なる安逸遊惰《あんいつゆうだ》に、換言すればまともで有益な労働の欠乏状態に落とし入れ、彼らを人間に普遍的な義務から解放して、その代わりに連隊の名誉とか、軍服の名誉とか軍旗の名誉とかいった作り物を持ってくることによって、さらには他人に対する無制限の権力を持たされるかと思えば、反対に上官に対する奴隷的屈従を強いられることによって、大いに彼らを堕落させてしまう。

なかでもとりわけ軍人を堕落させるものは、彼らの安逸放恣《ほうし》の生活である。なぜなら軍人でない普通の人間がそんな生活を送る場合、彼は心の底で自ら恥じざるをえないからである。ところが軍人はそれを当然と思い、その生活をひけらかし、鼻にかける始末である。ことに戦時中はしかりである。「われわれは戦争でいつでも命を棄てる覚悟をしている。だからこうしたのんびりと楽しい暮らしが許されるばかりか、むしろわれわれにとって不可欠のものである。だからこんなふうに暮らしているのだ」

㈤　一人の人間は人を殺すことを許されない。もし殺したら彼は犯罪者であり、人殺しである。二人、十人、百人が殺しても、やっぱり人殺しである。しかしながら一国家、一民族となると、どれだけ人を殺しても人殺しでなく、素晴らしい勲功となる。なるべく大勢の人を集めて、何万と人を殺戮《さつりく》すれば、もう罪にはならないのだ。しかしそのためには、いったいどれだけの人数が必要であろうか？　そこが問題である。一人の人間には窃盗も強盗も許されないが、国民全体なら許される。しかしそのためにどれだけの人数が必要であろうか？　どうして一人や十人や百人では神の掟《おきて》を破ってはいけないのに、非常に大勢になるとかまわないのだろう？　（アディン・バルー）

＊㈥　一人一人の肉体のなかには、みんな同じ神的本源が宿っている。それゆえ一人の人間だろうと人間の集団だろうと、その神的本源と肉体との結合体を、すなわち人命を破壊する権利はないのである。

一月二十三日

㈠　あらゆる罪のなかでもただ一つ、隣人への怒りという罪は、人間の最大の幸福である愛の幸福にまっこうから背反する。それゆえ人生最大の幸福をこれ以上確実に人間から奪うものはない。

㈡　ローマの賢人セネカは、怒りを抑える最良の方法は、怒りがこみあげてくるのを感じたらじーっとして何もしないこと、歩きもせず、動きもせず、喋《しゃべ》りもしないでいることだと言った。もし体や舌を制御しなかったら、怒りはますます増大するだろう、と言うのである。セネカはさらに、怒る癖をなくするためには、人がぷんぷん怒っている恰好を見るのもいい、と言う。人が怒っているときの恰好、つまりまるで酔っぱらい同然、獣同然に赤い顔、憎悪に満ちた醜《みにく》い顔をして不愉快なきいきい声を出し、口汚い言葉を吐く恰好を見て、自分はあんな醜態は演じたくないと思え、と言うのである。

㈢　人がしばしば憤怒《ふんぬ》に駆られてそれを抑制することができないのは、憤怒のなかには一種の男らしさがあるように錯覚しているからである。俺は容赦しなかった、さんざんどなりつけてやった、云々《うんぬん》。だけどそれは間違っている。憤怒の発作に負けないためには、憤怒のなかに何も善《よ》いものはないし、またあるいわれもないということ、憤怒は弱さの証拠であって、強さの証拠ではないということを思い起こさねばならない。もしも誰かが腹を立ててつかみ合いをしたり、子供や女のような弱者を殴《なぐ》ったりした場合、その人は自分の強さをでなくて弱さを暴露しているのである。

㈣　憤怒がどんなに他人にとって有害であろうと、それは何にもまして憤怒する当人にとって有害である。憤怒は必ずそれを呼び起こした相手の行為以上に有害なのだ。

㈤　どういうわけで貪欲で吝嗇《りんしょく》な人がみんなに嫌われるかは、よくわかる。その人は自分が富むために人の財産まで欲しがる。つまりその人は、自分の利益のために人に害悪を加えるのである。ところが邪悪な人は、自分にはなんの利益もないのに他人に害悪を加える。おまけに、他人に害悪を加えるばかりでなく、自分にも害悪を加えるのだ。

（ソクラテスによる）

㈥　限りない憎悪の念を懐《いだ》いている人、まるでツタカズラのようにそれに巻かれてしまっている人――そのような人はまもなく、最も兇悪《きょうあく》な敵が彼を落とし入れようとするところへ自ら赴《おもむ》くであろう。

（仏陀《ぶっだ》の言葉）

㈦　汝《なんじ》の敵は悪をもって汝に酬《むく》いるであろうし、汝を憎む者は汝にひどい仕打ちをするであろう。しかし汝の心中の怒りは、比較を絶した大きな悪を汝にもたらすであろう。汝の父も母も親戚も知人も、人の悪を赦《ゆる》し、これを忘れる汝の心以上に善をもたらすものではない。

（仏陀の言葉）

＊㈧　いかなる場合にも、人々に対する自分の憤怒を正しいと考えてはならぬし、いかなる人も人でなしとか、役立たずとか言ったり考えたりしてはならない。

㈨　われわれが腹を立てるのは、なんでそんな腹の立つことが起きたかの原因がわからないからである。なぜならもしその原因がわかれば、われわれは結果でなくてその原因に腹を立てるであろうからである。しかしながらあらゆる現象の外的原因は非常に遠くにあって、これを発見することはできないが、その内的原因は――いつもわれわれ自身なのだ。どうしてわれわれは人を責めるのが好きで、こんなに意地悪く、こんなに理不尽に責めるのだろう？　人を責めることで自分の責任を免れようと思うからである。われわれは自分に困るようなことがあると、これは自分が悪いからでなくて、人が悪いからと考えたがるのである。

㈩　人々が互いに憎々しげに口論していると、子供はどちらが正しくてどちらが悪いかわからないまま、心で双方を非難しながら憂わしげに二人のもとから走り去る。そしていつも二人のどちらよりも、その子供のほうが正しいのである。

一月二十四日

㈠　人類がどこへ進むかは、人々には知ることができない。最高の叡智《えいち》は、汝《なんじ》自身がどこへ進むべきかを知ることにある。それは汝の知るところであり、すなわち最高の自己完成に向かって進むべきである。

㈡　生命に導く道は狭く、これに入る者は少ない。なぜ少ないかと言えば、大多数の者は、みんなが歩く広い道へ入るからである。本当の道は狭くて、一人ずつしか入れない。それに入るためには、群衆と一緒に歩くのでなくて、仏陀《ぶつだ》とか孔子とかソクラテスとかキリストとかいった孤独な人のあとについてゆかなければならない。彼らこそ自分自身のために、そしてまたわれわれみんなのために、次々と同じ狭い道を開いていった人々なのである。（リュシー・マローリによる）

㈢　人間はもっぱら次の三種類に分けられる。第一は神を見出して、それに奉仕する人々で、その人たちは賢くて幸福である。第二は神を見出さないし、探しもしない人たちである。その人たちは愚かで不幸である。第三はまだ神を見出さないけれど、これを探している人たちで、この人たちは賢いけれどまだまだ不幸である。（パスカル）

(四) 真理の探究の始まるところ、そこには必ず生命が始まる。真理の探究がやむや否や、生命も終わりを告げる。

（ジョン・ラスキン）

(五) すべてのものを神的純全性という理念に照らして眺め、己《おの》れの全生活をもってその純全性への精進を行なう――ソクラテスとかエピクテトスとかマルクス・アウレリウスとかいった古代の聖賢の人生を見る目の偉大さは、そこにある。ところがこれら聖賢の叡智をそしり、それを認めようとしないキリスト教が存在する。しかしながら地上における神の国を目指す叡智のほうが、神の国は墓の彼方だけで可能だと説く教えより、はるかに高いのである。虚偽の教えの特色は、人生をあの世までずらし、善を行なう者よりも、自分の教えを信ずる者をより高く評価することである。

（アミエルによる）

(六) もしある人が叡智を求めるならば、その人は賢人である。しかしそれを発見したと考えるならば、彼は愚人である。

（ペルシャのアルビテス）

＊(七) 大事なのはわれわれが占めている場所ではなくて、われわれが進んでいる方向である。

（ホルムス）

(八)　汝《なんじ》を囲繞《いにょう》する人々と共通の目的ではなくて、全世界の人々の使命と同一の、汝の人生の使命が、汝の行為を規定すべきである。

一月二十五日

(一)　誰にとっても必要不可欠な知識というものがある。そうした知識を自分のものとしないかぎり、その他のいっさいの知識はかえって有害であろう。

(二)　ソクラテスは絶えず自分の生徒たちに向かって、どんな学問でもこれを正しく学ぶためには、一定の限度を守り、それを越えないようにしなければならぬと教えた。たとえば幾何学の場合――と彼は言う――土地を売ったり、買ったり、遺産として子供たちに分けてやったり、百姓たちに耕す広さをそれぞれ指定したりするために、土地を正しく測量できればいい。「それだったら大変やさしいし」と彼は言う。「ちょっと努力すればどんな測量でもできる。地球全体の測量だってそう困難じゃない」
　しかしながら彼は、自分はそれを究めていたにもかかわらず、あまり幾何学の高等理論に没頭することをすすめなかった。そしてそんなものは別に何の役にも立たないのに、そのために自分の生活を費やして、ほかのもっと有益な学問がお留守になりかねないと警告した。

また、天文学の場合でも、彼は空を見て夜の時刻や一月の日時や一年の季節を知り、道を迷わぬようになり、航海のときの進路を誤らず、適時に見張りを交替させることができる程度の知識を望ましいとした。「そうした知識なら大変やさしくて」と彼は言う。「どんな猟師にも、航海者にも、要するにちょっと勉強しさえすれば誰にでも獲得できるのだ」。しかしながらいろんな天体が描く軌道を研究したり、恒星や惑星の大きさを計算したり、その地球からの距離とか運動とか変化とかいったことに深入りすることは、なんら益なきこととして、厳にこれを誡《いまし》めた。

彼がそうした学問を低く評価していたのは、彼がそれに通じていなかったからではなくて（実際には彼はその学問にも通じていたのだから）、その種の学問にあまり熱中すると、人間として一番大事な道徳的自己完成のために用いらるべき時間と精力とが失われることを恐れたからである。

㈢　単に知識を漁《あさ》りまわる学者は哀《あわ》れなるかな。あくなき知識欲に駆使されながら、自ら高しとする哲学者は哀れなるかな。これら悪しき富者たちは、かたわらでラザロが絶えず空腹を訴えているとき、連日その知的遊戯にうつつをぬかしているのだ。彼らはみな、いとも空《むな》しい知識ではちきれそうにしている。なぜ空しいかと言えば、その不毛な知識は一人一人の内面的完成にも、社会の向上進歩にも、いささかも資するところがないからである。

（フェヌロン）

㈣　汝の眼を偽りの世よりそらし、五官の誘いを退けよ。五官は汝を欺《あざむ》くであろう。むしろ汝自身のなかに、個我を没却した汝自身のなかに永遠なる人間を探し求めよ。

（仏陀の言葉）

㈤　経験的科学がそれ自体のためだけに研究され、指導原理としての哲学的思想を欠くならば、それはあたかも目のない顔のようなものである。それは中程度の才能を持っているけれども、そうしたこせこせした研究にはむしろ妨げとなるような最高の天分には恵まれていない人種にふさわしい学問の一つである。そうした中程度の才能を持つ連中は、己れの全精力全能力を唯一の限られた学問分野に傾注し、そのため、その分野においては精一杯の業績をあげるけれども、その代わりほかの分野のことはまるでわからなくなる。言ってみれば彼らは時計工場の職工のようなもので、一人は歯車だけを作るし、もう一人はゼンマイだけを作るし、さらにもう一人は鎖《くさり》ばかりを作るといった始末である。

（ショーペンハウエル）

＊㈥　無益な知識をうんと蓄《た》め込むよりも、少しでもいいから人生の掟《おきて》を学ぶほうが大事である。人生の掟は汝を悪より防ぎ、善へと導くであろう。その反対に無益な知識は、いたずらに汝を傲慢の罪に誘い、真に汝に必要な人生の掟を明らかに悟ることを妨げるであろう。

㈦　無知を恐れず、偽りの知識を恐れよ。真実でないものを真実と思うより、何も知らないほうがむしろいい。天は固体であって、そこに神様が住んでいると考えるよりは、天のことは何も知らないほうがましである。しかしまた、われわれが空と言っているのは無限の空間であると考えることも、大してましな言葉ではない。天を無限の空間と言うのも、固体と言うのと同様、あやふやな話である。

一月二十六日

㈠　金持はどうしても無慈悲にならざるをえない。もし彼が人間らしい慈悲心を発揮しだしたら、たちまち金持ではなくなるであろう。

(二)　われわれが食卓で談笑しながらたらふく食べているとき、往来を通る人たちが泣いているのを見ても平気なばかりか、その人たちのことを怒って、欺瞞者《ぎまん》と罵《ののし》ったりするとしたら、それはとんでもない無茶と言えないだろうか？　君は欺瞞者と言う。だけどパン一枚のために誰が人を欺《あざむ》くだろう？　もしまたその人が欺くとしたら、君はその人を憐《あわれ》れみ、ますますその人を貧窮から救ってやらねばならない。また君がどうしても恵みを施したくないのなら、せめて悪口だけは言わないことだ。（金口《きんこう》ヨハネ）

(三)　まず掠奪《りゃくだつ》をやめ、そのあとで施しをするがよい。不浄の金から手を引いたあと、その手を慈善のために伸ばすがよい。もしわれわれが自分の手で、ある人々の着物を剝《は》ぎ取り、同じ手である人々に着せたとすれば、われわれの慈善行為がわれわれの犯罪行為への引き金となるわけである。そんな慈善行為は、はじめからしないほうがいい。（金口ヨハネ）

(四)　富者が慈善行為をしようとするときほど、彼の生活の残忍さが暴露されることはない。

(五)　富者の家では、三人の人間に十五の部屋があるけれど、それでも貧者を宿らせ、暖をとらせようとはしない。百姓の家では七アルシン（訳註――一アルシンは七一・一二センチ）平方の部屋に七人が住んでいるが、それでも喜んで旅人を宿らせる。

㈥　われわれはいろんなものを不完全なるがゆえに愛する。その不完全性は、努力を人生の法則たらしめ、慈悲を人間の裁きの法則たらしむるために、神が定めたもうたものである。

（ジョン・ラスキン）

㈦　叡智《えいち》の第一原則が自分自身を知ることにあるように（実はこれは何よりも困難なことであるが）、慈善の第一原則は少しのもので満足することである（これもまた実に困難なことであるけれど）。そのように足ることを知った、平和を愛する人のみが、他人への慈善において強い力を発揮するであろう。

（ジョン・ラスキン）

＊㈧　世の財宝をもちて兄弟の窮乏《とぼしき》を見、かえって憐憫《れんびん》の心を閉ずる者は、いかで神の愛その内にあらんや。子らよ、われら言と舌とをもて相愛することなく、行為と真実をもてすべし。

（「ヨハネ第一公書」第三章一七～一八節）

㈨　愛するに言葉をもってし、あるいは舌をもってすることなく、行ないと実とをもってするためには、キリストが言ったように、富者は乞う者に与えなければならない。乞う者のすべてに与えていれば、その人がどんなに大きな財産を持っていても、すぐに富者でなくなるであろう。そして富者でなくなってはじめて彼は、キリストが富める若者に命じたことを実行したことになるのだ。

一月二十七日

㈠　人々に対する愛こそ、われわれを隣人および神と合一せしめることによって、真の、何物も奪うことのできない内面的幸福をわれわれに与える。

㈡　本人以外の何人《なんぴと》といえども、人間の精神的成長を妨げることはできない。肉体の衰えも知力の減退も、精神的資質の成長に対する障害とはなりえない。なぜなら精神的資質の成長は——ただただ愛の増大のなかにあり、何人《なんぴと》もその増大を妨げうるものではないからである。

（リュシー・マローリ）

＊㈢　賢者はそれが自分にとって有利だから愛するのではなく、愛そのもののなかに幸福を見出すから愛するのである。

（パスカル）

(四) 過ぎたことを悔むな。悔んでみてもなんになろう？ 虚偽は言う、悔め、と。しかし真実は言う、ただ愛せよ、と。いっさいの思い出を遠去けよ。過去について語るな。ひたすら愛の光のなかに生き、その他のすべてをして過ぎ去るに任せよ。

(ペルシャの格言)

(五) 人々が、中国の賢人に尋ねた。「智慧《ちえ》とはなんですか？」賢者は言った。「それは人を知ることです」。人々はまた尋ねた。「では、仁とはなんですか？」すると賢者は言った。「それは人を愛することです」

(六) 人間はなかなか幸福に達することができない。なぜなら現世の幸福に対する渇望《かつぼう》が烈しければ烈《はげ》しいほど、それは実現の可能性が少ないからである。義務の遂行もやっぱり幸福を与えることはできない。それは平和を与えるけれども、幸福は与えない。ただ神聖なる愛と、神との合流のみがわれわれに真の幸福を与える。なぜなら、もしも自己犠牲が喜悦に転化したら、絶えざる、不滅の、日々に増大する喜悦に転化したら、われらの霊には不断の幸福が保証されるであろう。

(アミエル)

(七)　君がこれまで愛していなかった人、むしろ非難していた人、君に悪を行なった人を愛するように努めるがよい。もしそれができたら、君は今まで全然知らなかった、素晴らしい喜悦の情を覚えるであろう。君はたちまちその人のなかに、君のなかに宿っているのと同じ神を発見するであろう。そして、闇のうしろには光がいっそう明るく輝くように、君が憎しみから解放されたら、君のなかに神来の愛がいっそう強く、いっそう喜ばしく輝くであろう。

(八)　私は自分のなかに、徐々に世界を改造する力が宿っていることを感ずる。その力は別に突きもしなければ押しもしないけれど、私はそれが否応なしにじりっじりっと自分を引き寄せるのを感ずる。そして私が無意識の内にほかの人々を引き寄せるように、何かが自分を引き寄せていることを感ずる。私が彼らを引き寄せると、彼らは私を引き寄せる。そして私たちは、そこに新たな合一への希求を感ずるのである。私は自分のなかのその力に、お前は誰か？　と尋ねる。と、その力は答えて言う。「私は愛、天の支配者であり、地の支配者でもありたいと願っている者だ。私は天界の諸力のなかでも最強のもの、地上に明日の世界を築かんためにやって来たのだ」　（クロスビー）

(九)　母親が命がけで自分の子供を、たった一人のかわいい子供を育て守ってゆくように、われわれのなかの生きとし生けるものへの友愛の情を育て守ってゆかねばならない。

（メッタスッタ）

(十) 愛がわれわれに与える勇気と、平安と喜悦の情は非常に大きくて、そうした内面的な愛の悦《よろこ》びを知った者には、世俗的な愛が与える世俗的な幸福など、物の数でもなくなってしまう。

一月二十八日

(一) もしもわれわれが、われわれの従うべき掟《おきて》、われわれに自由を与える掟を知りたいと思うなら、われわれは肉の生活から霊の生活へ移らねばならない。

(二) イエス言えり、「……されどわれを遣わしたまいし者は真《まこと》なり、われこれに聞きしことを世に告ぐるなり」。彼らイエスが父をさして語りしことを悟らざりき。さればイエス、彼らに言えり、「汝《なんじ》ら人の子を挙げなば、これわれなりと知り、かつわが己《おの》れに由《よ》りて何事をも行なわず、ただわが父のわれに教えしごとく、これを語るを知らん」
（「ヨハネ伝」第八章二六〜二八節）

(三)　自分の個我のなかにではなく、各人の心に宿る神霊のなかに自分の生命を認めることを、キリストは人の子を挙げると言ったのである。

(四)　キリストは真の預言者だった。彼は霊の神秘を見た。そして人間の偉大さを見た。彼は諸君のなかにも、私のなかにも、等しく宿っているものを信じた。彼は人間の肉体にそのまま宿る神を見た。そして勇躍歓喜しながら言った。「私は神の子だ、神が私を通してお働きになるし、私を通してお語りになる。そのことを見たいと思うならば、君が、私が今考えたり、感じたりしていることと同じことを、考えたり、感じたりしているときの自分を観察するがいい」。人々の心に宿る神の掟《おきて》を認識したキリストは、ほかのいかなる掟にもこの掟を従属させることをしなかった。彼はこの掟こそ神自体だと認めたのである。

（エマスン）

(五)　「私と神とは――一体である！」と師は言った。「しかし、もし諸君が私の肉体を神と思うなら、それは間違っている。もしまたその他いっさいの存在から孤立した私の非肉体的存在を神と考えるなら、それも間違っている。諸君が自分自身のなかに本当の私を、真に神と一体であって、すべての人々のなかにあっても同一である〝私〟を理解したとき、そのときはじめて諸君は正しいのだ。そのような私を理解するためには、自分の内の人の子を挙げなければならない。そして人の子を挙げたならば、諸君は自分たちとほかの人々とのあいだになんの区別もないことを悟るであろう」
「われわれには自分たちが個々別々の存在と見えるけれども、それはちょうどリンゴの花の一つ一つが、自分は一個の孤立した存在だと思っているけれど、実は一本のリンゴの木に咲いた花で、みんな一つの萌芽から生まれたようなものである」

（フョードル・ストラーホフ）

*㈥　この世の短い期間を、永遠の掟に従って生きなければならない。

（ソロー）

㈦　「人間の精神はその本性から言ってキリスト教的である」。キリスト教は人々によって、なんだかもうすっかり忘れていたけれど、ひょっくり思い出した、といった具合にいつも受け取られている。キリスト教は、人間を合理的な掟に従う喜ばしい世界の眺望が開けるような高所へ導く。キリスト教の真理を悟った人間の味わう感情は、ちょうどそれまで暗い、息苦しい塔のなかに閉じ込められていた人が、その塔の高い見晴らし台に昇って、今まで見えなかった素晴らしい世界を見たときに味わう感情のようなものである。

(八)　人間の掟への服従の意識はわれわれを奴隷にするが、神の掟への服従の意識は、われわれを自由にする。

一週間の読み物

キリスト教の本質

人々は遠い遠い昔からずっと、自分たちの存在の惨《みじ》めさ、儚《はかな》さ、無意味さを感じ、そうした惨めさ、儚さ、無意味さから救われるために、神あるいは神々を信じようとしてきた。その神あるいは神々が、自分らをこの世のさまざまな苦しみから免れさせ、この世で望みながら得られなかった幸福を、あの世で授けてくれるように、と。それゆえ遠い遠い昔からいろんな国にいろんな説教者がいて、人々を救う神、あるいは神々とはどんなものかとか、その神あるいは神々に嘉《よみ》せられて、この世やあの世で酬《むく》いを授かるにはどうしたらいいかとか説いてきたのである。

ところである宗教は、神は太陽であり、さまざまな動物の形をしていると説き、またある宗教は、神々とは天と地であると説き、さらに第三の宗教は、唯一の神が世界を創造し、万民のなかからお気に入りの民族を選民とされたと説き、第四の宗教は、神にもいろんな神がいて、人間のやることに直接関与してくると説き、さらに第五の宗教は、神が人間の姿をもって地に降臨したと説くのである。

そしてそれら説教者たちはみんな、真理と虚偽とをごちゃまぜにしながら、人々に向かって、これこれは悪いことだからするなとか、これこれはいいことだからしろとか言うばかりでなく、聖秘礼《サクラメント》とか献《ささ》げ物とか祈禱《きとう》とかを要求し、そうしたものが何よりも、この世およびあの世でのみんなの幸福を保証するのだと説いた。

しかしながら、時とともにそうした教えが人々の精神的要求を満足させえないようになった。まず第一に人々は、自分らが追求するこの世の幸福は、神あるいは神々の要求を実行しても獲得できないことを知った。第二に文明の普及とともに、宗教の教師が神や来世や来世の酬いなどについて説く言葉が、新しい世界観と一致しないため、だんだん信用されなくなってきた。

たとえ以前には人々は、神が六千年前に世界を創造したとか、地球は宇宙の中心であるとか、地球の下には地獄があるとか、神が地上に降臨したあと天へ昇っていった、等々の言葉を平気で、疑うことなく信じたとしても、今ではそんなことを信ずるわけにはゆかない。なぜなら人々は、世界が六千年前からでなくて何百万年も何千万年も前からあったことを知っているし、地球が宇宙の中心ではなく、ほかの天体と比べてむしろ大変小さな惑星であることや、地球は球体だから、その下には地獄などあるはずがないということを知っているし、さらには、もともと天などというものは実在しなくて、アーチのような空の形だけがあるのだから、天へ飛んでいったりはできるものじゃないことを知っているからである。

第三にこれが一番肝腎なことであるが、人々の世界的交流が繁くなるにつれ、いろんな国にいろんな宗教の教師がいて、それぞれの教えを述べ、自分の教えだけが真実で、ほかのはみんな嘘だと言っていることがわかってきたからである。そのことを知った人々は、当然のことながらそうした教えのどれをとってみても、ほかの教えより以上に真実であるということはなく、それゆえ、そのなかのどれ一つも疑うべからざる神聖な真理ととるわけにゆかない、という結論に達した。この世での幸福の得がたさや、人類の文明の普及や人々の世界的交流の結果、いろんな国にいろんな教えがあることがわかったことなどから、人々は自分たちに説かれる教えを段々信用しなくなったのである。

しかるに、一方には人生の意義を解明し、幸福への希求と人生の矛盾を解決したいという要求があるのに、一方には人間の免るべからざる不幸や死の意識がますますはっきりするというジレンマが、ますます顕著になっていった。人間は幸福を願い、そのなかに自分の生の意義を認めているのに、長く生きれば生きるほど、幸福が自分にとって不可能なことを知る。彼は生きることを望み、生命がいつまでも続くことを願っているのに、自分が、そして自分を囲む生きとし生けるものが、やがては否応なしに死んで消えてゆくことを知る。

彼にはまた、理性というものがあり、人生の合理的説明を望んでいるけれども、自分の人生に対しても、他人の人生に対してもなんら合理的説明が得られないのである。確かに昔は、已《おの》れの生の幸福およびその永続を願う気持と、死や苦しみの避けがたさとの矛盾対立の意識は、ソロモンとか仏陀《ぶっだ》とかソクラテスとか老子とかいった、すぐれた人たちだけにあったとしても、最近はみんながそれを意識するようになり、それだけにその矛盾の解決は、かつてないほど必要なものとなったのである。そのような幸福や生の不滅への希求と、それらが不可能であるという意識とのあいだの矛盾の解決が、人類にとって避くべからざる焦眉《しょうび》の課題となった。

まさにそのとき——その解決を与えたのが真の意味のキリスト教だった。古代の教えは、造物主、万物の司《つかさ》、救世主としての神の存在を説くことによって、人生の矛盾を隠《いん》蔽《ぺい》しようとした。ところがキリスト教はむしろ反対に、人々にその矛盾をありのままに示した。その矛盾の必然性を示し、その矛盾の認識に基づいて、その解決法を導きだしたのである。

その矛盾というのは次のとおりである。実際のところ人間は、一面動物であって、肉体のなかに住んでいるあいだは、あくまで動物たることをやめないが、他面彼はあくまで精神的存在であって、あらゆる動物的欲望を否定するものである。人間は最初のころ、自分が生きていることも知らないで生きていて、言ってみれば彼自身が生きているのでなく、彼を通じてわれわれの知る万物のなかに生きている力が生きているのである。人間が自分で生きはじめるのは、彼が自分が生きていることを知ったときからである。そして自分が生きていることを知るのは、彼が自分が幸福を望んでいること、そしてほかの人たちもそれを望んでいることを知ったときである。それを知ることによって、彼の内に理性が目覚めるのである。

さて、自分が生きていること、幸福を望んでいること、そしてほかの者もやっぱり幸福を望んでいることを知った人間は、こんどは否応なしに、彼が自分一個人のために願う幸福はとうていかなえられないで、そうした願いとあべこべに、彼の前には避くべくもない苦しみと死が待ちかまえていること、また彼以外のすべてのものにもそれが待ちかまえていることを思い知らされる。そこでその矛盾を前にして、彼はそうした自分の人生がそのまま何か合理的な意味を持ちうるような解決法を探し求める。そこで彼は自分の人生が、自分の理性の目覚め以前の状態をそのまま続けるか、換言すれば、あくまで動物的であるか、それともすっかり精神的になるかの二者択一を迫られる。しかし人間は、動物になろうと思っても、天使になろうと思っても、そのどちらにもなれないのである。

そのときキリスト教がその矛盾の解決者として登場する。キリスト教は人間に向かって、お前は動物でもなければ天使でもない、野獣から生まれようとしている天使であり、動物から生まれようとしている精神的存在である、と告げる。つまりおよそわれわれのこの世の生活は、まさにそうした霊による誕生の過程にほかならない。

人間が合理的意識に目覚めるや否や、その意識は彼に向かって、自分は幸福を望むと言う。ところがその合理的意識は個我としての彼のなかに生まれたので、彼にはその幸福の希求が彼の個我だけに関しているように思われる。しかしながら彼に向かって、彼自身の幸福を求める個我としての彼を示した合理的意識は、同時にまた彼に向かって、個我というものが、彼が考えている意味での幸福や永遠の生命というものにふさわしくないことを告げる。つまり彼には、個我としての自分が、幸福も永遠の生命も持ちえないことがわかるのである。「いったい何が真の生命を持つのであろうか?」と彼は自問してみて、やがて彼自身も、彼を取り囲む人々もそれを持たず、ただ幸福を願う者だけがそれを持っていることがわかる。

以上のことを認識するや、人間は、ほかから孤立した肉体的な、やがて死すべき存在が自分だと考えることをやめて、彼の合理的意識が彼に啓示したところの、他者と分離することのできない精神的な、したがって永遠不滅の存在を自分だと考えるようになる。

以上のことを、人間の内に新たな精神的存在が誕生した、と言うのである。合理的意識によって人間に啓示されたものは、幸福への希求、つまり以前にも彼の人生の目的であったものそのものであるが、ただその違いは、以前はその幸福への希求が、個我としての、一個の肉体的存在としての彼自身に向けられた盲目的なものだったが、今やその希求が自ら誕生し、したがってそれが単なる個我にでなく、生きとし生けるものに向けられるようになったという点である。

理性の誕生の初期には人間は、彼が自分のなかに感ずる幸福の希求は、単にその希求を包む肉体に関するもののように思う。しかしながら理性がますます明らかに、ますます確固不動のものとなるにつれて、ますます真の存在が、彼が自分をそれと意識するところの、人間としての真の〝私〟が、けっして真の生命を持たぬ彼の肉体ではなくて、実は幸福の希求そのもの、換言すれば、生きとし生けるものへの幸福の希求だということが明らかになるのである。生きとし生けるものへの幸福の希求こそ、また生きとし生けるものへの生命の賦与《ふよ》者であり、とりもなおさずわれわれが神と名づくるところのものである。したがってその意識によって人間に啓示されるもの、彼のなかに誕生するもの、それが万物に生命を与うるもの――すなわち神なのである。

従来の教えによれば、人間は神を知るためには、他人が自分に神について語ることを、神が世界や人間を創造して、そのあと人々に姿を現わした、といったようなことを信じなければならなかった。しかしキリスト教によれば、人間は自己の内部の意識によって、直接神を認識するのである。自分の内部の意識は人間に対して、己れの生命の本質は、生きとし生けるものへの幸福の希求であり、なんだか言葉では説明も表現もできないけれど、人間にとって一番身近でわかりやすいものであることを告げるのである。

最初、幸福の希求が人間に生じたのは、一個の動物的存在としての自分の生命のなかにであったが、次に自分の愛する人々の生命のなかに現われ、その後彼のなかに合理的意識が生まれるや、それは生きとし生けるものへの幸福の希求となって現われた。生きとし生けるものへの幸福の希求こそ、いっさいの生命の始まりであり、愛であり、福音書に神は愛なりと言われているとおり、神なのである。

（レフ・トルストイ）

一月二十九日

㈠　叡智《えいち》というものを、ただ特定の人々だけの属性だと考えてはいけない。叡智は万人に不可欠のものであり、それゆえ万人の属性でもある。叡智とは己《おの》れの使命とその使命を果たす方法とを知ることなのである。

㈡　三つの道によってわれわれは、叡智に達することができる。第一は思索の道で、これは最も高尚な道である。第二は模倣の道で、これは最も安易な道である。第三は経

験の道で、これは最も苦しい道である。　（孔子）

＊㈢　人間の価値は、その所有する真理によって計られず、その真理を獲得するためにその人が注いだ心血の度合によって計られる。　（レッシング）

㈣　人生は学校であり、そこでの失敗は、成功よりもすぐれた教師である。　（スレイマン・グラナードスキー）

㈤　自分を研究しようと思ったら――人々とその行為とを観察せよ。人々を研究しようと思ったら――自分の心を覗《のぞ》け。　（シラー）

㈥　物事を理解するというのは、最初そのなかにいて、その後そこから出てくることである。だからまず虜囚となったあとに釈放されることが必要であり、魅惑されたあとに幻滅することが必要であり、熱を上げたあとにその熱が冷めることが必要である。今なお魅惑されている人も、一度も魅惑されたことのない人も――そのどちらも物事を理解することはできない。われわれは、まず信じたあとで批判のメスを加えたものだけしか、充分理解することはできない。物事を理解するには自由でなければならないが、その前にまず虜囚とならねばならない。

（アミエル）

(七)　われわれの内部から、あるいは背後から、われわれを透して光が輝くとき、われわれは自分らが無に等しい存在であり、その光がすべてであることを知る。われわれが普通、人間と呼ぶところの、食べたり飲んだり坐ったり数えたりする存在は、本当の意味での人間をわれわれに示さず、むしろその偽りの姿を示す。真の人間とは、その人のなかに住む霊である。その人が行ないによってその霊を顕彰すれば、われわれはその前に跪《ひざまず》くであろう。聖諺《せいげん》に言う、「神は音もなく訪れる」と。つまりそれは、われわれと万物の本源とのあいだに障壁がないということ、結果である人間と原因である神とのあいだに壁がないということである。

（エマスン）

(八)　霊はそれ自身、自己の裁判官であり、また避難所でもある。君の内に目覚めた霊を、最高の内的裁判官を辱《はずか》しめてはならない。

（マヌー）

(九)　叡智が発現されえないような、そんな境遇や、そんな無意味な仕事はない。

一月三十日

(一)　土地は私有の対象であってはいけない。

(二)　あなたはどこの生まれですかと問われたとき、ソクラテスは、自分は世界の市民だと答えた。彼は自分を世界の住民、世界の市民と考えていたのである。　（キケロ）

(三)　われらの住む大地全体が地主たちの私有財産で、彼らが地上権を持つものとすれば、土地の非所有者はすべて、それに対するなんらの権利を持たないことになる。したがって土地の非所有者は、地主たちの承諾を得てはじめて地上に住むことができるわけである。彼らは地面に両足で立つ権利さえ、地主たちの承諾を受けてはじめて獲得することになる。それゆえ、もしも地主らが彼らに足を置く場所を与えようとしなかったら、彼らは地球から放りだされねばならないであろう。　（ハーバート・スペンサー）

(四)　土地の私有は、奴隷の私有と同じように、勤労によって作りだされたものの私有と本質的に異なっている。諸君が一人の男から、あるいは大勢の人々から、金とか品物とか家畜とかを掠奪《りゃくだつ》する場合は、諸君が立ち去ると同時に掠奪も終わる。時の経過も諸君の犯罪行為を善事に変えることはできないが、その犯罪行為の結果を払拭《ふっしょく》することはできる。その犯罪行為は、それに参加した人々もろとも、たちまち過去の領域へ消え去るのである。しかしながら、もし人々から土地を取り上げたなら、その掠奪行為は永久に続くであろう。それは次々に死に変わり生き変わりする民衆にとって、毎年毎年、毎日毎日続く掠奪行為となるであろう。

（ヘンリー・ジョージ）

(五) われわれがある島に住み、手足を動かして働いて暮らしている。そこへ難破船の水夫が岸へ上がってくる。その場合、彼にどんな権利があるのだろう？ 私も人間です。私には土地を耕す権利があります。私だってあなた方と同じ理由で、土地の一部を占有して、自分の勤労で生きることができるはずです――とそんなふうに言えるのではなかろうか！

（ラウェレ）

(六) 土地が誰かの私有財産でありうるという、乱暴極まる、とんでもない考え方こそ――われわれの最大の不幸の原因である。それはまるで奴隷制度を主張するに等しい、不正で残酷な言い分である。

（ニューマン）

＊(七) もしも土地に対する権利を持たない人間が一人でもいるならば、私や、あなたや、

それにまた、すべての人々の土地に対する権利も、合法的でないことになる。

（エマスン）

(八)　土地は、われわれみんなの母親である。彼女は私たちに食べさせ、私たちを住まわせ、喜ばせ、優しく包容してくれる。生まれ落ちた刹那《せつな》から、その母親のような懐《ふところ》で永遠の安らかな眠りにつく日まで、土地は絶えずその慈《いつく》しみの翼によって、われわれを庇《かば》ってくれる。ところがそれにもかかわらず人々は、土地の売却について云々《うんぬん》するし、また実際に重商時代の今日、土地は市場に持ちだされて値踏みの対象とされ、いわゆる売却の対象とされている。しかしながら、造物主の手によって創られた土地を売却するなど、野蛮極まる行為と言わねばならない。土地はもっぱら全能の神と、その上で働きつつある、あるいは将来働くであろうすべての人の子に属しているのだ。土地はまた、特定の世代の人々の所有物でなく、その上で働く、過去、現在、未来にわたるすべての世代の人々の所有物なのだ。（カーライル）

(九)　何人《なんびと》も土地に対する私有権を持つべきではない。

一月三十一日

㈠　一部の人々が、ほかの人々の批判を許さず、お前たちはただ黙って信じさえすればいい、といった態度で宗教上の掟《おきて》をでっちあげること――世の中にこれほど傲慢不遜《ごうまんふそん》な行為があろうか！　そんな掟が人々にとってなんになろう？

㈡　もしそれが真実なら、貧乏人も金持も、男も女も、そして子供も、みんな残らずそれを信ずるがいい。もしもそれが真実でないならば、金持も貧乏人も一般民衆も女も子供も、それを信じないがいい。真実は屋根の上から高らかに伝えられねばならない。ある種の事柄をみんなに明かすのは危険だと囁《ささや》く声が絶えず聞こえる。われわれはそれが真実でないことを知っているけれど、一般民衆にとっては大変役に立つ。彼らの信仰を動揺させたら、大きな弊害が生ずるだろう、云々《うんぬん》。しかしながら、たとえそれが個々の人々をでなくて、一般大衆を欺《あざむ》くためのものであっても、歪《ゆが》んだ道はあくまで歪んだ道である。それゆえわれわれはただ一つの内的動因を認めよう。それはたとえそれがわれわれをどこへ連れてゆこうと、ひたすらわれわれの知る真理に従って進むことである。

（クリッフォード）

㈢　一般大衆の無知蒙昧《もうまい》さは、次のような事情によるところが大きい。すなわち自分らは文明の光の恩沢を受けながら、その光を当然使用すべきところに、つまり無知の闇から脱出しようとする人々を助けるために使用することをせず、かえって彼らを闇のなかに閉じ込めるために使用するような、残酷な人たちがこれまでもずっといたし、今も相変わらずいるということである。

㈣　まったくあきれたことに、いつの世にも自分らの醜行《しゅうこう》を、自分たちは宗教や道徳や祖国愛に奉仕しているのだと偽る無頼漢どもがいた。（ハイネ）

㈤　律法学士らに心せよ、彼らは長き衣をまといて歩み、巷《ちまた》にて礼を受け、会堂にては上座、宴席にては上席を好む。彼ら寡婦《かふ》らの家を食いつくし、また外見を作りて長き祈りをなす、その受くる裁きは、ひとしお厳しからん。

（「ルカ伝」第二十章四六、四七節）

㈥　されど汝《なんじ》らは、師と呼ばるることなかれ、汝らの師は一人、すなわちキリストにして、汝らはみな兄弟なり。また地の何者をも父と呼ぶことなかれ。汝らの父は一人、すなわち天に在《いま》す者なり。また汝ら師と呼ばるることなかれ、汝らの師はただ一人、キリストのみなればなり。

（「マタイ伝」第二十三章八〜一〇節）

(七) キリストの教えの本質は、彼の誡《いまし》めを実行することのなかにある。「主よ！　主よ！」と言う者が天国へ入るのでなくて、父の御旨《みむね》を行なう者が入るのである。

(八) キリストは人々に向かって、神と人間とのあいだに仲介者は要《い》らない、と教えた。彼は、人々はみな神の子だと教えた。どうして父と子のあいだに仲介者が要ろうか？

文読む月日——二月

二月一日

㈠ どんな理屈も、精神的なものを物質的なものに帰属せしめることはできないし、精神の誕生を物質から説明することはできない。

＊㈡ 人間は、自分の体も自分の精神も自分だと考えている。しかしながら人間はいつも、そしてまた若いころなど特に、肉体のことだけに気を配る。ところが人間にとって一番大事なものは、実は肉体でなくて精神なのだ。それゆえわれわれが最も配慮しなければならないのは、肉体のことでなく、精神のことでなければならない。そうした考え方に慣れ、汝《なんじ》の生命が精神のなかにあることをしばしば思い起こして、それをこの世のいっさいの汚れから遠去け、肉体が精神を圧倒しないように留意し、むしろ肉体をして精神に服従せしめるがよい。しからば汝は汝の使命を果たし、喜悦に満ちた人生を送る

ことができるであろう。

（マルクス・アウレリウスによる）

㈢　霊の実在を信じるかどうか、すべてはそれにかかっている。人々は精神的な意味で生者と死者に、すなわち信ずる者と信じない者に分かれる。信じない者は言う。「そんな霊なんて代物《しろもの》があるものか……。ほら、こんなふうにたらふく食べて満足しているもの、それが俺だ！」と。こうして彼はただうわべのことだけにかまけて、肉に属する悪しき所業に耽《ふけ》り、人を欺《あざむ》き、下の者には横柄に振る舞い、上の者にはぺこぺこ頭を下げ、自由とか正義とか愛とかいった高尚な精神的要求をいささかも感じない。

そのような人は、いつも理性の光から身を避ける。なぜなら彼は死者であって、光はただ生者のみに生命を与え、反対に死者は、光を受ければ萎《しな》びて腐るだけであるからである。

霊的生命の実在に対する信仰は、人々の考え方にそれと違った方向を与える。霊的生命を信ずる人は、自分の内面に注意を向けて、己《おの》れの感情や思想の点検に努め、自分の生活を高尚な霊的要求にかなうように、つまり自由で正しくて、愛に満ちたものにするように努力し、実践を通じて己れの生活を、善の諸目的に最もかなう思想や感情によって構成するよう努める。そのような人間は真実を求め、光に向かうであろう。なぜなら霊的生活は、ちょうど目に見える外界の生活が太陽の光なしには不可能なように、理性の光なしには絶対に不可能だからである。

世の中には、完全な闇のなかに住んでいる人も、完全な光のなかに住んでいる人もいなくて、みんなそれぞれ岐路に立っており、どちらへでも進む力を持っていて、ある者はあちらへ、ある者はこちらへと進む。そして霊的生命の実在を信ずる者、理性の光のもとで暮らす者はすべて神の国に住み、永遠の生命を享《う》けるであろう。（ブーカ）

㈣　学者や哲学者は、勝手にその宿命論や歴史的必然論を展開するがよい。世界は偶然の連続によって成り立つと考えるがよい。しかしこの私は、彼らのそうした主張にもかかわらず、自分に唯一の本源を認めさせずにはおかない一つの摂理の存在を感ずる。それはちょうど彼らが私に向かって、イリヤッドは偶然に並べられた活字の集まりから成り立っているというようなものである。それに対して私は躊躇《ちゅうちょ》なくそんなことは嘘だと言うであろう。よし私としてはそれを信じえないということのほかに、それを信じない理由は何一つないにしても。

「そんなものはみな迷信だ」と学者たちは言う。「あるいは迷信かもしれない」と私は答えよう。「しかしながら諸君のそのように曖昧《あいまい》な判断が、それよりはるかに説得力のある迷信に対してどれほどのことができよう？」「精神と物体との二元論はありえない」と諸君は言う。しかしながら私は、「私の思想と樹木のあいだには、なんらの共通点もない」と言おう。何よりも滑稽なのは、彼らがその詭弁《きべん》によって互いに自分たちを論破し、あげくのはては、人間のなかによりもむしろ石のなかに霊があると言いだしかねないことである。（ルソー）

㈤　私は、犬が選択したり、記憶したり、愛したり、恐れたり、想像したり、思考したりできるかどうかを知らない。だからもし人々が私に、犬のなかにあるものは欲望でもなければ、感情でもなく、物質の分子のさまざまな組み合わせから成り立つ有機的組織の自然的・必然的な動きにすぎないと言ったら、あるいはその意見に賛成するかもしれない。しかしながら私は思索するし、自分が思索することを知っている。いったい思索するものと、さまざまな物質の分子の結合体、つまり長さ・広さ・深さの三次元をもってさまざまな形に空間を占める物体とのあいだに、いかなる共通点があるであろう？（ラ・ブリュイエール）

㈥　もしすべてのものが物質にすぎないなら、そして私の内部の思想も、ほかのすべての人々の内部のそれも、物質の分子の結合の結果にすぎないならば、いったい誰がこの世に、物質以外の存在についての観念を生みだしたのだろう？　どうして物質が、その物質を否定し、自分の存在の外に排除しようとするものの原因でありえよう？　どうして物質が、人間内部の思想になりえよう？　どうしてその人に対して、自分は物質じゃないという確信を与えるものそのものでありえよう？

（ラ・ブリュイエール）

(七)　形而上学は現実に存在する。学問としてではなくとも、人間の自然的性向として存在する。なぜなら人間理性は、単に博識を誇らんための虚栄心だけではなく、理性自身の要求に促されて否応なく前進を続け、ついに理性のいかなる経験的営為も、その営為より導きだされたいかなる理論も答えることのできない問題へ到達するからである。かくて思弁にまで拡大された理性を具備するすべての人々には、常になんらかの形而上学があったし、こんごもあるであろう。
（カント）

(八)　精神的なものと物質的なものとの差異は、きわめて素朴な子供の頭にも、きわめて深遠な学者の頭にも同じように明々白々である。だから、精神的なものと物質的なものについてとやかく詮議《せんぎ》したり、論争したりするのは無益である。そうした詮議立ては、何一つ説明してくれないばかりか、かえって疑う余地もなく明白なものを晦渋《かいじゅう》にするだけである。

二月二日

＊㈠　死を忘れた生活と、刻々近づく死を意識した生活とのあいだには――天と地の隔たりがある。

㈡　われわれの生活が肉体的な分野から精神的な分野へ移行すればするほど、死はますます恐ろしくなくなる。完全に精神的な生活を送っている者にとって、死の恐怖などありえない。

㈢　もしも君が、自分の外被である肉体を放棄しなくてはならないときが、つまり死ななければならないときがいつやって来るかわからないということに深く思いを馳《は》せ、胆《きも》に銘じて忘れないならば、君にとって公正を守り、正義に生きることがより容易になり、己《おの》れの運命を甘受することもより容易になるであろう。それゆえ君はただ、その日そのときのすべての行為において、正義を逸脱しないように、その日そのとき君の上にふりかかる運命を穏やかに受け止めるように努めるがよい。

そのように生きれば――君は世界の人々のいかなる陰口にも、誹謗《ひぼう》にも、誘惑にも泰然たる態度で臨みうるし、彼らのことなど考えもしなくなるであろう。そしてまた、君を襲うかもしれないいろんな不幸など物の数でもなくなるであろう。なぜならそのような生き方においては、君のあらゆる願望は、神の御旨《みむね》を遂行しようという願望に融合統一されるからである。神の御旨の遂行は、君にとって常に可能なのだ。

（マルクス・アウレリウスによる）

㈣　しばしば死を思い、わが身の須臾《しゆゆ》にして死するを知る者のごとく生きよ。いかに振る舞うべきかについてどんなに疑惑を感じても、自分は今晩にも死ぬかもしれぬと思いさえすれば、たちまちその疑惑は解消する。そして何が君の義務であり、何が君の個人的欲望であるかが明らかになる。

㈤　私は自分の庭を愛し、読書を愛し、子供たちを愛している。しかし死んでしまえば、それがみんな消えてなくなる。だから私は死にたくないし、死が恐ろしいのである。ひょっとしたら私の人生は、そうしたかりそめの世俗的欲望と、その充足によって成り立っているのかもしれない。もしそうであれば私としては、そうした願望の満足にストップをかける死を恐れざるをえない。

しかしながら、もしも私のなかでそのような願望やその満足が別の願望に変化するならば——神の御旨を遂行し、今のままの形の自分も、将来のいかなる形の自分もすっかり神に任せたいという願望に変わるならば、私の意思が神の意思に変わるその度合に応じて、死は恐ろしいものでなくなるばかりか、その存在そのものが稀薄なものとなるであろう。また私の、自分一人の幸福への願望が、完全に神の御旨を遂行したいという願望に変わったならば、私にとって生以外の何物も存在しないようになるであろう。世俗的なかりそめの幸福を永遠不滅の幸福と取り替えること、それが生への道であり、われわれはその道を歩まねばならない。いかにしてその道を歩むか？　そのことはわれわれみんなが、心のなかで知っているはずである。

㈥　死を思い出すということは、つまりは死を思わないで生きているということである。死を思い出すのではなくて、それが刻一刻近づきつつあることを常に意識しながら、静かに、悦《よろこ》びをもって生きなければならない。

二月三日

㈠　霊にとっての善は、肉体にとっての健康のようなものである。善が真に身についた場合、それは目立たぬものとなる。

(二) 真の善人は、自分を善人とは考えない。だから本当に善人なのである。本当の善人でない人は、けっして自分の善行のことを忘れない。だから本当の善人とは言えないのである。真の善行は自己主張もしなければ、名のりでもしない。似而非《えせ》の善行は自己主張し、名のりをあげる。真の心の優しさは、自分で自分に気づかず、名のりでようともしない。似而非の心の優しさは自己主張し、名のりでる。真の公正は必要な場合だけ顔を出すが、ことさら出しゃばりはしない。偽《にせ》の公正はしょっちゅう口出しをし、人前にしゃしゃりでる。真の礼儀は必要な場合に現われるが、ことさら自己顕示をしない。偽の礼儀はしょっちゅう幅をきかせ、誰も自分に答えようとしないときは、力ずくでも自分の規則を守らせようとする。大道が廃《すた》れ、仁義が廃れ、礼儀が現われるのである。礼儀の法則――それは正義のまがいものであり、あらゆる無秩序の端緒《たんちょ》にほかならない。

(『老子』)

(三) 真に善《よ》き人はまっすぐな道を最後まで歩き抜こうと努力する。道半ばにして意気沮喪《そそう》すること――そのことをわれわれは恐れなければならない。

(中国の智慧《ちえ》)

(四) 人間の善徳には、ちょうど宝石のような性質がなければならない。宝石はたとえどんなことが起きても、依然として美しく輝くものである。(マルクス・アウレリウス)

㈤　ひそかに善を行ない、人に知られることを憚《はばか》るがよい。そのときはじめて、君は善を行なうことの喜びを知るであろう。人々に褒《ほ》めそやされることなしに、自分は善き生活を送っているという意識そのものが、善き生活の最高の報酬である。

㈥　人間は、他人に幸福を与える度合に応じて自分の幸福を増大させる。（ベンサム）

＊㈦　われわれが互いに互いの生命のなかに生きながら幸福に暮らすこと、それが神の意思である。（ジョン・ラスキン）

㈧　植物の幸福が日光にあり、それゆえ何物にも覆《おお》われていない植物は、自分はどちらへ生育していったらよかろうか？　とか、この光はよい光であろうか、もっと別の光を持つべきではなかろうか？　とか尋ねることなどあるはずがなく、この世にただ一つのその光に向かって枝葉を伸ばす。同じように、個我の幸福から脱却した人は、自分はいったい誰を愛すべきであろうか？　現にいま愛している人であろうか？　それとも現にいま可能な愛と違ったもっといい愛がありはしまいか？　などと穿鑿《せんさく》することなく、自分の手に届く、すぐ目の前にある愛にただちに身を委《ゆだ》ねるのである。

(九)　己れの友のためにその霊を献《ささ》げること、そのこと以外に愛というものはない。愛は、自己犠牲を伴ってはじめて愛である。人が自分自身を忘れて、自分の愛する者の生命のなかに生きたとき、はじめてその愛は真実の愛であり、そうした愛のなかにのみ、われわれは幸福を認め、また愛の報酬を認めるものである。人々のなかにそのような愛が存在すること、そのことによってのみ、世界は存立しているのである。

(十)　善良であることが習慣になってしまった状態ほど、自分の生活や人々の生活を美しく飾るものはない。

二月四日

(一)　真理のなかにあるときにのみ、人間は自由である。そして真理は理性によってのみ、啓示される。

＊(二)　理性的存在者の特質は、自由なる者として己《おの》れの運命に従う点にあり、動物に特有な運命との見苦しい争いではない、ということを忘れてはいけない。

（マルクス・アウレリウス）

㈢　人が目に視力のあることを知らず、けっしてこれを開けようとしないならば、きわめて惨《みじ》めと言わねばならない。それと同じで、その人があらゆる艱難《かんなん》を静かに堪《た》え忍ぶためにこそ、理性が与えられていることを理解しなければ、もっともっと惨めであろう。もしも人が理性に従って生きるならば、彼はあらゆる艱難を容易に忍ぶであろう。なぜなら理性が彼に向かって、あらゆる艱難はやがて過ぎ去り、またしばしば善に転化することを告げるからである。それなのに人々は、その艱難を直視しようとせず、むしろ目をそむけようとする。そんなことをするよりも、神がわれわれに、われわれの意思とは無関係にわが身にふりかかる出来事を静かに忍ぶ能力を与えたことを喜び、彼がわれわれの霊をわれわれの自由になるもの、すなわちわれわれの理性にのみ従わせたことを感謝するほうがよくはないであろうか？　神はわれわれの霊をわれわれの両親にも、兄弟にも、富にもわれわれの体にも、そして死にも隷属させなかった。彼はもっぱらそれを、われわれに属するところのもの、すなわちわれわれの理性に従わせたのである。

（エピクテトスによる）

㈣　往来に胡桃《クルミ》やお菓子をばらまいてみるがいい。──すぐに子供たちが走ってきて、それを拾いはじめ、摑《つか》み合いをしはじめるであろう。大人はそんなものでは摑み合いをしない。また胡桃の殻だけだったら、子供も拾おうとしないだろう。理性的な人間にとっては、富や地位や名誉は——ちょうど子供のお菓子や胡桃の殻みたいなものである。子供にそれを拾わせるがいい。拾いながら摑み合いさせるがいい。同様に、愚者をして、富者や権力者や彼らの召使いたちの手に接吻《せっぷん》させるがいい。理性的な人間にとっては、それらはみな胡桃の食べかすにすぎない。もしも理性的人間が偶然胡桃を手に入れたら、それを食べないという法はない。しかし、そんなくだらぬものを拾うために、身をかがめて人と摑み合いを始め、人を押し倒したり人に押し倒されたりするのは、馬鹿馬鹿しい話である。

（エピクテトス）

㈤　われわれは理性の要求から遠去かれば遠去かるほど自由を失い、己れの欲望や他人の意思に隷属することになる。真の自由解放は理性によってのみ成就《じょうじゅ》される。

一週間の読み物

理　性

とかくこの世の何ごとにおいても、どんな新しい方法も新しい特権も新しい優越性も、一面ただちにそれなりの不利な点を持ち込むように、理性も人間に、動物にない偉大な特権を与える半面、それなりの不利な点を持ち込み、動物がけっして陥ることのない誘惑への道を開いている。その道を通ることによって、動物にはけっして与えられていない新しい種類の動機が、彼の意思を支配することになる。

その動機とは、ほかでもない抽象的な動機——自分の直接的体験からはめったに引きだされることなく、しばしば言葉や、他人の範例や暗示や文学などから生まれるところの、単なる観念なのである。理解の可能性とともに、人間にはすぐに迷誤の可能性が始まる。そして、あらゆる迷誤は早晩弊害を生ずるし、迷誤が大きければ大きいほど、その弊害も大きい。個人的迷誤の場合も、いつか必ず罰を受けるし、それもしばしばこっぴどい罰を受けるものであるが、大集団の場合、たとえばいくつもの民族が迷誤に陥る場合も、やっぱり同じである。それゆえ、いっさいの迷誤を人類の敵として、いついかなる場合もこれを追跡し根絶しなければならないということ、そしておよそ無害な迷誤というものはありえず、ましてや有益な迷誤などあるはずがないことは、どんなに胆《きも》に銘じても銘じすぎることはないのである。心ある人は是非そうした迷誤と闘わなければならないし、たとえ人類が、ちょうど腫物《はれもの》を医者に切開される患者のように泣き叫んでも、やっぱりそうしなければならない。

一般大衆にとっては、彼らがそれなりに受けるさまざまの訓練が、その教育の代わりをしている。それは範例や習慣や、そしてまた一定の観念を、それに対抗するだけの思考経験も判断力もないごく子供のころから徹底的に叩《たた》き込むことなどによって行なわれる。こうして植えつけられた観念は、やがてしっかと根を下ろし、まるで生得のものかのように、いかなる他の教えも受けつけないものとなる。そしてまた哲学者たちまで、しばしばそれを生得のものと思うのである。

このようにして人々に対して、正しく合理的な観念であれ、きわめて愚劣な観念であれ、まんまと植えつけてしまう。——たとえば、甲なり乙なりの偶像に近づくごとに恐れ畏《かしこま》って体をぶるぶる震わせたり、その名を唱えるごとに体ばかりでなく、心まですっかりひれ伏してしまうとか、単なる言葉、単なる名前のために、そしてまた、珍妙至極なくだらぬものを防衛するため、喜んで自分の生命も財産も犠牲にするとか、甲あるいは乙の事柄を勝手に最高の名誉と考えたり、最大の恥辱と考えたりして、それに応じて、ある人を心の底から尊敬したり軽蔑したりするとか、たとえばヒンドスタンでのようにいっさい肉食をしないとか、アビシニヤでのように生きたままの動物の肉を切り取って、まだ温かくぴくぴく動いているのをムシャムシャ食べるとか、ニュージーランドでのように人間を食べたり、自分の子供をモロクの神に生贄《いけにえ》に献《ささ》げるとか、自分で自分を去勢したり、死人を焼いている火のなかに進んで飛び込むとか——要するに、自由自在どんなことでも教え込むことができるのである。だからしてかの十字軍やさまざまな狂信徒の狂信行為が生まれ、ヒリヤスト教徒や鞭身教《べんしん》教や、異端の迫害やアウト・ダ・フェ（訳註――宗教裁判による火刑）が生まれ、そのほか長い人類の迷誤の歴史のなかに発見されるもろもろの事柄が生まれたのである。

そのような迷誤と偏見は――実践的には悲劇であり、理論的には喜劇である。たとえ最初はたった三人に吹き込まれたどんなに荒唐無稽《こうとうむけい》の思想でも、ついには全国民的信念になりかねないのである。以上が、われわれのなかに理性が存在することに関連して生ずる不利な側面である。　（ショーペンハウエル）

真理の探求および認識という事柄に関する人々の迷誤と不一致は、彼らの理性に対する不信以外のどこからも生じはしない。その不信の結果、人々の生活は習慣とか言い伝えとか、流行とか、迷信とか、偏見とか、暴力とか、とにかく理性以外の手当たり次第のものに導かれて、それなりに流れてゆき、一方、理性は理性なりにぽつんと存在するという恰好になる。

そこで、理性の機関である思索力が何かに適用される場合も、それが真理の探求と普及のために適用されずに、習慣や言い伝えや流行や迷信や偏見を、がむしゃらに弁護し支持するために適用されるという事態が、しばしば生ずる。

唯一の真理の認識ということに関する人々の迷誤と不一致は、人間の理性がただ一つではないとか、人々に唯一の真理を示すことはできないとかいうことから生ずるのではなくて、人々が理性を信じないことから生ずるのである。もしも人々が自分の理性を信ずるならば、彼らは、自分の理性の指示するものと、他人の理性が指示するものとを比較検討する方法を発見するであろう。そして、そうした比較検討の方法を発見したなら、たとえ理性の機関の能力、すなわち思索力の種々の程度に応じて、理性は人々にいろんなものを示すとしても、もともと理性そのものは一つであることを確信するであろう。

理性の場合も、視覚の場合と同じことが言える。視覚の機関である目が、人々にそれぞれいろんな広さの視界を展示してくれるのは、視覚の法則に統一性が欠けているからではなく、それぞれの人の視力や視点（直接的な意味における）の相違のせいにすぎないように、理性の機関である思索力が人々に、それぞれの知的ならびに道徳的視野を展示してくれるのも、思索の法則の統一性の欠如のせいではなくて、人それぞれの知的な視力の程度、あるいはその視点（比喩的な意味における）の相違のせいなのである。

そして、自然界を肉眼で見るときの一人一人の視点の一面性が、一つの共通の、たとえば最高の視点（その言葉の直接的意味における）に統一されることによって訂正され、さらには視力の問題では、眼鏡とか双眼鏡とか望遠鏡とかいった光学器具の使用によってその能力が平均化されるように――ちょうどそのように、道徳的・精神的視野の場合も、個々の人々の視点の一面性は、同じようにそれらの視点を万人共通の最高の視点に統一することによって訂正されるし、知的視力の相違のほうは、社会的啓蒙の力によって減少してゆくものである。そしてその場合、啓蒙の力を最大に発揮するのは、最高の叡智者たちの口から発せられる言葉なのだ。

賢者は、人々が創世以来彼らに与えられている彼ら本来の思想や感情を自力で生むように手伝いをする。彼の役目は、まさに望遠鏡の役目であって、盲人に視力を与えることはできないが、どんなに目の悪い人の視力でも、これを増大させる。ソクラテスは賢人を、女に赤ん坊を与えることはできないけれど、女が自分で自分の赤ん坊を生むのを手伝う産婆にたとえている。

しかしながら、唯一の真理の認識に関しての人々の不一致の理由は、視点の相違や思索力の程度の差だけにあるのではない。そうした不一致の理由は、さらに人々の自尊心のなかにも潜むのであって、その自尊心のおかげで、内心は相手の理屈のほうが正しいことを感じていながら、やっぱりいったん言いだした自分の意見に固執するといったことが、しばしば生ずるのである。

（フョードル・ストラーホフ）

二月五日

㈠　人間一人一人の生活や人間社会の生活のなかに生ずることは、みんな思想のなかにその端緒を持つ。したがって人々の身に生ずるいっさいの事象の説明は、その事象に先行する事象のなかに求むべきではなく、その事象に先行する思想のなかに求むべきである。

㈡　何を考えなくてもいいかを知ることは、何を考えなければならないかを知ることよりも、むしろ大事なくらいである。

㈢　われわれの生活――それはわれわれの思想の結果である。それはわれわれの思想から生まれる。もし人が悪しき思想によって語ったり行動したりするならば、ちょうど荷車の車輪が、それを牽《ひ》く牡牛の踵《きびす》につきまとうようなものであろう。われわれの生活は――われわれの思想の結果である。それはわれわれの心のなかで生まれ、われわれの思想によって育《はぐく》まれる。もし人が善き思想によって語ったり行動したりすれば、影の形に添うごとく、喜びが彼につきまとうであろう。

（仏陀の言葉）

(四)　人間は、自分の住居が美しくなったからといって変わるものではない。人々の幸福は、より多くの満足、より多くの物質的便宜の可能性が与えられることによって増大するものではない。結局は、霊が己《おの》れの住む肉体を創造するのだ。換言すれば、思想だけが己れに適した住居を築き上げるのである。

（ヨセフ・マッジニ）

(五)　われわれの習慣になった思想は、われわれの脳裏でわれわれの接触するすべてのものに、その思想特有の色彩を与えるものである。だからそれらの思想が間違っていれば、それは最も崇高な真理さえ引き歪《ゆが》めてしまう。習慣的な思想によって周囲に形成された雰囲気というものは、われわれ一人一人にとって、いわばわれわれの住む家よりも根強い。それはちょうど、蝸牛《カタツムリ》がどこへ行くにも自分の身につけている殻のようなものである。

（リュシー・マローリ）

(六)　われわれの善《よ》き思想は、われわれを天国へ導き、悪しき思想は地獄へ導くが、それは天の上やら地の下においてではなくて、現にこの世においてである。

（リュシー・マローリ）

*(七)　思想は自由なように見えるけれども、人間のなかには、思想を支配することので

きる、思想よりも強い何かがある。

㈧ 自分、あるいは自分のなかの固定した生活の流れを変えるためには、出来事そのものと闘うのでなくて、出来事を生んだところの、そして現に生みつつあるところの思想と闘わなければならない。

二月六日

㈠ われわれを最も強く摑《つか》んで放さない欲望——それは色欲である。色欲はけっして完全に満足させられることがなく、満足させられればさせられるほど、ますます増大するのである。

㈡ 奴隷がいかなる生活を願っているかを見るがよい。何よりもまず彼は、奴隷の身分から解放してもらうことを願う。そのことなくしてはけっして自由でも幸福でもありえないと彼は思う。彼は次のように言う。私を解放してさえくれれば、私はたちまちすっかり幸福になるだろう。もう無理に主人の機嫌をとったり仕えたりしなくてもよくなるだろうし、誰でも好きな人と対等に話せるだろうし、誰に断わらなくとも自分の好きなところへ行けるだろう――と。

しかしながら解放されるや否や、彼はさっそく食うために誰に取り入ろうかと物色しはじめる。なぜなら主人はもう食わせてはくれないからである。そのため彼はどんな下劣な行為をもあえていとわなくなり、またぞろ奴隷の状態に、それも以前よりもっと苦しい奴隷の状態に陥るのである。そしてことのほか苦しい目に遭《あ》ったりしたとき、彼は以前の奴隷の身分を思い出して言う。「あの主人に仕えていたころはまんざらでもなかったなあ。自分で自分のことを心配しなくても、私は着物を着せてもらい、靴をはかせてもらい、食事をさせてもらった。私が病気をしたりすると、介抱もしてもらった。お勤めもそう苦しいものではなかった。それにひきかえ今ではなんという不幸の連続だろう！　以前は一人の主人しかいなかったが、今ではいったい何人いるだろう！　もっと豊かになるためには、どれだけの人々の機嫌をとらねばならないだろう！」と。

暮らしを豊かにするためには、彼はどんな苦しいことも辛抱する。しかし、自分の希望したものが手に入るや、またもやいろんな嫌な心配事で身動きがとれなくなっているのがわかる。しかしそれでもまだ彼は思いつかない。そしてもし俺が偉大な司令官になれたら、俺のいっさいの不幸も解消するだろう、そしてどんなにみんなから讃美されるだろうと考える。そこで彼は軍隊に入って戦争に出かける。彼はまるで囚人のようにあらゆる艱難《かんなん》に堪《た》え、辛苦を忍び、それでもやっぱり二度も三度も従軍を志願する。こうして彼の生活はますます悪化してゆく。

もし彼がそうしたもろもろの自分の苦しみや不幸を免れようと思えば、すっかり頭を切り換えなければいけない。そして人生における真の幸福とは何かを悟らなければならない。真の幸福とはほかでもない、行住坐臥《ぎようじゆうざが》、万人の心のなかに記されている正義と善の法則に従って生きることである。そんなふうに生きてはじめて、われわれは真の自由と、あらゆる人の心の願いである真の幸福とを獲得することができるのである。

（エピクテトスによる）

㈢　低劣な肉体的欲望——毒に満ちたその欲望に捉えられた人には、さまざまの苦悩が根なしカズラのようにまといつく。その欲望に打ち克《か》った人からは、ちょうど蓮《はす》の葉から雨滴が転び落ちるように、いっさいの苦悩が消失する。

（仏陀の言葉）

＊㈣　われわれはよからぬことのゆえに欲望し、動揺し、苦悶《くもん》する。真のよきものは、そうしたわれわれの欲望とは無関係なばかりでなく、むしろ欲望に反して、またしばしばよからぬことゆえの動揺と苦悶を味わったあとで、はじめて獲得されうるものである。

㈤　人々は往々にして、自己の欲望を制する力よりも、欲望の力そのものを誇る。なんという奇怪な迷妄であろう。

㈥　君は自分が過去において、現在の君には嫌悪の情とまではゆかなくとも、全然関心を覚えないようないろんな事柄をいかに熱烈に欲したかを思い出すがよい。現在君を惑乱させている欲望だって、同じことである。また、君がこれまで自分のいろんな欲望を満足させようと焦《あせ》って、どれだけ多くのものを失ったかを思い出すがよい。現在も道理は同じである。君の欲望をなだめ鎮《しず》めるがよい。それが一番有利なことでもあり、同時にいつでも可能なことでもあるのだ。

二月七日

㈠　自己完成は内面的な仕事でもあり、外面的な仕事でもある。われわれは人々との交渉なしには、そしてまた人々のわれわれに対する働きかけや、われわれの人々に対する働きかけなしには、自己完成を行なうことはできない。

㈡　三つの誘惑が人々を苦しめる。肉欲と傲慢《ごうまん》心と富への愛着とである。そこから――人々の苦しみが生まれる。肉欲や傲慢心や富への愛着がなければ、すべての人々は幸福になれるであろう。どうしたらそのような恐ろしい病気を免れることができるだろうか？　それらを免れることは大変難しい。というのは、何よりもまずその病根が、われわれの本性のなかに潜んでいるからである。

ただ一つ、それらを免れる方法がある。それは一人一人が自分自身に働きかけることである。人々は往々にして、法律とか政府とかいった代物《しろもの》が力を藉《か》してくれると思いがちであるが、そんなことはけっしてない。なぜなら、法律を起草したり民衆を支配したりする連中もまた、われわれと同じように肉欲や傲慢心や物欲の誘惑に苦しんでいる人々だからである。だからして、法律とか政治家とかをあてにするわけにはゆかない。それゆえ、人々が自分の幸福のためになしうるただ一つのことは、自分のなかの肉欲や傲慢心や物欲をなくすことである。一人一人がそうした自己改革を始めないかぎり、いっさいの改革は不可能である。

（ラムネによる）

㈢　忍耐を学ぶためには、音楽を学ぶ場合と同様、練習が必要である。ところがわれわれは、先生がやって来るが早いか、換言すれば、忍耐を学ぶ機会が訪れるが早いか、急いでレッスンから逃げようとする。

（ジョン・ラスキン）

＊㈣　〝汝《なんじ》らの天の父の純全なるがごとく純全なるべし〟と福音書に言われている。こ

れはキリストが人間に神様のようになれと命じているのではなく、万人は神の純全性に少しでも近づくよう努力しなければならないと言っているのである。

(五)　全然夾雑物《きょうざつぶつ》のない完全性――それは神であり、神への接近――それが人生である。絶えず自己完成に努力する人は聡明な人であり、善と悪とを区別することができる。もしある人が善を善だと知り、悪を悪だと知るならば、その人は固く善を守り、悪から遠去かるであろう。

(孔子)

(六)　私はいかに無教育でも、理性の道を辿《たど》って進むことができる。私が恐れなければならないのは、増上慢だけである。最高の智慧は非常に簡潔である。しかし人々がそれを理解しないのは、彼らが自分たちにわかっていないことをわかっていると考えているからである。

(『老子』による)

(七)　奇妙な話ではないか！　われわれは外部からの悪には、換言すれば、他人から蒙《こうむ》る悪、どうにも排除できない悪には憤慨するけれども、いつも自分の支配下にある自分自身の悪とは、いっこう闘おうとはしない。

(マルクス・アウレリウス)

(八)　もしも現在、富者に対する攻撃や、現在の社会体制を改変して公平な富の分配制度を樹立する方法を発見する試みのために消費される時間やエネルギーが、そのまま自己完成の仕事のために消費されるならば、われわれのかくも待ち望む国家的・社会的・道徳的生活の改善はすみやかに実現するであろう。人類が正しく思惟《しい》することを学ぶならば、われわれの世界は現在の不幸な状態と打って変わって幸福なものとなるであろう。しかしながら一般民衆は、彼らに自由を与える真理を悟ろうとしない。なぜなら、それが彼らがなじんできた国家的・宗教的迷妄に反するからである。（リュシー・マローリ）

(九)　もっぱら自分の動物的生活の改善に向けられた活動ほど、自分のためにも他人《ひと》のためにも有害なものはなく、自分の霊の改善に向けられた活動ほど、自分のためにも他人のためにも有益なものはない。

二月八日

(一)　人々はどうして互いに非難し合うのが好きなのであろう？　みんなが人を非難するとき、自分はそんなふうに非難されるようなことはしない、と思っているからである。だから、みんな人の悪口を聞くのが楽しいのである。

＊㈡　およそ非難は、不当な非難のみならず正当な非難でさえ、一度に三者に害毒を及ぼすものである。まず第一に非難される当人に、それから非難の言葉を聞かされる第三者に、そして何よりも非難の言葉を吐くその人に。〝他人の罪を隠してやるがよい。神は汝の二つの罪を赦《ゆる》すであろう〟という諺《ことわざ》があるが、まったくそのとおりである。

㈢　人の悪口はみんなが喜んで聞くもので、そのため自分の話相手にその喜びを与えたいという誘惑に抗すること、つまり人の悪口を言わないでいることは、大変困難である。

㈣　二人の人間が喧嘩《けんか》するとき——必ず双方に罪がある。それゆえ二人のうちのどちらかが自分の罪を認めたとき、はじめて喧嘩はやむのである。

㈤　人を裁くことなかれ、されば汝《なんじ》も裁かれじ。人を裁きしごとくに己《おの》れも裁かれん。人を量りたる秤《はかり》にて己れも量られん。なにゆえ兄弟の目にある塵《ちり》を見て、己が目にある梁木《はりぎ》を認めざるや。あるいは己が目に梁木あるに、なにゆえ兄弟に向かいて「汝の目より塵を取り除かしめよ」と言うや。偽善者よ、まず己が目より梁木を除け。さらば兄弟の目よりいかにして塵を除きうるかを悟らん。

（「マタイ伝」第七章一〜五節）

(六)　絶えず汝自らを省《かえり》みよ。そして、他人を非難する前に、自分自身を正すことを思え。

（『聖賢の思想』より）

(七)　軽率な賞讃や軽率な非難は、多くの害悪を生むが、何よりも軽率な非難が最大の害悪を生む。

（ジョン・ラスキン）

(八)　人を非難することをやめるがいい。そうすれば君は、飲酒家が酒飲みをやめたときのような、あるいは喫煙家が煙草《たばこ》をやめたときのような気分になり、心が軽やかになるであろう。

二月九日

(一)　戦争によって生ずる物質的損害がどんなに大きくても、それが単純で物を考えることの少ない勤労大衆の精神にもたらすところの、善悪に関する歪《ゆが》められた観念の及ぼす害悪に比べれば、物の数でもない。

(二)　戦争が生むもろもろの悪念、すなわち国家間の憎悪、武勲に対する憧憬《しょうけい》、勝利に対する、あるいは復讐に対する貪望等々は、国民の良心を圧殺し、人間相互の善意を、愛国心という名の低劣にして無思慮な自愛の念に変じ、自由への愛を滅ぼし、単に他人の頸《くび》を切り裂きたいという野蛮な願いから、あるいは他人が自分の頸を切り裂きはすまいかという危惧《きぐ》心から、人々をして自ら支配階級の桎梏《しっこく》の下に身を投ぜしめるのである。戦争によって掻《か》き立てられる悪念は、すっかり人々の宗教的感情を歪め、そのためキリスト教の教師と目さるる人々が、キリストの名において、殺人や掠奪《りゃくだつ》のための武器を祝福し、地表が手足をもがれた死体で覆《おお》われ、悲愁が無辜《むこ》の民の心に満ちているとき、平和の神に向かって勝利の感謝を献《ささ》げる始末である。　（ヘンリー・ジョージ）

＊(三)　子供と子供が出会うとき、彼らは喜びに満ちた笑顔をもって好意を示し合うが、変質堕落させられていない大人の場合も同じである。それなのに、ある国家の一員となると、まだ見たことさえない異国人を憎悪し、彼に苦しみと死とを与えようと身構えるのである。人々のなかにそうした憎悪感を醸成し、そうした残虐行為に駆り立てる人々の罪は、いかに重いことであろう！

㈣　最も優れた武器は、同時に最も忌むべき武器である。それゆえ聡明な人は、そうした代物《しろもの》に頼らない。彼は何よりも平和と安穏《あんのん》とを尊ぶ。彼は征服するけれども、それは武器によってではない。

（『老子』）

㈤　〃分断して統治せよ〃――この言葉のなかにすべての支配者どもの狡猾《こうかつ》さが表現されている。民族的敵愾心《てきがいしん》や、国民と国民とのあいだの憎悪や、地域的偏見を掻《か》き立てることによってのみ、ある国民を他の国民と抗争させることによってのみ、貴族制や独裁制は築かれ、かつ維持されるのである。それゆえ人々を解放せんと欲する者は、彼らをして憎悪の念を超越せしめねばならない。さもなくば目的はけっして達せられないであろう。

（ヘンリー・ジョージ）

㈥　戦争というものは、最も低劣で罪深い連中が、権力と名誉を掌握するごとき人々の状態である。

二月十日

㈠　自分自身を高く評価すればするほど、その人の立場は頼りないものとなり、反対にへりくだればへりくだるほど、その立場は強固なものとなる。

㈡　強くありたいと思えば、水のようでなければならない。遮《さえぎ》るものがなければ――水は流れるし、堰《せき》があれば――止まる。堰が決壊すれば――また流れだす。四角な容器に入れれば――四角になり、円い容器に入れれば――円くなる。そうした融通無碍《ゆうずうむげ》の対応性ゆえに、水は何よりも必要で、何よりも強力なのである。（『老子』による）

㈢　謙虚とは、自分を罪人と認め、自分の善行を鼻にかけないことである。

㈣　人は深く内省すればするほど、自分自身がつまらぬ者に思われてくるものである。それが叡智《えいち》に至る最初の一歩である。賢くなるために、まず謙虚になろうではないか。自分の弱さを知ろうではないか。そうすればそれがわれわれに力を与えるであろう。（チャンニング）

㈤　水が高きにとどまらずして常に低きにつくように、善徳もまた、自らを高うする者のところにとどまらず、謙虚な人々のところにのみとどまる。（『タルムード』による）

(六) 賢人は自分が善を欲しながら、これを行なう力がないことを嘆きこそすれ、人が自分のことを知らないとか、あるいは間違った批判をするとかいうことを嘆きはしない。
(中国の智慧)

(七) 一般に大多数の人々が自分の欠点にほとんど注意を払わないけれど、それでも、自分の隣人のなかにあることを知っている悪以上のなんらかの悪が、自分のなかにあることを知らない人は、一人もいない。
(ボルスレイ)

(八) 善良で聡明な人の第一の特徴は、自分の知っていることは非常に少なくて、自分よりずっと賢い人々がたくさんいると思い、いつも人に教えることより、人に聞くこと学ぶことを願っている、ということである。人に教えたがり人を支配したがる者は、けっしてうまく教えることも、うまく支配することもできない。
(ジョン・ラスキン)

＊(九) 誰よりもよく自分自身を知っている人は、誰よりも自分を尊敬することが少ない。

(十) 自分の力を知るように努力せよ。そして自分の力を知ったなら、それを過小評価はしても、けっして過大評価しないようにしなければならない。

二月十一日

＊㈠　人生は、それが人生の掟《おきて》の、換言すれば、神の掟の遂行である度合に応じて、善《よ》き人生と言うべきである。

㈡　死や苦しみの形での悪が人間に見えるのは、彼が己《おの》れの肉体的・動物的存在の法則こそが自分の人生の法則である、と取った場合だけである。その場合だけ彼は、人間でありながら動物的段階へ落ち、そのときだけ、死や苦しみがまるで案山子《かかし》のように八方から彼を脅《おびや》かして、彼を、彼に対して開かれた唯一の生の道へ、換言すれば、愛という形で表現されている神の掟の遵奉《じゅんぽう》へと駆り立てるのである。死や苦しみは、その掟への背反を意味するにすぎない。完全に神の掟に従って生きる者にとっては、死も苦しみも存在しない。

㈢　健康も喜悦も、愛着の対象も、みずみずしい感情も、記憶力も、仕事の能力も——何もかもがわれわれを見捨てて、太陽も冷《ひ》えはて、人生がそのいっさいの魅力を失ったと感ずるとき、われわれはいったいどうしたらいいのだろう。もはやなんの希望もなくなったとき、どうしたらいいだろうか、自分の心を麻痺させたらいいだろうか？それとも石のように冷たくしたらいいだろうか？　答えはいつもただ一つ、自分の意思を神の意思に合流させることである。良心が平穏で、己れの置かれた立場にやすらぎを感じさえすれば、何がどうなろうといいではないか！　君は当然あるべき君でありさえすればよい——あとはすべて神の領分である。もし万一神の愛というものがなく、あるのは万有の法則だけだとしても、やっぱり人間としての義務こそ、すべての秘密を解く鍵《かぎ》である。

（アミエル）

㈣　義務の遂行と個人的享楽のあいだには、なんらの共通点もない。義務には義務独特の法則や義務独特の裁きがあり、もしわれわれが義務と個人的享楽とを混合して、その混合の上に生活を築こうとしても、義務と享楽はたちどころにおのずから分離するであろう。

（カントによる）

㈤　われわれは神の掟を、古来のいろんな宗教の教えから知ることができるし、また、いろんな欲望や欺瞞《ぎまん》に満ちた思想によって曇らされぬかぎり、自分の意識によっても知ることができるし、さらにはまた、その掟を人生に適用することによっても知ることができる。われわれに不動の幸福を与えるすべての掟の要求は、みんな真実の掟の要求なのである。

一週間の読み物

仏陀

二千四百年前、インドにスッドーダナという王が住んでいた。彼には二人の姉妹の妻がいたが、そのどちらにも子供がなかった。王は非常にそのことを残念がっていたが、もう諦めかけていたころ、突然姉のマーヤが男の子を生んだ。王は小躍《こおど》りして喜び、その息子を喜ばせたり楽しませたり、いろんな学問をさせたりするためには何物をも惜しまなかった。

シッタルタ（というのがその子の名前だったが）は聡明で、美しくて、善良な子供だった。シッタルタが十九歳になったとき、王は彼をその従姉《いとこ》と結婚させ、二人を美しい庭や森のある壮麗な宮殿に住まわせた。その宮殿や庭園には、人間として望みうるものはどんなものでも備わっていた。スッドーダナ王は、自分の愛する王子がいつもしあわせで楽しく暮らすために、側近や召使いたちに対して、けっしてシッタルタの気持に逆らうことのないように、それればかりか若い世継ぎを悲しませたり、憂鬱な気分に陥らせたりするものは何もかも隠すように、と厳しく命じた。シッタルタは自分の宮殿から外へは出ず、その宮殿のなかでは、何一つ破損したもの、不浄なもの、老化したものを見なかった。スッドーダナの家来たちは、いっさいの不浄なものを遠去けるばかりでなく、樹々や茂みの枯葉までもぎ取って、見た目に不快なものは何もかも除去することに努めた。そこで若いシッタルタは、自分の周囲にいつも若くて健康で美しくて、楽しいものだけを見て暮らした。

シッタルタは結婚後一年あまりをそんなふうにして過ごした。ある日、庭園で馬車を走らせているとき、シッタルタはふと、いったいほかの人々はどんなふうに暮らしているかが見たくなって、宮殿から外に出ていってみようと思った。そこでシッタルタは、馭者《ぎょしゃ》のチャンナに自分を町へ案内するように命じた。すると、目に見える何もかも——往来も、家々も、さまざまな服装をした男や女の姿も、店々も、陳列してある商品も——何もかもがシッタルタにとって珍しく、彼の心を慰《なぐさ》めてくれた。

しかしふとある大通りにさしかかったとき、彼はこれまで一度も見たことがないような奇妙な人間を見た。その奇妙な人間は、ある家の壁際に坐って体を曲げ縮みさせながら、哀れっぽい声を張り上げて呻《うめ》いていた。そのしかめた顔は蒼白《そうはく》で、体全体がぶるぶる震えていた。

「この男はいったいどうしたのだ？」と、シッタルタは馭者のチャンナに尋ねた。

「きっと病気だと思います」とチャンナは答えた。

「いったい病気とは何か？」

「病気というのはつまり、この男の体の調子が悪いのでございます」

「それで、この男は苦しんでいるのか？」

「はい、さようでございます」

「どうしてこんなふうになったのだろう？」

「病気になったからでございます」

「誰でもこんなふうに病気になることがあるのか？」

「さようでございます」

シッタルタはそれ以上質問しなかった。しばらく行くと、こんどは年老いた乞食がシッタルタの馬車のそばへやって来た。すっかりよぼよぼで背中は曲がり、その赤い目から涙をたらしているその老人は、その萎《しな》びきったがたがた震える足をやっと動かし、歯のない口をもぐもぐさせながら恵みを乞うた。

「この男も病人か？」とシッタルタは尋ねた。

「いいえ、これは老人でございます」とチャンナは言った。

「老人とはどういうことか？」

「年をとったということでございます」

「どうして年をとるのか？」

「長いあいだ生きたからでございます」

「みんな年をとるのか？　長いあいだ生きた者はみんなこうなるのか？」

「みんなこうなるのでございます」

「それではこの私も、長く生きればこうなるのか？」

「はい、みんなみんなこうなるのでございます」とチャンナは答えた。

「馬車を返せ！」とシッタルタは言った。

チャンナは馬に鞭《むち》を当てた。が、町の出口で人ごみに行く手を遮《さえぎ》られた。人々は何やら人間の形をしたものを担架に載せて運んでいた。

「これは何か？」とシッタルタは尋ねた。

「これは死人でございます」とチャンナは答えた。

「死人とは何か？」とシッタルタは尋ねた。

「死人というのは、生命が終わったということでございます」

シッタルタは馬車を降りて、死人を運んでいる人々のそばへ行った。死人はそのガラスのような目をじーっと見開いたまま、歯を剥《む》きだし、手足を硬直させて、死人独特のあの不動の姿勢で横たわっていた。

「この男はどうしてこんなになったのか？」とシッタルタは尋ねた。

「死がやって来たからでございます。みんなこうして死ぬのでございます」

「みんなが死ぬ」。シッタルタはそう繰り返しながら馬車へとって返し、宮殿に着くまで頭を上げなかった。その日シッタルタは終日庭園の奥のほうに一人で坐ったまま、絶えず自分が見たもののことを考えていた。

〃すべての人々が病み、すべての人々が老い、すべての人々が死ぬ——どうして人々は、自分たちがいつなんどき病気になるかもしれず、また刻一刻と年をとって醜《みにく》くなり、体力がなくなることを知っていながら、さらにはまた、いつなんどき死ぬかもしれず、いずれにせよ早晩必ず死ぬことを知っていながら、平然と生きてゆけるのだろう？　必ず死ぬことがわかっていながら、どうして何かを喜んだり、何かをやったりできるのだろう。どうして生きてゆけるのだろう？　いや、このままでいいはずはない〃——とシッタルタは自分自身に向かって言った。

〃なんとか脱出路を発見しなければならない。私がそれを発見しよう。そして発見したら、それを人々に伝えよう。しかしそれを発見するためには、何もかもが私の思索を妨げるこの宮殿から出てゆき、妻や両親を棄てて隠者たちや賢人たちを訪ねて、彼らがこの問題をどう考えているか尋ねてみなければならない〃

そう決心するとシッタルタは、その翌晩馭者のチャンナを呼び、馬に鞍《くら》をつけ宮殿の門を開けるように命じた。宮殿をあとにする前、彼は妃《きさき》の寝室へ入った。妃は眠っていた。彼は彼女を起こさず、ただ心のなかで彼女に別れを告げ、眠っている僕婢《ぼくひ》たちが目を覚まさないように忍び足で永久に宮殿をあとにし、馬に跨《またが》ってただ一人故郷を去っていった。

馬の脚の続くかぎり乗り進んだあと、彼は馬を降りてそれを放してやり、自分は行き会った修道僧と着物を取り換え、髪を切り、いったいどうして病気や老いや死が存在するのか、どうしたらそれから逃れることができるのか? という、自分にはまだわからない問題について尋ねるために、バラモンの偉い隠者たちを訪れた。一人のバラモンが彼に会って、バラモンの教義を伝えた。その教えの要点はつまり、人間の霊はある存在から他の存在へ輪廻《りんね》するものだということ、人間はみんな前世では動物だったということ、そして死後にはこの世の生活次第で、より高等な存在へ輪廻したり、より下等な存在へ輪廻したりする、ということだった。シッタルタはその教えを理解したが、それを受け入れることはできなかった。

彼はバラモンたちのところで半年ばかりを過ごしたあと、彼らのもとを去って、高名な隠者たちの住む密林のなかに入り、彼らとともに六年間を斎戒《さいかい》と労働のうちに過ごした。その労働と斎戒とがあまりに烈《はげ》しくて、世間にその評判が広がり、彼のそばに弟子が集まるようになり、みんなが彼を褒《ほ》めそやすようになった。しかしながら、その隠者たちの教えのなかにも自分の求めるものを発見することができないで、彼の心に誘惑が生じ、自分の棄ててきたものが惜しくなって、父親や妻のもとへ帰りたいと思った。

それでもやっぱり宮殿へは帰らず、自分の崇拝者や弟子たちのもとを離れて、誰一人彼を知る者のいない場所へ行き、相変わらずいかにして病、老、死から逃れるべきかを考えつづけた。

彼は長いあいだ、苦しみながら考えた。しかしあるとき、樹《き》の下に坐って相変わらずそのことを考えていたとき、突然彼の求めていたものが、苦しみと老いと死からの救済の道が発見された。その救済の道は四つの真理から成り立っていた。

第一の真理は、いかなる人も苦悩に晒《さら》されているということである。第二の真理は、苦悩の原因は欲情にあるということである。第三の真理は苦悩を免れるためには、欲情をなくさなければいけないということである。第四の真理は、欲情をなくするためには、次の四つのことが必要だということである。その四つというのは、まず第一に心の目覚めであり、第二に思想の浄化であり、第三に悪意と瞋恚《しんい》から解放されることであり、第四にただ人々に対してのみならず、およそ生きとし生けるものへの慈愛を心に呼び覚ますことである。己《おの》れの無駄な肉体的欲望を抑えるためには、何よりももろもろの邪念からわが心を浄《きよ》めねばならない。真の解放は──ただ愛のなかにのみある。愛をもって肉体的欲望に代えた人だけが、無明《むみよう》と煩悩《ぼんのう》の繋縛《けいばく》を絶って、苦悩と死から逃れることができる。

以上のように悟ったとき、シッタルタは荒野を離れ、断食や苦行をやめて世間に出てゆき、自分の悟った真理を人々に説きはじめた。最初の弟子たちは彼を離れたが、やがて彼の教えを理解して、再び彼に帰依《きえ》してきた。そしてバラモンたちからのさまざまの迫害があったにもかかわらず、シッタルタ・ブッダの教えはますます広まっていった。シッタルタは自分の教えを十箇条の誡律にまとめて説いた。

① 殺すな、生きとし生けるものの生命を尊べ。
② 盗むな、掠《かす》めるな、各人をしてその労働の所産を享受せしめよ。
③ 想《おも》いにおいても行ないにおいても、清浄であれ。
④ 偽《いつわ》るな。必要な場合は恐るることなく、しかしながら愛をもって真実を述べよ。
⑤ 他人の悪口を言ったり、また、他人の悪口の尻馬《しりうま》に乗ったりしてはならない。
⑥ 誓ってはならない。
⑦ 無駄話に時間を浪費することなく、必要なことを言うか、さもなくば沈黙せよ。
⑧ 貪《むさぼ》るな、嫉《ねた》むな、隣人の幸福を喜べ。
⑨ 怨憎《おんぞう》の念より心を浄《きよ》め、何人《なんぴと》にも敵愾《てきがい》心を懐《いだ》くことなく、一切衆生《いっさいしゅじょう》に愛の目を向けよ。

⑩　真理の悟得に努めよ。

爾来《じらい》六十年間、仏陀はほうぼうを行脚《あんぎゃ》して自分の教えを説いた。晩年は体もすっかり弱ったけれど、それでも仏陀は依然として行脚を続け、説法を続けた。そうした行脚の最中に、ふと彼は死が近づいたことを感じ、立ち止まって「水が欲しい」と言った。弟子たちが水を献《ささ》げると、彼は少しそれを飲み、しばらく休憩したあと、また先へ進んだ。しかしながらハラネアワータ河の畔《ほとり》に来たとき、再び彼は立ち止まり、樹下に坐《すわ》ると、弟子たちに向かって、「とうとう死がやって来た。私の亡《な》きあとも、私の言葉を忘れないようにしてください」と言った。愛弟子《まなでし》のアナンダはその言葉を聞くと、たまりかねて師のそばを離れて慟哭《どうこく》した。シッタルタはすぐに彼を呼んで言った。「アナンダよ！泣くんじゃない。悲しむんじゃない。早かれ晩《おそ》かれわれわれは、われわれにとっていとしいいっさいのものと別れねばならないのだ。はたしてこの世に何か常住のものが一つでもあるだろうか？　友人《ともびと》たちよ」と。

こんどはほかの弟子たちに向かって言った。「どうか私が教えたように生きてください。あなた方を繋縛《けいばく》する肉体的欲望の網から逃れてください。私があなた方に示した道を歩んでください。およそ肉体に属する者は必ず滅び、真理のみが不壊《ふえ》であり永劫《えいごう》であることを、ゆめゆめ忘れてはいけません。どうか真理のなかに救いを求めてください」。

これが彼の最期の言葉だった。（レフ・トルストイ述）

二月十二日

＊㈠　われわれ一人一人を死が待っている事実ほど確実なことはないのに、われわれはあたかもけっして死が訪れないかのような暮らし方をしている。

㈡　われわれの生命が死とともに終わるかどうかというのは最も重大な問題で、どうしてもそのことを考えないではいられない。われわれが不滅を信ずるか信じないかによって、われわれの行為は理性的なものにもなれば、無意味なものともなるであろう。それゆえわれわれは何よりもまず、〝肉体の死とともにわれわれがすっかり滅びるのか、すっかり滅びはしないのか、そしてすっかり滅びはしないとすれば、われわれのなかの何が不滅であるか？〟という問題を解決しなければならない。そして、われわれのなかに滅びるものと滅びないものとがあることがわかったなら、滅びるもののことより、滅びないもののことについてより多く配慮しなければいけないことは、見やすき道理である。ところが人々は通常その反対のことをしているのである。（パスカルによる）

㈢　もし、この世でのさまざまな苦しみが善を生みださないならば、それは恐ろしい世の中と言うべきである。それは、精神的に肉体的に人々を苦しめるために作られた、意地の悪い施設である。もしそうなら、この世界は言語道断なほど不道徳な代物《しろもの》と言うべきであろう。なんとなれば、それは未来の善のためではなくて、ただいたずらに、なんの目的もなく悪を行なうからである。それはあたかも、わざわざ人々を苦しめんがためにに彼らをおびき寄せているかのようである。それはわれわれを誕生早々から打ちのめし、あらゆる幸福の盃に苦汁を注ぎ、常に死をもってわれわれを脅かす。したがって神と不死とがないならば、人々の生に対して示す嫌悪の情は、もっともだと言うべきである。なぜなら彼らのその嫌悪の情は、現存する秩序と言うよりむしろ無秩序によって――さらに適切に言えば、恐るべき道徳的混沌によって喚起されたのだから。しかしながら、もしわれわれの上に神があり、われわれの前に永遠があるならば、すべての事態は一変する。われわれは悪のなかに善を見、闇のなかに光を見る。そして希望が絶望を追い払うのである。

この二つの命題のうちどちらがより正しいであろうか？　道徳的存在である人間が、自分たちの前にその矛盾を解決してくれる血路が開かれているというのに、現存の世界秩序を否応なしに呪詛《じゆそ》せざるをえないなどという話があるだろうか？　もしも神や来世が存在しないならば、彼らはこの世を、そしてまた自分の誕生の日を呪《のろ》うべきであろう。

しかし反対にその両者が存在するならば、人生はおのずから至福となり、世界は道徳的完成の場となり、幸福と神聖性との無限の拡大の場となるであろう。（エラスムス）

㈣　自己の生命を深く意識すればするほど、死による滅亡を信ずることが少なくなる。

㈤　われわれはよく、自分たちが死んであの世へ行く光景を想像しようとするが、それは神を想像することが不可能なように、絶対不可能なことである。われわれに可能なことはただ、神より出《い》づるすべてがそうであるように、死もまた善であることを信ずることだけである。

㈥　人々のなかにあって、感じ、理解し、生き、存在するところの本源がいかなるものであろうと、とにかくそれは神聖なもの、したがってまた永遠なものであるはずである。（キケロ）

㈦　不滅を信じないのは、一度も死について真剣に考えたことのない人である。

二月十三日

㈠　宗教とは――万人に理解できる哲学である。

*㈡　人は善《よ》き生活に依ってのみ神に嘉《よみ》せられる。それゆえ、正しく清らかで、善良で謙抑《けんよく》な生活以外の何かで神を喜ばせようと考えることは、すべて欺瞞《ぎまん》であり、神に対する偽奉仕である。　　　　（カントによる）

㈢　キリスト教の特色は、道徳的に善なるものと道徳的に悪なるものとを、天と地のようにでなく、天国と地獄のように区別して考える点にある。永劫《えいごう》の苦しみを伴う地獄の表象は、われわれの心を震撼《しんかん》させる。しかし本来の意味でその表象は正しいと言わねばならない。それはわれわれが、善と悪とが、換言すれば、光の国と闇の国とが並んで立っていて、そのあいだにかけ渡す階段があるかのように想像することを防ぐ効果を持つ。そうした表象の仕方は、善と悪とが測り知れない深淵《しんえん》によって互いに分かたれていることを示している。　　　　（カントによる）

㈣　抽象的なものに関する考え方では、たいてい最初の最も古くからの考え方が正しいものである。なぜなら健康で人間的な叡智《えいち》が、直接そのなかに反映しているからである。全世界の始原、すなわち神が存在するという考え方もそれである。

（レッシングによる）

㈤　宗教とは——簡素な形で心に訴えかける叡智《えいち》である。叡智とは——理性によって認められた宗教である。

㈥　人々が宗教と呼んでいるものから、彼らの教育方針や、政治形態や、経済機構や、芸術活動が生まれるのである。

（ヨセフ・マッジニ）

㈦　宗教を持たない人間、換言すれば、世界に対するなんらの係わり合いも持たない人間などというものは、心臓を持たない人間と同様、存在しえない代物《しろもの》である。自分に心臓があることを知らない人がいるかもしれない。しかしながら、どんな人間も心臓なしに生きられないように、宗教なしにも生きられないのである。

㈧　善なる生活の掟《おきて》（殺すなかれ、怒るなかれ、姦淫《かんいん》するなかれ、悪をもって悪に酬《むく》いるなかれ、等々）を、それらが神の誡《いまし》めであるがゆえに真理であり、われわれとしてもそれを守らなければならない、と考えてはいけない。そうではなくて、われわれがそれらの掟を己《おの》れの内面的義務だと感ずるがゆえに、それは神の誡めなのだ、と考えるべきである。

（カントによる）

(九)　〝将来何が起きるか、何がわれわれを待ち受けているかを知らないで、どうして生きてゆかれよう？〟何がわれわれを待ち受けているかがわからないとき、はじめて真の生活が始まる。そのときはじめてわれわれは、真実に生き、神の御旨《みむね》を遂行する。将来のことは神がしろしめす。そうした真実の生活のみが、神や神の掟に対する信仰の証《あかし》なのだ。そこにはじめて自由があり、生命があると言うべきである。

(十)　宗教は哲学的思索に光を与えることができるし、哲学的思索は宗教的真理の裏づけをすることができる。それゆえ現に生きている人であれ、死んでしまった人であれ、とにかく真に宗教的な人々や真に哲学的な人々との交際を求めるがよい。

二月十四日

(一)　人間のなかには神の霊が宿っている。

(二) 人再び生まるるにあらずば、神の国を見ることあたわず。

(「ヨハネ伝」第三章三節)

(三) 理性は善人だけが明らかにすることができるし、理性が明らかになってはじめてその人は善人になれる。善《よ》き生活のためには、理性の光が必要だし、理性が光を放つためには善き生活が必要である。両者は互いに助け合う。それゆえ、もしも理性が善き生活を助けないならば、それは本当の理性ではない。同様に、もしも生活が理性を助けないならば、それは善き生活ではない。

(中国の金言)

(四) ある商人が王女を妻に迎え、彼女のために新しい御殿を建て、高価な衣裳を買い求め、大勢の腰元を当てがって、一所懸命彼女の歓心を買おうとした。しかし王女は退屈して、絶えず自分が王家の出自であることを考えつづけた。人間に宿る霊の場合も同じである。あらゆる地上の悦楽をもってそれを包んでも、それは常に自分の家を、自分が出てきた本源を、つまり神を恋いつづけるのだ。

(『タルムード』)

(五) 人々は、善とは何かを知らないような場合でも、常にそれを自分の内部に保有す

るものである。　　　　　　　　　　　　　　　　（孔子）

㈥　昔ローマにセネカという賢人がいた。彼はキリストのこともその教えのことも知らなかったが、それでもキリストと同じように人生を理解していた。彼は一人の友人に向かって次のような手紙を書いた。

「愛するリュツィリーよ（というのがその友人の名前だった）、君が自分自身の力で自分の美しく優しい精神状態を保持しようと努力していることはいいことだと思う。誰だっていつもそんなふうに自分自身を整えることができるのだ。そのために天に向かって手を差し伸べたり、われわれの言うことをもっとよく聞いてもらいたいから、もっと神様のそばへ通してくれなどと、神殿の守衛に頼んだりする必要はない。神は常に君の近くに、いや君の内部にいるのだ。親愛なるリュツィリーよ、私ははっきり言うが、われわれの内部には、すべての善き者および悪しき者の証人であり監視者である聖霊が住んでいる。そしてその聖霊は、われわれのそれに対する対応次第で、われわれに対してさまざまに対応するのである。〝すべての善良な人々の内部には神が住んでいる〟。君の目に人間の霊が見えないように、神の姿も見えないけれど、神の創造物のなかに君は神を認めることができる。同様に君は、完全性を目指しての永遠の精進という形で現われる霊魂の神聖な力を認めないわけにはゆかないのだ」

＊㈦ われわれ一人一人の内部に神が宿っている。そのことを思い出すことほど、われわれを悪から遠去け、善行を援助してくれるものはない。

二月十五日

㈠ 天性の素朴さと、叡智《えいち》から来る素朴さとがある。そしてその両者とも、愛と尊敬の念を招くものである。

㈡ 人生問題の大多数が、代数の方程式のように解かれる。つまり、最も簡単な形に直すことによって解かれるのだ。

＊㈢ 真実の言葉はいつも飾られることなく、かつ簡潔である。 （マルセリン）

㈣ 最も偉大な真理は――最も簡潔である。

㈤ 素朴さにはいつも魅力がある。子供や動物のもつ魅力の原因もそこにある。

(六)　自然は人間が自分たちのあいだにでっちあげた差別というものを知らない。自然は身分や富に関係なく、万人に精神的資質を与える。自然で善良な感情は、むしろしばしば一般庶民のあいだに、より多く認められるようである。（レッシング）

(七)　人々がいかにも賢げで巧妙な美辞麗句を吐くとき、彼らはわれわれを欺《あざむ》こうと思っているか、あるいは偉ぶっているかである。そんな人々を信じてはいけないし、真似てもいけない。

(八)　良い言葉はいつも簡潔で、誰にもわかりやすく、筋が通っている。

(九)　率直さとは己《おの》れの人間としての尊厳性を意識することである。（ボアスト）

(十)　率直さは常に感情の高尚さから生まれる。（ダランベール）

(十一)　言葉は人々を接近させる。それゆえみんなが君を理解できるように、そしてまた君の言うことがすべて真実であるように、話す努力をしなければならない。

㈩ わざとらしい態度や一風変わった態度、ことさら人目を惹《ひ》くような態度をいっさい避けるがよい。率直さほど人々を接近させるものは何もない。

二月十六日

㈠ 人は、まだ若くて思慮が足りなければ足りないほど、自分の生命の本質が肉体にあると信ずるが、年をとって叡智《えいち》を増すに従い、自分の生命や全世界の生命の根源が精神のなかにあることを認めるようになる。

㈡ われわれの真の生活が、われわれが現にこの地上で送っている皮相的・肉体的生活だけではなくて、それとともにもう一つの内的生活が——つまり精神的生活が存在することを、なるべく頻繁に思い出すがよい。われわれの目に見える肉体的生活は、言ってみれば建物の足場のようなものである。足場自体が必要なのは、建物ができあがるあいだだけの話である。建物ができあがったら、足場は必要でなくなって取り除かれてしまう。われわれの肉体的生活の場合も同様である。肉体的生活は精神的生活を築くためだけに必要であって、それが築き上げられると、肉体は廃棄されるのである。建物自体は土台の上にちょっぴり建ちかけたばかりなのに、鉄のボルトで頑丈に留められた大きくて高い足場ばかりが目につくとき、われわれには、肝腎なのはその足場であって建物ではないように思える。われわれが自分の全生活を肉体のなかに見るときも、やっぱりそうである。足場が建物を建てるためだけのものであるように、われわれの肉体は、精神的生活を育成するためだけに必要なものだということを、自分自身にも言い聞かせ、お互いに言い聞かせ合うようにするがよい。

㈢　天と地を眺めて思うがいい。山も川も、さまざまな形の生命も、自然が生み出したものも、何もかも須臾《しゅゆ》にして過ぎ去る。まさに諸行無常である。君がそのことを理解しさえすれば、ただちに光明《こうみょう》が現われ、常住不変なものの存在を認めるようになるであろう。

（仏陀の言葉）

＊㈣　われわれは、建物や山や天体の巨大さに驚嘆し、あれは何百万フィートあるだろうとか、何百万プードあるだろうとか言って騒ぐ。しかしながら、いかにも巨大に見えるそれらのものも、それを認識する者に比べれば無にも等しい。まさに老子の言うごとく、この世で最も強力なものは、目にも見えず、耳にも聞こえず、手にも触れないものなのである。

(五) 死滅するのは君自身でなくて、君の肉体であり、生きるのは君の肉体でなくて、肉体に宿る精神であることを忘れないがよい。君の肉体が君の精神に君の生活や全世界の生活を理解させるのでなくて、君のなかに生きる精神が君の肉体を動かし、感じ、思い出し、予見し、君の肉体や君の行為を支配し、嚮導《きょうどう》するのである。目に見えぬ力が君の肉体を支配するように、全世界を支配する目に見えぬ力が存在するはずである。

（キケロによる）

(六) 形あるものを、真に存在するもの、重要なものと認める感性の欺瞞から解放されてはじめて、われわれは自分の真の使命を悟り、これを遂行することができるのである。

二月十七日

(一) 世界の人々はみな、自然の恩恵を享受する平等の権利と平等の人権とを持っている。

(二) われわれはキリスト教があまりにも歪曲《わいきょく》されていることに、そしてあまりにも人々の生活のなかに実現されている度合が少ないことに、否、まったく実現されていないとさえ言える状態であることに驚くけれど、人々の真の平等を要求する教えであり、万人は神の子、全人類は同胞、そして万人の生命は等しく神聖不可侵であると説くキリスト教の場合、そうでないはずがあろうか。真の平等は身分制度《カースト》や称号や特権の廃止を要求するのみならず、不平等を生む最大の武器であるところの暴力強制の廃絶を要求する。人々は平等が政治的手段によって実現すると思っているけれど、けっしてそうではなく、ただただ神や人々への愛情によってのみ実現するのである。神や人々への愛情は、政治的手段によって鼓吹《こすい》されるものでなく、真に宗教的な教えによってのみ鼓吹される。人々が、死刑や死刑の威嚇《いかく》や暴力強制によって自由や平等や友愛が招来されるという、とんでもない迷誤に陥ったからといって、そのことは、彼らが目指したものが間違っていたという証拠にはならないで、ただ彼らが自由や平等や友愛を実現しようとして選んだ道が間違っていたことを示すだけである。

＊㈢　ある人々が必ずほかの人々より強くて利口であるから、平等なんて所詮不可能だ、とよく人々は言う。しかしながら、ある人々がほかの人々より強くて利口だからこそ、人々の権利の平等ということがことのほか必要なのだ、とリフテンベルグは言っている。現在強者による弱者の圧迫がかくもはなはだしいのは、知力や腕力の不平等のほかに、

権利の不平等までが存在するからである。

㈣　キリスト教徒と称する人々のなかに見られる極度の不平等、ことに残忍極まりなき、目に余る不平等社会制度のもとで説かれる、欺瞞に満ちた平等のお説教に戦慄を感じない人は、体を磨《す》り減らすようにして、馬鹿のように、自分たちには全然必要もない仕事に生涯酷使されつづける人々と、無為徒食のうちに種々様々な逸楽に耽《ふけ》って暮らす人々とに分かれている、いわゆるキリスト教諸国民の生活を一眼見《め》ればよい。

㈤　子供たちほど、その生活のなかで真の平等を実現している者はない。それなのに子供たちに、世間には王侯とか富豪とか名士とかいった敬わねばならない人々と、僕婢《ぼくひ》とか労働者とか乞食とかいった蔑《さげす》んでいい人々とがいると教えることによって、子供たちの神聖な感情を破壊する大人たちの罪はどんなに深いことであろう！　〝この最も小さき者の一人を躓《つまず》かす輩《やから》は……〟（「マタイ伝」第十八章六節）

㈥　キリストは人々に向かって彼らがかねがね知っていることを教えた。つまり、人々はみな平等だということを。なぜ平等かと言えば、万人のなかに同一の神の霊が宿っているから、ということを教えたのである。しかしながら人々は、遠い昔から王侯とか貴族とか富者とか労働者とか乞食とかに分かれていて、みんなもともと平等のはずであることを知りながら、まるでそのことを知らないかのように暮らしていて、現実には人間の平等なんてありえないという始末である。

そんなことを信じないがよい。そして幼児に学ぶがよい。幼児のように誰とでも愛情と慈《いつく》しみをもって接し、万人に差別なく振る舞うがよい。ある人々に〝君《トゥイ》〟と言うなら、みんなにもそう言うがいい、もし〝あなた《ヴィ》〟と言うなら、みんなにそう言うがよい。自分で自分を持ち上げる人たちを見ても、ほかの人たち以上に敬わぬがよい。また、もしみんながある人々を卑しむのを見たら、そうした悪い手本に従わないために、ことのほかその人々を尊敬するように努めるがよい。

二月十八日

(一)　われわれみんなの個我は、そのなかに宿る神性を覆《おお》う被覆物である。われわれが個我を脱却すればするほど、われわれの内の神性ははっきり現われる。

(二)　ひたすらに神を愛し、ひたすらに己《おの》れの我《が》を憎むべきである。　（パスカル）

㈢ 父のわれを要したまうは、われ、わが命を再び得んために、それを棄《す》つるによる。何人《なんぴと》もわが命をわれより奪わず、われこそ自らそれを棄つるなり。われはわが命を棄つるの権を有し、またそれを再び得るの権を有す。これ、父われに命ぜしところなり。

（「ヨハネ伝」第十章一七〜一八節）

㈣ われわれは自分のことを思い煩《わずら》い、自分のことにかまけることが多ければ多いほど、そして自分の生命を守ろうとあくせくすればするほど、ますます弱くなり、ますます不自由になる。反対に自分のことを思い煩うことや、自分のことにかまけることや、自分の生命を守ることにあくせくすることが少なければ少ないほど、ますます強く、ますます自由になる。

*㈤ もし物事が我欲を離れ、我意を離れてなされるならば、何もかも容易に、何もかもうまく行なわれるであろう。

㈥ 真理を説く言葉は、それが我を棄却した人によって発せられる場合のみ、信頼に値する。

（『タルムード』）

(七)　己が命を救わんと欲する者は、これを失い、わがため、福音のために命を失う者は、これを救わん。

（「マルコ伝」第八章三五節）

(八)　自分のなかの須臾《しゆゆ》にして過ぎゆくもの、自分の名声や肉体のなかに自分を見ない者こそ、人生の真理を知る者である。

（仏陀の言葉）

(九)　われわれには、われわれ自身に少なくとも一時的にでもその生活を味わってみようという勇気が湧かないかぎり、絶対無条件の自己棄却の生活の結果を評価する材料もないし、ましてやそれを批判する権利はない。しかしながら聡明な人であり正直な人であるかぎり、自分が己れを忘れ、我を滅却したほんの一瞬間が自分の精神や肉体に与えた好ましい影響を、あえて否定しようとする者は、一人もいないだろうと私は思う。

（ジョン・ラスキン）

(十)　話している最中に自分のことを思い出せば、話の筋道を失う。完全に自分を忘れ、自分を離れたとき、はじめてわれわれは人々と実り多き会話を交えることができ、彼らに奉仕し、彼らに影響を与えることができる。

一週間の読み物

自己犠牲

きわめて剛毅《ごうき》な人々でも、意気消沈するときがある。善を見てそれに邁進《まいしん》し、それを実現しようとする――しかしながらあらゆる努力が空しく感ぜられ、そのためにこそ自分を犠牲にした当の相手から見放された気持になる。憎悪や誹謗《ひぼう》や迫害が襲う。まさにそのようなとき、心の底から「父よ、このときよりわれを免れしめたまえ！」という叫びが迸《ほとばし》りでる。

……キリストが経験したのはそれである。病んで目も見えず耳も聞こえなくなった世間のただなか、自分を理解してくれない弟子たちのただなか、粗暴で冷淡な群衆や、自分を敵視する残忍酷薄な人々のただなかにただ一人あって、自分の事業の最初の果実である死刑を予見したキリストは、「父よ、われをこのときより免れしめたまえ」と祈ったが、すぐにまた十字架による死とその苦しみを予感しながら、「しかれども、われはこのときのために来たれり」と付け加えている。

しかり、まさにそのために、すなわち苦しんで死ぬために、そして、その苦しみや死によって世に勝つために、彼はこの世に生まれたのである。それは彼の事業を継承せんとする者にとっての永遠不滅の手本である。キリストは彼らに向かって、その事業は自己犠牲を通じてのみ実を結ぶということ、播《ま》く者が刈るのではないということ、「人もし死なずば、ただ一人にてあらん、しかれども死なば地に落ちた種子のごとくに発芽して、多くの実を結ぶべし」と教えている。

自分の言葉が拒否されて、その効果が見られないために、さらにはその言葉から生ずべき未来が、悪魔《サタン》の子らが真理そのものを葬り去らんとしている墓のなかに、諸君もろとも投げ込まれてしまうような気がして、諸君の心が動揺するとき――そんなときこそむしろ反対に、「今こそ人生における事業が始まったのだ。このときのために自分はこの世に生まれたのだ」と思うがいい。

キリストの教え子たちよ、諸君はその師より大ではない。諸君は彼に従って、彼が諸君のために開拓した道を進み、義務自体のために義務を遂行しなければならない。そして、この地上で何一つ求めず、何一つ期待せず、かのディディムのように「われわれも彼とともに進み、彼とともに死せん」と言わなければならない。焼けつくような太陽のもと、冷たい氷雨《みぞれ》のもとで、倦《う》むことなく種を播くがいい。裁きの場でも、牢獄でも、さらには刑場でも、至るところで播くがいい。そうすれば刈り入れの時が来るであろう。

（ラムネ）

口先だけでなく、本当に他人を愛しようと思ったら、やっぱり口先だけでなくて本当に自分を愛することをやめなければならない。通常われわれは、他人を愛していると思い、自分自身にも他人にもそう思い込ませようとしているけれど、実はそれは口先だけで、本当は自分を愛している場合が多い。われわれは他人に食わせ、他人を宿らせることは忘れるけれど、自分にそうすることはけっして忘れない。それゆえ、実際に他人を愛するためには、他人の場合しばしばそれを忘れるように、自分自身をも食べさせたり寝せたりすることを忘れる術《すべ》を学ばねばならない。自己犠牲が大きければ大きいほど、愛も大きいし、愛が大きければ大きいほど、その人の行為は実り多きものとなり、人々のために益するところが大きい。

人間の生き方には二つの極限がある。一つは己《おの》れの友のために生命を棄てることであり、もう一つは全然自分の生活条件を変えないで生きることである。すべての人々は、この二つの極限の中間に生きている。ある者は、すべてを棄ててキリストに従った彼の弟子たちに比すべき生き方をしているし、ある者は生活を変えよと言われたら、すぐにそっぽを向いて去っていった富裕な青年と同じ生き方をしている。この両極限のあいだに、一部分自分の生活を変えたザーカイのような人たちがいる。

しかしながら、せめてザーカイになるためにも、われわれは第一の極限に向かって絶えず精進しなければならない。　（レフ・トルストイ）

自由人

ニェフリュードフは、その広い、流れの速い川を眺めて船縁《ふなべり》に立っていた。町のほうからアホートニッキー寺院の大鐘の唸《うな》りと、銅の金属的な音が川面を伝わって聞こえてきた。ニェフリュードフのそばに立っていた馭者《ぎょしゃ》や船頭たちは、全部次々と帽子を脱いで十字を切りはじめた。誰よりも一番手摺《てす》りの近くに立っていた、小柄で蓬髪《ほうはつ》の老人は（はじめニェフリュードフはその老人に気がつかなかったが）十字を切ろうとせず、頭を上げてじーっとニェフリュードフを見据えていた。この老人は補布《つぎ》を当てた農民外套《がいとう》を着、ラシャのズボンに、穿《は》き古して補布を当てたシベリヤ靴をはいていた。肩には小さめの袋を背負い、頭には皮の擦《す》り切れた高帽子を被《かぶ》っていた。

「爺さん、どうしてお祈りしないんだい？」とニェフリュードフの馭者が帽子を被りながら言った。

「洗礼受けてないのかい？」

「誰にお祈りするんだね？」とその蓬髪の老人は断固とした挑《いど》むような調子で、一語一語を素早く発音しながら言った。

「決まったこと、神様によ」と馭者は嘲《あざけ》るように言った。

「じゃお前、どこにいるか教えてくれ、その神様というのは？」その老人の表情には、何か真剣な、きっとしたものがあったので、馭者は手強《てごわ》い奴にぶつかったと感じて、少したじろいだが、それを押しかくして、人前で言葉につまって恥をかいたりしてはと、急いで答えた。

「どこに？　知れたこと、天の上だよ」

「お前、天の上へ行ってみたかね？」

「行ってみても……みなくっても、誰だってお祈りすることくらい知ってらぁ」

「神様を見た者なんぞ、どこにもいやせぬ。父の懐《ふところ》に在《いま》す神の一人子だけが、神を示してくださったのだ」と、きっと眉をひそめながらやっぱり早口に老人が言った。

「お前さん、きっと邪宗教だね、穴教徒だね。穴でも拝むんだろう」と馭者は鞭《むち》の柄《え》を帯に差し込み、脇馬の尻帯を直しながら言った。誰かが笑いだした。

「爺さん、お前、いったいどんな宗旨だね？」と船の端のほうで荷馬車のそばに立っていたそう若くない男が尋ねた。

「わたしには宗旨なんかありやせぬ。わしは自分よりほかは誰も信じないんだから」と、やっぱり早口に、断固たる口調で老人が言った。

「どうして自分を信じるんですか？」とニェフリュードフも会話に加わって言った、

「自分も間違うことがあるのに」

「いいや、そんなことはない」と老人は、頭を振りながら断固として答えた。

「じゃ、どうしていろいろな信仰があるんです？」とニェフリュードフは訊《き》いた。

「みんなが他人を信じて自分を信じないから、いろんな信仰が生まれますわい。わしも他人ばかり信じていて、おかげで密林に入り込んだように迷ってしまった。すっかり迷い込んでしまって、どうしたら抜けでられるかわからないくらいの始末でしたぞ。旧教徒も、新教徒も、安息日教徒も、鞭身《べんしん》教徒も、僧侶《そうりょ》派も、無僧侶派も、オーストリー派もモロカン派も、去勢派も、みんな自分の宗旨ばかり褒《ほ》めていますが、どれもこれも目の開かぬ仔犬みたいに、はいずりまわっているばかりじゃ。宗旨はたくさんあっても、霊は一つですぞ。その霊はあんたのなかにも、わしのなかにも、あの人のなかにもある。つまり一人一人が自分の霊を信ずれば、みんなが結び合わされるというもの。誰でもが自分になりきったら、みんなが一つになれますわい」

老人は大声で話し、なるべく大勢に自分の話を聞いてもらいたい様子で、絶えずあたりを見まわした。

「じゃ、あなたはもう長いことそうした信仰をお持ちですか？」とニェフリュードフは尋ねた。

「わしかね？　もう長いことですわい。もういじめまわされはじめて、二十三年目じゃ」

「いじめまわすというのは？」

「キリストをいじめまわしたように、わしをいじめまわしている。わしをひっ捕えては、裁判所だ、坊さんのところだと、つまり学士やパリサイ人のあいだをひきずりまわしている。精神病院にも入れられた。しかしわしは自由だから、わしをどうともできやしません。〃お前の名前はなんという?〃などと訊く。わしが名前なぞ付けられて喜んでいると思っている。が、わしはそんなものに用はありやせぬ。わしは、何もかも縁を切ってしまった。わしは、名前も、わが家も、祖国も――何もかも持ってはおらぬ。わしはただわし自身だ。なんと呼ぶ?と訊くなら、人間と呼ぶだけだ。〃年はいくつか?〃わしは勘定しておらんし、勘定なぞできやしない。わしはいつもおったし、これからもずっとおるから。〃お前の両親は誰だ?〃わしには神様と大地のほかに父親も母親もない。神様が――父親で、大地が――母親だ。〃皇帝《ツァー》を認めるか?〃認めずにどうしよう。皇帝は自分で皇帝だし、わしはわしで皇帝だ。〃お前とはまるで話にならん〃。そこでわしのほうも別に話してくれと頼みはせんと答える。こんな具合にいじめまわされてますじゃ」

「今からあなたはどこへ行きますか?」とニェフリュードフが訊いた。

「神様任せですじゃ。仕事があれば働くし、なけりゃ――乞食でもしますわい」と、老人は、渡し船が対岸に着きかけたのを見て、こう言葉を結び、昂然《こうぜん》と聴き手一同を見まわした。

渡し船は対岸に着いた。ニェフリュードフは財布を出して、老人にお金をやろうとしたが、老人は辞退した。

「わしはそんなものはもらわぬ。パンならもらいますじゃ」と彼は言った。

「じゃ、失礼！」

「失礼もなにもない。あんたはわしに悪いことをしたわけじゃない。また、わしに悪いことをするわけにはいかんて」と言って、老人は下ろしていた袋を肩にしょいはじめた。とかくするうち、乗替馬車も岸に上げられ、馬もつけられた。

「旦那もあんな奴と話をなさるなんて」と、ニェフリュードフが逞《たくま》しい船頭に祝儀をやって馬車に乗り込んだとき、馭者が彼に言った、「ほんのやくざな浮浪人ですよ」


（レフ・トルストイ『復活』より）

二月十九日

㈠　働かないで暮らせるからといって働かないのは、罪悪である。

㈡　労働ほど人間を高尚にするものはない。人は労働なくしてはその人間的尊厳性を保持することはできない。無為徒食の連中が、外面的威容をつくろうことにあれほど心を砕《くだ》くのも、そのためである。彼らは、そうした飾り物がないとみんなに馬鹿にされることを知っているのである。

＊㈢　額に汗して自分のパンを手に入れることをしない人々のなかに、真に宗教的な理解と純粋な道徳性が存在することは、物理的に不可能である。（ジョン・ラスキン）

㈣　何人《なんぴと》も生きてゆくうえで、他人にない特権や優越権を持っていないし持つべきでもないということや、一方、義務には際限がなく、人間としてのまず第一の疑うべからざる義務は、自分や他人の生活のための自然との闘いへの参加であるということを悟るためには、その真理を全面的に受け入れ、全面的に従来の遊惰《ゆうだ》な生活を悔い改めることである。

㈤　非常に確実で純粋な喜びの一つは、労働のあとの休息である。（カント）

㈥　富めるも貧しきも、強きも弱きも、およそ労働しない者はすべて、ろくでなしと言うべきである。どんな人でも手職を覚えるか、純粋な肉体労働に就くかしなければならない。労働してはじめてわれわれは、一つの非常に素晴らしい、純粋な喜びを知ることができる。それは労働のあとの休息であって、労働が烈《はげ》しければ烈《はげ》しいだけ、休息の喜びも大きいのだ。

（ルソーによる）

(七) 絶えず働け。労働を自分にとって不幸と思わず、またそのために人の賞讃を期待しないがいい。

（マルクス・アウレリウス）

(八) 最も卓越した天分も、無為徒食によって滅びる。

（モンテーニュ）

(九) 自分が他人に与えるよりも多くのものを他人から取らないようにするのが、公正にかなうゆえんである。しかしながら、自分の労働と自分が利用する他人の労働とを秤《はかり》にかけるわけにはゆかない。のみならず、われわれはいつなんどき労働ができなくなって、他人の労働におんぶしなければならなくなるかわからない。だからなるべく公正を欠くことのないように、自分が受け取るもの以上に他人に与えるよう努力すべきである。

二月二十日

(一) 人類は絶えず進歩する。その進歩は信仰の領域にもなければならない。

㈡ 人々の生活形態は、その信仰に依存する。信仰は時代とともに、ますます簡潔で明瞭で、理解しやすくなり、真の知識と一致するようになる。そしてその簡潔度、明瞭度が増すに応じて、信仰はますます多くの人々を合一せしめるようになる。

㈢ われわれは、現在、われわれに啓示されている信仰理解の段階にとどまるべきだ——と、こんなふうに考えている人がいれば、その人は真理からはなはだ遠いところにいると言わねばならない。われわれが受けた光は、われわれが絶えずそれを見つめるために与えられているのでなく、その光によって、まだわれわれに隠されている新しい真理が啓示されるために与えられているのである。 （ミルトンによる）

㈣ この世の権力者たちが権力をもって高圧的に滅ぼそうとしているにもかかわらず、キリストの精神は至るところではっきり現われつつある。はたして福音書の精神が、民衆のなかへ浸透していないであろうか？　はたして彼らは、光を見はじめていないであろうか？　権利や義務に関する観念が、万人にとってますますはっきりしてきていないだろうか？　より公平な法律を要求する声、公正な平等意識に基づく、弱者を守る体制を要求する声が、四方八方から聞こえてこないであろうか？　無理矢理引き離された人々のあいだの従来の敵対関係が、消えていっていないだろうか？　はたして世界の万民は、自分らを人類同胞と感じていないだろうか？

この世の暴圧者たちはすでに、内心の声が彼らの近き滅亡を予言しつつあるかのごとく恐れおののいている。彼らは恐怖に満ちた幻影に怯《おび》えて、民衆を繫《つな》いでいる鎖《くさり》、キリストがそれを解くために来たところの、そしてまもなくばらばらにくずれ落ちるであろう鎖を、震えるその手で握りしめる。不気味な地鳴りが彼らの夢を掻《か》き乱す。どこかひそかな場所である仕事が行なわれ、いかなる力をもってしてもそれを押しとどめることはできないし、その仕事が着々と進みつつあることが、彼らを名状しがたい恐怖に落とし入れる。これこそまさに伸びゆく新芽の活動であり、愛の活動である。そしてその愛の活動は、この世の罪悪を排除し、衰えつつある生命に活を与え、嘆き悲しむ者を慰《なぐさ》め、繫がれし者の鎖を打ち砕き、人々に対して、その内的法則がもはや暴力ではなくて、人々相互の愛であるごとき新生活の道を開くのである。　　（ラムネ）

㈤　人類が進歩するのは、信仰が進歩するからにほかならない。信仰が進歩するというのは、新しい宗教的真理を発見するとか、人間の世界および世界の創造者に対する新しい関係を探求する（新しいものなど何もありはしない）とかいうことでなくて、宗教的理解と結びついたいっさいの余計なものを放棄することである。新しい宗教上の真理というものはない。有史以来のすべての賢者の世界、および世界の創造者に対する関係は、今日のそれとまったく同じであった。宗教が進歩するというのは、何か新しいものが発見されるということではなくて、すでに発見され表現されたものを浄《きよ》めることにほかならない。

(六) 信仰とは――ある時代、ある社会での最も優れた先覚者たちによって到達された、最も高い人生理解の指標であって、その社会の爾余《じよ》のすべての人々もいずれ間違いなく、不可避的にそれに近づいてゆくものである。

＊(七) 真の進歩、すなわち宗教的進歩と、技術的・科学的・芸術的進歩とを混同してはならない。技術的・科学的・芸術的業績は、現代に見られるように、宗教的頽廃《たいはい》のさなかにあっても非常に偉大でありうるのだ。

神に仕えようと思ったら、何はさておき、もろもろの迷信との闘争および宗教的意識の解明、浄化を目的とする、宗教的進歩のための闘士とならなければならない。

二月二十一日

(一) 人間が人間を食べた時代があった。やがて人間を食べるのはやめたけれども、やっぱり動物は食べつづけた。しかしながら今や、人々がこの恐ろしい肉食の習慣からますます離れるときがやって来ている。

㈡ 児童の保護や動物の愛護をモットーとする種々の団体が、肉食こそがたいていの場合、彼らが刑罰をもって防止しようとしている残虐行為の原因であるにもかかわらず、菜食主義に対して全然無関心だとは、なんという奇怪なことであろう。愛の掟の実践は、刑法上の罪に問われることへの恐怖感以上に、残虐行為を抑止することができる。怒りに任せて人を苦しめたり殺したりする場合の残虐さと、その肉を食うために動物を苦しめたり殺したりする場合の残虐さとのあいだに、いったいどんな違いがあろう？ 動物を殺して食うことこそ、人々のなかに残忍性を燃え上がらせる最大の原因なのに。

（リュシー・マローリ）

㈢ 喫煙と飲酒と肉食——それは呪《のろ》いの三幅対《さんぷくつい》である。この恐るべき三幅対から最大の不幸と最大の貧困とが生まれる。この三幅対の手中に落ちたが最後、人々は動物に近くなり、人間らしいおもかげも、人間としての最大の浄福である、清らかな理性と善良な心情も失ってしまう。

（ヒルスによる）

＊㈣　われわれの動物に対する行為には、なんら道徳的な意味がないと思う迷妄、もっと平たく言えば、動物に対しては、われわれにはなんらの義務もないと思う迷妄、そうした迷妄のなかには、実に忌わしい残忍性と野蛮性が顔を出している。

（ショーペンハウエル）

㈤　ある旅人がアフリカの食人種のそばへやって来ると、彼らはちょうど何かの肉を食べていた。旅人は彼らに向かって、「何を食べているのか」と尋ねた。「人間の肉だよ」と食人種たちは答えた。

「どうしてまた、そんなものが食えるんだね？」と旅人は大声で叫んだ。「食えないでどうする、塩をまぶすととってもうまいよ」とアフリカ人たちは答えた。彼らとしては人間の肉を食うのがすっかり習慣になっていて、旅人がどうしてそんなにびっくりして叫ぶのか、理解することさえできなかったのである。

肉食をする人々もそれと同じで、豚や羊や牛の肉が、塩をまぶすとうまいというだけでむしゃむしゃ食べられるのを見て、菜食主義者たちの感ずる不快の念を理解することはできない。

（リュシー・マローリ）

㈥　人々が動物を殺して食うのは、彼らが、動物は人間が食うために神がお創りになったもので、動物を殺すことには別になんの罪もないと思い込んでいるのが最大の原因である。しかしそれは間違っている。動物を殺すことが罪悪ではないと、たとえどんな書物に書いてあっても、われわれすべての心のなかに、どんな書物のなかよりもはっきりと、動物も人間と同じように憐《あわ》れんでやらねばならないと書いてあるし、われわれは自分の内部の良心を圧殺しないかぎり、みんなそのことを知っているのである。

(七)　諸君が肉食を絶ったら、近親者たちが寄ってたかって諸君を攻撃したり、非難したり、嘲笑《ちようしよう》したりするかもしれないが、けっしてそれにたじろいではいけない。肉食が、やっても別にかまわぬものであるならば、肉食者は菜食主義を非難などしないであろう。彼らが苛立《いらだ》つのは、もう現在では彼らもその罪を意識しているけれど、まだどうにもその習慣から抜けだせないでいるからなのである。

二月二十二日

(一)　神についてどんなことが語られるのを聞いても、また神についてどんなに語ってみても、われわれの心はけっして満たされるものではない。われわれが神について理解しうるもの、しかしながら表現しえないもの——それこそ万人にとって必要なものであり、それのみが万人に生命を与えるものである。

（シレジウスによる）

(二) 本当の道は、通常道と呼ばれている、あのような道ではない。本当の名前は、通常その名で呼ばれているような、そんな名前ではない。

（『老子』）

(三) 万物を自分のなかに包摂するもの、それなくしては天も地もありえないような存在がある。この存在は、平安で形を具えていない。その働きを名づけて智と呼び愛と呼ぶが、その存在自身には名前はない。それはきわめて高遠な存在であり、同時に最も身近な存在である。

（『老子』による）

(四) 神――それはわれわれに正義を要求する無限者の謂《いい》である。

（マシュー・アーノルド）

＊(五) 神――それはわれわれが自分自身をその一部分として意識するすべての謂《いい》である。

(六) 神はどこにいるかと問うのは愚者である。神は森羅万象のなかに、各人の心のなかにいる。信仰は種々様々だが、神はただ一つである。もしも人にして自分自身を知らないなら、どうして神を知ることができよう？

（インドの金言）

(七)　かつて私はこの世に存在しなかったし、現在の私が存在することをやめるのが自分の意思と無関係に生ずるように、私の出生も私の意思と無関係に起きた。——つまり私は最初から、私以前に存在したもの、私のあとにも存在するであろうもの、私より強力なもの、そうした何者かの力によって存在しはじめ、そして存在しつづけているわけである。だのに人々は、私に向かって、いわゆる神なんてものは存在しやしない、などと言う始末である。

（ラ・ブリュイエール）

(八)　生まれ落ちたときから曇りガラスの窓のある部屋に閉じ込められた男が、太陽を曇りガラスと呼ぶであろうように、つまり、太陽の光を部屋に透すただ一つの物体の名前を太陽自体に冠するであろうように、福音書もまた、神を呼ぶのに天来の啓示を伝える最高の人間的感情、あるいは最高の人間的資質の名前をもってする。すなわち神を愛と呼び、叡智《えいち》（言葉）と呼ぶのである。

そして、部屋に閉じ込められていた男がそこから出てはじめて、太陽そのものと太陽に照らされていた曇りガラスとの見分けがつくように——人間の霊にもその人の肉体ないし物質の繋縛《けいばく》からの解放度に応じて、神の本性とのさらなる直接的合一の可能性が増大するのである。

しかし、その間何ものよりも自分の叡智を高く評価する人々は、神を叡智と同一視して叡智と呼ぶであろうし、何ものよりも愛の感情を高く評価する者は、神を愛と同一視して愛と呼ぶであろう。

そして最後に、まだ自分の叡智も自分の愛の感情も信じ兼ねていて、まさにそのため、ある特定の人物の権威を絶対的に盲信する人々は、その特定の人物を神と同一視するであろう。（フョードル・ストラーホフ）

(九) 太陽の強烈な光に君の眼がくらんでも、君は太陽は存在しないとは言わないだろう。そのように、なんとか神を理解しようと努力するうちに君の理性が混乱したり姿を隠したりしても、そのために神は存在しないと言ってはならない。（シレジウスによる）

二月二十三日

(一) 現在の社会体制は良心の要求にも理性の要求にも合致しない。

(二) 実業家たちの大部分が、この世で最も適当な社会体制は、簡単に言えばおびただしい数の無秩序な大衆が、お互いにできるだけ相手から物をひったくり合い、子供や老人を泥濘《でいねい》に踏みにじり、労働者たちをちょっぴり甘い餌《えさ》で集めて、その力でいろんなろくでもない品物を生産し、あげくのはては勝手に餓死するがいいと言わんばかりに馘首《かくしゅ》してしまう――そんな社会体制だと考えている。（ジョン・ラスキン）

㈢　百羽の鳩の群が裸麦《はだかむぎ》の畑に降り立ったとする。そしてそのなかの九十九羽が、自分のついばみたいだけついばむこともせず、ただ必要最低限度のものをついばんで、自分たちにできるだけのものを集めて大きな山をこさえ、自分たちには殻以外に何も残さないで、その裸麦の山を群のなかでも一番弱くてくだらぬ一羽の鳩に供えるといった光景を想像するがよい。その九十九羽が、一羽の鳩の周囲にぐるりと集まって、その一羽が存分食ったあげく、裸麦をあたりにはね散らしているとき、たまたま、ほかの鳩たちより大胆な、より空腹を感じた一羽の鳩が、その裸麦のなかのほんの一粒をついばむのを見て、ほかの鳩がみんなその鳩に飛びかかって八つ裂きにしてしまうといった図を想像するがよい。

そんな光景を諸君が見たら、それはわれわれの社会で慣習的に絶えず行なわれているものの複製図だと考えてよい。（パーレイ）

㈣　人々が互いに智慧を絞って争い合い、陥穽《かんせい》を設け合い、欺《あざむ》き合い、そむき合う光景を見て、嘆かずにいられるだろうか！　善と悪の基準が棄《す》てて顧みられない、というよりむしろ忘れ去られている事実を、涙なしに眺めることができるだろうか！

（フェオグニスト）

㈤　土や太陽の光や、動植物界や、鉱石層や、その他もろもろの、われらが利用しはじめたばかりの自然の力のなかには、無尽蔵の富があって、理性によって導かれる人々であれば、それによってそのすべての物質的欲求を満足させうるはずである。自然のなかには、貧困を招く原因はない。不具者や老衰者の貧困の原因すらない。なぜなら人間は本質的に社会的動物であり、人々が慢性的貧窮状態の影響によって畜生道に堕《お》ちないかぎり、家庭的愛情や社会の同情が、自分で自分を養うことのできない人々のためにぜひ必要なものをすっかり調達するであろうからである。

（ヘンリー・ジョージ）

㈥　社会生活改善のためにぜひ必要なことは、いろんな社会的仕事を処理するにあたり、単に一部の人々のみならず、その社会全体の人々の叡智《えいち》と愛とがますます多くそれに傾注されるようにすることである。われわれがその仕事を政治家だけに任せておいてはろくなことはない。大衆自ら考えねばならない。なぜなら実際に働くのは大衆だけであるから。

（ヘンリー・ジョージ）

㈦　現代の文明がわれわれの眼にいかに堅固なものと映じようとも、そこにはすでに自壊作用が始まっているのである。匈奴《きょうど》やヴァンダルが古代文明に対して行なったと同じようなことを現代の文明に対して行なう野蛮人たちが、荒野や森林のなかでなく、都会の片隅やメーン・ストリートの上に育ちつつあるのだ。

（ヘンリー・ジョージ）

㈧　社会改革は民衆によって、民衆のためになされねばならない。その改革事業が一部の階級に掌握された独占的事業であるかぎり、それは一つの悪を別の悪に置き換えるだけのことであって、民衆はそれによってけっして救われないのである。

（ヨセフ・マッジニ）

＊㈨　人間は——理性的存在者である。だのにどうして、社会生活を処理するにあたって、理性によらないで、暴力によるのだろう？

二月二十四日

㈠　真理が相手に聞き入れられるためには、それを善意をもって語ることが必要である。たとえどんなに理屈に合った正しい言葉でも、怒りをもって発せられれば、それは相手に伝わらない。それゆえ、もしも君がある人にある言葉を語って、それが受け入れられないときは、それは三つに一つ、君が真理と思っていることが実はそうでないか、あるいは君の語り方に善意が欠けているか、それとも真理でもなければ善意も欠けているか、そのいずれかであると考えるがよい。

㈡　真理を伝える唯一の方法は、愛をもってそれを語ることである。愛する人の言葉のみが、相手に受け入れられるものである。（ソロー）

㈢　真実を語るのも——上手に縫ったり、うまく刈ったり、美しく書いたりするのと理屈は同じである。たくさん縫った人、たくさん刈った人、たくさん書いた人だけにそれができるのだ。どんなにがんばってみても、何度も何度もやったことのないことはうまくできるものではない。それゆえ真実を語ろうと思うなら、そのことに慣れなくてはならない。そしてそのことに慣れるためには、どんなに些細な事柄に関しても、もっぱら真実を語らなければならない。

＊㈣　われわれは他人の前に自分を偽る習慣がすっかり身に付いていて、しばしば自分自身に対しても自分を偽りがちである。　（ラ・ロシュフコ）

㈤　実質的には、自分自身の内に根ざした思想のみに真実と生命とがあり、本当の意味で、われわれに理解できるのはただそれだけである。書物で読んだ他人の思想などは――言ってみれば他人の食卓の上の残パンであり、外国人からの借り衣裳である。

（ショーペンハウエル）

㈥　もしも人が真理を見て脅《おび》え、それを認めようとせず、自分がこれまで真理と考えていたことが実は虚偽であったという意識を圧殺しようとするならば、彼は永久に自分のなすべきことを知らないであろう。

㈦　真理のために真理を愛する賢者たちは、真理を自分の私有物にしようなどとは思わない。彼らはどこで真理と出会っても、感謝してこれを受け入れ、それに誰かの名前を書いたレッテルを貼《は》ったりはしない。なんとなれば、それらの真理は永遠の昔からすでに彼らに属していたのだから。

（エマスン）

(八) 真理が人間に悪意を吹き込み、慢心を吹き込むはずはない。真理の発露は常に温和で謙抑《けんよく》で素直である。

二月二十五日

＊(一) 祈るということは——永遠にして無窮なる存在者たる神の掟《おきて》を認め、それを想起し、その掟に自分の過去および未来の行為を当てはめて考えることである。できるだけ頻繁に祈るがよい。

(二) 祈りを始める前に、自分がはたして本当に精神統一ができるか自ら試してみるがいい。もしできなければ祈らないことだ。祈禱《きとう》が癖になった人の場合、それは真剣な祈禱とは言えない。

（『タルムード』）

(三) われわれの弱点と闘う手段である祈り、この祈りというものをどうして自分から奪っていいであろう？　神に近づくためのあらゆる精神的努力は、われわれを我執から解放する。神に救いを求めるとき、われわれはそれを自分自身の内に発見することを学ぶ。神がわれわれを変えるのでなくて、われわれ自身が神に近づくことによって自分を変えるのである。われわれがぜひにと神にお願いするものはすべて、われわれが自分で自分に与えるのである。　（ルソー）

㈣　祈るとき、偽善者のごとくなすなかれ。彼らは人に見られんとて、会堂や町角に立ちて祈ることを好む。われ、まことに汝《なんじ》らに告ぐ、彼らはすでにその酬《むく》いを得たり。汝祈るとき、己《おの》が部屋に入り、戸を閉じて、隠れたるところに在《いま》す汝の父に祈れ。されば隠れたるに見たまう汝の父、汝に報いたまうべし。また祈るとき、異邦人のごとく繰《く》り言《ごと》をなすなかれ。彼らは言葉多きによりて聞き入れられんと思うなり。彼らに倣《なら》うことなかれ。そは、願わざる前に、汝らの父は汝らの要するものを知りたまえばなり。

（「マタイ伝」第六章五〜八節）

㈤　ずっと昔から、人間にとって祈りが必要であることが認められている。昔の人々にとって祈りとは（現在でも大部分の人々にとってはそうであるが）、一定の状況下、一定の場所で、一定の動作や言葉によって神に、あるいは神々に語りかけ、その恵みを乞うことを意味した。

キリストの教えは、そうした祈りには関知しない。そうではなくてそれは、祈りが現世における不幸を免れ、御利益《りやく》を授かる手段としてではなく、罪悪との闘いにおいて人々を強固にする手段として必要欠くべからざるものであることを説くのである。

㈥　祈りとは、世俗的なもの、自分の五官を迷わすいっさいのものから離れて（その点、マホメット教徒が寺院に入ったり、お祈りをしたりするとき、指で眼と耳を覆《おお》うのはいいことだが）、自分のなかに神的本源を呼び覚ますことである。そのために一番いいことは、キリストが教えたとおりにすることである。すなわち一人で部屋のなかに入って戸を閉めて、そこで祈ること、つまり一人で祈ること、部屋のなかでも森のなかでも野原のなかでもいいから、とにかく一人で祈ることである。換言すれば、祈りとは——いっさいの世俗的なもの、外面的なものを離れて、自分のなかに自分の霊の神的分子を呼び覚まし、そのなかに没入し、それを通じて、それがその一部分であるところの全者、すなわち神との交流に入り、自分を神の僕《しもべ》として意識して、世俗的・外的条件の要求に従ってでなく、むしろ霊の神的分子の要求に従って、己《おの》れの霊や己れの行動や己れの願望を検証すること——なのである。

そのような祈りは、歌とか絵とか照明とかお説教とかの付いた世間一般のお祈りが醸《かも》しだす、いたずらな感動や昂奮《こうふん》とは違って、霊の救済であり、強化であり、向上である。

それは懺悔《ざんげ》であり、過去の行為の検証であり、こんごの行動への指針である。

(七) 自分の祈り方を新たにすること、つまり神に対する自分の関係の表現を新しく変えることはいいことである。人は絶えず成長し変化する。それゆえ彼の神に対する関係も変化し、はっきりしてくる。だから祈りも変化しなければならない。

一週間の読み物

アルハンゲル・ガヴリール

あるとき、天使アルハンゲル・ガヴリールは、天国から神様の声が聞こえてくるのに気づいた。神様は誰かを祝福なさっていた。

「きっとその男は至上の神の重要な僕《しもべ》にちがいない。きっと聖なる隠者か賢者にちがいない」と天使は思った。

天使はその男を探しだそうと思って地上に降りた。しかし、天上にも地上にも発見することができなかった。そこで天使は、神様に向かって言った。

「ああ主よ、どうか私に、あなたの愛していられるその男のところへ行く道を教えてください」

神様は答えた。

「村へ行きなさい。そうしたら、そこの小さなお堂に灯《あかり》が見えるから」

天使がそのお堂に降りてゆくと、一人の男がそこで偶像を拝んでいた。天使は神様のところへ帰ってきて言った。

「ああ主よ、本当にあなたは、あの偶像崇拝者を愛情をもってごらんになるのですか?」

神様は言った。

「私は、あの男が私を正しく理解していないことなど重視していない。私が正確には何者であるかを理解することは、人間誰しも不可能である。私が何者であるかを本当に理解できない点では、人間のなかの最大の賢人も、あの男も、全然変わりはない。私は人間の智慧ではなくて、心を重視する。あの男の心は私を求めている。したがって私に近いのだ」

（ペルシャ教の書『アッタル』より）

祈り

〃……願わざる前に、汝《なんじ》らの父は汝らの要するものを知りたまえばなり〃

（「マタイ伝」第六章八節）

「いえ、いえ、いえ！　そんな馬鹿なこと……先生！　本当にだめなんですか？　どうしてお二人とも黙ってらっしゃるんですの？」

若い母親は、自分の三歳になる一人息子が脳水腫で死にかけている子供部屋から、決然とした大股の足取りで出てきながら、こう言った。

低い声で話していた彼女の夫と医師は、黙ってしまった。夫は恐る恐る彼女のそばへやって来て、彼女の振り乱した髪の上にそっと手を置き、深い溜息《ためいき》をついた。医師は首《うな》垂《だ》れて立っていたが、その無言のままじっと動かぬ姿勢が、子供の容態が絶望的であることを示していた。

「仕方がないよ！」と夫は言った。「諦《あきら》めなくっちゃ、お前……」

「いやっ！　そんなこと言わないで、言わないで！」と彼女はまるで怒ったような、責めるような声で叫ぶと、くるりと向きを変えて、子供部屋へ引き返していった。

夫は彼女を引き止めようとした。

「カーチャ！　行かないがいい……」

彼女は無言のまま、大きな、疲れたような眼で彼を見ると、そのまま子供部屋へ戻っていった。

子供は、頭に白い枕を当てがわれたまま、乳母の手に抱かれて横たわっていた。眼は開いていたが、視力は失われていた。歯を食いしばった小さな口から泡が出ていた。乳母は怒ったような、厳粛な表情で、子供の顔から眼をそらすようにしてどこかを見つめ、母親が入ってきても身動きもしなかった。母親が彼女のすぐ近くにやって来て、枕の下に手を入れて、子供を乳母の手から取ろうとしたとき、乳母は低い声で「坊ちゃま、お亡《な》くなりになりますわ！」と言いながら、母親から身をそむけた。でも母親は委細かまわず、慣れた、素早い手つきで、子供を自分の手に抱いた。子供の長い、縮れた髪はもつれていた。彼女はそれを直してやって、じーっとその顔を見つめた。

「だめ、とってもだめ」。彼女はそう呟《つぶや》くと、素早い、それでも用心深い動作で、子供を乳母に渡し、部屋から出ていった。

子供が発病して、もう一週間以上になっていた。そのあいだ母親は、一日に何回も、絶望と希望のあいだを往復した。そのあいだずっと彼女は、一日に一時間半そこそこしか眠らなかった。そしてまた、そのあいだずっと彼女は、必ず一日に何回か自分の寝室に入り、黄金に飾られた大きな救世主の聖像の前に立って、どうか私の子供を救ってください、と神様にお祈りした。顔の黒い救世主は、その小さな黒い手に金箔《きんぱく》で飾られた書物を持っていたが、その書物には黒金象眼《ぞうがん》で、〝すべて悩み、苦しみ、重荷を負える者よ、われに来たれ。われ汝らを力づけん〟（訳註――「マタイ伝」第十一章二八節）と書かれてあった。

彼女はこの聖像の前に立って、その心の丈《たけ》を尽《つ》くして祈った。祈りの最中にも心の底では、結局自分には山を動かす力がないということ、神は彼女の欲するようにでなく、神自身が欲したまうようになさるであろうということを感じていたものの、それでも彼女は、お定まりの祈禱《きとう》の文句や、自分の作った即製の文句を唱えながら祈り、その即製の文句を唱えるときは声に出して、ことのほか力をこめて唱えるのだった。

こうして今、子供が死んでしまったことを悟ったとき、まるで頭のなかで何かがぷつんと切れてしまって、それがぐるぐるまわりだしたかのような変な気持になり、自分の寝室へ入っても、まるでどこやらわからないように、きょときょとと家具や調度類を見まわすのだった。それから彼女は寝台に横になり、枕の上にでなく、たたんであった夫の部屋着の上に頭をのせると、そのまま意識を失ってしまった。

と、彼女の夢のなかにコスチャが現われた。生き生きと、明るい表情をしたコスチャは、その縮れ髪をふさふさせ、白いほっそりした頸《くび》を見せて肘掛《ひじかけ》椅子にかけており、ふくらはぎのふっくらとした両脚をばたばたさせ、唇をとがらせながら、一所懸命男の子の人形を、脚が一本もげ、背中に穴の開いたボール紙の馬の上に乗せようとしていた。

「あの子が生きてたら、どんなにいいだろう？」と彼女は思う。「だのに死ぬなんて、本当にひどい。いったいなぜだろう？　なぜ神様は、私があれほどお祈りしたのに、あの子を死なせておしまいになったのだろう？　いったい神様はどんなおつもりなのだろう？　あの子が誰かの邪魔になるとでもお考えだろうか？　神様だって、あの子こそ私の命で、あの子なしに私が生きてゆけないことくらいご存知のはずなのに！　だのにかわいそうに不意にあの罪のない、かわいい坊やを病気にさせて苦しめ、私の生活をめちゃめちゃにしたうえ、私があんなに熱心に献《ささ》げたお祈りに対して、あの子の眼をつぶらせ、体をしゃちこばらせ、冷たくさせるなどというひどい答え方をなさるんだもの！」

彼女はまた夢の続きを見る。コスチャが歩いている。あんなに小ちゃい体で、あんなに高い戸口に向かって、小ちゃな両手を振りながら、まるで大人みたいに歩いている。そしてこちらを見てにっこり笑う……。「かわいい！　こんなかわいい子を、神様ったら、苦しめて殺そうとなさるんだもの！　そんなひどいことをなさる神様だったら、お祈りしたって仕方がないじゃないの？」

と突然、乳母の手伝いをしている子守女のマトリョーシャがなんだかとても変なことを言いだす。母親は、それがマトリョーシャであることを知っているけれども、それはマトリョーシャであるとともに天使でもある。「だけどこの娘が天使だったら、どうして背中に翼がないんだろう？」と母親は思う。だけど彼女は、誰だったかはっきり覚えていないけれど、とにかく信頼のおけるある人が彼女に向かって、天使だって今日《きょう》びは翼のないのがいますよ、と言ったことがあるのを思い出す。で、その天使のマトリョーシャが言う。

「奥様、そんなふうに神様に苦情をおっしゃってはいけません。神様だって、みんなの言うことをお聞き届けになるわけにはまいりませんもの。世間の人はよく、一人によければほかの人には悪いようなことをお願いするじゃありませんか。現に今、ロシヤの津々浦々でお祈りが上げられていますが、それもいったいどんな人たちのお祈りでしょう！　一番えらい主教様方や司祭様方が、大聖堂や教会でありがたい聖者のご遺骨を前にして、どうか神様、日本軍に対する勝利を与えてくださいと、お祈りなさっているのでございます。だけどはたしてそれは善いことでございましょうか？　そんなお祈りをしたって仕様がないし、神様だっていちいちお聞き届けになるわけにまいりませんわ。日本人だって、自分たちが勝ちますようにって祈ってます。神様はお一人なのに、いったいどうなさったらいいのでしょう？」

「奥様、神様はいったいどうなさったらいいのでしょう！」とマトリョーシャが言う。

「そう、そのとおりだわ。古くから言われてきたことだわ。ヴォルテールだって、そんなふうに言ってるわ。それはみんなが知ってること、そしてみんなが言ってることよ。でも私が言ってるのはそうじゃないの。どうして神様は、私が別にいけないことをお願いしてるのじゃなくて、ただ私の大事な子供が死にませんようにってお願いしてるだけなのに、その願いをかなえてくださらないのだろう？　って言ってるのよ。だって私、あの子なしでは生きられないんだもの」と母親は答える。そして彼女は、坊やがそのぽちゃぽちゃした両手で彼女の頸にしがみついているような気がし、彼女の体にその体温がじかに伝わるような気がする。「よかったわ、ほら、コスチャは死んじゃいないわ」と彼女は思う。

「それだけではございませんよ、奥様」と、マトリョーシャはいつもの伝で、がむしゃらに言い張る。「それだけじゃございません。ときには一人の人間のお願いだって、神様もそれをかなえてくださるわけにゆかない場合がございます。私たちにはよくそのことがわかってますの。私なんかよくお取り次ぎするので、ちゃんとわかってますわ」と、天使のマトリョーシャは、昨日奥様から旦那様のところへお使いにやられたとき、乳母に向かって「私には旦那様がおうちにいらっしゃることがわかってますわ。だってちゃんとお取り次ぎしたんですもの」と言ったときの口調そっくりに言う。

「ほんとうに私は何度」とマトリョーシャは言葉を続ける。「ほら、あの立派な方が（というのは、たいてい若い方でしたが）あなたに向かって、どうか悪いことをしませんようにって、酒色に溺《おぼ》れたりしませんように、力を藉《か》してください、どうか体から刺を抜き取るように、罪を抜き取ってください、とお願いしてます、と神様にお取り次ぎしたことでしょう！」

「それにしてもよく喋《しゃべ》るわねえ、マトリョーシャは」と奥様は思う。

「でも神様も、力をお藉しになるわけにはまいりません。みんな自分で努力しなくちゃならないんです。自分で努力してはじめて、本当に身に付くってものですわ。奥様だって、ほら、私に『黒い牝鶏《めんどり》の話』って本を読めと言ってくださったじゃありませんか。あのご本には、一羽の黒い牝鶏が生命を助けてもらったお礼に、一人の少年に魔法の麻の種をやったことが書いてありました。その麻の種がズボンのポケットに入っているあいだは、その少年はちっとも勉強しないでどんな学科でもすらすら覚えるので、おかげで全然勉強しなくなり、物を覚える力がなくなってしまった、というのです。神様だって、人間から悪をお抜き取りになるわけにはまいりません。またそんなことをお願いするのは筋違いで、みんな自分の罪は自分で抜きだし、洗い落とし、根絶やししなけりゃなりませんわ」

「この娘《こ》はどこでこんな言葉を覚えたんだろう?」そう思いながら奥様は言う。

「だけどマトリョーシャ、お前はまだ私の質問に答えてくれないわねえ」

「まあお待ちなさいまし、今に何もかも申し上げますから」とマトリョーシャは言う。「たとえば、こんなことをお取り次ぎすることもございます。ある一家が自分の罪でもないのに破産して、みんな泣きの涙で今までの立派な住居から裏店《うらだな》に移り、お茶も飲めないようになって、神様なんとかお助けくださいとお願いしていますよって。それでも神様としては、その人たちの言うとおりになさるわけにゆかないのです。なぜって、その裏店住まいがかえってその人たちのためにいいんですもの。その人たちは気がつかないけれど、神様はその人たちがこれまでのように贅沢《ぜいたく》な暮らしをしていると、やがてめっちゃくっちゃ増長してしまうことをちゃんとお見抜きなのです」

「そのとおりだわ」と奥様は思う。「でもどうしてこの娘は、神様の話をするのにあんなさつな言い方をするんだろう？　めっちゃくっちゃだなんて……ほんとによくないわ。いつか注意してやらなくっちゃ……」

「でも私、そんなこと言ってるんじゃないのよ」と再び母親は言う。「私が言ってるのは、一体全体なぜ神様は、私の大事な坊やをお取り上げになったのか？　ってことよ」

と、母親の眼の前に元気なコスチャの姿が浮かび、鈴のように響く、あどけない、コスチャ特有の愛くるしい笑い声が聞こえる。「どうして私の坊やは取り上げられてしまったんだろう？　もし神様がなさったのなら、その神様は意地悪な神様、悪い神様だわ。そんな神様なんかいらないし、顔も見たくないわ」

と、あら不思議や、マトリョーシャはもうすっかり以前のマトリョーシャでなくなって、なんだかすっかり別の、不思議な、朦朧《もうろう》とした存在となり、その不思議な存在が、もはや口からでなくて、一種独特な方法で直接母親の心に話しかけるのである。

「汝、盲目《めしい》にして傲慢不遜《ごうまんふそん》なる女よ」とその存在は言う。「汝は今、一週間前の、手足をぴんぴん元気に動かす、長い縮れ髪を垂らした、あどけない、かわいい声でちゃんとお話をするコスチャの姿を見ている。でもあの子は、いつもそうだったであろうか？　否、汝はあの子が〝ママ〟とか〝パパ〟とか言えるようになり、人の顔を見分けるようになったと言って、大喜びしたことがあったではないか。さらに溯《さかのぼ》れば、汝は、あの子が立った立ったをして、よろよろしながら、その柔らかなあんよを動かして椅子のそばへ行くのを見て、大喜びしたではないか。さらにもっと溯れば、あの子が動物の子供のように広間を這《は》いまわるのを見て、みんなで大喜びしたではないか。さらにもっと溯れば、人の顔がわかるようになり、髪がなくててっぺんのくぼみがひくひく動いている頭をしっかり頸で支えるようになったと言って喜び、それよりもっと溯れば、乳房をくわえるようになり、それを歯のない歯茎で噛《か》むと言って大喜びしたではないか。さらにそれよりもっと溯れば、まだ臍《へそ》の緒《お》の切れない、真っ赤な肉の塊《かたまり》のようなあの子が、おぎゃあおぎゃあと泣くのを見て喜んだではないか。さらにそれより一年前、あの子がまだ生まれないころ、あの子はいったいどこにいたと思うのか？　汝らはみな、汝らがいつも停止していて、汝ら自身も汝らが愛する者も、いつも現在の姿のままであるかのごとき錯覚に陥っている。しかしながら汝らは瞬時も停止しているものではなく、絶えず死に向かって、早晩汝らすべてを待ちかまえている死に向かって川のように流れ、石のように落下しつつあるのだ。なにゆえ汝は、もしもあの子が無から生じて現在の姿になったのであれば、あの子が瞬時もとどまることなく、いつまでも死んだときの姿のままでいるわけがないことをわかろうとしないのか？　無から乳児になり、乳児から子供になったとすれば、次には学校へ行くようになり、少年になり、青年になり、壮年になり、初老になり、ついには老人になる。汝には、もしもあの子が生きていたら、将来どうなったかはわからない。しかし私にはわかっているのだ」

と、母親の夢のなかに、電灯に明るく照らしだされたレストランの別室が現われる(一度夫が彼女をそんなレストランへ連れていったことがあった)。晩餐《ばんさん》の食べ残しがそのままになっているテーブルに向かって、皮膚のたるんで小皺《こじわ》の寄った、口髭《くちひげ》をぴんと上にはねた、感じの悪い、いやに若づくりの老人がかけている。老人は、ふわふわした長椅子に深く体を埋め、そのどろんとした酔眼で、白い大きな頸を剝《む》きだしにした、けばけばしく塗り立てた商売女たちを貪《むさぼ》るように眺めまわしながら、呂律《ろれつ》のまわらぬ口調で何かを叫び、何度かはしたない冗談を繰り返したが、それにつれて彼の悪友どもがどっと笑うと、大いに満足そうな表情をはっきり見せるのだった。

「いえいえ、あれは坊やじゃない。うちのコスチャじゃない！」と母親は、その嫌な老人を恐怖の念をもって眺めながら叫ぶ。その老人の眼差しや口もとがなんとなくコスチャのそれを思い出させるのが、母親には恐ろしいのである。「夢でよかったわ」と彼女は思う。「本当のコスチャは、ほら、こちらだわ」と、彼女には、色の白い、裸の、胸のふっくらとしたコスチャが、浴槽のなかで、きゃっきゃっ笑いながら両脚をばたばたさせている姿が見える。それればかりか、突然コスチャが彼女の肘《ひじ》まで剝きだした手を摑《つか》んでしきりに接吻《せっぷん》し、とうとう思い余ってその手を嚙むのがわかる。

「ほら、これがコスチャだわ。あんな恐ろしい老人がコスチャなもんか」と彼女は呟《つぶや》く。と、自分のその言葉にふと目が覚め、恐怖の想《おも》いとともにもう覚めようのない現実の世界へ戻った自分を意識する。

彼女は子供部屋へ行く。乳母はもうコスチャの体を洗い死装束をさせていた。蠟《ろう》色の、とんがった鼻をして、鼻孔のそばに小ちゃなえくぼのあるコスチャは、額から髪を掻《か》き上げられて、高い台のような物の上に寝かされていた。周囲には蠟燭《ろうそく》が燃えており、枕もとの小さなテーブルには、白や紫やピンク色のヒヤシンスが飾られていた。乳母が椅子から立ち上がって、眉根を吊り上げ、唇を突きだすようにしながら、仰向けにされている、石のようにじっと動かぬコスチャの顔に見入る。母親が入っていった戸口の真向かいの戸口からマトリョーシャがその素朴で優しい顔を涙で泣きはらしながら入ってくる。

「私には悲しんではいけませんと言ったくせに、自分は泣いたりなんかして」と母親は思う。そう思いながら彼女は、視線を亡くなった坊やのほうへ移す。コスチャの死顔と、夢に見た老人の顔があまり似ているので、一瞬はっとして顔をそむけたものの、彼女はその想いを払いのけながら、自分の温かい唇でコスチャの冷たい蠟のような額にキッスし、つづいて胸の上で組まされた、冷たくなった小さな手にキッスする。すると突然ヒヤシンスの匂いがぷーんとして、それがなんだかこと新しく、もうコスチャは亡くなったこと、もうけっして生き返ってこないことを語っているようで、彼女はわっと泣きくずれてもう一度坊やの額にキッスし、それからはじめてさめざめと涙を流した。彼女は泣いた。でもそれは望みなき者の涙ではなく、運命に対して忍従的な、敬虔《けいけん》な涙だった。辛いには辛いけれど、彼女はもう運命を怒らず、また託《かこ》たず、人の身に起きることは、起きるべくして起きたものであり、それゆえ善《よ》いことであると悟る。

「奥様、お泣きになってはいけませんわ」。乳母はそう言いながら、小ちゃな死人のそばへ近づき、たたんだハンカチでコスチャの蠟人形のような額に落ちた母親の涙を拭き取る。「涙なんかかけたら、坊ちゃまの霊がお苦しみになりますわ。坊ちゃまはもう天国へおいでになるのです。罪汚れのない、小ちゃな天使でいらっしゃいます。生きてらっしゃったらどんなことになったか、わかりゃしませんわ」

「そうだわ、そうだわ。でも、やっぱり私辛いのよ、辛いのよ！」母親はそう言った。

（レフ・トルストイ）

二月二十六日

㈠　長い会話のあとで、いったいどんな話が交されたか思い出してみるがいい。するとその会話の大部分が、ときにはまた全部が、いかに空虚で無用で、しばしば邪悪であったかに気づいて愕然《がくぜん》とするであろう。

(二)　愚者は沈黙するにしくはない。しかしそのことがわかっていれば、その人はもはや愚者とは言えない。　（サアディ）

(三)　君が話すとき、その言葉は沈黙にまさるものでなければならない。

（アラビヤの諺《ことわざ》）

(四)　話さなかったことを遺憾《いかん》に思うことが一度あったら、沈黙を破ったことを遺憾に思うことは百度くらいあるであろう。

(五)　善良な人はあまり議論好きでないし、議論好きな人はあまり善良ではない。真に聡明な人は、いわゆる博学ではなく、いわゆる博学な人は、真に聡明な人ではない。真実の言葉は往々耳に快くないし、耳に快い言葉は、往々真実ではない。『老子』

＊(六)　肉体労働は、くだらぬお喋《しゃべ》りを免れさせてくれるというだけでも、すでに有益である。

(七) 賢くなろうと思ったら、賢い質問をし、注意深く聴き、落ち着いて答え、言うことがなくなったら黙るがよい。（ラファエル）

(八) 人々が長いこと論争している場合、それは、彼らが論争している事柄が彼ら自身にもよくわかっていない証拠である。（ヴォルテール）

(九) 人々は、何か斬新な話をしたいという虚栄心があるばかりに、どれほどくだらないことを喋り散らすことであろう。（ヴォルテール）

(十) 唖《おし》の舌は、嘘つきの舌よりましである。（トルコの諺）

(十一) 話を始める前に考える時間があったら、こんなことを話す価値があるだろうか、話す必要があるだろうか、こんなことを話して、誰かを傷つけないだろうか、とよく考えてみるがよい。

二月二十七日

＊㈠　慈善は、それが自己犠牲であるとき、はじめてほんとうの慈善である。

㈡　汝《なんじ》らの金銀は錆《さ》びたり。この錆《さび》、汝らに向かいて証《あかし》をなし、かつ火のごとく汝らの肉を食《は》まん。汝らこの末の日にありてなお財を蓄《たくわ》えたり。

（「ヤコブ書」第五章二、三節）

㈢　金銭はそれ自身のなかにも、それを所有することのなかにも、何か不道徳なものがある。

㈣　神の恩寵《おんちょう》を欲するならば、それにかなう行為を示せ。しかし、おそらく今日も、あの富裕な青年のように、「私はすべてを遵奉《じゅんぽう》しました。盗みもせず、殺しもせず、姦《かん》淫《いん》もしませんでした」と言う者がいるかもしれない。しかしながら、キリストはその青年に向かって、「それだけでは足りない。ほかにもっとすることがある」と言った。いったいそれはなんだろう？　「行きて持てるものを売り、貧しき者に施せ。かくて来たりて、われに従え」（「マタイ伝」第十九章二一節）と言ったのである。キリストに従うということは——彼の行為に倣《なら》うことである。ではその行為とはどんな行為であるか？　隣人に対する愛の行為である。もしその青年がありあまる富を所有していながら、自分の財産を貧乏な人たちに頒《わ》けてやらなかったら、どうして隣人を愛していると言えるであろう？　もしその愛情が本当に強く、口先だけのものでなかったら、それは行為となって現われるはずである。富者が真に愛を実践するということは、已《おの》れの富を拒否することなのだ。

（金口《きんこう》ヨハネ）

㈤　情け深い人は金持にはならないし、金持は情け深くはない。

（満州の諺）

㈥　富める慈善家たちは、彼らが一人の貧しき者に慈善を施すとき、しばしば、より貧しき多くの人々から奪ったものを施していることに気づこうとしない。

㈦　たとえ富める者が貧しき者に慈善を施しても、彼らが相変わらず富を擁《よう》して奢侈《しやし》に耽《ふけ》るかぎり、世間に害毒を流しているのである。彼らは自分たちが富を崇拝し、贅沢《ぜいたく》な生活を送り、貧しく惨《みじ》めな生活を軽蔑していること自体が、貧しき人々を誘惑して、貧しき人々に、この世の唯一の幸福は富であり、何よりもまず富を獲得せねばならない、という気持を鼓吹《こすい》する、ということに思いを致さない。

（チャンニングによる）

(八)　富める者は天国に入りがたし、富める者の神の国に入るよりも、ラクダの針の穴を通るは易《やす》し。

（「マタイ伝」第十九章二三、二四節）

(九)　富によって善を行なうことはできない。富める者が善を行なうためには、何よりもまず富を手放さなければならない。

二月二十八日

＊(一)　芸術は人々を合一せしめる手段の一つである。

(二)　いろんな芸術も、もしそれが、人々を合一せしめる唯一のものであるところの、万人にとっての普遍的な道徳的理念を欠くかぎり、人々が自分自身に対する不満を紛らすためにそれに頼れば頼るほど、ますます頼らざるをえなくなる消閑の具にすぎない。そしてそのことによって人々はますます自分を無益な存在、絶えず不満を感ずる存在にするのだ。

（カント）

㈢　芸術が死ぬことは考えられるけれども、富を礼拝し、貧を愚弄《ぐろう》しつつ生きうることは考えられない。

（モリス）

㈣　芸術は人々の心にあるものを鼓吹《こすい》するための最も強力な手段である。ところが悪いことを鼓吹することもできれば（悪いことのほうが決まって鼓吹しやすい）、善《よ》いことを鼓吹することもできるのだから、芸術という鼓吹手段に対しては、ほかのいかなる鼓吹手段の場合より細心の注意が必要なのである。

㈤　宗教上の教えに陶酔的な要素が少なければ少ないほど、それは高い教えであり、その逆もまた真である。

㈥　芸術や学問の価値は、万人の利益に対する無私の奉仕にある。

（ジョン・ラスキン）

㈦　芸術家は二つに一つ、徳高き司祭長であるか、あるいは巧拙《こうせつ》は別としてとにかく道化役者であるかである。

（ヨセフ・マッジニ）

(八)　芸術はその目的が道徳的完成である場合にはじめてその所を得る。芸術の任務は、愛をもって教えることである。芸術が人々に、真理を発見する助けとならず、ただ面白おかしい消閑の具にすぎないならば、それは恥ずべき仕事であって、けっして高尚な仕事ではない。

（ジョン・ラスキン）

(九)　富裕階級に娯楽を提供することが目的の現代の芸術は、売笑婦に似ているどころの騒ぎでなく、まさに売笑婦そのものである。

(十)　芸術に関する議論ほど空虚な議論はない。芸術を理解する人なら誰でも、芸術が自分自身の舌で語ること、それゆえ言葉でもって芸術を語ることは無益であることを知っている。だからして芸術を理解しない人々、芸術を感じない人々が、かえって芸術を論じがちなのである。

二月二十九日

(一)　歩くためには、自分がどこへ行くのかを知らなければならない。道徳にかなった善《よ》い生活をするためにもやっぱりそうであって、私の生活やすべての人々の生活がわれわれをどこへ導くかを知らなければならない。

＊㈡　完全性は神の本性であり、完全性を願うは人間の本性である。

（ゲーテ）

㈢　人生は、苦労もしないで面白おかしく暮らすために与えられているのではない。そうではなくて、人生とは――戦いであり、進軍である。それは善と悪との、正と邪との、自由と弾圧との、愛と我欲との闘いである。人生とは――われわれの知と情とに黎《れい》明《めい》の光を投げかける理念の実現へ向かっての、われわれ一人一人の精進である。

（ヨセフ・マッジニ）

㈣　われわれはみんな、自分たちが、本当はもっといい生き方ができるのに間違った生活ばかりしていることを知っている。もっといい生活ができるはずだし、そうしなければならないのだ、というその考えを、けっして忘れてはいけない。しかしそのことを忘れないようにするのは、現在の生活を批判するためばかりでなく、よりよい生活を築くためなのでもある。それゆえわれわれは、現在の生活に比べてよりよい生活ができることを信じながら、そして実際にわれわれの生活がよりよくなるように生きてゆかなければならない。

㈤　人々はよく、「人間は弱い存在で、所詮《しよせん》聖人にはなれないのだから、努力してみたって始まらない。世間並みに暮らしてりゃいい」と言う。しかしそれは大きな間違いである。よい生活をしようと心がけるのは、聖人になるためではなく、従来よりも少しでもよい生活をしようと心がけることである。それこそが万人にとって最も重要な仕事であり、それこそが、われわれ一人一人にとっての、そしてまた全人類にとっての最大の至福である。

㈥　理念はわれわれの内にあるし、理念達成を妨げる種々の要因もわれわれの内にある。われわれの現状は、それによってわれわれがその理念を達成すべき材料にほかならない。　（カーライル）

㈦　完全性というのは、それの実現が理念として考えられるときのみ、無限の未来において実現されると考えられるときのみ、それゆえにまた、その実現に向かっての接近が無限に可能であるときにのみ、真にその名に値するのである。

㈧　われわれの意識する善は、きっとわれわれのなかにも世界のなかにも実現すると期待し、かつ信ずることこそ、その実現を可能ならしめる条件にほかならない。それを信じないで、われわれはこれからもずっと今のような悪い生活を送り、ほかの人々もみんな今のような間違った生活を送るだろうと考えることこそ、善の実現への接近を妨げる最大の障害なのである。

文読む月日——三月

三月一日

㈠　理性的存在者にとって死の恐怖はふさわしくない。人間が死を恐れるとき、それは己《おの》れの罪を意識しているのである。

㈡　動物は己れの避けがたき死を予見しないゆえに、死の恐怖を知らない。しかしながら人間はしばしば死を恐れる。いったい人間が己れに死の不可避性を啓示する理性を具えているという事実が、人間の境遇を動物の境遇より以上にみじめなものにする道理があるだろうか？　もしも人間が己れの理性を、死を予見するためにのみ用いて、己れの生活をより善くするために用いないならば、確かにそうであろう。人間がより多く精神に生きれば生きるほど、彼にとって死の恐怖は少なくなる。もし彼がもっぱら精神によってのみ生きれば、死は全然恐ろしくなくなる。そのような人間にとっては、死は

——肉体からの精神の解放にすぎない。彼は自分が依ってもって生きるところのものが、けっして滅びないことを知っているのである。

㈢　死を恐れる人間は真に生きてはいない。　（ゼイメ）

㈣　われわれは死ぬことによって新しい状態に移行するのではなく、生まれる前にあった状態へ還《かえ》るのだ、という考え方ほど、自分の生命の不滅性・永遠性を信じさせてくれるものはないし、従容《しょうよう》として死を迎える力を与えてくれるものはない。いや、あった状態と言うのも本当ではなく、現在われわれがここにこうしているのと同じくらい自然な状態へ還ると言うべきである。

㈤　死は——肉体における一番大きな、一番最後の変化である。われわれはみんな、自分らの肉体の変化をこれまでにも経験してきたし、今も経験しつつある。われわれは最初、裸の肉の塊《かたまり》だったが、やがて乳呑児《ちのみご》になり、つづいて毛髪が生え、歯が生え、やがて乳歯が抜けて新しい歯に生え代わり、やがては白髪《しらが》になり禿頭《はげあたま》になる。そうしたいろいろの変化をわれわれは恐れはしなかった。だのにどうして最後の変化だけを恐れるのか？　その最後の変化のあとに何が起きたか、誰一人語ってくれた者がいないからである。しかし、ある人がわれわれのところから去り、便りも書かない場合、われわれは彼がいなくなったとは言わないで、彼の消息は不明だと言うだけではないか。死者の場合もそれと同じである。われわれが自分らが死んだあとどうなるかということや、生まれる前はどうだったかということを知らないということは、そんなことを別に知る必要がないから知らされていないだけの話である。ただ一つわれわれにわかっていることは、われわれの生命は肉体の変化のなかにはなくて、肉体に宿るもののなかにあるということである。ところが肉体のなかに宿るものは精神的な存在であって、その精神的存在にとってはもともと時間が存在しないゆえに、始めもなければ終わりもないのである。

＊(六) もしも死が、われわれが眠ってすっかり生命の意識を失うときのような、あんな状態であれば、われわれはみんな、その状態のなかには別に何も恐ろしいものはないことを知っている、とソクラテスは言った。またもし死が、大勢の人々が考えるように、よりよき生への移行であるならば、死は悪ではなくて善であるであろう。

(七) 死は翌日の到来よりも、昼のあとの夜よりも、夏のあとの冬よりも確実にやって来る。だのになぜわれわれは、翌日に備え、夜に備え、冬に備えながら、死に備えようとしないのだろう？　われわれは死に備えなくてはならない。死への備えはただ一つ

——善なる生活である。生活が善であればあるほど死は恐ろしくなく、容易に死を迎えることができる。聖者にとっては、死は存在しないのだ。

三月二日

㈠　自分の意思を神の意思と合流させればさせるほど、その人の行為は堅実なものとなる。

㈡　われわれは自分がなんのために生きているのか、全世界の生活のためにどんな仕事をしているのかを知らないし、知ることもできないが、もしわれわれが自分らをこの世に遣わした者の御旨《みむね》を遵奉《じゅんぽう》するならば、われわれはなすべきことをなしているのであって、それは、われわれにとってよいことだということを知っている。荷車を牽《ひ》かせられる馬は、自分がどこへ、なんのために、何を運んでゆくのか知らない。しかし馬がおとなしく、従順に荷車を牽くならば、彼女には自分が主人のために働いているのだということ、そしてそれは自分にとってもいいことだということがわかるだろう。人間の場合も同じである。〝わが軛《くびき》は易《やす》く、わが荷は軽し〟とキリストも言っている。もしわれわれが、神がわれわれに求むることのみを行なうならば、それはわれわれにとって軽く、またわれわれを幸福にするのである。

㈢　神の意思を自分の意思のごとく遂行せよ。そうすれば神は汝《なんじ》の意思を己《おの》れの意思のごとく遂行するであろう。神の欲したまうものに同調するため、己れの欲するものを犠牲にせよ。そうすれば神は、ほかの人々が汝の欲するものに同調するため、己れの欲するものを犠牲にするよう取り計りたまうであろう。

（『タルムード』）

㈣　常に神の意思に従って行動し、すべてにおいて神に従順である人の内部には、いかばかりの力が秘められていることであろう！

（マルクス・アウレリウス）

㈤　往来に追い剝《は》ぎが出没するようなとき、旅人は一人では旅をしなくなる。彼は誰か護衛の付いた人が通るのを待ってその人と一緒になり、それではじめて追い剝ぎたちを恐れなくなる。

賢い人は自分の人生行路においても、そのように振る舞う。彼は自分に向かって言う。「人生にはいろんな災害がある。その災害からの防衛者をどこで探したらいいだろう。どんなふうにしてその災害から免れたらいいだろう？　安全に旅行するためには、どんな道連れを待ったらいいだろう？　誰のあとについていったらいいだろう？　この男だろうか、それともあの男だろうか？　金持についてゆこうか？　位の高い人についてゆこうか？　それともいっそ皇帝についてゆこうか？　でも彼らは私を保護するだろうか？　彼ら自身も掠奪《りゃくだつ》されたり、殺されたりして、ほかの人たちと同じように災害に陥るではないか？　それにまた、ひょっとしたら私の道連れ自身が、私に襲いかかって私から掠奪するかもしれない。私を保護してくれ、けっして私を襲ったりしない強力で信頼のおける道連れを、どんなふうにして探したらいいのだろう？」

そうした信頼のおける道連れが一人だけいる――それは神である。災害に陥らないためには、神についてゆかねばならない。では、神についてゆくというのはどういうことか？　それは神の欲したまうものを欲し、神の欲したまわぬものを欲しないことである。ではどうすればそれができるか？　神の律法を理解し、それに従うことによってである。

（エピクテトスによる）

㈥　労働者は、自分の立場を理解したとき、はじめてうまく自分の仕事を遂行するであろう。キリストの教えが真にわれわれに浸透するのは、われわれの生命はわれわれ自身の所有物でなくて、われわれに生命を与えた者の所有物であり、その生命の目的は人間のなかにはなくて、生命を与えた者の意思のなかにあるということを悟ってはじめて可能であり、したがって、われわれはその意思を知り、それを遂行しなければならない。

(七) 自分は何も欲しないとお前は言う。しかしそれでいいと思ってはいけない。神の欲したまうことを欲すること——それが必要である。（アミエル）

＊(八) 君がいかなる境遇にあろうとも、そのために人間としての使命を果たすことができないと考えてはいけない。われわれは地上のいかなる地点にあろうと、等しく人間としての使命にも、無限的存在者にも近いのである。（アミエル）

(九) 善なる生活への道は狭い。しかしそれを見分けるのは容易である。われわれはそれを、沼地にかけた板の橋のように容易に見分けることができる。この橋から右にそれても左にそれても、われわれは無明《むみよう》と悪との泥沼に陥る。賢者は沼に落ちてもすぐに板の橋のほうへ戻るけれども、愚者はますます遠く泥沼に迷い込み、そこから脱出することがますます困難になる。

三月三日

(一) 善事に対して、ほかにいったいどんな報酬が欲しいというのか？ 人が善事を行なうことによって味わう喜びのなかに、すでにその報酬はあるはずである。その他のいっさいの報酬は、その喜びを減殺《げんさい》するものである。

(二)　他人に対して善を行なう者は、何よりも自分自身に対して善を行なっているのである。――その善に対して報酬があるという意味ではなく、善を行なったという意識がすでに大きな喜びを与える、という意味においてである。　（セネカ）

(三)　聖なる生活を送っている人が神に向かって次のように祈った。「神よ！　どうか悪人を憐《あわ》れんでください。あなたは善人にはすでに慈悲を垂れていられる。なぜなら善人であること自体が彼らを幸福にしていますから」　（サアディ）

(四)　善を行なって報酬を求めれば、――その善の働きと力とを殺すことになる。　（『聖賢の思想』より）

(五)　人がわれわれに行なった親切は、しばしば痕跡も残らなくなるけれど、われわれが人に対して行なった親切は、けっして跡をとどめなくなることはない。　（『聖賢の思想』より）

＊㈥　汝の右の手のなすことを、左の手に知らしむべからず。

（「マタイ伝」第六章三節）

㈦　ある人々は、誰かによいことをすると、それに対する報酬または感謝の言葉を期待する。またある人は、報酬や感謝の言葉は期待しなくとも、自分のしたことを忘れず、自分がよいことをしてやった相手を自分に借りがあると思っている。しかしながらおよそ善行というものは、それが他人のためになされたのでなくて自分のためになされたとき、そしてまた善を行なった当人が報酬を求むることなく、あたかも果樹が実を結んで、みんながそれを食べてくれるだけで充分満足しているようなふうに善を行なったときに、はじめて真の善行なのである。

（マルクス・アウレリウスによる）

㈧　もし諸君が、相手の感謝の気持から利益を受けることを勘定して人々に善をなすならば、諸君は諸君の善に対してなんらの報酬も受けないであろう。しかしながら、諸君がいっさいの打算を抜きにして人々に善をなすならば、――諸君は人々からの感謝も受け、利益も受けるであろう。一事が万事、そのとおりである。

〝己が命を見出せし者は、これを失い、わがためにその命を失う者は、これを見出すな

り〃（「マタイ伝」第十章三九節）　（ジョン・ラスキン）

(九)　あらゆる善行に努め励み、あらゆる悪行を回避せよ。一つの善行は多くの善行を呼び、一つの悪行は多くの悪行を呼ぶ。善行の報酬は――善行であり、悪行の報酬は――悪行である。　（ベンチャサイ）

(十)　善を行なうのは喜ばしい。自分の行なった善を誰も知らないことがわかったら、その喜びはますます増大する。

一週間の読み物

貧しい人々

漁師小屋の暖炉のそばで、漁師の妻のジャンナが古い帆を繕《つくろ》っている。外では風がひゅうひゅうごうごう音を立てている。海岸には波が押し寄せて飛沫《ひまつ》を上げている。……戸外は暗くて冷たく、海は荒れているけれど、漁師小屋のなかは温かく気持がいい。土間は綺麗《きれい》に掃《は》かれ、暖炉にはまだ火が燃えており、棚にはぴかぴかの食器類が並んでいる。白い帷《とばり》に覆《おお》われた寝台には、咆哮《ほうこう》するような海鳴りのもとで五人の子供が眠っている。夫の漁師は朝から小舟で海へ出かけたまま、まだ帰ってこない。烈《はげ》しい海鳴りや風の音を聞いているうちに、ジャンナはなんだか気味が悪くなる。

古い木製の時計がじーっと軋《きし》みながら十時を打ち、十一時を打つ。……夫はやっぱり帰ってこない。ジャンナは考え込む。夫は骨身を惜しまず寒さのなか、嵐のなかで漁をしている。自分はこうして朝から晩まで手仕事をしている。だのにどうだろう？　やっとのことで食ってゆけるだけではないか。子供たちは靴も持ってないので、夏も冬も裸足《はだし》で走りまわっている。パンだって小麦粉のパンは食べてないし、なんとか裸麦のパンが食べられればいいほうである。おかずといったら、年がら年中、魚だけである。

「でもいい、いい、子供たちが丈夫だから。悔んでみても始まらないわ」。ジャンナはそう思い直して、またもや嵐の音に耳を澄ます。「あの人、今どこにいるんだろう？　神様どうかあの人を守ってください。救ってください。憐れんでください！」彼女はそう呟《つぶ》きながら十字を切る。

まだ眠るのには早い。ジャンナは立ち上がって厚い頭巾《プラトーク》を頭から被《かぶ》り、カンテラに火をともし、海がいくらか凪《な》ぎはしないか、あたりが明るくなりはしないか、灯台に火がともっていないか、夫の舟が見えないだろうかと思って、外へ出ていった。でも海の上には何も見えなかった。風は彼女の頭巾を引き剝《は》ぎ、何かが風に吹き飛ばされてきて隣の家の扉にぶち当たった。と、ジャンナは宵の口からその隣家の病人を見舞いにゆこうと思っていたことを思い出した。「誰一人あの女《ひと》を見舞ってやる者はいやしない」。ジャンナはそう思って扉をノックした。耳を澄ましても……誰も返事をしない。「寡婦暮《やもめ》らしってほんとうにかわいそう」とジャンナは敷居のそばに佇《たたず》みながら考える。「そりゃ子供は二人っきりで多くはないけれど、一人で世話をしなきゃならないんだもの。それにほら、病気になったりして！　寡婦ってほんとにほんとにかわいそう。一つ見舞ってあげましょう」

ジャンナは二度三度とノックをした。誰も返事をしなかった。

「ちょいと、お隣さん！」とジャンナは叫んだ。「もしや、ひょんなことが起きたのでは」。彼女はそう思って扉を押し開けた。

小屋のなかは湿っぽく、寒々としていた。ジャンナは病人がどこに寝ているか見ようと思ってカンテラを高く掲げた。と、最初に彼女の眼に飛び込んできたのは、戸口の真向かいの寝台で、その上には隣家の寡婦が背中をこちらへ向けて、まさに死人だけに見られるような、寂然《じゃくぜん》たる姿勢で横たわっていた。ジャンナはカンテラを近づけた。やっぱりそうだった。頭は仰向けになっており、冷たい、土色になった顔には安らかな死の表情があった。何かを摑《つか》もうとでもするかのように伸ばされた死人の青白い手は、寝台の藁の上からだらりと垂れ下がっていた。死んだ母親のすぐそばに、縮れ髪で、ほっぺたの丸い二人の小さな子供が、体を縮こめ、ブロンドの頭をくっつけ合うようにして眠っていた。

どうやら母親は、死ぬ間際に一人の足を古い頭巾で包み、自分の着物を被せてやったようだった。二人の寝息は穏やかであり、安らかであって、ぐっすりと甘い眠りに落ちているようだった。

ジャンナは二人の子供の寝ている揺り籃《かご》をそっと下ろし、自分の頭巾を被せてわが家へ連れていった。彼女の心臓は早鐘のように打ち、自分でもどうしてそんなことをしたのかわからなかったけれど、どうしてもそうせずにはいられなかったのだ、ということはわかった。

家に着くと彼女は、まだ眼を覚まさない二人の子供を自分の子供たちの寝台に一緒に寝せ、急いで垂幕《カーテン》を引いた。彼女は昂奮して真っ青だった。まるで良心の呵責《かしやく》でも感ずるようだった。

「うちの人、なんと言うだろう？……」と彼女は自分で自分に呟く。「冗談じゃない、うちにも子供が五人もいるのに。――ほんとうにあの人だってもう手一杯だわ……。おや、あの人かしら？　いえいえ、まだだわ……ほんとにどうして連れてなんかきたんだろう？　あの人、きっと私をぶつわ！……でもぶたれて当たり前だわ。あら、帰ってきた！……いえいえ、そうじゃない！……ああ、ほっとした！……」

扉がぎいっと軋んで、誰かが入ってきたような気がした。ジャンナはぶるっと身震いして、椅子から立ち上がった。

「いいえ、やっぱり誰も来やしない！　ああ神様、どうして私はこんなことをしたんでしょう？……どうしてあの人に顔向けできよう？……」ジャンナは物思いに沈み、長いあいだ黙って寝台のそばに坐っていた。

雨はやみ、空は晴れたが、相変わらず風は咆《ほ》え、海は荒れ狂っていた。

突然扉がぱっと開き、一陣の冷たい湿っぽい風が部屋のなかにさっと流れたと思うと、背の高い、色の浅黒い漁師が、濡れたぼろぼろの網を曳《ひ》きずりながら部屋のなかへ入ってきて言った。

「ジャンナ、今帰ったよ！」

「ああ、お帰りなさい！」ジャンナはそう言ったが、眼を上げて彼の顔を見る勇気もなくて、じーっと佇んでいた。

「いやはや、ひどい夜だ！　凄《すご》かったよ！」

「ええ、ええ、ほんとにひどい天気だったわね！　で、漁のほうはどうだったの？」

「だめだめ、全然だめ！　一匹もとれなかったよ。網を破いてしまっただけの話さ。まったくさんざんだよ！……とにかく今夜の天気ときたら！　おそらく俺も生まれてはじめてだと思う。漁どころの騒ぎではないさ！　生きて帰ってきただけでもありがたいと思ってるよ……。ところで、お前は俺の留守のあいだに何をしていたかね？」

漁師は網を部屋のなかへ曳きずり入れると、暖炉のそばに坐った。

「私？」とジャンナは顔を真っ青にしながら言った。「私はまあ……坐って繕《つくろ》い物をしてましたわ。……風がひどいので、恐くって恐くって。ずっとお前さんのこと心配してたわ」

「うんうん」と夫は呟くように言った。「まったく気違い天気だったからなあ！　しょうがないよ！」

二人はしばらく沈黙した。

「あのね、お前さん」とジャンナが口を切った。

「お隣のシモンさん、死んだのよ」

「おや、そうかい？」

「いつ死んだのか知らないけれど、きっと昨日のうちだと思うわ。あの女《ひと》どんなに死にづらかったでしょうね。子供たちのことを思って、どんなに心が痛んだことでしょう！だってあとに子供が二人――まだ小ちゃくって……一人はまだお話もできないし、もう一人はやっと這《は》い這《は》いを始めたばかりですもの……」

ジャンナは口をつぐんだ。漁師は眉根を寄せた。その顔に沈んだ、憂わしげな表情が浮かんだ。

「いや、厄介なことになった!」と彼は首筋を掻《か》きながら言った。「でも仕方がないさ! 引き取ってやらなくっちゃ。眼が覚めてみたら死んだ母親のそばというんじゃ、かわいそうだからなあ。まあ、その……なんとかなろうじゃないか! 早く行って連れてこいよ!」

でもジャンナは席を立とうとしなかった。

「どうしたんだ、お前? 嫌《いや》なのかい? ねえ、どうしたんだ、ジャンナ?」

「ここにいるのよ」。そう言ってジャンナは寝台の垂幕をあげた。

（ヴィクトル・ユーゴー原作、レフ・トルストイ述）

三月四日

㈠　貪食は一番一般的な罪悪である。われわれがそれに気づかないのは、われわれのほとんど全部がその罪に陥っているからである。

㈡　人々に対する罪と、自分自身に対する罪とがある。人々に対する罪は、われわれが他人のなかの神の霊を尊敬しないことから生ずる。自分自身に対する罪は、自分のなかの神の霊を尊敬しないことから生ずる。そして自分自身に対する罪のなかでも最も一般的な罪は――貪食である。

(三) もし餌《えさ》を貪《むさぼ》る気持がなかったら、一羽の鳥も網にかからないであろう。人々もまた、食物の誘惑によって虜囚《りょしゅう》の身となる。口腹の欲の奴隷は――常に奴隷である。自由であろうと思うなら、何よりも――まず、口腹の欲から脱しなければならない。だから飢えをしのぐために食べて、食欲をほしいままにするために食べないようにするがよい。

(サアディによる)

(四) 飽食する人は、怠惰《たいだ》と闘うことが困難であるが、飽食し逸居する人々にとって、性欲と闘うことはさらに困難である。それゆえいかなる教えの場合も、節欲への精進の第一歩は、飽食の欲との闘争から、つまり斎《ものいみ》から始まるのである。

(五) われわれはみんな野獣を馴《な》らす獣使いのようなものである。そして野獣とは、一人一人のなかにある欲情である。野獣たちの牙《きば》や爪を抜き取り、轡《くつわ》をはめ、訓練を続けて、たとえ咆えはしても従順な家畜に、人間の召使いにすること――そこに自己教育の課題があるのである。

(アミエル)

＊(六)　神は人々に食物を与え、悪魔が料理人を与えた。

(七)　賢者ソクラテスは、いっさいの余分なもの、つまり飢えをしのぐためではなくて食道楽に耽《ふけ》るための食物を自ら節制し、弟子たちにもそうするように説いた。彼は、余分の食物や余分の飲物は体にも心にも大きな害があると言い、けっして飽食することなく、まだもっと食べたいくらいのときに食卓を去るようにすすめた。彼はよく自分の弟子たちに、賢者ウリッス（原註――オデッセイのなかの人物）の話をして聞かせた。つまり、魔法使いの女ツィルツェヤも、ウリッスが飽食しないため、彼に魔法をかけることができなかったが、彼の仲間たちは、甘い食物に飛びかかるや否や、たちまち豚にされてしまった、というのである。

(八)　道徳的労働のために肉体が苦しむのは悪いことではないが、人間のなかで一番大事な精神が肉体のために苦しむことは、恥ずかしいことである。

（『タルムード』による）

(九)　口に気をつけるがいい。病は口から入る。君が食卓から立ち上がるとき、もう少し食べたい気持が残っているようであったがいい。

(十) 飲食の不節制が罪悪とされないのは、それが他人に目立った害悪を与えないからである。しかしながら、人間としての自己の尊厳という意識に反する罪悪というものがあり、飲食の不節制はその一つである。

三月五日

(一) 人は自分で自分の体を持ち上げることができないように、自分を褒《ほ》めることで評判を高めることもできない。むしろ反対に、自分で自分を褒め上げれば褒め上げるほど、人々の評価は下がるものである。

(二) 人々の前で自分を褒めても貶《けな》してもならない。自分を褒めれば人は信用しないであろう。また自分を貶せば、人々は君のことを、君が言う以上に悪く考えるであろう。だから一番いいのは——自分のことは何も言わないことである。

(三) 自分のことを柔和だという人は、本当は柔和ではない。自分は何も知らないという人は——実は賢い人である。自分は学があるという人は——ホラ吹きである。黙っている人は――最も賢く、最もすぐれた人である。

（ウエナマ）

(四)　ペルシャ人サアディは、あるとき父のそばで、家の者がみんなぐっすり眠っているとき、一晩中眠らないでコーランに読み耽《ふけ》ったときのことを語っている。「真夜中になって」とサアディは語っている。「私はコーランから眼を離して父に向かって言った。〝――誰もお祈りもせず、コーランの言葉に耳を傾けもしません。みんな死んだように眠っています〟。〝お前も寝るがいい〟と父は言った。〝人のことをあれこれ言うよりは〟」

(五)　自分で自分を褒める者には、眼中自分のことだけしかない。自分だけしか見えない人間は、むしろ盲目《めしい》になったほうがいい。

（サアディ）

＊(六)　人からよく言われたいと思うなら、自分で自分のいいところを並べ立てないがいい。

（パスカル）

(七)　思想とその表現、すなわち言葉は非常に大事なものである。自分の行為を弁護するために思想や言葉をもてあそぶのはよろしくない。

㈧ 人々が自分のことを話すのに聴き耳を立てる人には、絶対に心安らかなときはないであろう。

㈨ おべっか使いがおべっかを使うのは、彼が自分自身を賤《いや》しめ、相手を賤しめているからにすぎない。

（ラ・ブリュイエール）

㈩ 好評が欲しいか、せめて悪評を免れたいならば、自分で自分を褒めないばかりか、人にも自分を褒めさせないようにしなければいけない。

三月六日

㈠ 神に対する愛は、自分自身に対する愛——つまりは愛に対する愛である。この愛こそ至上の幸福である。そのような愛は、いかなる者も例外なく愛することを要求する。たった一人の人を愛さなくても、ただちに君は神に対する愛と、その愛の幸福とを失うのだ。

(二)　そのなかの一人の律法学士、イエスを試みて「師よ、律法において最も大いなる第一の掟《おきて》はいずれぞ?」と問いしに、イエスこれに言えり。「〝汝《なんじ》心を尽くし、魂を尽くし、意を尽くして、主なる汝の神を愛すべし〟。これ最も大いなる第一の掟なり。第二もまたこれに似たり、〝汝の隣人を、己《おの》れのごとく愛すべし〟。すべての律法と預言者とは、この二つの掟に拠《よ》るなり」　　　　　　　　（「マタイ伝」第二十二章三五〜四〇節）

(三)　もろもろの不幸な精神的苦悩はどこから生ずるのだろう?　それらはすべて、変転極まりなきがゆえに不断の所有を許さぬ事物に対する、われわれの執着心からにほかならない。実際人々が恐れたり苦しんだりするのは、もっぱら自分らが愛着する事物のせいであり、憤慨したり、猜疑《さいぎ》を感じたり、悪意を懐《いだ》いたりするのも、もっぱら人間には完全に支配できない事物への愛着のせいではないか。

永遠にして無窮のものに対する愛のみが、われわれの心に純粋な喜びを与えるものである。そうした幸福を目指してこそ、われわれは全力をふりしぼって精進しなければならない。

それゆえ人間至高の幸福は、神の認識にかかるのみでなく、むしろ完全にそのなかに含まれていると言ってよい。そのことは人間の完全性が、彼がほかのどんなものよりも愛するものの完全性の度合に応じて増大するし、その逆もまた真であるという事実に照らしても明白である。それゆえ人間は、至高の完全性を具備する存在、すなわち神を愛すれば愛するほど、そしてその愛に身を委《ゆだ》ねれば委ねるほど完全性に近づき、至高の幸福にあずかることができることも明白である。それゆえわれわれの至高の幸福とその幸福の基礎は、もっぱら神の認識と神への愛のなかに存するのである。

ひとたびそのことを認めれば、人間がそれを目指して精進すべき究極目的達成の手段が神のもろもろの誡《いまし》めであることを認めることができるし、また認めなければならないことは明白である。なぜなら、それらの誡めを手段として用うべしというのは、神がわれわれの心に存在するかぎりにおける、神自身のわれわれに対する指令なのだから。それゆえこの目的へ導く行動の指針は、神の誡めあるいは神の律法と名づけていい。神の律法はすべて、次の最高の誡めのなかに含まれている。――すなわち、〝至高の幸福として神を愛せよ、換言すれば、神罰を恐れるゆえでもなく、神以外の者への愛ゆえでもなく、神への愛こそ、われわれのすべての行為がそれを目指すべき究極目的であるがゆえに神を愛せよ〟という誡めである。

肉体に捕われている人はそのことを理解しない。彼にはそうした神の掟は空虚なものと思われる。なぜなら彼は神についてはは不完全な観念しか持っていないし、彼に呈示された至高の幸福のなかに何一つ感覚に訴えるもの、官能を喜ばせるもの、彼の享楽の源泉である肉体を満足させるものを発見することができないからである。それというのも、彼に呈示された幸福は、ただ抽象的思索のなかに、理性のなかにのみ含まれているからにほかならない。しかし人間のなかには理性ほど高いものはなく、清浄な心ほど完全なものはないことを理解しうる人々は、疑いもなくそうは考えないであろう。

もしわれわれがそうした神の律法の本質を注意深く観察するならば、われわれはまず第一に、その律法が全世界的な律法、つまり万人の本性から導きだされたものであるがゆえに、万人にとって普遍的な律法であることに気づくであろうし、第二にその律法は、もっぱら人間の本性から導きだされたものであって、われわれはそれを孤独裡《り》に暮らす人の心のなかにも、世人に交じって暮らす人の心のなかにも等しく見出すことができるから、それはけっしてなんらかの歴史的言い伝えによって確認される必要はないということに気づくであろう。第三にわれわれは、この神への愛という神の律法は本来、われわれになんらの祭事をも求めないということ、つまり本質的にはどうでもいいようなことだけど、みんなが認める言い伝えのおかげで善《よ》いこととされているだけ、といった類《たぐい》の行事を全然求めないということである。なぜなら、われわれの内なる本来の理性の光はわれわれから、われわれとして、それ自体善であり真の幸福達成の手段であることをはっきり理解も想像もできないような事柄を全然要求しないからである。最後に第四にわれわれは、神の律法の遵奉に対する報酬は律法それ自体であること、つまり、神を知ることと、神に対する自由にして不変なる愛であることに気づくであろう。この神の律法に背反する者への罰はそれらの幸福の喪失、すなわち肉体と、絶えず変転し絶えず混迷する心との奴隷となることである。（スピノザ）

＊㈣ 神への愛なき隣人愛は、根のない植物のようなものである。神への愛なき人間愛は——われわれを愛する人間、われわれの気にいる人間、美しくて楽しい人間に対する愛にすぎない。そのような愛は、しばしば愛から憎へ転化するものである。神を愛するがゆえに隣人を愛する場合われわれは、われわれを愛さない者も、われわれにとって愉快でない者も、肉体的に不具で醜悪な者も愛するであろう。そのような愛こそ本当の健全な愛であって、その種の愛はけっして衰えることなく、長く続けば続くほど、ますます強固なものとなり、それを経験する者にますます大きな幸福を与えるのである。

㈤ 人々はよく、〝神を愛するというのはどんなことか自分にはわからない〟と言う。しかしながら何かを愛するとか、誰かを愛するとかいうことがどんなことかがわかるのは、いったい誰だろう？ それはその何か、あるいは誰かを愛している当人だけではないか！

たとえある人が、〝芸術や学問を愛するというのはどんなことかわからない〟と言っても、もしその人が芸術や学問そのものがいったい何かを知らなかったら、どうにも説明のしようがないではないか？
もしある人が神とは何かを知らないばかりでなく、むしろ知らないことを誇りとしている場合、どうしてその人に神を愛するとはどんなことかを説明することができよう。

㈥　われわれが愛することのできるのは、人格体のみである。私は神が人格体でないことを知っている。だから神を愛するわけにゆかないのだけれど、私自身は人格体なので、やっぱり神を愛さなくてはならないのである。

㈦　神を恐れなくてはならない、と言う。でもそれは間違っている。神は、これを愛さなくてはならないのだ。われわれは自分の恐れる者をどうして愛することができよう？　それにまた、そもそも神は愛だというのに、どうして神を恐れることができよう？　神は恐れるべきでなく愛すべきである。もしわれわれが神を愛し神を恐れないならば、われわれは世界の何者をも恐れることはないであろう。

三月七日

㈠　労働、つまり自分の力を働かせることは、人生の必須の条件である。人間は自分に必要なことを他人にさせることはできるけれど、労働に対する肉体的要求から免れることはできない。だからもし彼が必要で立派な仕事をしないならば、代わりに不必要で愚劣な仕事をするであろう。

(二) 人間もすべての動物と同じように、飢えや寒さで死なないためには、どうしても働かなければならないようにできている。そして、食うため雨露をしのぐための労働は、すべての動物にとってと同じように、人間にとっても苦しみではなくて喜びである。ところが人間の社会は、ある人々は、自分では何もしないで自分たちのために他人を働かせ、自分たちは何をしていいかわからないために退屈したあげく、時間つぶしにいろんな馬鹿馬鹿しいこと、汚らわしいことを考えだす始末だし、一方ある人々は過重な労働を強いられ、しかも自分たちのために労働するのでなくて、他人のために無理にやらされる労働であるため、嫌々《いやいや》ながらやっている、といった具合にできあがってしまっている。

それは、前者にとっても後者にとってもよくないことである。前者の労働しない人々にとっては、彼らが無為徒食の生活によって自分の霊を滅ぼす点でよくないし、後者にとっては過重な労働によって肉体を消耗させる点でよくない。しかしどちらかと言えば、やっぱり労働する人々のほうが労働しない人々よりもいい。霊は肉体より尊いからである。

㈢　もしも勤労そのものがあなたにとって第一義で、報酬は第二義であるならば、勤労およびその創造者なる神があなたの主人となるであろう。もし勤労があなたにとって第二義で、報酬が第一義であるならば、あなたは報酬およびその創造者なる悪魔の奴隷となるであろう。しかもその悪魔たるや、最大級に低劣な悪魔なのである。

（ジョン・ラスキン）

㈣　悪魔は人々を釣り上げるのにいろいろな餌《えさ》を釣り針につける。しかし無為徒食の人間には全然餌は要らない。彼は餌のない釣り針にでも食いつくからである。

㈤　ヨーロッパ人は中国人に対して機械工業の自慢をする。「機械は人間を労働から解放する」と。「しかし労働は喜びである。労働からの解放はむしろ大きな不幸であろう」と中国人は答える。

＊㈥　すべての肉体労働は人間を高雅にする。子供に肉体労働を教えないのは、——彼を将来掠《りやく》奪《だつ》者にする準備をしているようなものである。

（『タルムード』）

(七)　自分の肉体の鍛錬なしには動物は生きてゆけないし、人間もまた、生きてゆけない。

しかしその鍛錬がわれわれに満足と喜びとを与えるためには、何よりも他人への奉仕のための鍛錬であることが一番である。それが最良の肉体使用法と言っていい。

三月八日

(一)　祈りとは――自分と無限者との、つまり神との関係を思い起こすことである。

(二)　日々の生活はわれわれを混乱させ、苛立《いらだ》たせ、われわれの思想を散漫にする。だからこそ祈りは、霊にとって非常に有益である。祈りは、いわば強壮剤であって、われわれに平安と勇気を取り戻してくれる。祈りはわれわれに自分らの罪と、万人を赦《ゆる》すべき義務とを思い起こさせる。祈りはわれわれに向かって言う。「汝《なんじ》は愛されている――汝も愛せよ。汝はほかから受けた――汝も与えよ。汝は死ななければならない――だから汝のなすべきことをなせ。寛容をもって怒りに克《か》ち、善をもって悪に克て。人々が汝に誤った判断を下してもなんであろう？　汝は彼らに媚《こ》びる義務もなければ、彼らにちやほやされる義務もない。汝のなすべきことをなし、来たるものをして来たらしめよ。汝の証人は——汝の良心であり、汝の良心は、汝の内部にあって語る神である」と。そうしたことにあらためてしみじみ思いを致すこと——それこそが、祈りなのである。

（アミエル）

㈢　われわれが神に祈り、自分らの願いを彼に告げるのは、神にその意思を変更してもらうためではなくて、神に語りかけることによってそのまま神を認め、神の権能を認めることによってわれわれの霊が浄《きよ》められ高められるからだということを忘れてはいけない。

（『タルムード』）

㈣　私が一個の人格体かのごとく神に向かって祈るのは、神が人格体であるからではなく（それどころか、私は神が人格体でないことをはっきり知っている。なぜなら人格体は有限であるが、神は無限者であるから）、この私が一個の人格体だからである。

つまり私は青眼鏡をかけているわけである。だから私には何もかもが青く見える。世界が別に青くはないことはわかっているのだけれど、やっぱりどこもかしこも青く見えるのである。

(五) 祈り——それは自分と万物の本源との関係の闡明《せんめい》であり、われわれと同一の父の子としての人々との関係や、彼らに対する義務の闡明であり、自分のすべての行為の総点検であり、将来過去の過《あやま》ちを繰り返さないため、自分の暗い過去を反省することである。

(『タルムード』)

(六) 一定の時間にお祈りするのも結構である。しかし精神を集中することができない場合は、むしろ祈らぬがよい。口先だけで祈りの言葉を繰り返すのはよしたがよい。

*(七) 誰もいないところでひとり祈るのはいいことだし、大事なことでもあるが、君が娑婆《しやば》の喧騒《けんそう》のただなかにあって、昂奮したり熱狂したり苛立ったりしているときに祈るのは、何よりも大事なことである。そのようなときに自分の霊を思い神を思うこと——それこそ一番大事な一番いい祈りである。

(八) 神に従うことなしに、祈りによって神に嘉《よみ》せられると思ってはならない。祈りとは——汝が何者であるか、汝の人生においてなすべきことは何か? を汝自身に言い聞かすことにほかならない。

三月九日

(一) 戦争とキリスト教は――不倶戴天《ふぐたいてん》である。

(二) ある人がある悪事について、自分はそれが悪事であることを知っているけれども、やっぱりそれをせずにはいられない、などと言いだすならば――もしもそんなことを言いだすならば、結局彼はどんな悪逆行為でもやってのけて、それをやってかまわぬことだと考えるばかりでなく、むしろその悪逆行為を自慢するようになるであろう。そのような悪逆行為の一つこそ――戦争である。

＊(三) 武装された世界と戦争、この二つがいつの日かなくなるとしても、それはけっして皇帝たちやこの世の権力者たちの手によってではない。彼らにとって戦争はあまりにも有利だからである。戦争は、戦争のおかげで一番苦しむ人たちが、自分たちの運命は自分たちの手中にあることを悟り、戦争の災害から逃れるための最も簡単で自然な方法に訴えることによって、つまり彼らを戦場に駆り立てる者、彼らを兵士にしようとする者の命令に従うことをやめることによって、はじめてなくなるであろう。

（ハルドウェンによる）

(四) われわれの信仰を理解しないで、われわれに武器をとらせて、公共の福祉とやらのために人殺しをさせようとする連中に対して、われわれは次のように答えればいい。君たちの偶像、君たちの寺院に仕える司祭たちは、彼らが君たちの神々の祭壇に献《ささ》げ物をするとき、それが血や殺人によって汚されない清浄な手で行なわれるように、いつも綺麗《きれい》な手をしているよう心がけているではないか。だから君たちも、どんな戦争が起きても彼らを軍隊に入れない。もしその習慣が合理的なものならば、われわれキリスト教徒が自分らの手を、いっさいの汚れから守ろうとするのは、よりはるかに合理的ではないか?

もしもわれわれがわれわれの忠告によって、世界の諸民族が互いに手を繋《つな》ぎ、平和の条件を守るように仕向けるならば、われわれは権力者たちに対して、彼らの兵士たちよりもはるかに有益な存在となるであろう。またもしもわれわれが、さらにその忠告の上に、人々に煩悩解脱《ぼんのうげだつ》の教えを説く思索や訓練を付け加えるならば、われわれは真に公共の福祉を目的とする仕事に参加したことになるであろう。われわれは誰よりも多く皇帝の幸福のために戦っているのである。われわれは彼の軍旗の下で仕えようとは思わず、彼が仕えさせようとしても仕えはしないであろうが、善事によって彼のために戦うのである。

(オリゲン――三世紀前半の文筆家)

㈤　イエスは新しい社会の基礎を築いた。彼が出現する前は、民衆は家畜の群がその主人たちの所有物だったように、一人あるいは大勢の主人たちに隷属していた。王侯やこの世の権力者たちが傲然《ごうぜん》と、かつ貪欲に民衆に対して圧政をもって臨んでいた。イエスはそうした歪《ゆが》んだ社会に終止符を打ち、折り曲げられていた民衆の首をもたげさせ、奴隷たちを解放したのである。彼は民衆に向かって、人間は神の前に平等であるがゆえに自由であり、本来何人《なんぴと》にも自分の同胞のうえに権力を振るう資格はないこと、平等と自由は神が人類に与えた律法であり、神聖不可侵のものであること、真の権威はいわゆる権利ではなくて、社会生活にあってはむしろ義務であり奉仕であり、公共の福祉のために自ら引き受けた一種の奴隷状態でなければならないということを教えた。イエスが基礎づけた社会はそのような社会だった。しかしながらわれわれは、そうした社会を現にこの世で目撃するだろうか？　そうした教えが地上に君臨しているであろうか？　現代の社会で民衆を支配する王侯たちは奉仕者であろうか、主人であろうか？　十九世紀ものあいだ人々は親から子へ、子から孫へとキリストの教えを伝え、彼を信ずると称しているが、いったい世の中にどんな変化が起きたと言うのか？　民衆は圧政に苦しみながら、依然として約束された自由解放を空しく待望しているが、それもキリストの言葉が正しくなかったとか現実的でなかったからではなくて、民衆が、キリストの教えの実現は彼ら自身の努力、彼ら自身の強固な意思によってなさるべきだということを悟らなかったか、あるいはすっかり奴隷根性に陥ってしまって、彼らに勝利を与えるただ一つのことを怠った――つまり真理のためには死ぬ覚悟をすることを怠ったからなのである。しかしながらやがて彼らも眼を覚ます。彼らのなかで何かが胎動している。〝救いは近い！〟という声が彼らに聞こえてきている。（ラムネ）

(六) 人間誰しも、ましてキリスト教徒はなおのこと、直接にも金銭によってでも言論によっても、戦争や戦争の準備に参加してはならない。

三月十日

(一) 生の根源は万物において同一である。

(二) 生ある者はすべて苦を恐れる。生ある者はすべて死を恐れる。生きとし生けるもののなかに汝《なんじ》自身の宿り住むことを知れ。彼らを殺したり、苦しめたり、死に到らしめたりするな。

生ある者はすべて、汝の欲するものを欲している。生ある者はすべて、己《おの》れの生命を尊ぶ。生きとし生けるもののなかに汝自身の宿り住むことを知れ。

（仏陀の言葉）

㈢　汝が見るすべての者、神的なものと人間的なものを具備するすべての者――それらはすべて一体である。われわれは一つの巨体の手や足のようなものである。自然はわれわれを同じ材料により、同じ目的のためにこの世に生ぜしむることによって、われわれを同胞たらしめた。自然はわれわれのなかに相互愛を吹き込み、われわれを社交的・友好的ならしめた。さらにまた自然はわれわれに、正義と義務感への指標を与えた。自然の掟《おきて》によれば、殺すことは殺されること以上に悪しきことであり、自然の命ずるところによれば、われわれの手は常に他への援助のために差し伸ばされねばならない。われわれは融合一致のために生まれた。われわれの合一は石の円天井《ドーム》のようなものである。われもしも一つ一つの石が互いに支え合わなかったら、天井はたちまち崩壊するであろう。

（セネカ）

㈣　われわれは隣人への奉仕のなかにのみ幸福を発見する。そしてその奉仕のおかげではじめて、全世界の生命の根源と合一するのである。

㈤　私は人間との一体感をはっきり意識し、はっきり感ずる。またそのような一体感を（より微弱にではあるけれど）動物とのあいだにも感ずる。昆虫や動物の場合は、その一体感はさらに微弱になり、顕微鏡的存在や望遠鏡的存在の場合は、その一体感は完全に消失する。しかしながら私にその一体性を感ずる感官が具わっていないからといって、そのことは一体性が存在しない証拠にはならないのである。

(六)　生の道はただ一つであり、われわれはみんな早晩そこに落ち合うであろう。その道を知る力ははっきりわれわれの心に与えられており、その道は広くて目立っているので、われわれはどうでもその道へ行き当たらざるをえない。その道の果てに――神がいて、われわれを招いているのに、その道を歩まないで、死の道を歩む人々を見るとき、われわれの心は痛む。

生の道は広い。しかし大勢の人がそれを知らずに、死の道を歩むのである。

（ゴーゴリによる）

＊(七)　生きとし生けるものとの有縁を感ずる妨げになるいっさいのものを、汝自身から排除するがよい。

一週間の読み物

(一)　合一

〃各個人は、およそ他人とはかけ離れた存在である。真の私の存在は、私自身のなかにのみあり――爾余《じよ》のいっさいは――私ではなく、私とは無縁である〃。これこそ肉と骨とがその真実性を証明するところの認識であり、あらゆる我欲の根底に横たわっているものであって、まさにその認識から、愛に反する、不正な、あるいは意地悪な行為が実際に姿を現わすことになるのである。

〃私の真の内面的存在は、私の自意識のなかで私に直接啓示されるのと同様に、直接的に生きとし生けるもののなかに内在している〃。サンスクリットのなかに、tat-twam-asi すなわち〃すべて生あるもの――そは汝《なんじ》なり〃という不変の法式で表現されているこの認識は、他者への思いやりという形をとるもので、それゆえあらゆる真実の善行、換言すれば我欲を離れた善行は、それに基づくものであり、そこから個々の善行が実際に姿を現わすことになるのである。温良と仁愛と慈悲とをわれわれが人々に訴えるのも、畢《ひっ》竟《きょう》そうした認識が人々にあるという前提に立ってのことである。なぜならそうした種類の訴えは、われわれはみな畢竟同一の存在者であるという視点に立ち戻るように、との訴えにほかならないからである。反対に我欲や嫉妬《しっと》や迫害や冷淡や復讐や悪意や残酷などは、みな最初の認識に基づき、それによって支えられている。われわれが他人《ひと》の高潔な行為の話を聞いたとき、ましてや実際に目撃したとき、さらには何よりも自分で高潔な行為を行なったときに感ずる感動や歓喜は、その行為がわれわれに、種々様々の多数の個我の奥にその一体性が潜んでいて、実際にその一体性が行為となって外に現われたのだから、それはわれわれに理解可能な現実的存在であるという確信を与えてくれる点に、最も深く根ざしているのである。

この両種の認識はいずれも、単に個々の行為にその姿を見せるのみでなく、人々のあらゆる意識のなか、精神状態のなかにも姿を見せる。善良な性格の人間の場合と邪悪な性格の人間の場合は、その意識はまったく異なるものである。邪悪な性格の人間は至るところで、自分と自分以外のすべての者とのあいだに堅い障壁を感ずる。世界は彼にとって私ではなく、世界に対する彼の関係は最初から敵意に満ちている。それゆえ彼の根本的な精神状態は、常に怨恨《えんこん》、猜疑《さいぎ》、嫉妬、敵意である。一方善良な性格の人間は、自分一人のなかに生きないで、彼が畢竟自分と同一存在として意識する外の世界のなかにも生きる。他人は彼にとって私ならざる者ではなく、〝やっぱり紛れもなく私〟なのである。それゆえ彼の万人に対する関係は——常に友好的な関係である。彼はすべての存在たちと自分との同生の理を感じ、彼らの幸不幸に直接的な関心を持ち、彼らの側にもそうした関心があることを信じて疑わない。かくて彼のなかには平和と、彼のそばにいると誰もが楽しくなるような、毅然《きぜん》とした、静かな、満ち足りた精神状態が固く根を張るのである。

（ショーペンハウエル）

㈡　航　海

私はハンブルグからロンドンへ向かって航海した。船客は二人だった。私と一匹の小さい猿だった。その猿はウィスティティ種（アメリカに棲息《せいそく》する尾の長い小猿の一種）の雌《めす》の小猿で、ハンブルグのある商人がイギリスの友人への贈り物としてその船に乗せたのだった。

その猿は甲板のベンチの一つに細い鎖《くさり》で繋《つな》がれていて、しきりにもがきながら、小鳥のような声を出して哀れっぽく啼《な》いていた。

私が傍を通るたびに、小猿はその黒い冷たい手を私のほうへ差し伸べて、その悲しそうな、ほとんど人間と変わらないような眼で私を見た。私がその手を握ると、小猿は啼いたりもがきまわったりするのをやめた。

海はすっかり凪《な》いでいた。海面はじーっと動かぬ鉛色のテーブルクロスのように周囲に広がっていた。

船尾では小さな鈴が、猿の啼き声と変わらないくらい哀れっぽい音色を絶えず響かせていた。

ときどき海豹《あざらし》がぽかりと海面に浮かび上がったかと思うと、さっともんどりを打って海のなかへ潜り、そのあとには、かすかにさざなみが残るのだった。

日に焼けた陰気な顔の無口な船長は、短いパイプで煙草《たばこ》を吸っては腹立たしそうに凪いだ海面に唾《つば》を吐いていた。

私が何を訊《き》いても船長は切れ切れに何かぶつぶつ言うだけだった。勢い私は唯一の道連れである猿を相手にしなければならなかった。

私は小猿のそばに坐った。小猿は啼くのをやめて、またもや私に手を差し伸べた。

じーっと動かぬ霧が眠気を誘うような湿気で私たちを包んでいた。と、私たちはどちらも同じような意識を絶した物思いに沈み込み、まるで身内のように互いに身を寄せ合うのだった。

現に今私はこれを書きながらほほえんでいるが、……あのときは私のなかにはもっと違った感情があった。

われわれはみな一人の母親の子供である――そういった気持だった。私にはその哀れな獣がいかにも私を信頼しきったようにおとなしくなり、まるで身内の者のように私に身を寄せてきたのが大変嬉《うれ》しかった。

（イワン・ツルゲーネフ）

三月十一日

㈠　食物がわれわれ一人一人の生活にとっての必須条件であるように、結婚は全人類の生活にとっての必須条件である。食物の濫用が各個人にとって弊害を生むように、結婚の濫用も、各個人にとっても人類にとっても最大の害悪を生む。

＊㈡　子供を生むことを前提とした同棲《どうせい》こそ、正しい本当の意味の結婚である。いろんな儀式とか届け出とか取り決めとかが結婚を成立させるものでなく、そうしたものはほとんどの場合、それ以前のすべての同棲関係は結婚ではなかったと認めるためのものである。

㈢　君は、君の夫あるいは妻に対する責任を閑却することはできる。その責任が君に与える悲しみを免れるために立ち去ることはできる。でもそのとき君は何を発見するだろう？

やっぱり同じ悲しみ、しかも責任を遂行したという意識を伴わない悲しみである。

（ジョージ・エリオット）

㈣　結婚とは、男女間の、二人のあいだだけで子供をもうけようという約束である。この約束を破ることは欺瞞《ぎまん》であり、裏切りであり、犯罪である。

㈤　二人の霊が、自分たちはあらゆる労苦、あらゆる悲しみにも互いに支え合い、あらゆる苦悩に際しても助け合い、この世の最後の別れのあの名状しがたい沈黙の瞬間にも、互いに一体であるために永久に結び合わされていると感ずるのは、なんと偉大なことであろう。

（ジョージ・エリオット）

㈥　もし相愛の夫婦が、自分たちの目標を自己完成におき、その達成のために警告や忠告や垂範によって互いに助け合うならば、二人はどんなに大きな幸福を獲得できるであろう！

㈦　パリサイ人《びと》ら近づき、イエスを試みて言いけるは、「そのわけ如何《いかん》にかかわらず、人己《おの》が妻を出《い》だしうるや」と。イエス答えて言えり。「汝《なんじ》ら読まざりしか、初めより人を造りたまいし者、人を男と女とに造りて、〝このゆえに人、父母を離れてその妻に就き、二人一体となるべし〟（「創世記」第一章二七節、第二章二四節）と言いしことを。されば、はや二人にあらずして一体なり。ゆえに神の合わせたまいしもの、人これを分かつべからず」

（「マタイ伝」第十九章三〜六節）

(八)　すべて妻を出《い》だして、ほかを娶《めと》る者は、姦淫《かんいん》を行なうなり。また夫より出だされたる女を娶る者も、姦淫を行なうなり。

（「ルカ伝」第十六章一八節）

(九)　人類の存続のための男女の結合は、各個人にとっても全人類にとっても非常に重要なことなので、みんながいい加減に、思いつくまま気に入るままに行なっていいというものではなく、われわれより先にこの世に生きていた賢人や聖人たちが熟慮し決定したとおりに、行なわなければならない。

三月十二日

(一)　人間の仕事――それは彼の生き方である。その仕事が善《よ》かれ悪しかれ彼の運命となる。そこにわれわれの人生の法則がある。それゆえ人間にとって最も大事なことは、現在彼が何をなすかということである。

（インドのアグニ・プラナ）

(二)　ペルシャに次のような寓話がある。

ある人が死んでその霊が天に昇ってゆくと、行く手を遮《さえぎ》るように、体中傷だらけ膿《うみ》だらけの、醜くて汚らしい、ぞっとするような女が立ち現われた。「お前はなんでこんなところにいるんだ、厭《いや》らしい汚らしい、どんな悪魔よりもひどい恰好をして?」と霊は尋ねた。「いったいお前は誰だ?」その恐ろしい女は次のように答えた。「私は――お前さんの行為《おこない》だよ」

㈢ 善を行ない、慈悲深く、温和で謙遜《けんそん》で、良き言葉を語り、他人《ひと》に善を願い、清浄な心を持ち、常に学び、常に真実を語り、怒りを抑え、足るを知りて忍耐強く、人々に対して友好的かつ控え目で、老人を敬い、親や教師を尊重する人――そのような人はすべて良き人々の友であり、悪しき人々の敵である。偽《いつわ》りを口にし、盗み、淫《みだ》らな眼で女を眺め、人を欺《あざむ》き、人を罵《ののし》り、隣人に悪を願い、傲慢《ごうまん》で、怠惰《たいだ》で、人を中傷し、吝嗇《りんしょく》で、非礼で、破廉恥《はれんち》で、逆上しやすく、他人のものを盗《と》り、復讐心が強く、強情で、嫉妬深く、隣人に悪を行ない、迷信に溺《おぼ》れる人――そのような人はすべて悪しき人の友であり、良き人の敵である。(ペルシャの問答示教書)

*㈣ 大事なのは、善《よ》き生活についてあげつらうことではなくて、実際に善を行なうことである。(『タルムード』)

(五)　今すぐできる善行は、絶対に先に延ばしてはならない。なぜなら死は、人がなすべきことをなし終えたかどうかにかまいなくやって来る。死は誰一人、そしてまた何一つ待ちはしない。死にとっては敵もなければ味方もない。（インドのアグニ・プラナ）

(六)　汝がこの世に生まれたとき、汝は泣き、周囲の人々はみな喜んだ。汝がこの世を去るときは、すべての人々が泣き、汝一人ほほえむがいい。（インドの箴言《しんげん》）

(七)　君が自分の知る真理を遵奉《じゅんぽう》してはじめて、新たな真理が啓示されるであろう。（リュシー・マローリ）

(八)　過去の行為がどんなにその人の生き方に強い影響を及ぼすにしても、人間はやっぱり自分の精神力でその生き方を変えることができる。

三月十三日

(一)　叡智《えいち》の条件は、道徳的清浄さにある。道徳的清浄さの結果――精神的平安が生まれる。

㈡ 善《よ》き人は、自分の身に何が起きるかということよりも、自分のなすべきことをなすことに、より心を配る。「なすべきことをなすのは自分の業《わざ》で、わが身に何が起きるかは、神の業である。たとえ私に何が起きようとも、私がなすべきことをなすのを妨げうるものは何もない」とその人は言うであろう。

㈢ 自分の好きなことはなんでもする習慣の付いた人は、何をやってもすぐ嫌《いや》になるであろう。

㈣ われわれは、自分が肉体的に何者よりも弱いと感ずるときでも、精神的には何者よりも強くありうる。

（リュシー・マローリ）

＊㈤ 叡智の最良の証拠は、不断の善良な精神状態である。

（モンテーニュ）

㈥ 精神的に汝を高めることのみをなせ。そしてまさにそのことによって、汝が何にもまして社会に裨益《ひえき》しうることを信ぜよ。

(七)　何か悲しいことや苦しいことが起きたとき、まず第一に、もっとひどいことでも起きかねなかったのだし、現に他人にそれが起きている、と考えるがいい。第二に、以前にもちょうど今のようにいろんな出来事やいろんな事情のため悲しんだり苦しんだりしたけれども、今ではそれを思い出しても全然平気で落ち着いていられることを思い出すがいい。第三に、最も大事なことだけど――今君を嘆かせ苦しませていることは、一つの試練にすぎず、その試練に基づいて君は自分の精神力を発揮し、それを強化することができると考えるがいい。

(八)　人々の精神は、ときとしてきわめて完全に近い状態にあり、ときとしてきわめて堕落した状態にある。善き時を大事に保存し、悪しき時を排除するようにするがよい。そうすれば君はますます善き時を送ることが頻繁になり、悪しき時を送ることが稀《まれ》になるであろう。

(ベーコンによる)

(九)　自分を賢者と考えない人だけが賢者になれる。そして、自分の眼前に常に神の完全性を見ている人だけが、自分を賢者と考えないのである。

(十) 失うべき何物も持たない人こそ、最も富める人である。　（中国の諺）

(十一) 叡智は無限である。叡智に向かって進めば進むほど、それはますます必要になってくる。人間には無限の向上が可能である。

三月十四日

＊(一) 愛は人々を合一へと誘《いざな》う。そして万人にとって唯一普遍の理性がそれを批准《ひじゅん》する。

(二) 人間は考える――考えるようにできている。ところで彼が合理的に考えなくてはならないことは明らかである。合理的に考える人間は、何よりもまず自分がどんな目的で生きるべきかを考える。そして自分の霊について、神について思いを潜める。だのに一般に世間の人々が何を考えているかを観《み》るがよい。行き当たりばったりにいろんなことを考えるけれど、以上のようなことだけは考えようとしない。彼らは踊りについて、音楽について、歌について考えるし、建築のことや、富のことや、権力のことやを考える。そして富者や皇帝たちの境遇を羨《うらや》む。そのくせ、いったい人間であることとはどういうことか、ということは全然考えないのである。　（パスカル）

㈢　人間としての重大な義務の一つは、われわれが本来天から授かっている理性の光を、最大限度に輝かすようにすることである。　（中国の智慧）

（訳註――「大学の道は明徳を明らかにするにあり」――『大学』）

㈣　万人が認めるもの、また認めざるをえないもの、ただそれのみが真の理性の光である。

㈤　真の人間になりたい人は、世俗に媚《こ》びる態度を放棄しなければならない。真の生き方をしたい人は、世間で善と受け取られている物事によって誘導されることなく、真の善とは何か、そしてそれはどこにあるかを綿密に探究しなければならない。自律的な精神的探究心ほど尊く実り多いものはない。何よりもまず、人生のもろもろの現象に対してそのような関係を確立し、しかるのちに直面するさまざまな問題を自ら解決するがよい。　（エマスン）

㈥　われわれが真理の力を疑って、甲あるいは乙の思想の表白を許可したり禁止したりするなら、それは真理を侮辱することになる。それよりも真理と虚偽とを格闘させるがよい。真理は自由で公平な闘いにおいては、けっして負けることはない。真理は虚偽を論破することによって、どんな禁令よりも徹底的にそれを絶滅せしむるであろう。

（ミルトン）

(七)　現代の教会キリスト教は、空疎で脆弱《ぜいじゃく》な地盤の上に建っている。それにすがる人々は絶えず危険に晒《さら》され、常に何かを恐れている。教会キリスト教に対して、その基礎を揺がす強烈な疑惑が表明されると、たちまち教会の代表者たちは威嚇《いかく》の雷鳴をとどろかせ、稲妻を発して騒ぎ立てる。そしてその疑惑が根拠のあるものであればあるほど、彼らはひどく騒ぎ立てるのである。

はたして人々は、山が崩れはしまいかと心配するだろうか？　しかしながら教会の従来の教えは、いつなんどき崩壊するかわからない。「あるいは――正しいかもしれないし、あるいは――正しくないかもしれない」。教会にすがる人々として言えるのは、ただそれだけである。にもかかわらず彼らは、宗教の基礎を教会キリスト教に置いている。権威が真理と受け取られ、盲信が宗教の本質となったのである。

（パーカー）

(八)　何者も、理性の決定を覆《くつがえ》しえない。われわれが知るということは、理性を通じて知るということである。それゆえ、理性に聴従する必要はないと言う人たちの言葉を信じないがよい。そんなことを言う人たちはちょうど、暗闇でわれわれを導くただ一つの灯火を消したがよいとすすめる人たちのようなものである。

三月十五日

㈠　不快感を与える人、自分に敵意を懐《いだ》く人を愛する者のみが、真の愛を知る。愛の真実性を証明するものは──敵に対する愛である。

㈡　われわれを愛する人、われわれにとって楽しい人を愛するのは、人間の愛によっても可能である。しかし敵を愛することは神の愛によってのみ可能である。人間の愛によって愛すれば、愛から憎悪に変わる場合がある。しかしながら神の愛は変わることはない。何者もそれを滅ぼすことはできない。神の愛こそ、霊の本質である。

㈢　汝《なんじ》らに善をなす者に善をなせばとて、なんの嘉《よみ》すべきことあらん。罪人《つみびと》も、なお己《おの》れを愛する者を愛するなり。汝ら、返されんことを思いて人に貸すとも、なんの嘉すべきことあらん。等しきものを受くるあてあらば、罪人も罪人に貸し与うなり。されど汝らは、己が敵を愛し、善をなし、何ものをも求めずして貸すべし。さらばその酬《むく》い大いにして、汝らは恩を知らざる者、悪しき者を慈《いつく》しみたまういと高き者の子たるべし。汝らも慈悲深き汝らの父のごとく慈悲深くあれ。（「ルカ伝」第六章三三〜三六節）

＊㈣　汝らの敵を愛せよ——しからば汝らに敵なからん。（十二使徒の教え）

㈤　〃隣人を愛し、敵を憎むべし〃とは、汝らの聞けるところなり（「レヴィ記」第十九章一七、一八節）。されどわれ、汝らに告ぐ。汝らの敵を愛し、汝らを呪《のろ》う者を祝福し、汝らを憎む者に善をなし、汝らを虐《しいた》げ、汝らを迫害する者のために祈れ。これ天に在《ま》します汝らの父の子たらんためなり。天の父は悪人にも善人にも陽をのぼらせ、義人にも不義の者にも雨を降らせたまえばなり。（「マタイ伝」第五章四三〜四五節）

㈥　人の心を知る神にして、万人に対して一視同仁《いっしどうじん》、これを差別することがないのに、人の心のなかで何が行なわれているかを知らぬわれわれが、どうして単なる外見で人々を差別して、ある人々は愛したり、ある人々は愛しなかったりしていいであろう！

㈦　誤って愛と呼ばれる、ある人々を他の人々以上に大事にしたいと思う煩悩《ぼんのう》の愛は、真の愛を継ぎ木して果実を実らせるための野生の台木にすぎない。しかしながらその野生木自体は、リンゴの木ではなくて、リンゴを実らせることができないか、実らすことができても、甘いリンゴでなくて苦《にが》いリンゴであるように、そのような煩悩の愛は、人々に善をもたらさないか、あるいはよりいっそう大きな悪をもたらすだけである。

(八)　愛の芽生えは、最初は非常に弱々しく、人の手が触れただけで枯れたりするが、成長してしまったら非常に強いものとなる。人々がそれをいじくりまわせばまわすほど、いけなくなるばかりである。芽生えにとって必要なことはただ一つ——それのみが愛の芽を成長させうる理性の太陽を、遮《さえぎ》らないようにしてやることだけである。

(九)　人間のなかで最も完成された人間は、すべての隣人を愛し、善人なると悪人なるとを問わず、彼らのすべてに善をなす人である。　（マホメット）

(十)　堕落した人間にも柔和に接するがよい。鋭利な剣も柔らかな絹を切り裂きはしない。優しい言葉と優しい態度をもってすれば、一本の髪で象を曳《ひ》くこともできるであろう。　（サアディ）

(十一)　誰かが君を辱《はずか》しめ、その人に対して悪意を感じたらすぐに、万人は等しく神の子であり、その人が君にとってどんなに不愉快でも、彼を自分の兄弟として、君と同じ神の子として愛さなければいけない、ということを思い出すようにするがよい。

三月十六日

(一) 現代科学の最もいけない点は、所詮《しょせん》すべてを研究しつくすことはできず、また宗教の助けなくしては何を研究すべきかを知ることができないままに不正な生活を送っている科学者自身にとって、必要で愉快なことだけを研究しているということである。彼らにとって一番必要なのは――彼らにとって有利な現在の体制である。また一番愉快なのは――空虚な知識欲の満足である。

(二) 博物学の研究は、ドイツではついに狂気の域に達した。神様にとっては昆虫も人間も同じかもしれないけれど、われわれ人間の理性にとってはそうではない。人間は小鳥や蝶々などにかかずらうより先に片づけなければならない仕事がどんなに多いことか！　自分の心を研究するがよい。己《おの》れの知能をして判断に慎重ならしめ、心情をして平和を愛せしめるがよい。人間を知ることに努め、隣人の福祉のために真実を語る勇気を身につけるがよい。ほかに適当な手段がなかったら、数学で頭脳を磨《みが》くのもいい。しかしながら昆虫の分類などはやめたがよい。その皮相的な知識はまったく無益だし、精密な研究などといったら、きりのない話である。

「しかし神は太陽における同様、昆虫においても無限である」と君は言うだろう。私も大いにそれは認める。神は、いまだかつて何人《なんびと》もその千態万様を究めたことのない浜の真砂《まさご》においても、測り知ることができない。だからもし君が、その真砂のなかで真珠を探す特別な使命が自分にはあると思ってさえいなければ、わが家にいて自分の畑を耕すがよい。畑は君が精一杯手入れをしてくれるのを待っているのだ。君の頭脳の容量に限りがあることを忘れてはいけない。蝶々の研究などおっぽりだせば、君を感動させるような聖賢の思想を入れるゆとりもできようというものである。　（リフテンベルグ）

㈢　叡智《えいち》とは多くを知ることではない。われわれは何もかもを知るわけにはゆかない。叡智とはなるべくたくさん知ることではなくて、どんなのが一番必要な知識で、どんなのがそうまで必要でなく、どんなのがもっともっと必要でないかを知ることである。人間に必要な知識のなかでも最も大事なのは、いかにしてよく生きるかについての、つまり、いかにしてなるべく悪を行なわず、なるべく善を行なって暮らすようにするか、についての知識である。現代の人々はいろんな無駄なことは研究するけれど、この一番大事なことだけは学ぼうとしない。

㈣　何が人間としての最大の不遜《ふそん》であるか？　われわれ人間にわからないことは神にもわからないと考えることである。

（カルビン）

㈤　知識の貧弱な者はよく喋《しゃべ》る。知識の豊富な者はたいてい黙っている。それはなぜかと言えば、少ししか知らない者は、自分の知っていることは非常に大事なことだと思ってみんなに話したがるし、一方多くを知っている者は、自分の知っていること以外にもっともっと知るべき多くの事柄があることがわかっていて、他人《ひと》に訊《き》かれたときだけ話して、訊かれなければ黙っているからである。

（ルソーによる）

㈥　真の学者は、理性の要求を理解すると、それを実現しようと努力する。普通の学者は、理性の要求を聞けば、それを実現しようとしたりしなかったり、といった曖昧《あいまい》な態度をする。愚劣な学者は、理性の要求を聞けばこれを嘲笑《あざわら》う。愚劣な者が嘲笑わないようなら、それは理性の名に値しないのだ。

（『老子』）

（訳註――原文は「道徳経」第四十一章、「上士は道を聞けば、勤めて而《しこ》うして之《これ》を行なう。中士は道を聞けば、存するが若《ごと》く亡するが若し。下士は道を聞けば、大いに之を笑う。笑わざれば以《もっ》て道と為《な》すに足らず」）

(七)　もしもある人が、そもそもどんな質問をしたらいいかをわきまえているならば、もうそれだけでその人が聡明な人であるという紛れもない証拠となる。なぜなら、もしも質問自体が愚劣で無益な答えを求めるなら、それは、その質問をした人自身の恥であるばかりでなく、質問された相手もうっかり愚劣な答えをすることになるからである。そしてその結果、昔の話にあるように、一人が牡山羊の乳を搾《しぼ》れば、一人が篩《ふるい》を当てがうという滑稽な場面が生ずるのである。（カント）

＊(八)　もしもすべての知識が真実の知識であれば、どんな知識でも有益だということになる。しかしながら往々にして人々の誤った考えが知識と称されるからして、自分が獲得したいと思う知識の選択に当たっては、どんなに厳しく吟味しても厳しすぎるということはない。

三月十七日

(一)　悪しき社会機構からの救いの道はただ一つ――人々のあいだに真の信仰を普及させることである。

(二) 人類社会の進歩向上への真剣な一歩が踏みだされるとき、そこには必ずその主な原因としての信仰の役割があった。それゆえ信仰に基づかぬいっさいの教えは、いつも社会機構の改善に無力だったし、こんごとも無力であるであろう。その教えが素敵な形式を創造することは可能かもしれないが、その形式には絶対にプロメテウスが天から盗んだ火花は存在しないであろう。（ヨセフ・マッジニ）

(三) 〝汝《なんじ》らまず神の国とその義とを求めよ、しからばこれらのものみな汝らに加えられん〟（「マタイ伝」第六章三三節）

自然で健康な社会機構への第一歩は、いつも万人の物質界に対する当然の、平等な、奪うべからざる権利を保証することのなかにある。それによって能事すべて畢《おわ》るというわけではないけれど、それによってその他の〝これらのもの〟がずっと容易になる。その保証がないかぎり、その他のいっさいはなんらの益をももたらさない。（ヘンリー・ジョージ）

＊(四) 社会は、共通の信仰と共通の目的なしには存在しえない。社会的活動は、宗教によって打ち建てられた原理を実生活に適用することのなかにある。（ヨセフ・マッジニ）

(五)　キリストの使徒たちはみんな、心を合わせ霊を合わせて暮らした。もし彼らの考えが互いに食い違っていたら、誰一人キリスト教の信仰について知る者はいなかったであろう。現に今でも異教徒がキリスト教を受け入れないのは、キリスト教徒のなかに合一と愛とが認められないからである。善行ほど人々を惹《ひ》きつけるものはなく、悪行ほど人々の反発を買うものはない。人々がキリスト教にそっぽを向くのは、敵を愛せよと教えられている人が暴利を貪《むさぼ》り、搾取し、戦争をし、敵愾心《てきがいしん》をあおり、まるで獣のように人々を扱うのを見て、キリスト教のいわゆる愛の教えなど、信ずる気になれないからである。キリスト教徒が死を恐れるのを見れば、誰も永生を信じはしない。人々がキリスト教を信じないのは、われわれキリスト教徒の責任なのだ。〝昔の聖人たちに倣《なら》え〟と言う者もいるかもしれない。しかしながら人々は、現在目の前で善徳の人々を見たがっているのだ。汝の行ないによって汝の信仰を示せ、と人々に言われても、その行ないが欠落している。それどころか人々は、われわれが鬼畜にまさる残忍さで隣人を虐殺するのを目撃する。まさにそのことが人々をキリスト教から遠去けているのだ。われわれはキリスト教を信ずると称しながら、実は人々をキリスト教から追っ払っているのだ。

（金口《きんこう》ヨハネによる）

(六) キリスト教は、もしそれが真剣に受け入れられさえすれば、すべての古いものを粉砕し、新しい無限の地平線を啓示するダイナマイトのような強力な作用をするものである。

(七) もしも君が、現在の社会体制が間違っていて、それを改革したいと思うならば、その方法はただ一つであることを知るがよい。すなわち、すべての人々がより善良になることがそれであるが、そのために君にできるただ一つのことは、君自身がより善良になることである。

一週間の読み物

暴力をもって悪に敵しないということ

〝「目には目を、歯には歯を」と言われしは、汝《なんじ》らの聞けるところなり。されどわれ汝らに告ぐ、悪しき者に逆らうなかれ〟(「マタイ伝」第五章三八、三九節)

キリストは悪に敵するなと教えている。その教えが真実であるゆえんは、それが悪を蒙《こうむ》る者の心からも、悪を行なう者の心からも、その悪を根こそぎにしてくれるからである。その教えは、そのために世の中の悪が増しこそすれ、けっして滅びはしないようなことをするな、と言っている。ある人がある人に襲いかかってその人に危害を加えれば、危害を加えた人は、加えられた人の胸中にすべての悪の根源である憎悪心を搔《か》き立てることになる。そうした悪感情をなくするためにはどうしたらいいか？　こちらも相手に危害を加えて、そのような悪感情を搔き立てるようなことをしていいであろうか？　つまり悪を繰り返すようなことをしていいであろうか？　そのような行為は、悪魔を追い払うゆえんではなく、むしろその力を強めるゆえんである。サタンはサタンによって追い払うわけにゆかず、虚偽は虚偽によって矯正されず、悪は悪によって克服されはしない。

それゆえ、悪をもって悪に酬《むく》いないことが、悪を克服する唯一の方法である。それは悪を行なった人の胸からも、悪を蒙った者の胸からも、悪感情を消し去る。

「しかしその教えは正しいとしても、はたしてそれは実行可能であろうか？」と問う人がいるであろう。しかり、神の掟によって定められたあらゆる善と同じように、実行可能である。善はいかなる場合においても、自己犠牲や艱難辛苦《かんなんしんく》を伴わずには、さらに極端な場合は、自分の生命を失うことなしには、実行されえない。しかしながら自分の生命を神の御旨《みむね》の遵奉《じゅんぽう》よりも大事と思う人は、すでに真の生命において死んでいるのである。そのような人間は、自分の生命を救おうとして、これを失っているのである。のみならず、一般的に言って、悪への無抵抗が一人の生命あるいは一つの人生上の実質的幸福を犠牲に献《ささ》げるとすれば、悪への抵抗は千の犠牲を献げるものである。

無抵抗は守り、抵抗は破る。

正しく振る舞うほうが、不正に振る舞うよりも、悪を堪《た》え忍ぶほうが、暴力をもってそれに抗するよりも、はるかに安全である。現在の生活に対する関係においてさえ安全である。もしも万人が悪に悪をもって抵抗しないならば、たちまち幸福な社会が出現するであろう。

「しかしただ少数の人たちだけがそんなふうに振る舞ったら、その人たちはどうなるだろう？——たった一人がそんなふうに振る舞って、ほかの人々がみんな彼を磔刑《たっけい》にすることに賛成する場合でも、その人としては、自分の敵のために祈りながら死ぬほうが、虐殺された人々の血に汚された王冠を戴《いただ》く帝王であるよりも、ずっとましではないか？」しかしながら悪に悪をもって抵抗しないことを固く決意した人が、一人の場合でも千人の場合でも——そしてまた彼らが文明社会に住んでいようとも野蛮な社会に住んでいようとも、彼らは暴力に頼る人々に比べてはるかに暴力を受けることが少ない。強盗や人殺しや詐欺漢《さぎかん》などは、武器をもって自分らに抵抗する人々よりもずっとその人たちの安全を保障してくれるであろう。剣をとる者は、剣によって滅びる。平和を求め、友愛を旨《むね》とし、人に危害を加えることなく、人々の悪を忘れ、これを赦《ゆる》す人たちは、多くの場合平和を楽しみ、万一死ぬ場合も、神に祝福された存在として死ぬであろう。以上のような次第で、もしも万人が無抵抗の誡《いまし》めを守るならば、いっさいの凌辱《りょうじょく》行為も悪逆行為も姿を消すことは明らかである。もしもそういう人々が大多数であれば、彼らはけっして悪に悪をもって抵抗することなく、いっさい暴力を使用することなしに、自分たちに悪を行なう人々をも愛と友好の精神の支配下に置くであろう。また、もしそういう人々がまだ少数派とはいえかなりの数に達すれば、その道徳的影響によって、あらゆる残酷な刑罰が社会から跡を絶ち、暴力と不和反目とが、平和と愛情とに取って代わられるであろう。また、もしそういう人々がほんの少数にすぎないとしても、彼らは社会から蔑《さげす》まれること以上に悪いことはめったに経験せず、一方社会は自らそれを感ずることなく、またそれに感謝することもないまま、絶えず聡明に、絶えず善良になってゆく。

また最悪の場合、その少数の人々のなかの幾人かが迫害されて殺されたとしても、真理のために生命を棄てたその人たちは、その殉教の血によって成聖された教えを身をもって後に残すことになるであろう。（バルー）

（原註――バルー――アディン・バルー。アメリカ宗教界の指導者の一人、一八九〇年八月死去。五十年間主として暴力をもって悪に抗しないという問題に関する著作を発表しつづけた。明瞭で美しい文体のそれらの著作のなかで、その問題があらゆる角度から検討さ

れている。彼の主著の一つが『無抵抗問題問答書』であり、本文はその書からの引用である）

三月十八日

㈠　他人に対する批評は、けっして当たるものではない。なぜなら誰にしてもその相手の心のなかに何が起きたか、あるいは何が起きつつあるかを知ることはできないからである。

㈡　われわれはしばしば人を批評して、ある人を善《よ》い人と呼び、ある人を悪い人と呼び、またある人を愚かな人と呼び、ある人を賢い人と呼ぶ。でも本当はそう呼んではいけない。人間は川のように絶えず流れている。今日と明日では、もう同じ人間ではない。愚かだった者が賢くなったり、悪人が善人になったり、またその反対だったりする。だから人間を裁くわけにはゆかない。裁いた途端、もうその人は変わっているのだ。

㈢　もしも君が常に真実を語り、虚偽を拒否し、疑わしいものだけを疑い、善と益のみを願うほどに幸福な人間であるならば、君は悪人にも愚者にも腹を立てることはないであろう。

「あいつらは泥棒じゃないか！　詐欺師《さぎし》じゃないか！」と君は言う。しかし泥棒とか詐欺師とかは、いったいなんであろう？　罪深く、迷いに陥った人間ではないか。そんな人間は憐《あわ》れむべきであって、怒るべきではないのだ。もしできるならその人に、現在のような生き方をしていてはその人自身のためによくないことを悟らせてやるがいい。そうすれば彼は悪を行なうことをやめるであろう。もし彼がまだそのことを悟らないならば、彼が愚劣な生き方をしつづけるのも怪しむに足りない。

「だけどそんな連中を罰してはいけないだろうか！」と君は言う。そんなことを言ってはいけない。むしろ、この人は世の中で一番大事なことで迷いに陥っている、肉体的には盲目でなくとも、精神的には盲目なのだと、そんなふうに言うがよい。そんなふうに自分に向かって言うが早いか、たちどころに君は自分が彼に対して残酷であったことを悟るであろう。もしもある人が眼を患って視力を失ったならば、君はそのために、その人を罰しなくてはならないとは言わないであろう。だのになぜ君は眼よりも大事な、人間としての最大の幸福――すなわち賢く生きる術《すべ》を失った人を罰したがるのか？　そのような人たちを怒るべきではなく、むしろ憐れむべきなのだ。

そのような人々を憐れみ、彼らの迷誤を怒らないように努力するがよい。君自身がいかにしばしば迷誤に陥り罪を犯したかを思い出して、君の心に憎悪や残酷な気持やが巣食っていることに対して、君自身を責めるがよい。

（エピクテトス）

(四) もし君が自分の欠点に思いを馳せ、それを矯正しようと努めるならば、他人を非難することなど思いもつかず、またそんな暇もないであろう。

＊(五) 他人の立場に立ちもしないで彼を非難したりしないがよい。（『タルムード』）

(六) 他人には多くを赦《ゆる》し、自分には何一つ赦すな。（プブリウス・シルス）

(七) 私は自分が悪を行なうことを欲せず、もし行なう場合は、どうしても自制できないからだ、ということをちゃんと承知している。ほかの人々もみんな、悪を行なう場合、やっぱり自制できないからなのだ。だのにどうして彼らのことを悪く思ったり非難したりできよう？

三月十九日

(一) 貧しい人々の労働によって衣・食・住を供給されて暮らす富者たちが、自分たちは貧乏人の恩恵者だなどと考えている世の中は、本末顚倒《てんとう》もはなはだしいと言うべきである。

(二)　石が水差しの上に落ちると――水差しが壊れる。水差しが石の上に落ちても――水差しが壊れる。いずれにしても、壊れるのは水差しである。

（『タルムード』）

(三)　金持が貧乏人に慈善を施すことができるのは、政府が特定の人々を庇護《ひご》して富の不平等を生ぜしめるので、そのためどうでも慈善が必要となるからである。そうした世の中の仕組みのなかで金持は貧乏人をちょっぴり助けて、いかにも恩人顔をするけれども、はたしてそれがほんとうに慈善の名に値するであろうか？

（カント）

＊(四)　富者の満足は、貧者の涙によって得られる。

(五)　われわれは、たとえ直接金を奪ったり土地を奪ったりはしないとしても、やっぱりいろんな欺瞞《ぎまん》手段を弄してこっそりと、小規模にではあってもできるだけうまく同じような掠奪《りゃくだつ》行為をやっている。たとえば商行為で物を買ったり売ったりする場合、いろいろ駆け引きをしてなるべく相場以下に支払い、相場以上に売りつけようとするが、はたしてそれは盗みでないであろうか？　野蛮な掠奪行為と言えないだろうか？　自分は別に家や奴隷を盗んだわけではないと言わないでほしい。不義不正は盗まれたものの価格によらず、盗んだ人の意図によって決まる。正と不正は、大規模な場合も小規模な場合も、あくまで正であり不正である。私は、財布を切り取って他人の金を盗む者も、市場で品物を買うとき不当な安値で買う人も、どちらも泥棒と呼ぶ。壁を破って家のなかから何かを盗みだす者だけが掠奪者なのではなく、不正行為によって隣人から何かを詐《さ》取《しゅ》する者も掠奪者なのである。

（金口《きんこう》ヨハネ）

㈥「貧者を掠奪するなかれ、けだし彼は貧者なればなり」とソロモンは言っている。しかしながら「貧者に対する、貧者なるがゆえの掠奪」は、きわめて日常茶飯事として行なわれている。富者は常に貧者の貧困を利用して、否応なしに彼を自分のために働かせたり、彼の売る品物をごく安い値段で買ったりするのだ。

相手が富者なるがゆえの大道での掠奪行為は、それに比べてはるかに稀《まれ》である。なぜなら貧者を掠奪するのにはなんの危険も伴わないが、富者を掠奪するのは大いに危険だからである。

（ジョン・ラスキン）

㈦　富が労働の集積というのは、まさしくそのとおりである。ところが一人が労働すれば、別の人がその汗の結晶を掻《か》き集めるのが普通である。そして学者たちはそれを分業と呼んでいる。

㈧　正しき富は、みんなが満ち足りた社会にのみ存在しうる。われわれの社会のように、一人の富者に対して幾百人もの貧者がいる社会では、富者であることは正義に悖《もと》ることである。

三月二十日

㈠　神の御旨《みむね》の遵奉《じゅんぽう》のために生きる人は、人々の批評に一喜一憂するものではない。

㈡　誰もがわれわれの心のなかで何が行なわれているかを見ることができるかのように考えなければならない。　（セネカ）

㈢　青天白日下に生きよ。　（オーギュスト・コント）

㈣　悪事を隠匿《いんとく》するのはよくないが、公々然と悪事を行なって、それを誇示するのはもっとよくない。

(五) 人に対して恥じる感情は、よい感情である。しかし自分自身に対して恥じる感情は、もっとよい感情である。

(六) その人が何を恥じ、何を恥じないかということほど、その人の道徳的完成度を正確に示すものはない。

＊(七) 尋ねられたら何一つ隠すな。しかしながらその必要のない場合は、自分の悪事について語らぬがよい。

(八) 人々の、神を畏《おそ》れる気持が、人々を畏れる気持のように強かったら、どんなにいいだろう。人間は、人々に対しては自分の悪事を隠すこともできようが、神に対しては絶対に隠すことができない。だから悪事を行なわないようにしなければならないのだ。

(九) 人々には隠せるが、神には隠せない。（俚諺《りげん》）

(十) 人々が躍起になって隠そうとすることは、ほとんどの場合、悪事である。

(十) 自分の善行だけを隠すようにするがよい。

(十一) それ何ごとも隠されて顕《あら》われざるはなく、秘められて、ついに知られず、明らかにせられざるはなし。

（「ルカ伝」第八章一七節）

(十二) 何事も隠す必要のないような生き方、そして同時にまた、人々にことさら自分の所業をひけらかそうとも思わないような生き方をせよ。

三月二十一日

(一) われわれが知っている生活は、現在この世での生活だけである。それゆえ、もしわれわれの生活に意味があるならば、それは現在この世の生活のなかになければならない。

(二) 人々に交じって世俗的な目的のために生きる人にも、ただ一人で精神的な目的のために生きる人にも、心の平安はない。人々のあいだにあって神への奉仕のために生きる者のみが、心の平安を与えられる。

㈢　生きるのが苦しいといって死を願ってはいけない。およそ道徳的存在者の負わされる重荷は、彼を己《おの》れの使命の遂行に駆り立てる。その重荷から逃れる唯一の方法は、己れの使命の遂行なのだ。君が自分に使命づけられた大仕事を果たしたとき、はじめてその重荷から解放されるのだ。

（エマスン）

㈣　現在の生活のみが真の生活である。過去はすでになく、未来はまだやって来ない。現在の瞬間のみが実在である。だから、現在の瞬間を善《よ》く生きること――そのことに全精神力を集中して努めるがよい。来世のためにこの世の生活を送らねばならないと教える人がいても、それを信じないがよい。われわれが知っている生活、現に過ごしている生活は、現在のこの生活である。だからわれわれは現在のこの生活を、この生活の一瞬一瞬を、なるべく善く生きることに全力を注がねばならない。

㈤　人生は苦悩でもなければ享楽でもない。それはわれわれのなすべき事業、最後まで誠実に遂行すべき事業である。

（トクヴィル）

㈥　君は苦しんだあげく、どうも自分の思うとおりにうまく暮らせない、もっと違った生活だったら、なすべきことをもっと容易にやれるのだが、などと思う。しかしながらその生活のなかで、君が現在置かれている条件のなかで、君は常に自分のなすべきことをなしうる、という真理を認識しなければいけない。（カーライルによる）

＊㈦　現にこの世の中にわれわれの奉仕の場所はある。それゆえわれわれは、この世での奉仕の実践に全力を傾注しなければならない。

三月二十二日

㈠　たとえ真実がわれわれの生活の非を摘発しても、やっぱり真実を隠すより、これを認めるがよい。われわれの生活は変わりうるけれども、真実はあくまでも真実であって、われわれの非を摘発することをやめないであろう。

㈡　われわれは衆人環視のなかにあるかのごとく暮らすべきだと思う。またわれわれの心の最も内密な場所でも誰かの眼に晒《さら》されているかのごとく、思索すべきである。なんで人々に物事を隠す必要があろう？　所詮《しょせん》神の眼からは何一つ隠すことはできないのに。結局およそ神の教えも人間の教えも一つの真理に帰着する。それは、われわれはみんな、一つの偉大な体の手であり足であるということである。自然はわれわれすべてを結合して一つの家族とした。われわれは互いに交わりを結び、助け合って暮らすようにできているのである。

（セネカによる）

㈢　キリスト教が啓示したのは、人間は平等であり、神は父で、人々は兄弟であるという教えであった。その教えは文明社会を締めつけていた恐るべき暴力機構の根底に打撃を加えた。奴隷たちを繋《つな》いでいた鎖を打ち砕き、一握りの人々が大衆の労働の上にあぐらをかいて贅沢三昧《ぜいたくざんまい》に耽《ふけ》り、労働階級からその汗の結晶を奪うという理不尽極まる不義不正を廃絶させた。初期のキリスト教が迫害を受けたのも、そのためである。またその教えを絶滅させることが不可能だとわかったとき、支配階級が一応それを受け入れたあとすっかり骨抜きにしたのも、そのためである。それゆえキリスト教は、その外見上の隆盛にもかかわらず、初期におけるごとき真のキリスト教ではなくなって、富者たちの走狗《そうく》となったのである。

（ヘンリー・ジョージによる）

㈣　君の兄弟が（精神的な意味で兄弟だと言っているのだが）飢えて死のうとしているのに、君は飽食のために病気になろうとしている。兄弟が裸でいるのに、君は着物を入れる袋まで作って、虫が食わないようにしまい込んでいる。それよりも、そんな余分な着物は貧しい人々に着せるほうがずっといいではないか？　そうすれば着物も立派に役に立ち、君も余計な心配をしなくていい。だから、着物を虫に食わせたくなかったら、貧しい人々に与えるがよい。貧しい人々は立派に虫や埃《ほこり》を払い落とすであろう。こう言っても、富に埋もれた人たちは私の言葉に耳を塞《ふさ》ぐかもしれないが、その代わりむしろ貧しい人々が私の言葉に気づいてくれるであろう。だって貧乏人たちが気づいたって仕方がないではないか、彼らはお金も着物も持っていないんだもの、と君は言うかもしれない。しかし彼らにもパンと水はあるし、病人を見舞うための足もあるし、不幸な人を慰める舌も言葉もあるし、旅人を宿す家も屋根もあるのだ。　（金口《きんこう》ヨハネ）

(五)　およそ今日の善人たちの錯誤は、彼らが丁重《ていちょう》に悪人たちに手を差し伸べ、悪人たちの悪事を支持するのみか、これに協力さえしていながら、その悪の結果からは逃れようと思っている点にある。

朝のうちは慈悲心を起こして二、三の零落した家族に救助の手を伸べながら、晩になるとその家族を零落させた本人たちと一緒に食事をし、彼らを羨《うらや》み、二千人も三千人もの人々を路頭に迷わせた富裕な投機屋の真似をしようとする。かくして彼らは数時間のうちに、数十年かかっても修復できないほど多量のものを破壊するのである。彼らはよく言って、すべてを破壊しつくす軍隊が通ったあとの飢えた民衆に食べさせようとしながら、一方ではますますその軍隊の数をふやし、その行軍の速度を速めようとする人々のようなものである。　（ジョン・ラスキン）

㈥　諸君は人を穴のなかに突き落としておきながら、その人に向かって、お前は神が与えたその境遇に満足すべきだ、と言う。現代のキリスト教はそんな調子である。「われわれは突き落としはしませんよ」と諸君は言うだろう。もちろんわれわれは、毎朝自分自身に向かって今日一日なんとかして自分に有利なことではなくて、人間として当然なすべきことをしたいと語りかけることをしないかぎり、自分たちがいったい何をしているのか、また何をしていないのかに全然気づかないであろう。　（ジョン・ラスキン）

＊㈦　たとえ真実がわれわれに何をなすべきかを指示しない場合があっても、それは常にわれわれに何をなすべきでないか、また何をやめねばならないかを指示するであろう。

三月二十三日

㈠　土地は、空気や太陽と同じように、万人の所有物であって、けっして個人の私有物ではない。

(二)　諸君はみんなこの世の放浪者である。東西南北どこへ行こうと、君が足を止めさえすれば必ず、「ここは俺の土地だ」と言って君を追い払う人がいる。結局君は、世界の隅々まで歩きつくしたあげく、世界中どこにも君の妻がお産をすることのできる土地や、君がとどまって耕作することのできる土地や、君の子供たちが君の骨を埋められるような土地など一かけらもないことを悟らされて、戻ってくるのが落ちであろう。

（ラムネ）

(三)　どこもかしこも私有地で占められた場所に、ある人を置いて、君は自由な人間だ、自由に自分で働いて、自分で稼いだものを自由に使ってよい、などと言うのは、その人を大西洋のまんなかに投げ込んで、君は自由に岸へ向かって泳いでよいと言うのに劣らぬ、悪質な愚弄《ぐろう》行為である。

（ヘンリー・ジョージ）

(四)　不法な土地私有の権利は、世界各国民の半数以上から、その自然な相続権を奪ったのである。

（トーマス・ペン）

(五) 百人の人間をどこへも出てゆけない、絶海の孤島に住まわせるとした場合、あなたがそのなかの一人を残りの九十九人に対する独裁者にするのと、島全体の土地の所有者にするのとでは全然変わりはない。

（ヘンリー・ジョージ）

(六) イギリスには現在の人口の十倍もの人々を養うに足る土地があるにもかかわらず、多くの人々が自分の兄弟である同国人に施しを乞うたり、苛酷な日雇《ひやと》い労働を強いられたり、餓死したり、盗みをしたり、地上に生きる価値のない人間として絞首刑に処せられたりしなければならないなんて、はたしてそれが奴隷制度ではないであろうか！

（ジェラルド・ウィスタンレイ）

(七) 土地私有権は、飢《き》渇《かつ》や、衣服の欠乏や、労働の空費や、他人の労働の産物の掠奪《りゃくだつ》や、家屋の廃滅や、赤貧や、病気や、両親や子供や妻の死や、貧者たちが当然ながら自分らの人間としての最も切実な生活上の権利意識に目覚めた場合に彼らの胸中に生ずる絶望感、自暴自棄感等々を意味する。それらはみんなみんな、土地私有権の産物なのだ。

（マニング）

＊(八) 自分や自分の家族を養うに必要な以上に土地を私有する人は、一般民衆の苦しみ

の原因となっている困苦や欠乏や堕落への参加者であるのみならず、その責任者でもあるのだ。

三月二十四日

＊(一)　神の掟《おきて》を遵奉《じゅんぽう》する者のみが、神そのものをも認識する。そしてまた、神の掟をより正しく遵奉すればするほど、その人はよりよく、より明瞭に神を認識するのだ。

(二)　イエスこれに言えり、「女よ、われを信ぜよ、汝《なんじ》らがこの山にもエルサレムにもあらで父を拝せん時は来たる。しかれども時は来たる、今はその時なり、真の礼拝者は霊をもって真をもって父を拝せん。そは父、かくのごとき礼拝者を求めたまえばなり。神は霊なり。しかしてこれを拝する者は、霊と真をもって拝せざるべからず」

（「ヨハネ伝」第四章二一、二三、二四節）

(三)　かねがねどんなに神を信じていても、たまにその存在を疑う瞬間に見舞われない者は一人もいない。しかしそうした疑惑の瞬間というのは悪いものではなく、むしろそれはわれわれを、神に対するより高次の理解へ導く。

われわれが従来知る神はすっかり陳腐なものとなって、もうそれを信じていると言える筋合いのものではない。われわれが本当に神を信ずるのは、神がわれわれに新しく姿を現わすときだけであり、神はわれわれが衷心《ちゅうしん》から求めれば、その新しい側面をわれわれに啓示する。そしてその側面は無限なのである。


㈣　モーゼが神に向かって言った。

「おお主よ、あなたはどこにいらっしゃるのですか?」

神は答えて言った。

「お前が私を探すとき、お前はすでに私を発見しているのだ」


㈤　どうしてあなたは神が存在することを知っているのですか? と尋ねられたとき、賢者は答えて言った。

「太陽を見るのに、はたして炬火《かがりび》がいるだろうか?」

神とはいったいなんであるかを言い表わす言葉を、われわれは持たない。しかし言葉はなくともわれわれは、神が存在することを知っている。　(アラビヤの箴言《しんげん》)

㈥　神を知る人々に二種類ある。賢愚のいずれを問わず、とにかく心の貧しい人々と、真に聡明な人々である。傲慢《ごうまん》な人々や中途半端に賢い人々だけは、神を知らない。

（パスカルによる）

㈦　どんな物でも近づいてみてよくわかるように、神を知るのも神に近づいた場合である。そして神に近づくのは、善を行なうことによってのみ、つまり神の掟《おきて》を遵奉《じゅんぽう》することによってのみ可能である。そしてよりよく神を知れば知るほど、われわれはますます喜んでその掟を遵奉する。そしてよりよくその掟を遵奉すればするほど、よりよく神を知る。まさに両者は互いに助け合うのだ。

㈧　ユダヤ人は神の名を称《たた》えることを罪悪と考えている。彼らがそう考えるのは正しい。――神は霊なのだから。いっさいの名前は肉体的なものであって、霊的なものではない。

一週間の読み物

スラートの喫茶店

インドのスラートの町に喫茶店があった。そこにいろんな土地からの旅行者や外国人たちが集まって、よくお喋《しゃべ》りをするのだった。

あるときそこにペルシャの神学者がやって来た。彼は生涯神の本性の研究を続け、その方面の書物を読んだり書いたりしていた。あまり長いこと神について考えたり読んだり書いたりしているうちに、気が変になり、頭のなかがすっかり混乱して、とうとう神を信ずることをやめてしまった。

そのことを知った皇帝は、彼をペルシャの国から追放した。

そのように生涯宇宙の第一原因は何か？　などと考えつづけて頭が混乱した哀れな神学者は、自分が理性を喪失してしまったことを悟らないで、もう世界を支配する最高理性者など存在しないと考えるようになった。

この神学者には、どこへでもお供をするアフリカ人の奴隷がいた。神学者が喫茶店へ入ると、アフリカ人は戸口の外の庭の石の上に太陽にあぶられながら坐って、たかってくる蝿《はえ》を追っ払っていた。神学者は喫茶店のなかのソファに横になって、アヘンを一杯注文した。アヘンを飲みほして、それが彼の脳髄に作用しはじめると、彼は自分の奴隷に向かって言った。

「おいこら、汚らしい奴隷め、きさま、どう思う？　神様はいるのか、いないのか？一つ言ってみろ」

「もちろんいますよ！」奴隷はそう言って、すぐに帯のあいだから小さな木製の偶像を取りだした。「ほら、これが神様です。この神様が、私がこの世に生まれて以来、私を守ってくださっているのです。この神様は私たちの国でみんなが礼拝する聖木の枝でできているのです」

神学者と奴隷のあいだのその話を聞いていた喫茶店の人々はびっくりした。神学者の質問にも驚いたけれども、奴隷の答えにはもっと驚いたのである。

奴隷の言葉を聞いた一人のバラモンが彼に向かって言った。

「なんという阿呆《あほう》だろう！　神様が人間の帯のあいだにいるなんて、そんな馬鹿な話があるものか！　神はただ一つ――ブラーマだ。このブラーマは全世界よりも偉大なのだ。なぜなら彼が全世界を創造したのだから。このブラーマは唯一の偉大な神様であって、この神様のためにガンジス河のほとりにたくさんの神殿が建てられ、そのなかにひたすらその神に仕えるバラモン僧たちが祈りを献《ささ》げているのだ。このバラモン僧たちだけが真実の神を知っている。二万年もの歳月が過ぎて、世界中にいろんな変化が生じたけれども、バラモン僧たちは相変わらず昔のままである。なぜなら、唯一の真実の神ブラーマが彼らを庇護《ひご》しているからなのだ」

　バラモンはみんなを説得しようと思ってそう言った。ところが、そばにいたユダヤの両替屋が彼に反駁《はんばく》した。

「いやいや、真実の神の神殿はインドにはない！……神はバラモンたちを庇護したりはなさらない！　真実の神はバラモンたちの神ではなく、アブラハム、イサク、ヤコブの神である。真実の神は己《おの》れの唯一の民イスラエルのみを庇護されるのだ。神は天地創造以来、絶えずわれわれイスラエル民族だけを愛してきたし、今も愛している。われわれの民族が現在地球上に離散しているといっても、それは単なる試練にすぎず、神はその聖約どおり、いつかまた己れの民族をエルサレムに集め、昔ながらのあの偉大なエルサレムの神殿を再建し、イスラエル民族を世界諸民族の支配者となされるのだ」

　ユダヤ人はそう言って泣きだした。そしてなおも言葉を続けようとしたが、そばにいたイタリヤ人が彼を遮《さえぎ》った。

「あなたのおっしゃることは間違いです」とイタリヤ人はユダヤ人に向かって言った。「あなたは神に不公平を押しつけていられる。神がある一つの民族をほかの民族以上に愛されるはずはありません。その反対に、たとえ以前はイスラエル民族を庇護されたとしても、神がイスラエル民族を怒り、怒りのしるしにその民族としての独立を奪い、世界中に離散せしめたまいて以来、今や千八百年の歳月を閲《けみ》し、そのためユダヤ教の信仰は世界に広まらないばかりか、わずかにあちこちで気息奄々《きそくえんえん》としているていたらくではないですか。

神はいかなる民族をもえこひいきはなさらず、救済を欲するすべての人々を、唯一のローマ・カトリック教会の懐《ふところ》のなかで救済なさるのです。ローマ・カトリック教会以外にはどこにも救いはありません」

そんなふうにイタリヤ人は言った。しかしそばにいたプロテスタントの牧師が、顔面蒼白になってカトリックの神父に反駁した。

「あなた方の信仰のなかだけに救いがあるだなんて、よくもそんなこと言えたものですね！　はっきり言いますが、福音書の教えに従って、イエスの定めた掟《おきて》を守って、精神と真実をもって神に仕える者だけが救済されるのですぞ」

そのとき、そばに坐ってえらそうな顔をしてパイプをくゆらしていた、スラートの税関に勤めているトルコ人が、二人のキリスト教徒に向かって言った。

「あなた方がいまだにローマの信仰に固執していられるなんて、笑止の沙汰《さた》ですよ」と彼は言った。「あなた方の信仰はほぼ六百年も前に、マホメットの真実の信仰に取って代わられたのです。そしてあなた方もご存知のように、マホメットの真実の信仰は、ヨーロッパでもアジヤでも中国の開化された地域でも、ますます広がっています。あなた方もユダヤ人が神から見放されたこと、その証拠にユダヤ人たちがみんなに蔑《さげす》まれており、その信仰が全然広がらないことを認めていられるではありませんか。どうか一つ、マホメット教の真実性を認めていただきたいものですね。だってマホメット教は現に隆盛を極めており、さらにますます広がりつつありますからね。神の最後の預言者、マホメットの教えを信ずる者だけが救われるのです。それもオマール派でなくてはいけないので、アリ派は駄目です。アリ派は間違っていますから」

その言葉を聞くと、アリ派に属するペルシャの神学者が反駁しようとした。しかしそのとき、店内に居合わせたいろんな国のいろんな信仰の人たちのあいだで、いっせいに大論争が始まった。そこにはアビシニヤのキリスト教徒もおれば、インドのラマ僧もおり、イズマイル教徒も、拝火教徒もいた。

みんなが神の本性について、いかに神を拝すべきかについて言い争った。そしてみんな、自分の国の人々だけが真の神を知り、いかに神を拝すべきかを知っている、と主張した。

まさに喧喧囂囂《けんけんごうごう》の論争風景だった。ただ一人、孔子の教えを奉ずる中国人だけは、おとなしく喫茶店の片隅に坐ったまま、論争に参加しなかった。彼はお茶を飲みながら、みんなの言葉に耳を傾けていたが、自分は何も言わなかった。

論争の最中に彼に気づいたトルコ人が、彼に向かって言った。

「なあ中国の方、一つ私に応援してくださいよ。黙ってないで、私に有利な証言を頼みますよ。私は今あなたの国にはいろんな信仰があることを知ってます。あなたの国の商人たちが何度も私に、中国人たちはあらゆる信仰のなかでもマホメット教が一番すぐれていることを認めて、喜んで受け入れていると話しました。一つ私の言葉の証人になってください。そして真実の神とその預言者についてのあなたの考えを話してください」

「そうだそうだ、あなたの考えを話してください」とほかの人々も言った。

孔子の教えを奉ずる中国人は、眼を閉じてしばらく考えていたあと、眼を開き、着物の広い袖《そで》から両手を出して胸の上に組み、静かな落ち着いた声で話しだした。

「みなさん」と彼は言った。「私としては我執《がしゅう》ほど信仰の問題でみんなが一致することを妨げるものはないと思うのです。聞いてくださるなら、例を挙げて説明いたしましょう」

私は世界一周のイギリス船で中国からこのスラートの町へやって来ました。途中、水の補給のためスマトラ島の東海岸に立ち寄りました。昼間私たちは船を出て、島民たちの村からほど近くの、海岸のヤシの木陰《こかげ》に坐りました。いろんな国から来た幾人かの人たちでした。

するとそこへ一人の盲人がやって来ました。

あとでわかったことですが、その人は、いったい太陽とは何かが知りたくて、あまりに長いあいだ一心不乱に太陽を眺めていたため、盲目になったのでした。その人は太陽の光を自分のものにしたいために、それが知りたかったのです。彼はそのために躍起となり、あらゆる学問に没頭しました。どうしても太陽の光をどれだけか捕えて、それを瓶《びん》のなかに詰め込みたかったのでした。

彼は一所懸命太陽を見つめつづけましたが、結局何もできず、ただ太陽の光で痛めつけられて眼が見えなくなっただけでした。

そこで彼は自分に向かって言ったのです。

「太陽の光は液体ではない。なぜならば、もし液体であれば瓶に流し込むこともできるはずだし、風が吹けば水のように波立つはずだから。太陽の光は火でもない。なぜなら、もし火ならば水のなかに入ると消えるはずだから。光はまた目に見えるから霊でもなく、動かせないから固体でもない。太陽の光が液体でも火でも霊でも固体でもないとすれば——結局太陽の光は無だということになる」

彼はそんなふうに考え、そしてまた相変わらず太陽を見つめつづけ、太陽のことを考えつづけていたため、とうとう視力も理性も失ってしまったのです。

彼はすっかり盲目になったあげく、とうとう太陽なんかもともと存在しないと思い込んでしまいました。

その盲人と一緒に彼の奴隷もやって来ました。その奴隷は自分の主人をヤシの木陰に坐らせ、ヤシの実を拾って行灯《あんどん》を作りはじめました。彼はヤシの繊維から灯心を作り、ヤシの実から油を絞ってヤシの殻に入れ、灯心をそれに浸《ひた》しました。

奴隷が行灯を作っているとき、盲人は溜息《ためいき》をつきながら彼に向かって言いました。

「なあおい、奴隷、俺はお前に太陽なんかないと言ったが、そのとおりだろう？　ほら、こんなに暗いじゃないか。だのにみんな太陽がどうだのこうだの……いったい太陽ってなんだね？」

「私には太陽ってなんだかよくわかりません」と奴隷は言いました。「私はそんなものに用がありません。でも光なら知っています。ほら今、行灯を作りました。これで照らすと明るいし、旦那様にもお仕えできるし、私の部屋のものもなんでも探せます」

こう言って奴隷はヤシの殻を手にとって見せました。「ほら、これが私の太陽です」

そのときそばに松葉杖を持った跛者《びっこ》がいました。跛者は奴隷の言葉を聞くや笑いだしました。

「あなたはどうやら生まれつきの盲人ですね」と彼は盲人に向かって言いました。「太陽とは何かも知らないなんて。私がよく教えてあげよう。太陽というのは火の玉で、この玉は毎朝海から出てきて、毎晩私たちの住む島の山陰に沈むのです。私たちはみんなそれを見ているし、あなたも眼が見えればそれがわかるでしょう」

と、こんどはそばにいた漁師がそれを聞いて跛者に向かって言いました。

「どうやらあなたは自分たちの住む島から出たことはないのですね。もしあなたが跛者でなくて、ほうぼう航海に出たら、太陽がこの島の山陰に沈むのでなくて、朝、海から出たように、晩にも海に沈むことがわかるでしょう。私の言葉に間違いはありません。だって私は毎日それをこの眼で見ているのですから」

こんどはそれを聞いていたインド人が言いました。

「なんという馬鹿馬鹿しいことをおっしゃるんですか。火の玉が海へ沈んでも消えないなんて考えられるでしょうか？　太陽は火の玉なんかではありません。太陽は――神様です。デーワと呼ばれる神様です。この神様は戦車に乗ってスペルワという黄金の山の周囲を天翔《あまか》けるのです。

ときどきラグウとかケトウとかいう悪い大蛇がデーワに襲いかかって嚥《の》み込んだりしますが、そのとき世の中が暗くなります。しかし私たちの国の神官たちがお祈りをすると、神様はまた大蛇の腹から出ておいでになります。自分の住む島から全然出たことのないあなた方のような無知な人たちだけが、太陽は自分たちの島だけに照ると思っているのですよ」

するとそばにいたエジプトの船主が口を切った。

「いや、それは間違っています。太陽は神様ではなく、インドやインドの黄金の山の周囲を翔《と》んだりもしません。私は船で黒海へも行ったし、アラビヤの海岸も通ったし、マダガスカルへもフィリッピン諸島へも行きましたが、太陽はインドばかりでなく、どんなところでも照らしています。太陽は一つの山の周囲をぐるぐる回ったりはしないで、日本の海岸から出てきます。ですからその国は〝日本〟、つまりその国の言葉で言えば〝太陽の生まれる国〟と呼ばれるのですが、その日本から出てきた太陽は、こんどははるかはるか西方のイギリス諸島の陰に沈むのです。私はそのことをよく知っています。なぜかと言えば、自分でもいろいろたくさん見てきましたし、お祖父《じい》さんからもいろんなことを聞かされましたから。私のお祖父さんは、海の果てまで航海したことがあるんですからね」

エジプト人はなおも言葉を続けようとしたが、私たちの船のイギリス人のマドロスが彼を遮《さえぎ》りました。

「イギリスほどみんなが太陽の動きをよく知っている土地はほかにありませんよ」と彼は言いました。

「イギリスの私たちはみんなよく知ってますが、太陽はどこからも出ないし、どこへも沈まないのです。太陽は絶えず地球の周囲を回っています。私たちはそのことをよく知っています。なぜなら私たちはたった今地球を一周してきたばかりですが、どこでも太陽とぶつかったりしませんでした。どこへ行っても、ここと同じように、太陽は朝に姿を現わし、晩に姿を隠すのです」

イギリス人は棒を拾って砂の上に輪を描き、太陽が地球の周囲を運行する様子を説明しはじめた。しかし彼はあまりうまく説明できなかったので、自分の船の舵手《かじて》を指さして言いました。

「実はあの男が、その、私以上に学問があるので、もっとよく説明してくれるでしょう」

舵手は賢い男で、黙ってみんなの話を聞いていて、尋ねられるまで何も言いませんでした。しかしそう言われて彼は、やおら口を開いたのです。

「あなた方はお互いにお互いを騙《だま》し、また自分自身を騙していらっしゃる。太陽が地球の周囲を回っているのでなく、地球が太陽の周囲を回っており、さらに地球は二十四時間ごとにぐるりと一回転しながら、日本やフィリッピン諸島や、私たちが今いるスマトラやアフリカやヨーロッパやアジヤや、その他のいろんな土地を太陽のほうへ向けるのです。太陽が輝くのは、一つの山のためでも、一つの島のためでも、一つの海のためでも、さらには単に地球のためにでもなく、地球と同じようなほかのいろんな星のためにも輝いているのです。あなた方もみんな、自分の足の下ばかり見ないで空を仰ぎ、太陽が自分のためだけに、あるいは自分の国のためだけに輝くなどと考えるのをおやめになれば、そのことがよくおわかりになるでしょう」

世界中を何度も船で回って、何度も空を眺めた賢い舵手はそう言いました。

「そう、信仰問題での人々の迷誤と分裂とは、すべて我執《がしゅう》から生ずるのです」と孔子の教えを奉ずる中国人は言葉を続けた。「太陽の場合も神の場合も、道理は一つです。みんなが我執のために自分だけの神を、少なくとも自分の国だけの神を持ちたがるのです。すべての民族がそれぞれ自分らだけの神殿のなかに、全世界も包容できない神という存在を閉じ込めようとしているのです。

いったいいかなる神殿が、神自身が万人を一つの宗教、一つの信仰に合一させるためにお建てになった神殿と比較できるでしょうか？

およそ人間が作る神殿は、この神殿の、つまり神の世界のミニアチュアとして作られているにすぎません。あらゆる神殿に聖水盤があり、アーチがあり、灯明があり、聖像があり、古文書があり、経典があり、献《ささ》げ物があり、祭壇があり、司祭がいます。しかしながら、いったいいかなる神殿に大洋のような聖水盤や、大空のようなアーチや、太陽や月や星のような灯明や、互いに愛し合い助け合う人間のような生きた聖像があるでしょう？　いったいどこに、神の手によって人々の幸福のために至るところに播《ま》かれた恩寵《おんちょう》ほど、神の善性をわれわれに理解させる文書があるでしょう？　いったいどこに、われわれ一人一人の心に刻み込まれている経典ほどわかりやすい経典があるでしょう？

いったいどこに、愛情豊かな人間が己《おの》れの隣人のために行なう自己犠牲ほど尊い献げ物があるでしょう？　いったいどこに、神自身が献げ物をお受けになるところの、善良な人間のハートに比すべき祭壇があるでしょう？

われわれの神に対する理解度が高まれば高まるほど、われわれは神をよりよく知ることになる。そして神をよりよく知れば知るほど、より神に接近し、神の善性と仁慈と人々への愛とに倣《なら》うことになると思います。

それゆえ全世界を満たしている太陽の光を見た人でも、自分の偶像に閉じこもって光のほんの一部分だけを見る迷信深い人々を非難したり軽蔑したりしないがいいと思います。またすっかり盲目になって全然光を見ない不信者も軽蔑しないがいいと思います」

孔子の教えを奉ずる中国人がそう言うと、喫茶店に居合わせた人々はみんな黙ってしまい、もう誰の信仰がすぐれているかと論争しなくなった。

（ベルナルデン・ド・サン・ピエール――レフ・トルストイ訳）

三月二十五日

㈠　〝人は相身《あいみ》互《たが》い〟という諺《ことわざ》がある。互いに助け合うことなしに人間は生きてゆけない。それはあくまで相互扶助でなければならないのだが、われわれの生活は非常に複雑怪奇で、ある人々は助けるが、ある人々は人の助けを受けるばかりである。

㈡　どんな人でも他人の労働を利用するから、他人の労働の泥棒にならないようにするには、自分が他人から受けたものの代わりに、他人に自分の労働を献《ささ》げなければならない。

またどれだけ受けてどれだけ与えたかを正確に計るわけにはゆかないのだから、泥棒にならないようにするには、他人の労働はなるべく少なく受け取り、自分の労働はなるべく多く他人に与えるように努めねばならない。

*㈢　何を手に入れ何を使用するにも、これは人間の汗の結晶であり、これを消費したり、壊したり、失ったりするのは、人の汗の結晶を壊し、人間の生命を消費するのと同じだということを忘れぬがよい。

㈣　君と君が手に入れた物とのあいだにどんな仲介者がいようとも、それは君の人間同胞の手によって作られたものであり、その労働に敬意を払わなければならない。そして君は同胞の労働の産物をていねいに取り扱うことと、その同胞に自分の労働を献げることによってのみ、その敬意を表現することができる。

（ジョン・ラスキン）

㈤　富者には、物品の購買のなかに現われる他人の労働との関係以外に、労働者や召使いに対する直接の関係がある。われわれの召使いたちに対する態度ほどわれわれのキリスト教無視を示すものはない。召使いたちは自分の時間の全部をわれわれへの奉仕に献げ、われわれのために非常に汚くて不愉快で、しかも無意味な仕事をしてくれるのに、われわれの大部分が、決まったお金を払いさえすればすっかり清算はすんだものと思っている。しかしながら、彼らも同じ人間同胞なのだから、もしも現在の生活機構上、彼らが金のためにわれわれに奉仕せざるをえないとすれば、せめて彼らとのあいだに人間的な関係を築くようにしなければならない。

彼らがわれわれに奉仕するとすれば、どうして彼らと一緒に同じものを食べてはいけないのだろう？　どうして彼らと一緒に休憩したり、楽しく遊んだり、勉強したりしてはいけないのだろう？

㈥　諸君のいっさいの天分や知識を、他人への援助の手段と考えるがよい。

㈦　強い人、智慧のある人に力や智慧が与えられているのは、弱者を迫害するためでなく、彼らを助け、彼らを守ってやるためである。

（ジョン・ラスキン）

(八)　人々が助け合うのは相身互い、と言うばかりではいけない。自分の同胞から助けを受ける人々は、それに対して金銭によってのみならず、敬意と感謝の念をもって答えなければならない。

三月二十六日

(一)　諸国民の生活における最も重大な変化は――彼らの信仰の変化である。

(二)　キリストは自分の死期が近づいたとき、主として二つの問題について懸命に考えた。一つは自分の名前が悪用される危険性についてであり、一つは深刻で破壊的な社会的大変動のあとに来る、彼の律法の決定的確立についてである。キリストは死を目前にして自分の使徒たちや万人に向かって、自分の死後似而非《えせ》キリストや似而非《えせ》預言者が現われるであろうということ、彼らがいかに鬼面人を脅《おど》かす態度でやって来ても、けっして騙《だま》されてはいけないということを語った。彼はまた、彼らが非常に強力であろうということ、その強力さが人々を誘惑するであろうことを語った。

さらにまた彼は、いかにして彼らの教えが偽りであるかを知るべきかについても語った。それはわれわれが善《よ》き木と悪《あ》しき木をその実によって判別するのと同じであって、もしその教えのなかにいっさいの地上的なものへの軽侮《けいぶ》の精神がなく、自己棄却の精神がなく、いっさいの差別を超えた、万人に対する慈悲と愛情がないならば、そこにはいつ、いかなる場合も真のキリスト教はなく、存在するのはただ、似而非キリストや似而非預言者のみであろう。キリストも、そうした偽者がたくさん出てくるだろうと言っている。そしてまた、天の父のみが知るその日その時が到来するまでは、そうした連中が次から次へと現われるだろうと言っている。

しかしその時は到来する。世の中が大きく揺れる時、民は民を襲い、権力者や強者が倒れて、社会的大混乱が生ずる時が到来する。その時こそ古き世界の終焉《しゅうえん》であり、新しき世界の誕生であり、神の国の到来である、とキリストは言う。そしてまたその到来の時は遠くはない、なぜなら古き世界が、似而非《えせ》キリストや似而非《えせ》預言者が消失しつつあることはすでに明らかだし、万民は喜びをもって頭を上げ、神の国の到来を迎えようとしているからである、とも言っている。（ラムネによる）

㈢ 昔、民衆が不幸だったとき、預言者は彼らに向かって言った。「お前たちは神を忘れ、神の道からはずれた。そうでなければ不幸がお前たちを襲いはしなかっただろう。お前たちは永遠の掟《おきて》を指針としてそれによって生きることをせず、偽りと欺瞞《ぎまん》の掟に従って、ことさら真実を認めようとしなかった。それゆえ、こんなふうに自然の忍耐力も限度に達したのだ」と。

そのことは素朴で堕落していない人々にとっては充分理解できることである。しかしながら最近自然が、まるで何千年も前に作られた八日巻きの時計か何かのように、すっかりだめになっていると思っている人々が現われた。その時計はカチカチ動いてはいても、まったく狂ってしまっている、というわけである。そんなふうに思っている人々には、どんな忠告も非難も無効である。しかしながら幸いなことに、みんながそういう人々ではなく、もし自分たちの生活が悪ければ、それは自分たち自身の罪だ、ということを理解する人々もいるのである。

（カーライルによる）

㈣　断崖絶壁の上に立っている酔っぱらいが、危ないぞと注意する人々に向かってげらげら笑ったり、わけもわからぬことを喋ったりするように、いろんな汚らわしい欲望に酔いしれた現代の社会は、迫りくる悲惨な運命から自分を救おうとしている預言者を嘲笑する。昔と同じように現代でも預言者は「エルサレムよエルサレムよ、預言者を殺し、汝《なんじ》に遣わされし者を石にて撃つものよ、われ幾度か母鶏がその雛《ひな》を翼の下に集めるがごとく、汝の諸子を集めんと欲したれども、汝らは欲せざりき」と言わなければならないだろう。

㈤　人類は永久に学ぶ人間のようなものである。一人一人は死んでゆくけれども、彼らが今日《こんにち》までに考えついた真理や、今日まで言葉で表現した真実は、彼らとともに滅びるものではない。人類がそれらすべてを保持し、一人一人が、先人たちの墓から先人たちが獲得したものを引きだして利用することができる。われわれ一人一人はわれわれより以前の人類によって築かれた信仰の世界に生まれるのであり、また一人一人無意識のうちに、われわれのあとに続く人類の生活のために、多少とも価値あるものを残すのである。人類の教育はちょうど、そばを通る人がみんな一つずつ石を積むあの東洋のピラミッドのような具合に行なわれる。この世のかりそめの住人であるわれわれは、別の世界で自分らの教育を完成させるために、この世から呼びもどされて去ってゆくが、人類の教育は徐々にではあっても不断に行なわれているのである。

（ヨセフ・マッジニによる）

＊㈥　信仰はいつの時代にも同じであると考えるのは、大きな誤りである。長く生きれば生きるほど、人々の信仰はわかりやすくて、簡潔で、強固なものとなるのだ。

信仰がわかりやすく、簡潔で、強固であればあるほど、人々の生活はますます平和な、立派なものとなる。

どんな時代にも同一の信仰で間に合うから、それを変えなくていいと考えるのは、ちょうどわれわれが、幼児のころ母親から聞かされたお伽噺《とぎばな》しの類《たぐい》を本当のことと思い込んで、いつまでもそれを信じていなければいけないと思うようなものである。

三月二十七日

㈠　われわれは神を信ずることが多ければ多いほど、人間を恐れることが少なくなる。

㈡　たとえ汝《なんじ》が汝の欲する善を充分行なうことができなくとも、失望落胆しないがよい。もし汝が高所から転落したら、再びよじ登るように努力するがよい。人生の試練を穏やかに忍び、心してもとの立脚地へ戻るようにするがよい。（マルクス・アウレリウス）

㈢　人を恐れる者は神を恐れない。神を恐れる者は人を恐れない。

＊㈣　その生涯が絶えざる勝利であるような人、無限なもの、真実なるものに向かって精進するために、人々の賞讃のなかにではなくて自分の仕事のなかに支えを見出してい

る人、世間に目立たず、目立とうとも思わない人——そんな人を尊敬するがよい。そのような人は、前もってそのために苦しみを受けることがわかっていながら、世人に罵《ののし》られるような善行を選び、それを滅ぼすために、それまでてんでんばらばらだったすべての敵が一丸となって襲いかかるような真理を選んだのである。至高の善は常に俗世の掟に反するものである。

（エマスン）

(五) 偉大な心理というものはすべて、人類の意識のなかへ浸透するには、三つの段階を経なければならない。第一段階は〃馬鹿馬鹿しくて、話にもならない〃、第二段階は〃それは不道徳で、宗教に反する〃、そして第三段階は〃そんなことはもうずっと前からわかりきっている〃というのである。

(六) 真理のためには何物をも恐れず、常にわが生命を投げだす覚悟でいる人は、みんなが恐れる人や人々の生殺与奪《せいさいよだつ》の権を握っている人よりもはるかに強い。

＊(七) 俗世間から非難される人々のなかに、すぐれた人を探し求めよ。

(八) いかなる名誉をも期待することなく、汝がなすべきと思うことをなせ。愚者は善き行為の悪しき批判者であることを忘れるな。

(九) 人々の支配から逃れたいと思ったら、神の支配下に入れ。汝が神の支配下にあることを意識すれば、人々は汝に一指も触れることはできない。

三月二十八日

(一) 叡智《えいち》は孤独裡《り》の精神活動によって、また人なかで汝自らを思うことによって獲得される。

(二) 他人の言葉に耳を傾け、注意深くあれ、しかして少なく語れ。問われない場合はけっして話すな。もし問われたらただちに簡潔に答え、問われたことを知らない場合は、恥ずかしがることなく知らないと言うがよい。論争のための論争はするな。ホラを吹くな。

高い地位を求めず、それを提供されても受けるな。どうでもいいような事柄、つまりいずれにせよ自分の義務に反することや、しなくていい事柄の場合は、世間の習慣や、ともに暮らす人々の希望に従って行動するがよい。自分の義務でもないことで、ともに暮らす人々にも利することのない事柄に、ことさら手を染めないがよい。そうした習慣は往々偶像となってしまう。われわれはみんな、己れの偶像を破壊しなければならないのだ。

（スーフィー）

㊂　他人の眼を借りてはじめて、われわれは自分の欠点を見ることができる。

（中国の諺《ことわざ》）

㊃　われわれはみんな、他人のなかに、自分自身の罪悪や欠点やいろんな悪癖やをはっきり写しだす鏡を持っている。しかしその場合、われわれのほとんどが、自分が写っている鏡を見て、ほかの犬だと思って吠《ほ》える犬のように振る舞うものである。

（ショーペンハウエル）

㊄　〝汝《なんじ》自らを知れ〟というのは根本的な原理である。しかしながら、はたして諸君は、自分を眺めることによって自分を知ることができると考えるのか？　否。自分以外の者を眺めてはじめて、諸君は自分自身を知ることができるのだ。諸君の力を他人の力と比較し、諸君の利害関係を第二義的なものと思いなすように努力し、自分のなかに

はおそらく何も特別なものはないと考えて、他者の尊厳性に敬意を払うがよい。

(ジョン・ラスキン)

(六)　われわれが三人寄れば、私はそこに必ず二人の教師を発見する。そのなかの善き人にはこれに倣《なら》うように努め、悪しき人を見れば、人の振り見てわが振りを直す。

(中国の諺)

(七)　私は自分の教師たちから多くのことを学んだ。しかしそれより多く自分の友だちから学び、さらにもっと多くを自分の生徒たちから学んだ。

(『タルムード』)

(八)　聖人を見ればこれに等しからんことを想い、悪人を見れば自ら内に省みよ。

(中国の諺)

(訳註――これは『論語』「里仁」第四の(17)「子曰く、賢を見ては斉《ひと》しからんことを思え。不賢を見ては内に自ら省みよ」から来ている)

(九)　「人間のなかの悪魔を打とうとして、彼のなかの神を傷つけないように注意するがよい」。この言葉は人を批判する際、その人のなかに神の霊が存在することを忘れるな、と言っているのである。

㈩ 〝罪とは争え、罪人とは和せ〟。人のなかの悪を憎み、人自身はこれを愛せよ。

㈪ 口先だけでなく実践的な真の愛情が愚かであるはずはないばかりか、そうした愛のみが、われわれに真の洞察力、真の叡智《えいち》を与えてくれるのである。

＊㈫ 人々とともにいるとき、孤独のときに学んだことを忘れぬがよい。孤独の内にあるとき、人々との交際によって学んだことを思うがよい。

三月二十九日

㈠ もしも君が、心から情欲を克服しようと願っているにもかかわらず、往々にしてそれに打ち負かされることがあっても、自分にはとても情欲を克服できないと考えてはいけない。それは、こんどだけはできなかったということにすぎない。馭者《ぎよしや》は一度で馬を止めることができなかったからといって、手綱を放りだすことはせず、あくまでそれを引っ張る。——するとやがて馬も止まる。君もそれと同じように、一度で情欲が抑えられなかったら、あくまでそれと闘いつづけるがよい。そうすればきっと情欲ではなくて、君が勝利を収めるであろう。

＊(二)　自己の悟性を自己の傾向性の上に置くこと、それが節制というものである。そのことに関して教会の師父の一人が、それは善そのものではないが、善にとっての大きな仕事だと言っている。　（ジョンソン）

(三)　貪欲や妄想や奢侈《しゃし》や瞋恚《しんい》に打ち克《か》つ術《すべ》を学べ。

(四)　己《おの》れに打ち克《か》つ人は、戦場において百万の軍隊に打ち勝つ者より偉大な勝利者である。すべての他人に勝つよりも自分に克つほうがずっとよい。戦場で他人に勝っても、いつかは負けることがあるかもしれない。しかしながら自分に打ち克ち、自分を支配した人は、永久に勝利者としてとどまるであろう。（『法句経』）

(五)　自分自身に克《か》って、他人を自分と同じように尊重し、己れの欲するところを人に施すこと――これこそ仁愛の教えと言っていい。これより高い教えは一つもない。　（孔子）

（訳註——これは『論語』「顔淵」第十二の(1)「子曰く己《おのれ》に克ちて礼に復《かえ》るを仁と為す。一日己に克ちて礼に復れば天下仁に帰す」と、同じく「顔淵」第十二の(2)の文章、「衛霊公」第十五の(24)に出てくる「己の欲せざる所を人に施すこと勿《なか》れ」とが一つにまとめられていると思う）

(六)　若者よ！　さまざまな欲望（遊興、奢侈《しゃし》その他）の満足を退けよ。よしそれらの欲望を完全に退ける意図からではなくとも、先に延ばせば延ばすほど増大する楽しみを保留しておくためにも、そうするがよい。そのような官能の享楽を節制してこれを先に延ばすことによって、君の楽しみは実質的により豊富なものとなる。楽しみが自分の手中にあるという意識は、その享楽によって満足させられた感情よりははるかに実り多く豊かである。なぜならば、楽しみはそれを満足せしめることによって消失するからである。

（カント）

(七)　人の心に棲《す》む情欲は——最初蜘蛛《くも》の糸のようであるが——やがて太い綱のようになる。

情欲は最初は他人のようであるが、やがてお客のようになり、あげくのはてはその家の主人のようになる。

（『タルムード』）

(八)　あらゆる不節制は自殺のはじまりである。それは家の下を流れて、早晩その土台を破壊する、眼に見えぬ流れのようなものである。（ブレッキ）

(九)　己れに克つ者こそ、真の強者である。（東洋の金言）

(十)　私の切なる願いは、けっして怒らないこと、常に真実を語ること、しかもそれを愛情をもって、何人《なんびと》をも傷つけないように語ること、忍耐心のない人々に忍耐をもって接すること、情欲に没する人々のなかにあって情欲から自由であること――以上が私の切なる願いである。（『法句経』）

(土)　節制は一挙に達成されるものではないが、常に一歩一歩それに向かって前進することはできる。人の生活は情欲の強化に向かってでなく、その弱化に向かって進んでいる。

時がその努力と節制に対して力を藉《か》してくれるであろう。

三月三十日

(一) 真の善良さは、美徳であり喜びであるばかりでなく、暴力よりもはるかに強力な武器である。

(二) 確かに罪深く、偽りに満ち、ことにわれわれに悪をなす人に対して、優しく接することは困難であるが、しかしそんな人に対してすら、否、まさにそんな人に対してこそ、その人のためにも自分のためにも優しく接することが必要なのである。

*(三) そのときペテロ来たりて、「主よ、わが兄弟われに罪を犯すを、いくたびか赦《ゆる》すべき、七たびまでか」と言いしかば、イエス答えて言えり、「われ汝《なんじ》に七たびまでとは言わず、七たびを七十倍するまでせよ」 (「マタイ伝」第十八章二一、二二節)

(四) もし君が、人間はその幸福のためにいかに生くべきかを知り、しかして人々に善を望むならば、君は人々に向かってそのことを、彼らがなるべく君を信ずるように話すであろう。彼らが君を信じ、かつ理解するようにするには、君はなるべく君の考えを、静かに、優しく伝えるように努めねばならない。

ところがわれわれは、いかにしばしばそれと正反対のことをすることだろう。われわれはわれわれと意見の同じ人あるいはほとんど同じ人とはうまく話すことができるが、相手がわれわれの認める真理を信じなかったり、理解すらしなかったりして、どんなに説明しても相変わらずわれわれの意見に同調せず、どうもことさら強情を張ったり、われわれの言葉を曲解なりしていると思えるような場合、われわれはいかに容易に平静を失い苛立《いらだ》ちを感ずることであろう！　そして腹を立てて相手に嫌味を言ったり、こんな頭の悪い、あるいは頑固な男とは、話したって駄目だと思って口をつぐんでしまう。

もしも君が話相手に向かってなんらかの真理を述べようと思ったら、そのために一番大事なことは、けっして苛立ったりせず、相手を傷つけるようなとげとげしい言葉を吐かないことである。

（エピクテトスによる）

㈤　もしも君が誰かの誤りに気づいたら、穏やかにそれを正し、どこにその誤りがあるかを示すがよい。もし彼が君の言葉を聴き入れないなら、自分だけを責めるか、あるいはむしろ誰一人責めないで、そのまま穏やかな態度を続けるがよい。

（マルクス・アウレリウス）

㈥　もしも君が誰かと決裂し、その人が君に不満を懐《いだ》くならば、もしも君が正しいのにその人が同調しないならば、それはその人が悪いのではなく、たぶん君がその人と交渉を持ったとき、君の態度が悪かったのだと思うがいい。

三月三十一日

㈠　改悔《かいげ》とは己《おの》れの罪深さ、己れの弱さを全面的に認めることである。改悔とは己れの内なるいっさいの悪を責めることであり、霊の清掃であり、霊が善を受け入れるための準備である。

㈡　たとえ善《よ》い人間でも、自分の誤りを認めず、いつも自己弁護ばかりしていれば、その人はたちまち善人からひどい悪人へ転落するであろう。

＊㈢　自分のなかに排撃しなければならないようなものがないか、自分で急いで検討するがよい。

㈣　己れの罪を意識することほど心を柔軟にするものはなく、いつも自分は正しいと思いたがることほど、心を頑《かたく》なにするものはない。

（『タルムード』）

㈤　もし内心では自分が神の前に有罪であることを感じながら、他人に対しても自分に対してもそれを認めようとしないならば、その人はいつも他人を、ことに自分こそ相手に対して罪があるような人々を悪しざまに言いたがるものである。

㈥　善人とは──自分の罪を忘れず、自分の善を忘れる人であり、反対に悪人とは──自分の善を忘れず、自分の罪を忘れる人である。

自分を赦《ゆる》すな。そうすれば他人を赦すことが容易になるであろう。（『タルムード』）

㈦　自分の過去の悪業を善によって覆《おお》う人は、雲間を洩《も》れる月のように、闇の世を照らすであろう。（仏陀の言葉）

㈧　まだ力があるうちに罪を改悔《かいげ》するがよい。改悔とは──己れの霊を浄《きよ》めて善き生活に備えることである。だから人間としての生命力が残っているあいだに改悔したがいいのである。燭台の灯が消えないうちに油を補給しなければならないのだ。

（『タルムード』による）

(九) 無限の宇宙のなかでの己れの有限性の意識や、己れの罪の意識、すなわち自分がなしえたであろうし、すべきであったことをなさなかったという意識は、人間が人間であるかぎり常に存在したし、こんごも存在するであろう。

一週間の読み物

コルニェイ・ワシーリエフ

(一)

コルニェイ・ワシーリエフが最後に村へやって来たのは、五十四歳のときだった。その豊かな縮れ髪には白髪《しらが》が一本もなく、頬骨のあたりの髯《ひげ》にちょっと白いものが見えるだけだった。顔はつやつやと血色がよく、うなじは広くて頑丈で、その強靭《きょうじん》な体は都会での栄養たっぷりの食事のおかげで脂《あぶら》ぎっていた。

彼は二十年前に軍隊勤めを終えて、小金を貯めて帰ってきた。最初彼は小さな店を開いたが、やがて店をやめて家畜商になり、チェルカッシへ〝品物〟(つまり家畜)を仕入れにいって、それをモスクワへ売りにいった。

ガイ村の鉄板屋根を葺《ふ》いた石造りの彼の家には、彼の老母と、妻と二人の子供（娘と息子）と、十五歳の、両親のない彼の甥《おい》に当たる啞《おし》の男の子と、それに下男がいた。コルニェイは再婚者だった。最初の妻は弱くて病気がちで、子供も生まずに死んでしまい、そのためかなりの年配になって、隣村の貧乏な寡婦《やもめ》の娘である健康で美しい女と再婚したのだった。子供はその二番目の妻が生んだのだった。

コルニェイは一番最近仕入れた家畜をモスクワで有利に売り捌《さば》いたので、彼の手もとにはほぼ三千ルーブリのお金があった。彼は村人から、村のほど近くのおちぶれた地主が森を安く売りに出しているという話を聞くと、一つ森林商売にも手を出してみようと考えた。彼はそのほうの商売にも詳しく、軍隊勤めをする前に森林商の番頭見習いをしたことがあったのである。

ガイ村に一番近い停車場でコルニェイは、同村のクージマという片眼の男と出会った。クージマは列車が着くたびに、客を拾いに二頭のむく毛の駄馬をつけた橇《そり》でガイ村からやって来るのだった。クージマは貧乏で、そのため金持はみんな嫌いだったが、ことにコルニェイは大嫌いで、彼のことをコールニュシカと呼んでいた。

半外套《がいとう》に皮衣というでたちのコルニェイは、鞄《かばん》をぶらさげて停車場から出てくると、腹を突きだすようにして佇《たたず》み、ほっと息をしながらあたりを見まわした。朝のことだった。静かな曇り空で、仄《ほの》かな寒気が漂っていた。

「どうだい、クージマ小父《おじ》さん、お客は見つかったかい」と彼は言った。「俺《おれ》を乗せないか？」

「うん、一ルーブルで乗せてやるよ」

「七十カペイカでいいだろう」

「しこたま貯め込んでいるくせに、貧乏人から三十カペイカもふんだくろうってんだから」

「じゃ、それでいいから乗せてくれ」。コルニェイはそう言うと、その小さな橇に鞄と包みを置き、うしろのほうにゆったりと坐った。

クージマは馭者台《ぎょしゃ》に坐ったままだった。

「さあ、やってくれ」

橇は停車場を離れて、平坦な道へ出た。

「ところで、村のお前たちの、俺たちの部落じゃなくてお前たちの部落の景気はどうだね？」

とコルニェイは尋ねた。

「さっぱりよくねえよ」

「そうかなあ？　で、うちのお袋は元気だろうね？」

「お前さんとこの婆さんは達者だよ。ついこのあいだも教会に見えてたよ。婆さんも達者だし、お前さんの若いおかみさんも達者だよ。ぴんぴんしてござるよ。こんど新しい下男を雇わっしゃったよ」

そう言いながらクージマは笑ったが、コルニェイにはその笑い方が異様に感ぜられた。

「どんな下男をかね？　で、ピョートルは？」

「ピョートルは病気になったんだよ。それでエウスチグニェイ・ベールイをカーメンカ村から雇ってござったってわけさ。つまり自分とこの村からだね」

「ああそうか！」とコルニェイは言った。

コルニェイがマルファとの結婚話を進めていたころから、エウスチグニェイの噂《うわさ》が女たちの口の端にのぼっていたのである。

「いやもう、コルニェイ・ワシーリエウィチ」とクージマは言った。「最近は女どもの鼻息がとても荒くなっちまいましたなあ」

「仕様がないよ」とコルニェイは呟《つぶや》くように言って、こんどは話題を変えようと、「ときにお前の葦毛《あしげ》もずいぶん老いぼれたなあ」と言った。

「このおれが老け《ふ》込んでしまったもの、お互いさまだよ」。クージマはそう答えて、脚の曲がった老馬に一鞭《ひとむち》当てた。

途中に旅籠屋《はたごや》があった。コルニェイは橇を止めさせてなかへ入った。クージマは彼のほうを見ないで、一杯やろうと言ってもらうのを待ち構えながら、馬を空《から》の飼葉《かいば》槽《おけ》のほうへまわしたり、後鞦《しりがい》を締め直したりしていた。

「入っておいでよ、クージマ小父さん」とコルニェイは玄関に出てきて言った。「一杯やるがいい」

「いや、どうも」とクージマはわざと落ち着いたふりをして言った。

コルニェイは一本注文してクージマにすすめた。クージマは朝から食べていなかったので、すぐに酔いがまわった。そして酔いがまわるや、すぐにコルニェイのそばへ寄ってきて、囁《ささや》くような声で村での噂話を彼に聞かせた。彼の女房のマルファが自分の以前の情夫《いろ》を下男に雇って懇《ねんご》ろにしている、というのである。

「俺にゃ関係のねえことだけど、お前さんが気の毒でね」と酔っ払ったクージマは言った。「世間の笑い草になっちゃまずい。どうも罪を罪とも思っていねえようだ。なあに、今に見ろ！　本当の亭主が帰ってござるからって、わしゃ考えてたよ。まあ、そんなことさ、コルニェイ・ワシーリエウィチ！」

コルニェイは黙ってクージマの言葉を聞いていたが、その濃い眉毛がだんだん下がって、きらきら光る、炭のように黒い眼の上に覆いかぶさっていった。

「どうだい、馬に水をやらなくていいかい？」と酒の瓶《びん》が空になったとき、彼はぽつりとそう言った。「やらなくていいなら出発しよう」

彼は勘定をすませて往来へ出た。

わが家へ着いたのは黄昏《たそがれ》どきだった。最初に出会ったのは、道々ずっと頭を離れなかった当のエウスチグニェイ・ベールイだった。コルニェイは彼と挨拶《あいさつ》を交《かわ》した。眉毛も睫毛《まつげ》も白っぽい、痩《や》せぎすのせかせかしたエウスチグニェイの姿を見ると、コルニェイはまさかこの男が、とでも言うように頭を振った。

〝あの老いぼれ犬め、嘘つきやがって〟、と彼はクージマの言ったことについて思った。〝でもわからないぞ！　よし、そのうち突きとめてくれる〟

クージマは馬のそばに立っていて、その片目でエウスチグニェイのほうへ目配《めくば》せしてみせた。

「うちに住み込んでるのかね？」とコルニェイは尋ねた。

「はい、どこかで働かにゃなりませんので」とエウスチグニェイは答えた。

「部屋のペーチカは焚《た》いてあるかね？」

「焚いてますとも、マトウエーエウナがおいでですから」とエウスチグニェイは答えた。

コルニェイは表階段を昇っていった。声を聞きつけたマルファが玄関の間へ出てきて、夫の姿を見るとぱっと顔を赤くし、慌《あわ》てたようにことのほか愛想よく彼に挨拶した。

「もう私もお母さんも待ちくたびれてたところでしたわ」と彼女は言いながら、彼のうしろから部屋に入っていった。

「俺の留守中、みんなどんなふうに暮らしてるかね？」

「いつものとおりですよ」。彼女はそう言うと、彼女のスカートを引っ張りながら乳をせがんでいる二歳の女の子を抱き上げて、大股の、決然とした足取りで玄関の間のほうへ出ていった。

コルニェイと同じように黒い眼をした彼の母親が、フェルトの長靴をはいた足を引きずるようにしながら、部屋へ入ってきた。

「よく帰ってきてくれたね」。彼女は震える頭を振りながらそう言った。

コルニェイは母親にどんな用事で帰ってきたかを話し、クージマのことを思い出して金を払いに出ていった。玄関の間へ通ずる扉を開けると、扉のすぐそばの土間にマルファとエウスチグニェイがいた。二人は寄り添うように並んでいて、マルファが何か話していた。コルニェイを見るとエウスチグニェイは外へ飛びだしてゆき、マルファはサモワールのところへ行って煙突の具合を直した。

コルニェイは黙って、かがんでいる妻の背中のうしろを通って包みを取ると、クージマにお茶を飲んでゆけと言った。お茶の前にコルニェイは、モスクワからのお土産《みやげ》を家族の者に配った。母親には絹のプラトーク、フェージカには絵本、唖の甥にはチョッキ、妻には更紗《さらさ》の反物《たんもの》だった。

お茶のあいだ中、コルニェイは顔をしかめて黙っていた。ただ唖の甥がその喜びの表現でみんなを笑わせるときに、仕方なしにちょっと笑ってみせるだけだった。甥はチョッキをもらったのが嬉しくてたまらぬらしく、それを広げてみたり、たたんでみたり、着てみたり、コルニェイのほうを見ながら自分の手に接吻《せっぷん》して笑ってみせたりした。

お茶と夕飯が終わると、コルニェイはすぐに、マルファと小さい女の子と三人で寝ることになっている部屋へ入っていった。マルファは食器の片づけに残っていた。コルニェイは一人テーブルに頬杖をついて待っていた。彼の胸中に妻への怒りがだんだんこみあげてきた。彼は気を紛らすために壁の算盤《そろばん》を取り、ポケットから手帳を出して勘定を始めた。そして勘定しながらも扉のほうを見たり、食堂から聞こえる声に耳を傾けたりしていた。

彼は何度か食堂の扉が開いて誰かが玄関の間へ出てゆく音を聞いたが、それはみなマルファではなかった。やがてようやく彼女の足音が聞こえ、扉がぎーっと開くと、赤いプラトークを被《かぶ》った、血色のいい美しい妻が、女の子を抱きながら入ってきた。

「きっと長旅でお疲れでしょうね？」と彼女は、彼の顔の暗い表情にも気づかぬかのように笑いながら言った。

コルニェイは彼女を見てなんとも答えず、もう何も計算することはないのに、再び算《そろ》盤《ばん》をはじいた。

「もう遅いですよ」。彼女はそう言って、女の子を下ろすと、仕切りの向こうの寝室のほうへ入っていった。

彼女が寝台を整え、女の子を寝かせているのがわかった。

〝世間の笑い草になる〟と言ったクージマの言葉が思い出された。〝よーし、今に見ろっ！〟息のつまる想いでそう考えると、彼はゆっくり立ち上がり、短くなった鉛筆をチョッキのポケットへ入れ、算盤《そろばん》を釘《くぎ》にかけると、寝室の戸口へ向かった。彼女は聖像の前に立ってお祈りをしていた。彼は立ち止まって待っていた。彼女は長いこと十字を切り、頭を下げ、低い声で祈りの文句を唱えていた。彼には彼女がもう一とおり祈りは終わったのに、わざと何度もそれを繰り返しているような気がした。しかしとうとう彼女は最後の跪坐《きざ》礼拝に入り、それから立ち上がって、口のなかでぶつぶつと祈りの文句を唱えると、彼のほうへ顔を向けた。

「アガーシャはもう寝《やす》みましたよ」と、彼女は女の子を示しながらそう言うと、にっこり笑ってぎいぎい軋《きし》む寝台の上に坐った。

「エウスチグニェイはずっと前からうちにいるのか？」と、コルニェイは戸口に入りながら言った。

彼女は落ち着いた動作で豊かな編み髪の一方を肩越しに胸の上にたらすと、素早く指を動かしてそれを解きはじめた。彼女はまっすぐに彼のほうを見たが、その眼は笑っていた。

「エウスチグニェイですか？　よくわからないけど、二週間か三週間か、そこいらですわ」

「お前、あいつと乳繰《ちちく》ってるんだろう?」とコルニェイが言った。

彼女は編み髪を持っていた手を放したが、すぐにまたその荒い、豊かな髪を摑《つか》んで、またもやそれを編みはじめた。

「なんという根も葉もないことを！　エウスチグニェイと乳繰ってるだなんて！」と、彼女はエウスチグニェイという名前をことさらはっきり響くようにそう言った。

「とんでもない！　誰がそんなこと言ったんです?」

「言え！　本当か、嘘か?」とコルニェイはポケットのなかで強く拳《こぶし》を握りしめながら言った。

「くだらぬ話はよしてよ！　それより靴をお脱ぎになったら?」

「言えと言ったら言え！」と再びコルニェイは言った。

「まああ、この私がエウスチグニェイにぞっこんだなんて！」と彼女は言った。「いったい誰がそんなでたらめなことを?」

「今玄関のところであれと何を話してたんだ?」

「何を話してたって！　桶《おけ》にタガをはめなきゃ、って言いましたわ。なんでそんな変なことおっしゃるの?!」

「言え！　本当のことを言え！　ぶち殺すぞ、このすべためー！」

彼は彼女の編み髪をひっ摑《つか》んだ。

彼女はそれを彼の手から引き離したが、痛さに顔が歪《ゆが》んだ。

「なにかというとすぐ乱暴なさるんだから。本当に結婚以来何一ついいことはありゃしない。こんな暮らしじゃ私だって何をするか……」

「何をするというんだ？」彼は彼女に詰め寄りながら言った。

「どうしてこんなに髪を引き抜いたの？　ほら！　こんなにたくさん抜けてる。ほんとになんでそんなに変なことおっしゃるの？　いったい私が……」

彼女が言い終わらないうちに早くも彼は彼女の手を摑み、寝台から引きずり下ろして、頭や脇腹や胸やをめちゃめちゃに殴りはじめた。そして殴れば殴るほど、彼女に対する憎悪の念は募《つの》るのだった。彼女は泣き叫んで身を防ぎ、逃げようと身をもがいたが、彼は手を放そうとしなかった。女の子が目を覚まして母親のそばへ駆け寄った。

「ママ！」と彼女は泣き喚《わめ》いた。

コルニェイは女の子の腕を摑んで母親から引き離すと、小猫のように部屋の隅に投げとばした。女の子はぎゃっと言って、しばらく声も立てなかった。

「この外道！　子供を殺して！」と、マルファは叫んで、立ち上がって娘のところへ行こうとした。

しかしコルニェイが再び彼女をつかまえて激しく胸を殴《なぐ》ったので、彼女は仰向けに倒れて、やっぱり声を立てなくなった。ただ女の子は、火がついたように烈《はげ》しく泣き叫んだ。

プラトークも被らぬ老婆が、その白髪《しらが》を振り乱し、首をゆするようにしながらよろよろと駆け込んできて、コルニェイやマルファには眼もくれず、烈しく泣き叫ぶ孫のそばへ行って抱き上げた。

コルニェイは烈しい息遣いをしながら、まるで寝ぼけて自分がどこにいるかも、そばに誰がいるかもわからないような顔であたりを見まわしていた。

マルファは頭を上げ、呻《うめ》きながら血だらけの顔をルバーシカで拭いた。

「この悪魔！」と彼女は言った。「ええ私、エウスチグニェイとできてるし、前からできてたよ！　さあ殺せ！　アガーシャだってお前の娘じゃない、あの人の子だよ」。彼女は早口にそう言うと、殴られるものと思って肘《ひじ》で顔を覆った。

しかしコルニェイは何がなんだかわからないように、ただ唸《うな》ったり、きょろきょろあたりを見まわしたりしていた。

「ほら見てごらん、この子を。腕が折れてるじゃないか」と老婆は、相変わらず烈しく泣きつづける女の子の腕を示しながら言った。コルニェイはくるりと身を翻《ひるがえ》し、玄関の間を通って表階段へ出た。

外は相変わらず寒くてどんより曇っていた。粉雪が彼の火照《ほて》った頬や額に降りかかった。彼は段の上に腰を下ろし、手摺《てす》りの雪を一摑《ひとつか》みほおばった。扉の向こうからマルファの呻き声や女の子のいたいけな泣き声が聞こえてきた。やがて玄関の間の扉が開いて、老母が孫娘を抱いて居間から玄関の間を通って、食堂のほうへ行くのがわかった。コルニェイは立ち上がって居間へ入っていった。テーブルの上の芯《しん》を短くしたランプが、仄《ほの》かな光を放っていた。仕切りの向こうからは、彼が居間へ入るや否やますます烈しいマルファの呻き声が聞こえてきた。彼は黙って着物を着、長椅子の下から鞄を取り、身のまわりの品をそのなかに入れて綱で縛《しば》った。

「どうしてこんなことしたの！　どうして？　私が何をしたと言うの？」と、マルファは哀れな声で言った。コルニェイはなんとも答えず、鞄を持って戸口のほうへ行った。「極道！　悪漢！　今に見てるがいい！　きっと罰が当たるから！」とマルファは打って変わった憎々しげな声で言った。

コルニェイは相変わらず無言のまま、壁が震えるくらいにバターンと足で扉を閉めた。食堂に入るとコルニェイは啞の甥を起こし、橇に馬をつけるように命じた。甥はすぐには眼が覚めず、何事かと訝《いぶか》るようにあたりを見まわしながら、両手で頭を搔《か》いていた。が、そのうちやっとコルニェイの言葉がわかると、彼は急いで飛び起き、フェルトの長靴をはき、ぼろぼろの半外套を着て、灯火を手にして外へ出た。

コルニェイが啞の甥と一緒に小さな橇に乗って門を出て、昨日クージマと一緒に通った道を逆に取って返すころ、もう夜はすっかり明けていた。

彼は列車が出発するちょうど五分前に停車場に着いた。甥は彼が切符を買い、鞄を持ち、車室に席を占め、別れに自分に向かって頭をこくんとやり、やがて列車が見えなくなるまでをじーっと見ていた。

マルファは、頭の打撲傷ばかりでなく肋骨を二本折られ、頭にまで怪我《けが》をした。しかし半年もすると、若くて健康でタフな彼女はすっかりもとどおりの体になり、傷痕《きずあと》も全然見えなくなってしまった。しかし女の子のほうは、生まれもつかぬ不具者になってしまった。腕の骨が二箇所折れて、とうとう歪んだままだった。

家出をしたあとのコルニェイは、まったく消息不明だった。生きているのか死んでいるのか、誰一人知る者はなかった。

(二)

それから十七年が過ぎた。晩秋の候だった。昼が短くなり、四時にはもう薄暗かった。アンドレーエフカの家畜の群が村へ帰っていた。勤めの期限を終えた牧夫たちが、精進節を前にわが家へ帰ってしまったので、今では女房たちや子供たちが代わりばんこに家畜の番をしていた。

家畜の群は、燕麦を刈り取ったあとの畑を通って、蹄《ひづめ》の跡や深い轍《わだち》の跡だらけの汚い黒土の往来へやって来て、絶えずぶうぶう、めえめえ鳴きながら村のほうへ進んでいた。家畜の群の前方には、風雨に晒《さら》されてどす黒くなった外套を着こみ、大きな帽子を被り、曲がった背中に革嚢《かわぶくろ》をしょった丈《たけ》の高い老人が歩いていたが、その顎鬚《あごひげ》も縮れた頭髪も白く、ただ太い眉毛だけが黒かった。彼はぐっしょり湿った小ロシヤ風のぼろ靴を泥濘《ぬかるみ》のなかにやっと引きずるようにしながら、一歩一歩手にした樫《かし》の杖《つえ》にすがるようにして歩いていた。家畜の群が彼に追いついたとき、彼はその杖にもたれて足を止めた。家畜を追っていた、頭にプラトークを被り、裾《すそ》をはしょって男用の長靴をはいた若い女が、素早い足取りで往来をあちらこちらと駆けめぐりながら、群からはぐれそうになる羊や豚を追い立てていた。老人のそばへやって来ると、彼女は足を止めて彼の顔を見た。

「こんにちは、お爺さん！」と彼女はよく透る、優しい、若々しい声で言った。

「やあ、こんにちは！」と、老人は応じた。

「今夜はこの村に泊まるんでしょう！」

「そうだねえ、なにしろ疲れちまったよ」と老人は嗄《しゃが》れた声で言った。

「じゃ、お巡《まわ》りさんとこへは行きなさんな」と若い女はいたわるような優しい声で言った。「まっすぐに私のうちへおいでよ。端から三番目の家だから。うちの義母《おっか》さんはいつでも旅の人を泊めるんだから」

「三番目の家か。ジノーヴィエフの家だね？」老人はそう言って、何か思い当たるかのように眉をぴくぴくさせた。

「お爺さん、うちを知ってるの?」

「うん、前には寄ったことがあるよ」

「これこれっ、フェドューウーシカ、何をぼんやりしてるの――あのびっこさん、あんなに遅れっちまって!」彼女は群のうしろでびっこを引いている三本脚の羊を指してこう叫ぶと、右手で枯枝を振り上げ、下のほうが変に歪んでいる左手でプラトークを押さえながら、群から遅れたびっこの黒い羊を追っかけた。

老人はコルニェイその人であり、若い女は十七年前に彼がその腕を折ったアガーシャだった。彼女はガイ村から四ウョルスト離れたアンドレーエフカ村の富裕なうちへ嫁《とつ》いでいたのである。

頑健で富裕で誇り高い男だったコルニェイ・ワシーリエフも、今はおちぶれはてて、身にまとったぼろ服と、兵役証書と、革嚢《かわぶくろ》のなかの二枚の肌着のほかは何も持たない年老いた乞食となっていた。そうした境遇の変化はほんの少しずつ生じたので、彼自身いつそれが始まって今日《こんにち》に至ったかを言えなかったであろう。ただ一つ、彼が知っていたこと、信じて疑わなかったことは、彼の不幸の責任はあの性悪の妻にあるということだった。彼は自分の過去を思い出すとき、何か異様な、胸の疼《うず》くような感慨を覚えた。そしてまた、それを思い出すとき、彼にはこの十七年間に自分が味わったいっさいの不幸の原因である妻への憎悪の念が湧《わ》くのだった。

妻を殴ったその夜、彼は森を売りに出している地主を訪ねた。でも森は手に入らなかった。すでに買手が決まっていたのである。そこで空しくモスクワに引き返し、やけ酒を飲んだ。彼は以前にも酒を飲んでいたが、こんどは二週間ぶっつづけに、酔いが醒める暇のないほど飲み、やっと酔いが醒めると、こんどは南部地方に家畜を買いに出かけた。商売は失敗し、欠損が出た。彼はさらにもう一度出かけたが、こんどもまた失敗した。こうして一年後には、三千ルーブリあった手持ちの金がたった三十五ルーブリとなり、とうとう人に雇ってもらわねばならない身となってしまった。彼は以前にも飲んでいたが、今ではますます頻繁に飲むようになったのである。

最初の一年間は家畜商の番頭になっていたが、商用の途中で飲んで酔っ払ったので、商人は彼を追い出してしまった。その後ある人のつてで酒屋に勤めるようになったが、それも長く続かなかった。勘定を間違って解雇されたのである。家に帰るのも恥ずかしかったし、また業腹《ごうはら》でもあった。〝俺がいなくとも勝手に暮らすさ。ひょっとしたら、男の子のほうも俺のじゃないかもしれぬ〟と彼は考えた。

何もかもが落ち目、落ち目だった。もう酒なしには生きてゆけなくなった。もう番頭には雇われず、牧夫に雇われたりしたが、やがてそれにも雇われなくなってしまった。

こうしておちぶれればおちぶれるほど、ますます彼は内心妻を責め、彼女への憎悪は募っていった。

最後に彼が雇われたのは、知らないうちの牧夫としてであった。ところが家畜が病気になってしまった。別にコルニェイの責任ではなかったのだが、主人は腹を立てて番頭と彼とを解雇してしまった。とうとうどこにも雇われなくなったコルニェイは、放浪の旅に出ようと決心した。そこで長靴や上等の革嚢を揃《そろ》え、お茶と砂糖と八ルーブリのお金を持ってキーエフへ行った。ところがキーエフは彼の気に入らなかったので、こんどはカフカーズのノーウイ・アフオンへ向かった。しかしまだ行き着かぬうちに熱病にかかってしまった。体がひどく衰弱した。お金も一ルーブリ七十カペイカしかなくなったし、知人は一人もいないし、とうとうわが子を頼って家へ帰る決心をした。〃もうあいつめも死んだかもしれない〃と彼は考えた。〃もし生きていたら、せめて死ぬ前にあいつのおかげで俺がどんな目に遭《あ》ったか思い知るように、何もかもぶちまけてくれる〃。こう考えて、彼はわが家へ足を向けたのである。

熱病は一日おきに彼を苦しめた。体の衰弱はますますひどくなり、一日に十ウョルストか十五ウョルスト歩くのが精一杯だった。まだ家まで二百ウョルストもあるうちに、お金もすっかりなくなり、とうとうキリスト様の御名で恵みを乞いながら歩き、夜はお巡りさんの世話であちこちの家に泊めてもらうようになった。〃ほら、喜ぶがいい、きさまのおかげでこんなことになってしまったぞ〃と彼は心のなかで妻に向かってそう言いながら、昔からの習慣で拳《こぶし》を握りしめたが、もう殴る相手もそこにはなく、拳にも力が入らなかった。

彼は二週間もかかって二百ウョルストを歩き、衰病の身でようやくわが家から四ウョルストのところまで来たとき、こちらも気づかず、先方からもそれと気づかれぬまま、アガーシャに、自分の娘と思っていたらそうでなかった、自分がその腕をへし折ったアガーシャに、出会ったのである。

㈢

コルニェイは、アガーシャに言われたとおりにした。ジノーヴィエフの家に辿《たど》り着くと、彼は宿を乞うた。すぐに家のなかに入れてもらった。

部屋へ入ると、彼はいつものように聖像に向かって十字を切り、家の人々に挨拶《あいさつ》をした。

「寒かったでしょう、爺さん。さあさあ、ペーチカの上に登るがええ」とテーブルの上を片づけていた、皺《しわ》だらけの、快活な老婆が言った。

アガーシャの若い夫はテーブルのそばの長椅子に腰かけて、ランプの具合を直していた。

「びっしょりじゃないか、爺さん！」と彼は言った。「やれやれ！　早く乾かさなきゃ」コルニェイは服を脱ぎ、靴を脱いで、脚絆《きゃはん》をペーチカの反対側の壁にかけると、ペーチカによじ登った。

そのとき、アガーシャが壺《つぼ》を持って部屋へ入ってきた。彼女は家畜を屋敷へ追い込んで畜舎のなかへ入れてしまったのだった。

「年寄りの遍路さんが来なかった？」と彼女は尋ねた。「うちへおいでって言ったんだけど」

「ほら、あそこにいるよ」。彼女の夫は、毛の濃い骨張った脚を擦《こす》りながら、コルニェイが坐っているペーチカの上を指さした。

お茶の時間になると、家族の人たちが彼を呼んだ。彼はペーチカから降りて長椅子の端に坐った。お茶と砂糖が彼に与えられた。

天気のこと、収穫のことで会話がはずんだ。今年はどうも麦がよくなかった、地主たちの麦は畑に積んであるうちに芽が出てしまった、屋敷に運びかけると、またすぐ雨になった、百姓たちはそれでもなんとか運んだが、旦那方の麦は腐ってしまった、そして禾堆《にお》のなかはまるで鼠《ねずみ》だらけ！　というのである。

コルニェイも道中ほうぼうの畑に麦の禾堆がたくさんあるのを見たと話した。

若嫁は五杯目の、もう薄くなってかすかに色の残っている紅茶をコルニェイにすすめた。

「まあ遠慮せずに、もう一杯お飲みよ、お爺さん」と、辞退しようとする彼に向かって彼女は言った。

「お前さん、その手はどうなさった?」とコルニェイは、なみなみついだコップを彼女から用心深く受け取り、眉をぴくぴくさせながら尋ねた。

「子供のころ手を折られたんだよ。うちのアガーシャは自分の父親から死ぬほどひどい目に遭《あ》わされたんだよ」と話好きの老婆が言った。

「どうしてまたそんな?」コルニェイは尋ねた。そう言いながら若嫁を見たとたん、彼は青い目をしたエウスチグニェイ・ベールイの姿を思い浮かべた。と、コップを持った彼の手が烈しく震え、テーブルに持ってゆくまでにお茶が半分ばかりこぼれてしまった。

「ガイ村のこの人の親父《おやじ》さんがね、コルニェイ・ワシーリエフって言ってたけど、金持でね。この人が女房にひどく怒って、ぶん殴ったあげく、ほら、この人の手までへし折ったんだよ」

コルニェイは黒い眉毛を絶えずぴくぴくさせながら、無言のままアガーシャとその夫とをかわるがわる眺めていた。

「どうしてそんなに怒ったんですか?」とコルニェイは砂糖をかじりながら尋ねた。

「そんなこと、誰にわかるもんかね! とかく女ってものは、いろんなでたらめな評判を立てられるものだからね」と老婆は言った。「雇った下男とどうとかこうとか。いい人だったんだけどね、その下男ってのは。うちの村の出身でさ。でも、もうあの家で死んだよ」

「死んだんですか？」コルニェイはそう訊《き》き返してこほんと咳《せき》をした。

「もうとっくに死んだよ。うちの嫁はその家からもらったのさ。立派な家で、親父さんが生きてたころは、村一番の暮らし向きだったよ」

「で、その親父さんは今どうしてますか？」とコルニェイは尋ねた。

「親父さんも、死んだんだろうね。そのとき以来姿を消してしまったんだよ。もう十五年くらいになると思うけど」

「いえ、もっと前ですよ、ちょうど私が乳離れしたばかりのころだって、お母さんが話してましたから」

「それでお前さん、怨《うら》んでなさらぬかね、そんなに手を……」コルニェイは、そう言いかけて突然声をつまらせた。

「だって他人じゃないもの。お父さんだもの。どう、もっと飲んで温まりなさいよ。つぎましょうか？」

コルニェイは返事をしないで、啜《すす》り上げて泣いた。

「どうしたんだね、お前さん？」

「いやいや、別になんでも。じゃ、寝《やす》ませていただきます！」

コルニェイは震える両手で小机やポラーチ（訳註――天井に近いところにある寝床）に摑《つか》まって、大きな、痩《や》せた脚をひきずりながらペーチカに這い登った。

「変な男！」老婆は老人のほうを眼で示しながら息子にそう言った。

㈣

翌日コルニェイは誰よりも早く起きた。彼はペーチカを降りると、乾いた脚絆をもみほぐし、ごわごわになった長靴をやっとはき、革嚢を肩にかけた。

「おや、お爺さん、朝御飯を食べていったらどう？」と老婆が言った。

「いや、おおきに！　でも、もう失礼します」

「じゃ昨日の煎餅《せんべい》でも持っていったら。革嚢《かわぶくろ》に入れてあげるから」

コルニェイはお礼を言って、別れの挨拶をした。

「帰りもまたお寄りよ。わたしたちも達者でいるだろうから……」

戸外では濃い秋の霧が万象をすっぽり覆っていた。しかしコルニェイはよく道を知っており、どんな下り坂も上り坂も、草むらも、道の両側の楊《やなぎ》の並木も、みんな覚えていた。もっとも十七年のあいだには、その楊の木も、あるものは伐《き》られて新しいのが成長しており、あるものは若木から古木に変わってしまっていたけれど。

ガイ村もみんな昔のままだったが、ただはずれにいくつか以前は見られなかった新しい家が建っていた。

なかには木造だったのが煉瓦《れんが》造りに変わっているものもあった。彼の石造りの家はそのままだったが、ただ古くなっていた。

屋根は長いあいだ塗り変えられず、隅々の煉瓦が崩れて、表階段も傾いていた。

彼が昔の自分の家に近づいたとき、門がぎいーっと軋《きし》んで、仔馬を連れた牝馬と、葦《あし》毛《げ》の年老いた去勢の馬と、三歳仔が出てきた。その年老いた去勢馬は、コルニェイが家出をする一年前に市場で買ってきた牝馬にそっくりだった。

〝これがあのときあの牝馬が孕《はら》んでいた奴にちがいない。尻の下がっているところや、広い胸幅や、毛深い脚や、みんなそっくりだ〟と彼は考えた。

馬たちを水を飲ませに連れていってるのは新しい樹皮靴をはいた黒い眼の少年だった。

〝きっと俺の孫だ。フェージカの息子だ。あれも眼が黒かったから〟とコルニェイは思った。

少年はしばらく見知らぬ老人を眺めたあと、泥濘《ぬかるみ》のなかで跳《は》ねまわっている仔馬を追いかけていった。少年のあとから、以前いたウォルチョークと同じように黒毛の犬が走っていった。

〝ウォルチョークじゃないかな？〟と一瞬彼は考えた。しかしすぐまた、ウォルチョークだったらもう二十歳のはずだと気がついた。

彼は表階段に近づき、あのときそれに腰を下ろして手摺りの雪を取ってほおばったその階段を、やっと昇って玄関口の扉を開けた。

「なんで無断で入ってくるんだね？」と女の声が家のなかから聞こえてきた。マルファの声だとわかった。やがて彼女自身が、痩せて筋だらけ、皺《しわ》だらけの老婆が戸口から顔を出した。コルニェイは自分を裏切ったあの若くて美しいマルファを想像していたのだった。彼は彼女を憎み、さんざん罵《ののし》ってやるつもりだったが、突然目の前に現われたのは思いもかけない一人の老婆だった。「物乞いなら——窓の下でやればいいのに」と彼女は甲高《かん》い軋《きし》むような声で言った。

「物乞いじゃない」とコルニェイは言った。

「そんならなんだね？　なんの用だね？」

彼女は突然絶句した。コルニェイは彼女の顔の表情で彼女が自分に気づいたことを知った。

「お前さんたちみたいなのは、もううんざりだよ。さあ行った、行った！」

コルニェイは壁に背をもたせ、杖にすがったまま、じーっと彼女を見つめたが、われながら驚いたことに、あれほど長いあいだ彼女に対して懐《いだ》きつづけてきた憎悪の念が全然なくなって、突然涙もろい感傷が胸一杯に広がるのを感じた。

「マルファ、いずれみんな死ぬ身じゃないか」

「さっさと行った、行った！」と彼女は早口で憎々しげに言った。

「言うことはそれだけかね？」

「言うことなんかないよ」と彼女は言った。「行った、行った！　さっさと行った！

お前さんたちみたいなのらくら者はもう見飽きたよ！」

彼女は急いで家のなかへ入って、扉をぱたーんと閉めた。

「何をそんなにどなってるんだね！」という男の声がして、帯に斧《おの》を差した色の黒い男が戸口から出てきたが、ちょうど四十年前のコルニェイそっくりで、ちょっと小柄で痩《や》せてはいるが、やっぱりコルニェイのような黒い、きらきら光る眼をしていた。

それは十七年前に彼が絵本を買ってきてやったフェージカその人だった。そして母親が乞食に優しくしないのを責めているのだった。彼と一緒に、やっぱり帯に斧を差した啞《おし》の甥《おい》が出てきた。今ではもうすっかり大人になって、薄い顎鬚《あごひげ》を蓄え、小皺《こじわ》の多い筋ばった体つきをしており、頸《くび》は細長く、きっとした鋭い眼差しをしていた。二人とも朝食を終えて森へ出かけようとしているところだった。

「ちょっと待ってね、爺さん」とフョードルは言って、啞に向かって最初老人を指さし、つづいて部屋のほうを指さして手真似でパンを切る動作をした。

フョードルは往来へ出てゆき、啞は家のなかへ引き返した。コルニェイは相変わらず頭《こうべ》を垂れ、壁に背をもたせ、杖にすがったまま佇《たたず》んでいた。彼はすっかり気が弱くなり、泣きだしそうになるのをやっとこらえていた。啞がいい匂いのする大きな焼き立ての黒パンを持って家から出てくると、コルニェイにそれを与えた。コルニェイが十字を切ってパンを受け取ったとき、啞は家の戸口のほうを向いて、両手で顔を撫でながら唾《つば》を吐く仕草をした。叔母に対する不満を表現しているつもりだった。と、突然彼は凝然《ぎょうぜん》と動かなくなり、口をぽかんと開けたまま、これはこれはコルニェイ叔父さんじゃないか、といった表情で、じーっと彼を見つめた。コルニェイはとうとう涙を抑えきれず、眼や鼻や白い顎鬚《あごひげ》を外套《カフターン》の裾《すそ》で拭《ぬぐ》いながら、顔をそむけて表階段へ出ていった。彼は一種独特の感動と歓喜を伴う、自分の息子やすべての人々に対する謙抑《けんよく》と卑下《ひげ》の感情を味わっていたが、その感情が彼の心を甘酸《あまず》っぱく刺戟《しげき》していた。

マルファは窓からそれを見ていたが、老人が家の陰に姿を消したのを見届けたとき、やっとほっとしたように溜息《ためいき》をついた。

マルファは老人が去ったことを確かめると、機織《はたおり》の前に坐って織りはじめた。十遍ばかり梭《ひ》を動かしたが、どうにも手が動かなくなった。彼女は織る手を止めて、今自分が見たコルニェイのことを考えたり、昔のことを思い出したりした。彼女はその老人がコルニェイだったこと、自分を死ぬほどぶん殴った、そして以前には自分を愛していたコルニェイその人であったことを知っていた。そして今自分が彼に対して取った態度を思って、空恐ろしくなった。自分の態度は間違っていた、と彼女は思う。それではいったい彼に対してどんなふうに振る舞えばよかったのだろう？　あの人は自分がコルニェイであることも、家に帰ってきたのだということも言わなかったではないか。

彼女は再び梭を手にとって、晩まで織りつづけた。

㈤

コルニェイは夕方近く、やっとアンドレーエフカ村に辿《たど》り着き、再びジノーヴィェフ家に一夜の宿を乞うた。そして快く迎え入れてもらった。

「じゃ、お爺さん、先へは行かなかったんだね？」

「行きませんでした。疲れっちまいました。またもとのところへ戻ります。もう一晩泊めてくださらんか？」

「いいともいいとも。さあ上がって、体を乾かすがええ」

一晩中コルニェイは熱病に苦しんだ。明け方近くになって眠りに落ちたが、眼を覚ましたときには、家の人たちはそれぞれの仕事に出かけていって、家のなかにはアガーシャだけが残っていた。

彼はペーチカの上の、老婆が敷いてくれた乾いた外套《カフターン》の上に横になった。アガーシャはペーチカからパンを出していた。

「ちょっとお前さん」と彼は弱々しい声で彼女を呼んだ。「こっちへおいで」

「はいはい、お爺さん」と彼女はパンをテーブルの上に置きながら言った。「何か飲まない？　クワスはどう？」

彼はなんとも答えなかった。

パンをすっかりテーブルに並べると、彼女はクワスの入った壺《つぼ》を持って彼のそばへやって来た。彼は彼女のほうへ顔を向けず、クワスを飲もうともせず、仰向けのまま身動きもしないで話しだした。

「ガーシャ」と彼は静かな声で言った。「いよいよ最期だ。俺はもう死ぬ。お前もどうか俺を赦してくれ」

「神様が赦してくださるわ。お爺さんは私に別に悪いことはしてないじゃないの」

彼はしばらく黙っていた。

「それにもう一つ、お願いだが、どうかお母さんのところへ行って言っておくれ……あの遍路が、あの……昨日の遍路が、あの……どうか一つ、その……」彼は泣きだしてしまった。

「お前さん、私の実家へも寄ったの？」

「寄ったよ。言っておくれ、遍路が……遍路がその……」彼は再び慟哭《どうこく》のために絶句したが、やがて最後の力を振り絞って言った。「仲直りをしにやって来たんだって」。こう言って彼は自分の胸のあたりをさぐりはじめた。

「言ってあげるよ、お爺さん、言ってあげるよ！　何をそんなに探してるの？」とアガーシャは言った。

老人はなんとも答えず、顔をしかめながらやっとのことでその痩せた毛深い手で、懐《ふところ》から書きつけを取りだして彼女に渡した。

「これを要《い》るという人にあげておくれ。俺の兵役証書だ。ああこれでやっと成仏《じょうぶつ》ができる！」

彼の顔に侵しがたい表情が浮かんだ。眉が釣り上がり、目は天井を見つめたまま身動きもしなくなった。

「蠟燭《ろうそく》を！」彼は唇も動かさないでそう言った。

アガーシャはすぐにそれを悟り、聖像の前の燃えさしの蠟燭を取って火をともし、それをコルニェイに与えた。彼はそれを大きな指で握った。

アガーシャは兵役証書をトランクにしまいにいった。そしてまたコルニェイのそばへ来てみると、蠟燭はその手から落ち、眼は据《す》わったまま瞬《またた》きもせず、呼吸も止まっていた。アガーシャは十字を切り、蠟燭の火を吹き消し、綺麗《きれい》なタオルを彼の顔に被《かぶ》せた。

マルファはその夜ずーっと眠らず、コルニェイのことばかり考えていた。朝になると彼女は上っ張り《ジプーン》を着、プラトークを被って、昨日の老人を探しに出かけた。すぐにその老人がアンドレーエフカにいることがわかった。マルファは垣根から杖を一本抜き取って、アンドレーエフカへ向かった。先へ進めば進むほど、だんだん恐ろしくなってきた。〝あの人と仲直りしよう。うちへ連れてこよう。そして罪滅ぼしをしなくっちゃ。せめて息子のいるわが家で死なせてやるとしよう〟と彼女は思った。

マルファが娘の家のそばへやって来たとき、彼女は人が大勢集まっているのを見た。玄関のところに立っている者もいれば、窓のそばに立っている者もいた。みんながもう、四十年前その界隈《かいわい》で名の響いた金持のコルニェイ・ワシーリエフが、貧乏な遍路となって自分の娘のうちで死んだことを知っていた。家のなかも人でいっぱいだった。女たちは囁《ささや》き合ったり溜息をついたりしていた。

マルファが家のなかへ入ってゆくと、みんなが道を開けた。そして彼女は聖像の下に湯灌《ゆかん》が終わって布に覆われている死体を見た。字の読めるフィリップ・カノーヌイチが、坊さん代わりに歌うような調子で教会スラヴ語の詩篇を枕もとで朗読していた。

赦すことも、赦しを乞うことも、もうできなかった。コルニェイの厳しく美しい死顔からは、はたして彼が赦しているのか、いまだに怒っているのか、判別することはできなかった。

（レフ・トルストイ）

文読む月日——四月

四月一日

㈠　学問の数は無数であり、またどの学問にも限界というものがなくて、どこまで行っても究《きわ》めつくすということはない。それゆえ、あらゆる学問において一番大事なことは、どんな事柄が一番大事で、どんな事柄がそれほど大事ではないか、さらにどんな事柄がもっと大事でなく、どんな事柄がもっともっと大事でないかを知ることである。それを知ることがなぜ大事かと言えば、どうせ何もかもを学ぶことはできないのだから、一番大事なことを学ぶ必要があるからである。

㈡　現代では学ぶべき事柄が山積している。まもなくそれらの学問のなかの最も有益なもののほんの一部さえも、真にそれをわがものとするにはわれわれの能力はあまりにも弱く、われわれの一生はあまりにも短いということになるであろう。数限りもない夥《おびただ》しい学問がわれわれに奉仕しようとしているけれども、せっかくそれを受け入れても、こんどはまた、そのなかの多くを無用の長物として放棄しなければならなくなる。だからして、むしろ最初からそんな余計なものを背負い込まないほうがいい場合も多い。
（カント）

㈢　現代のようにあまりにも先端的な読み物が巷《ちまた》に氾濫《はんらん》して、われわれに消化できないほどの材料を提供しようと競うとき、通常われわれの記憶力がわれわれの感情や好尚の主人となってしまう。それゆえわれわれは、しばしばわれわれの感情にその原初的天真さを取り戻すために、他人の思想や見解の塵芥《じんかい》のなかに自分を発見するために、自分で感じたり話したりするようになるために、あえて言えば、いつの日か自分自身となるために、大変な精神的努力を要するようになる。
（リフテンベルグ）

㈣　ペルシャの賢人は言っている。
「私は若かったころ自分に向かって、自分はあらゆる学問を究めつくしたいと言ったものである。そしてとうとう知らないものはあまりないようになったが、やがて年老《お》いて自分がこれまでに知ったことを振り返ってみると、自分の人生はもう過ぎ去ったのに、自分が何一つ知ってはいないことがわかった」と。

㈤　天と地のすべての事柄を知ろうという考えを棄てるがよい。総じて天意に関しても、存在の諸法則に関しても、結局われわれの知りうるところは非常に少ない。でもその少ないものでわれわれには充分こと足りる。それ以上知ろうと焦《あせ》ることはわれわれにとっていいことではない。われわれが慎ましく生きるために実際に必要な範囲、あるいはわれわれ一人一人が沈着に支配すべき使命を持つ王国、換言すれば、自分自身や自分の思想や言葉や行動にとって必要な範囲を逸脱して多くを知ろうと焦ることは、むしろ迷妄を生み、知識が増すに従って悲哀を生むであろうことを信ずるがよい。

（ジョン・ラスキン）

㈥　天文学者たちの観測と計算は、驚嘆すべき多くの事柄をわれわれに教えた。しかしながら彼らの研究の最も重大な成果は、おそらく、彼らがわれわれに対して、われわれの知りえない無限の事柄の存在を知らせてくれたことだと思う。それがなかったならば、人間の理性はその無限大の未知の世界を想像することは、けっしてできなかったであろうが、その世界に思いを馳《は》せることによってはじめて、われわれの理性の活動の最終目的観に大きな変化が生じうるのである。

（カント）

(七)「地上にはいろんな草がある。われわれはそれを見ることができるが、月からはそれは見えない。この草には糸状のものがあって、そのなかには小さな生物がいるが、そのほかには何もない」。なんという僭越《せんえつ》な言葉！「複雑な物体はいろんな元素によって構成されており、元素はそれ以上分解できない」――なんという僭越な言葉！

（パスカル）

＊(八)知らざるを恐るるなかれ、むしろ誤れる知識を恐れよ。誤れる知識こそ諸悪の根源である。

(九)知識には際限がない。それゆえ、非常に多くを知る人の、非常に少ししか知らない人に対する優越性も、無限に小さい。

四月二日

(一)真の生活とは――日々より善《よ》き人となり、精神力によって肉体に勝ち、神に近づくことである。でも自然にそうなるのではない。そのためには努力が必要である。そしてその努力が喜びを与える。

(二) 習慣はけっして善とは言われない。たとえそれが善《よ》き行為の習慣であっても、そうである。善き行為も、習慣となってしまえばもう徳行とは言えない。ただ努力によって得られたものだけが徳なのである。（カント）

（訳註——儒教にも〝徳は得なり〟とある）

(三) 汝《なんじ》の重荷を負い、そこに汝の幸福があることを知れ。その重荷から汝の理性的生活に必要なものを摂取せよ。あたかも胃が食物から体に必要なものを摂取するごとく、あるいはまた、火が何かを投げ込まれるとますます燃えさかるごとく。

（マルクス・アウレリウス）

(四) 自分の十字架を押しのけようとすればするほど、ますますそれは苦しいものとなる。（アミエル）

＊(五) 常に汝の行為を慎《つつし》み、小事といえども侮《あなど》るなかれ。（孔子）

(六) 日常の目立たぬ義務を絶えず素直に、高い道義感をもって遂行することは、その人の性格を強固なものとし、俗世の騒擾《そうじょう》のなかにあっても、断頭台の上にあっても雄々しく勁《つよ》く振る舞う力を与えるであろう。（エマスン）

(七)　成長とは緩《ゆる》やかな過程であって、爆発的に烈《はげ》しく起こる現象ではない。一つの学問全体を一瞬間の爆発的思索によって究《きわ》めることができないように、瞬間的な改悔《かいげ》によって罪を克服することは不可能である。内的完成の真の手段は――叡智《えいち》に導かれた不断の忍耐強い努力のみである。（チャンニング）

(八)　精神的な努力と生を意識する喜びとは、肉体労働と休息の喜びと同様、形影相伴うものである。肉体労働なくして休息の喜びはなく、精神的努力なくして生けるしるしありとの喜びはない。

四月三日

(一)　われわれが死ぬというのは、次の二つのうちのどれか一つである。すなわち、自分が別個の存在に変わると考えるか、あるいは自分の個体としての存在が停止して、神と合流すると考えるか、どちらかである。どちらにしても――結構なことではないか。

㈡　もしも人生は夢であり、死は目覚めであるならば、私が自分をいっさいの他者から独立した個体と見るのも夢ではないか。
（ショーペンハウエルによる）

㈢　死とは、私がそれを通して、表象としてのこの世界を認識していた肉体が、滅びることである。つまり私がそれを通して物を見ていたガラスが、壊れることである。そのガラスがほかの何かと変わるのか、それとも窓ガラス越しに見ていたこの私が万有と合一するのか――それはわれわれにはわからない。

㈣　人生には一定の限界がなければならない。ちょうど果樹や畑の産物のように、また一年における四季のように。すべてのものは生起し、持続し、やがて過ぎ去ってゆく。賢人は潔《いさぎよ》くこの諸行無常の理《ことわり》に服する。
（キケロ）

㈤　この私、全世界から区別されたこの私は、死後にも生活するであろうか？という問い。この問いに対しては、ただ一つの答えがあるだけである。すなわち、もし死後においても個としての私の生活が続くほうがいいならば、それは続くであろうし、よくないならば、それは停止するであろう、というのがその答えである。

およそ私が神について知るかぎりにおいて、私は、神のなしたまうことは、われわれにとって常に最善のことであると信ぜざるをえない。　（エマスンによる）

㈥　死はいとも容易にわれわれを、あらゆる艱難《かんなん》あらゆる不幸から免れしめるのだから、永生を信じない人々はそれを望まねばならないはずである。また、永生を信じ新しい生活を期待する人々は、もっと強く望まねばならないはずである。もしその両者ともそれを望まないとすれば、それは死に際して人々は苦しむからにすぎない。苦しみが人々をして死を避けしめるのである。

㈦　何人《なんぴと》も死とはいったい何か、はたして悪であるか、それとも善であるか？を知らない。それなのにすべての人が、それが確実に悪であることを知っているかのように忌み恐れる。　（プラトン）

㈧　雷鳴がとどろくときには、もう放電後であるから生命の危険はないとわかっていながら、やっぱりわれわれは落雷を恐れる。死についても同様である。肉体の死は肉体を滅ぼすだけで、精神を滅ぼすものではないとわかっていても、やっぱりわれわれは死を恐れないではいられない。しかしながら真の智者は自分のなかのその恐怖感を克服し、彼の生命は肉体になく精神にあることに思いを馳《は》せる。これに反して愚者は、死とともにすべてが滅びるように思い、ちょうどけっして生命の危険はないのに雷鳴を恐れて逃げかくれする人のように、死を恐れ、死から逃げかくれしようとするのである。

＊㈨　死を恐れもせず、またそれを願いもしないといった、そんな生き方をしなければならない。

四月四日

㈠　人生は絶えざる喜悦でなければならないし、喜悦でありうるのである。

㈡　この世の生活は――涙の谷でもなければ試練の場所でもなく、われわれがそれ以上のものを何一つ想像できないような、そんな素晴らしいものである。この世の生活の喜びは、それがわれわれに与えられた趣旨に沿って生きられるならば、無限に大きなものであろう。

㈢　他人に対する悪意は本人を不幸にし、相手の人々の生活を毒する。反対に人々に対する善意は、車輪に差された油のように、その人の生活や相手の人々の生活を軽やかな、快いものとする。

(四) 世の多くの人々は、自分のこれまでの満悦の種が失われると嘆き悲しむ。しかしながら、喜ぶときは素直に喜び、それと同時に喜びの原因が過ぎ去っても悲しまない人こそ、賢明と言うべきであろう。(パスカル)

＊(五) 試みるがよい――おそらく君も、自分の運命に満足している人のように、愛と善行によって内的平安を獲得した人のように生きることができるであろう。(マルクス・アウレリウス)

(六) 常に快活さを保つ大きな秘訣《ひけつ》は、些細《ささい》なことをいちいち気にせず、それと同時に運命が与えてくれたちょっとした喜びにも感謝を忘れないことである。(スマイルズ)

(七) 満足を探しまわるな。むしろ常にすべてのなかに満足を発見するように心がけるがよい。たとえ諸君の手は忙しくても、心が自由であれば、ほんの些細なことが諸君に満足をもたらし、諸君の耳にするすべてのことのなかに、なんらかの興味深いもの、快いものを発見するであろう。しかしながら、もしも諸君が人生の目的を満足に置くならば、どんなに滑稽な場景に遭遇してもけっして心から笑うことのない日がやって来るであろう。

（ジョン・ラスキン）

(八) 真の賢人はいつも快活である。

(九) 喜びをもって生きるために最も大事なことは、人生は喜びのために与えられたと信ずることである。もしも喜びが終わったならば、自分はどこで間違ったのだろう、と反省するがよい。

四月五日

(一) 罪を犯すことなしに勤労の掟《おきて》の遂行を避けることはできない。すなわち暴力の行使、暴力への参加、あるいは暴力に媚《こ》び、暴力に取り入ることなしには、それは不可能である。

(二) 低劣な人々に媚びへつらうよりも、生命を失うほうがましである。富者に仕えて贅沢《ぜいたく》するよりは、赤貧に甘んずるほうがましである。富者の門に立たず、哀願の声を上げないこと――これこそ最上の生活である。（インドの教典）

＊㈢　パンを得るために人間としての操《みさお》を失うよりは、飢えて死ぬほうがましである。（ソロー）

㈣　二人の兄弟がいた。一人は王様に仕え、一人は額に汗して働いて暮らしていた。あるとき富裕な兄が貧乏な弟に向かって言った。

「どうしてお前は王様に仕えないのだ？　そうすれば苦しい労働から逃れられるのに」

それに対して貧乏な弟が言った。

「どうして兄さんは、卑屈な隷属の境涯から逃れようと努力しないのですか？　昔から賢者たちがちゃんと言ってますよ。〝黄金の帯をしめて他人の奴僕《ぬぼく》になるよりは、自分の勤労によって得たパンを安心して食べるほうがよいし、自分が奴隷であるしるしに両手を胸の上に置くよりも、それを使って石灰や泥をこねるほうがよいし、奴隷のように背中をかがめるよりも、一片のパンで満足するほうがよい〟と」（サアディ）

㈤　皇帝に恵んでもらった着物がどんなに美しくても、自分の粗服のほうがいい。富者たちの食物がどんなにおいしくても、自分の食卓の一片のパンのほうがいい。

（サアディ）

㈥　人々に食を乞うよりも、縄を持って林へ薪《まき》を取りにゆき、その薪の束を売って食物に代えるほうがずっとずっといい。食を乞うてももらえないときは恥ずかしく腹立たしいであろうし、また、もらえたらよけいに悪い。なぜなら、くれた人に対して負債ができたことになるからである。

（マホメット）

㈦　土地を耕さない者に向かって土地は言う。

「お前はその右手や左手を使って私を耕すことをしない罰として、永久にすべての乞食たちと一緒に他家の門前に立ち、永久に富者たちの食べ残しを食べなければならない」

（ゾロアスター）

㈧　額に汗して働く生活のほうが怠惰《たいだ》な生活よりも尊いと確信し、自らその信念に従って生き、またそのように生きる人々を高く評価する人々にとって、生きることは実に楽しい。

(九)　働くことが嫌《いや》ならば――暴力を振るうか、憐《あわ》れみを乞うかするがよい。

四月六日

(一)　人々は実にいろんな仕事を非常に大事と思ってやっているけれども、本来彼らが使命づけられたただ一つの仕事、ほかのすべての仕事をそのなかに包含する仕事だけはやろうとしない。すなわち己《おの》れの霊を改善し、霊の神的本源を解放するという仕事をしないのである。この仕事が人間に使命づけられているということは、それこそ人間がその達成を目指すのになんらの障害に出会わない唯一の目的であるという事実に徴しても、明らかである。

(二)　若いときには人々は、われわれが自分や他人に望む善徳が可能であり、人間の使命は絶えざる自己完成であって、全人類を矯正し、あらゆる罪悪や不幸をなくすことは可能であるのみか、むしろ容易でさえあると信じている。そうした若者の夢想を滑稽だと思ってはいけない。むしろその夢想のなかにこそ、世俗の垢《あか》にまみれはてて、人間本来の生き方とまるで食い違った生き方を長く続けてきた老人たちが、他人に向かって、何も望むな、何も探すな、ただ漫然と生きよとすすめる言葉のなかにより も、はるかに多くの真理が存在するのである。若いときの夢想の誤りはただ、若者たちが自己完成、自己の霊の完成という仕事を他人に押しつけようとすることであり、そしてまた彼らが、将来生ずべき事柄を、今すぐ目の前に見たがることである。

㈢ 日々よりよき人間になろうと精進する生き方よりもよい生き方はなく、実際に自分がよりよき人間になりつつあることを感ずることよりも大きな喜びはない、と私は思う。これこそ私が今日まで絶えず味わってきた幸福であり、私の良心が私に向かって、これこそ真正の幸福であると語っている。（ソクラテス）

㈣ われわれは自分の欠点を指摘してくれる人たちに感謝しなければならない。指摘されたからと言って、われわれの欠点はあまりにも多く、すぐになくなるものではないが、その欠点がはっきりすれば、それがわれわれの心に刺戟《しげき》を与えて、良心の惰眠《だみん》を許さず、その結果、われわれは自らの姿勢を正し、それらの欠点から逃れようと努力するであろう。（パスカル）

㈤ われわれの意識の状態はわれわれにとって、外部からのあらゆる批判にもまして大きな意味を持つ。なぜなら、われわれは常住不変に自分の意識のなかに生きるからである。われわれの幸不幸は、人々のわれわれに対する態度にではなくて、われわれのわれわれ自身に対する態度にかかっている。それゆえ諸君は自分自身の、自分の霊の改善に努めるがよい。それによって諸君は、自分のためにも他人のためにも最善を尽くすことになる。　（リュシー・マローリ）

＊(六)　人間にとって最大の幸福は――自分が、一年の終わりには一年の初めと比べてよりよき人間となっていると感ずることである。　（ソロー）

(七)　〃天に在《いま》す汝《なんじ》らの父の純全なるがごとく純全なるべし〃（訳註――「マタイ伝」参照）とは、汝らの内なる神的本源の解放に努めよ、ということである。

(八)　絶えず俗世の喧騒《かんそう》のなかにあっては、自己完成は不可能であるが、絶えず一人で暮らしていては、もっと不可能である。自己完成にとって最もいいことは、孤独のなかで自分の人生観を磨《みが》き上げ、しかるのち、世間においてそれを実際に適用することである。

四月七日

㈠　善をもって悪に酬《むく》いることは、悪をもって悪に酬いることよりもずっと自然で、容易で、道理にかなっている。

㈡　髑髏《されこうべ》と名づくる所に来たりて、その所に彼および二人の犯罪者を十字架に釘《くぎ》せり。一人はその右、一人は左なり。イエス言えり、「父よ彼らを赦《ゆる》せ、けだし彼らは為《な》すところを知らず」

（「ルカ伝」第二十三章三三～三四節）

㈢　人々は常にありとあらゆる幸福を求めて飽くことを知らない。しかしながら人間の手の届く最大の幸福は——自分自身の高き本性に従って行動することであり、汝の霊の、高尚な、神的本性は、汝に向かって、自分自身にとっての最大の幸福として、倦《う》むことなく他人に善をなせと命じているのである。

（マルクス・アウレリウス）

㈣　悪に酬いるに善をもってせよ。

（『タルムード』）

㈤　己《おの》れの敵に何をもって酬いるべきか？　あたうかぎりの善を彼に施すべく努力す

ることによって、酬いるがよい。

（エピクテトス）

＊㈥　温柔をもって憤怒《ふんぬ》に、善をもって悪に、仁慈をもって吝嗇《りんしょく》に、真実をもって虚偽に克《か》て。

（『法句経』）

㈦　隣人たちと交際する場合、彼らの現状に沿った交際をするのでは、彼らをますますだめにするだけである。彼らが実際よりもすぐれた人物であるかのように応対してはじめて、われわれは彼らをよりよき人物とすることができる。

（ゲーテ）

㈧　善をもって悪に酬いるがよい。そうすれば君は、相手が悪から受ける喜びを奪ってしまうことになる。

㈨　汝の心に教えよ、心に学ぶな。

（仏陀の箴言《しんげん》）

㈩　一度善をもって悪に酬いる喜びを経験した者は、もうけっしてその喜びを味わう機会を逃がそうとはしないであろう。

一週間の読み物

善

自然界の植物や動物には、善も悪もない。また生きてはいても、思想のない人間の肉体のなかにもそれはない。善と悪との差別《けじめ》が人間の心のなかに生ずるのは、その人の意識する能力や理解する能力によってである。人間の心には、若いころから悪との絶えざる闘争が行なわれている。そしてまた、悪との闘争の場所として人間にとって最もふさわしく、かつ、実り多いのは、まさにその場所、すなわち自分の心のなかである。そのほかの場所での闘争は人間にとってふさわしくなく、また実りも少ない。悪をもって悪に抗するなというキリストの誡《いまし》めは、まさにそのことを言っているのである。その誡めは、悪との闘争の場を明瞭的確に指定している。その場所は——自分の心のなかなのだ。

聡明な人間であれば誰しも強制の限界を、自分の体、自分の肉体の範囲内に止める。なぜなら、精神によって己《おの》れの肉体を制することのなかにこそ、精神の働きがあり、精神への栄養があるからである。他人の場合は、その人にはその人なりの主人がいるのだから、他人に対する暴力強制を正当化することはけっしてできない。そうした暴力強制の必要はないのである。悪に悪をもって抗するなという誡めの目的も、まさにそこに

――すなわち他人に対する暴力強制の不必要性を明示することに――あるのである。

およそ一個の人間について、彼が自ら自分の意思で自分のことを処理することができないとか、彼が住んでいる世界の生活のために自分は何を求められているかもわからないとか、いったい誰があえてそんなことを主張するであろう？　それを主張することは、神が人間に与えた生き方の自由、自分を救ったり滅ぼしたりする自由、理性的存在者として生きる自由を否定することになる。つまりそれは、人間そのものを否定することなのだ。人間の意思がときにその存在の枠を逸脱することはあっても、いったい誰がその逸脱は必要不可欠だとあえて主張するであろう？　いったい誰が、自分が個人的に干渉しないかぎり世の中は損失を蒙《こうむ》るなどと主張するであろう？　それを主張することは、神の意思だけでは不充分と言うに等しい。換言すれば、神を否定するに等しいのだ。この世の悪の根源は、まさに人々がその存在の枠を超えて己れの意思に専横《せんおう》を許すこと、換言すれば、己れの意思を神の意思の座に置くことのなかにある。そのことは神を畏《おそ》れぬ所業であることを、悪をもって悪に酬いるなという誡めが明示しているのだ。

成功がすべてを正当化する。勝てば官軍、というわけである。それが肉の世界、動物の世界、異教徒の世界における真理という言葉の解釈である。それは早や一つの空しい響きでしかない。「真理とは何か？　ほら、その真理と一緒にお前を十字架にかけてやろう！」とピラトは言った。しかしながらキリストは、真理を見ている。ちょうどそれと反対の極に真理を見ている。彼にとっては負けることが勝つことなのである。もしも君が人と争って暴力で相手に勝ったら、絶対に君は間違っていて、真理は君に荷担しないことを知るがよい。真理は抑圧された者のなかにあり、抑圧された者のなかには神が存在する。すなわち抑圧された者は、身をもって神の栄光を、太初の根源的理性者の栄光を顕彰しているのである。これがこの地上での人間の境涯であり、一見みじめなその境涯における唯一の道は――悪をもって悪に抗しないこと、人と争わないこと、前もっていつも負ける覚悟をしていること、常に神の御稜威《みいつ》に服従すること――すなわち正しい宗教、正しい人生観によって照らされ高められた道である。

無抵抗はいっさいの闘争を終熄《しゅうそく》させることによって、平和へのより確実な道を開き、闘争とは違った精神的相互作用の場を、そこでは早や闘争の場合とは別の力、別の関心が作用する場を確保してくれるであろう。この世における人間の使命もまた、福音書のなかの、イエスが悪魔の誘惑を受けた話や、ニコディムとの対話のなかに示されているように、人々の、本来神が与えた、人間として物を思い、人間として物を理解する能力を解放し、そして何よりもそれを高めることのなかに――まさにそのような理性的意識を、換言すれば、人の子を、人間のなかの神の子を解放し、かつ高めることのなかにあるのである。それゆえ悪に刃向かわないということは、神の子を目覚めさせ復活させることであり、キリストを復活させることである。そして悪に刃向かうことは、キリストを迫害し、十字架にかけることである。人間は理性的存在者である。理性的存在者の特質は——理性の勝利、理性の支配にある。理性の勝利、理性の支配のためには、何よりもまず欲悪煩悩《ぼんのう》の鎮静が必要である。一個人の生活の場合も、諸民族の社会的生活の場合も、欲悪煩悩や、傲慢《ごうまん》心や、裁判や、権力や、暴力強制の地盤の上に理性の支配が根づくことはありえない。悪への無抵抗の誡《いまし》めによってはじめて、われわれの生活のなかにその叡《えい》智《ち》の原理が実現するのである。

物を思い物を理解する能力は、神によって万人の心に与えられている。そして福音書も、何にもましてその能力を尊重すべきことを教えている。

〝その兄弟を愚か者よと言う者は衆議所に渡され、痴《し》れ者よと言う者は、地獄《ヴエンナ》の火にて焼かるべし〟　（「マタイ伝」第五章二二節）

人間の霊のみが、その物を思い物を理解する能力のなかに合一と愛とを発見する。人間の霊の外の世界では、すべての存在者は自分だけを世界中の何物よりも愛するのだ。悪に対する無抵抗の教えは、悪との真の闘争の場を人々に示すことによって、霊の外なる分裂と敵意の世界と、霊の内なる合一と愛の世界との永遠の矛盾対立の問題を解決し、よってもって、イエスがナタナエルに向かって感動をこめて〝これより汝《なんじ》らは天開けて、神の使いらが人の子の上に昇り降りするを見ん〟（「ヨハネ伝」第一章五一節）と言ったよ

うに、人々をただ一つの神の国に統合するであろう。（ブーカ）

四月八日

㈠　人々は、人殺しという犯罪行為を〝戦争〟と呼びさえすれば、人殺しが人殺しでなくなり、犯罪が犯罪でなくなると思っている。

㈡　いろんな方法でキリストを否定することができる。まず第一に、のっけから神聖冒瀆《ぼうとく》をあえてし、キリストの権威を嘲笑することである。しかしながらその方法は別に危険ではない。宗教は人々にとってあまりにも大事なので、嘲笑などでそれを人々の心から取り除くことはできない。しかしもう一つ別の方法がある。すなわち、キリストを主と呼びながら彼の誡めには従わないこと、換言すれば、彼の言葉によって人間の自由な思想を圧殺し、彼の名において人々の無知と迷妄と罪悪とを擁護し、美化することである。この第二の方法が、ことのほか危険なのだ。（テオドール・パーカー）

㈢　異邦人との戦争は神聖だ、というのは嘘である。大地が血を求めているというのも嘘である。大地は天に向かって河川の水を求め、天雲が清らかな水滴を落としてくれることを求めているのであって、血などを求めてはいない。戦争は神によって、さらにはそれに参加する人々によってすら呪《のろ》われたる所業である。

（アルフレッド・ド・ヴィニー）

㈣　ただ汝《なんじ》らの邪曲《よこしま》なる業《わざ》、汝らと汝らの神とのあいだを隔てたり。また汝らの罪、その面《みかお》を覆《おお》いて聞こえざらしめたり。汝らの手は血にて汚《けが》れ、汝らの指は邪曲にて汚れ、汝らの唇は虚偽《いつわり》を語り、汝らの舌は悪を囁《ささや》き、その一人だに正義《ただしき》をもって訴え、真実をもって論《あげつら》うものなし。彼らは虚浮《むなしき》を頼み、虚偽を語り、悪《あ》しき企てを孕《はら》み不義を生む。彼らは蝮《まむし》の卵をかえし、蛛網《くものす》を織る。その卵を食らうものは死ぬなり。卵もし踏まるれば破れて毒蛇をいだす。その織るところは衣になすあたわず。その工《わざ》をもって身を覆うことあたわず。彼らの工は邪曲の工なり。彼らの手には暴虐の行ないあり。彼らの足は悪に走り、罪なき血を流すに速し。彼らの思念《おもい》は邪曲の思念なり。破れと滅びとその路《み》径《ち》に残れり。彼らは平穏《おだやか》なる道を知らず。その過ぐるところに公平なく、また曲がれる小径《こみち》を作る。すべてこれを踏むものは平穏を知らず。このゆえに公平は遠くわれらを離れ、正義はわれらに追及《おいつか》ず。われら光を望めど暗《くらき》を見、光輝《かがやき》を望めど闇《やみ》を行く。われらは瞽者《めしい》のごとく牆《かき》を探りゆき、目なき者のごとく探りゆき、正午《ひる》にても日暮《たそがれ》のごとくに躓《つまず》き、強壮《すこやか》なるもののなかにありても死ぬるもののごとし。

（「イザヤ書」第五十九章二〜一〇節）

(五)　この地に驚くべきことと憎むべきこと行なわる。預言者は偽りて預言をなし、祭司は彼らの手によりて治め、わが民はかかることを愛す。されど汝らその終わりに何をなさんとするや。

（「エレミヤ記」第五章三〇、三一節）

＊(六)　また悪、大いにはびこるによりて、多くの者の愛冷《ひ》えん。

（「マタイ伝」第二十四章一二節）

(七)　されど今は汝らのときなり、闇の力の下にあり。

（「ルカ伝」第二十二章五三節）

(八)　戦争――それはいろんな人々いろんな国民が、その陰に隠れて、世界がとうてい忍びえないようなさまざまの悪虐無道を逞《たくま》しゅうする幕のようなものである。

（スプリングフィールド）

(九)　彼らはその剣を鋤《すき》に打ちかえ、その槍を鎌に打ちかえん。国と国とは剣を挙げて相攻めず、また重ねて戦争《いくさ》を習わじ。皆その葡萄《ぶどう》の樹《き》の下に坐し、その無果花樹《いちじくのき》の下に居ん。これを懼《おそ》れしむる者なかるべし。万軍のエホバの口これを言う。

（「ミカ書」第四章三、四節）

㈩　人殺しは誰がそれを許可しようと、またどんなに弁解しようと、やっぱり罪悪である。それゆえ実際に人を殺す者も人殺しの準備をする者も、ともに犯罪者であって、彼らに対して必要なのは、尊敬や激励や賞讃ではなくて、憐愍《れんびん》と矯正と説諭とである。

四月九日

㈠　善に対する愛と不死に対する信仰とは、相即不離である。

㈡　誰一人自分は来世が存在することを知っていると言える者はいない。われわれが来世を信ずる根拠は、論理的なものではなく道徳的なものである。それゆえ私は、神の存在とこの私の不死とは疑う余地がない、とは言うことができず、ただ私は、神が存在することと自分の〝私〟が不死であることを道徳的に信じて疑わない、と言うべきである。それはつまり、神や来世に対する信仰が私の本性と固く結びついていて、その信仰を私から切り離すことはけっしてできない、という意味である。

（カント）

㈢　われわれの生活が精神的なものになればなるほど、われわれはますます不死を信ずるようになる。われわれの本性が動物性から遠去かるにつれて、不死への疑惑がなくなってゆく。未来を隠す帷《とばり》が掲げられて闇は消え、われわれはこの世にいながらにして不死を感ずるようになるのである。

（マルチノによる）

㈣　私がこれまで見てきたこと、知っていることのすべてが、私がまだ見たことのないこと、知らないことを信ぜよと教える。神が未来においてわれわれのために何を準備していようとも、それは偉大なもの、祝福に満ちたもの、われわれがすでにこの世で知っている神の御業《みわざ》のような性質のものであるはずである。われわれの未来は、われわれがこの世で想像しうるかぎりの至高のものに呼応する性質のものであるにちがいない。

（エマスン）

㈤　死には恐ろしいものは何もない。われわれがこの世の生活において永遠の律法を逸脱する度合に応じて、死が恐るべきものと映ずるのである。

㈥　この世におけるわれわれの立場は、ちょうど、学者が自分の学問について話している部屋へ入っていった子供のようなものである。子供はその話の始めを聞かず、また終わりを待たずに、部屋を出る。彼は話のなかのあれこれを聞くには聞くが、それを理解はしない。神の偉大なる言葉は、われわれが学びはじめるずっとずっと昔から始まっており、われわれが骨になってしまっても続くであろう。われわれはその言葉のほんの一部を聞き、しかもその大部分を理解することができない。しかしながら、たとえほんの少しではあっても、またごくぼんやりではあっても、とにかくわれわれは何か偉大なもの、尊厳なものを理解するのである。　（デーヴィッド・トーマス）

㈦　真に神を愛する者は、自分も神に愛されようと躍起になったりはしない。彼にとっては、自分が神を愛するだけで充分である。　（スピノザ）

＊㈧　その全存在をもって善（神）を愛する人は、己れの不死を疑うことができない。

四月十日

㈠　人々の内なる神的本源の解放の度が増大するにつれて、必然的に現体制の改変と新体制の樹立が行なわれることになる。

(二) 長く生きれば生きるほど、ますます私の仕事は多くなる。われわれは重大な時代に生きている。いまだかつて、人々がこれほど多くの仕事を抱えた時代はなかった。現代は、その言葉のよき意味における革命の時代、物質的な意味においてでなく、精神的な意味においての革命の時代である。崇高な社会体制の理念、崇高な人間性の理念が創造されつつある。われわれは収穫を待たずにこの世を去るであろうが、信念をもって種播《ま》くことは至上の幸福と言わねばならない。(チャンニング)

(三) 怨《うら》み言《ごと》とか、ときには憤激または悲嘆の形で世間に広がっている、現在のキリスト教形態に対する深刻な不満の声に耳を傾けるがよい。万人が神の国の到来を渇望している。そしてそれは近づきつつあるのである。より純粋なキリスト教が、徐々にではあるが、いわゆる〝キリスト教〟に取って代わりつつあるのだ。(チャンニング)

(四) 自然界における乾燥状態(湿気の欠如)が相反する二つの原因から、つまり厳しい寒さ(冬の厳寒)と烈《はげ》しい暑さ(夏の酷暑)から生ずるように——人間の性格の果断性(逡巡《しゅんじゅん》の欠如)もまた、相反する二つの原因から生ずるものである。すなわち、一つは人間の純粋に異教的な人生観と、もう一つは純粋にキリスト教的な人生観とがそれである。春、すなわち冬から夏へ移る季節において乾燥状態は最も少なく、反対に湿度が最も高いように――人間の場合も異教的人生観からキリスト教的人生観へ移るとき、性格の果断性が最も少なく現われ、反対に何をなすべきか、あるいはいかになすべきかに関しての懐疑逡巡が最も多く現われるのである。

春の季節を喜ばなかったり、異教からキリスト教への移行を喜ばなかったりするのは、そうした季節やそうした移行が何によって生じたかを理解しない人々だけである。自然界の場合の春の湿気や、人間の場合の懐疑逡巡は、それぞれ自然や人間の過渡状態――つまり、前者の場合は太陽の運行が夏を呼ぼうとしている状態であり、後者の場合は人生観がより高まりつつある状態であることを理解する人々は、その湿気や懐疑逡巡を目の前にしても悲しむことがないのみならず、むしろ前者は自然界に夏の近づく徴候として、後者は神の国が人類に近づく徴候として、ともに喜ぶであろう。

（フョードル・ストラーホフ）

㈤　万民はみな同胞という宗教的意識が全般的に広がっている現代、真の学問はこの意識を実人生に適用する方法を示すべきだし、芸術はこの意識を人々の感情に移入しなければならない。

＊(六)　目的地が遠ければ遠いほど、ますます前進が必要である。急がず、休まず、前進するがよい。　(ヨセフ・マッジ二)

(七)　私は現に目の前に、隷従と政治的無権利の制服をまとった民衆や、ボロをまとい、飢え疲れ、富者の贅《ぜい》を尽くした饗宴《きょうえん》の席から投げ与えられる食べ残りを拾っている民衆や、あるいはまた野獣的な憎悪の念と狂暴な喜びに酔いながら、恐るべき反逆の衝動に身を投ずる民衆やを見る。そしてそのとき、そうした野獣化した人々の顔の上にも天命の刻印が押されており、彼らにもわれわれと共通の使命があることを思い出す。次に未来に目を転ずれば、平等と友愛という共通の絆《きずな》によって結ばれた、信仰を同じくする同胞としての民衆がその偉容を現わしつつある光景が心に浮かぶ。それは贅沢《ぜいたく》に毒されることもなく、貧窮に野獣化されることもなく、人間としての自己の尊厳性の意識に目覚めた未来の民衆の姿である。こうして私の心は、現在を思えば苦しみに打ちひしがれ、未来を思えば歓喜に踊るのである。　(ヨセフ・マッジ二)

(八)　〝汝《なんじ》らの心乱るるなかれ、神を信じ、またわれを信ぜよ〞(訳註――「ヨハネ伝」第十四章一節)というのはつまり、キリストが諸君に啓示した〝諸君の内なる神性を信ぜよ〟ということである。この自らの内なる神性は自覚されざるをえず、したがってまた実現されざるをえないのである。

四月十一日

㈠　精神的な世界においては、肉体的な世界におけるより以上に、すべてが緊密に結合されている。あらゆる欺瞞は必ず一連の欺瞞を呼び、あらゆる残虐行為は必ず一連の残虐行為を呼ぶ。

㈡　人間はいったん軽い誡律違反を行なえば、結局重大な誡律違反をもあえて行なうことになる。もしも彼が〝汝自らのごとく汝の隣人を愛せよ〟という誡律に違反すれば、その結果、復讐するな、悪意を懐《いだ》くな、汝の兄弟を憎むな、という誡律にも違反し――あげくのはては血を流すことにもなるであろう。

（『タルムード』）

㈢　往々にして人々は、単なる健忘症のせいで、自分の良心の潔白さを自慢したりするものである。

（ジョニザード・ラフエースキー）

(四) 小さな悪についても、これくらい平気平気と、なおざりに考えたりしてはいけない。小さな水滴でも、集まれば容器一杯になる。愚者は少しずつ悪を犯しているうちに、やがて悪だらけの人間になってしまう。

善についても、どうせ自分にはかなわないことだと、捨て鉢に考えてはいけない。水の一滴一滴がやがて容器を一杯にするように、善福に向かって精進する人は、一つ一つ善を積み重ねてゆくうちに、やがて善徳に溢《あふ》れた人となるであろう。（仏陀の箴言《しんげん》）

(五) われわれのなかには、その他の根源的罪悪に支えられていて、ちょうど樹《き》の幹を倒せば枝も倒れるように、その根源的罪悪が滅びればただちに滅びる罪悪がある。（パスカル）

(六) 一つの罪を滅ぼせば、十の罪が消失するであろう。（ロッド）

(七) 良心とは、われわれの進むべき道への指針である。人々はその道を逸脱したとき、次の二つのうちのどちらかをやる。すなわち、良心の指示する道に従って生活を改めるか、良心の指示を自分自身から隠すか、である。最初の場合はただ一つの方法しかない。すなわち自分の内なる光を増大せしめ、その照らしだすものに注意を向けることである。

あとの場合、すなわち良心の指示を自分自身から隠すためには、二つの方法がある。すなわち外的方法と内的方法である。外的方法とは、良心の指示から注意をそらすようないろんなことに没頭することであり、内的方法とは、良心そのものを曇らすようにすることである。何よりもそれを恐れるがよい。われわれは善の道から逸脱するが早いか、あっと言うまに悪の泥沼にのめり込むものである。

＊(八)　悪の芽生えを監視せよ。その芽生えを指摘する霊の声があって、それが芽生えるや、われわれはなんだかばつが悪く恥ずかしくなるはずである。その声を信ずるがよい。そのとき立ち止まって探したら、きっと芽生えつつある欺瞞《ぎまん》を発見するであろう。

四月十二日

(一)　自己の内部にある程度沈潜すると、人はそこに何か超人間的なものを意識するものである。

(二)　われわれが存在する以上、神もまた存在する。それを神と呼ぼうとなんと呼ぼうと、とにかくわれわれの内にわれわれが創造したものでなくて、われわれに与えられた生命があることには論争の余地がなく、その生命の源泉を神と呼ぼうとなんと呼ぼうと、それはどうでもいいことである。（ヨセフ・マッジニ）

㈢　空想はさまざまの幻影を作りだして、それを恐れる。しかしそれは許されていい。なぜならそれはあくまで空想であるから。しかしながら理智が自分の捏造《ねつぞう》した考え方に屈従し、これを恐れるのは許されない。なぜなら理智が欺《あざむ》かれていいはずはないからである。ところが〝大きさ〟の迷信は、空間の概念を生む理智の欺瞞《ぎまん》である。創造されたものは創造者より大ではありえない。子は父より大ではない。その点、修正が必要である。理智は、彼自身に関する誤った観念を彼に与える空間の迷信から解放されなければならない。しかしながらその解放は、われわれが空間のなかに理智を見ることをやめて、理智のなかに空間を見ることを学んだとき、はじめて可能である。ではいかにしてそれを学ぶか？　空間をその本来の性質に戻すことによってである。空間は本来理智の活動の条件にすぎないのだ。

それゆえ神は、別に無限大の空間を占めなくても遍在していると言えるし、空間的大小の尺度で計ることはできない。

われわれの意識のなかの世界は空間を持たないが、世界について論議する場合は無限の空間を考えなければならない。

時間も数も同様に意識にとっては必要ではなく、ただ理智のなかにそれがあるにすぎない。それゆえ人間は、どれほど巨大な空間や、無限の時間、無限大の数に比べても、けっして小さくはなく、むしろ大きいと言わねばならない。（アミエル）

㈣　林のなかに佇《たたず》んで、私の眼を逃れて樅《もみ》の針葉のなかに隠れようと、急いで地を這《は》っている甲虫を見ながら、どうしてこの虫はこんなにびくびくして私から隠れようとするのだろう？　むしろこの私は彼女の恩恵者になろうと思っており、彼女らの種族に非常に喜ばしい情報をもたらそうと思っているのかもしれないのに、と自問するとき、私は思わず私の上に、この人間甲虫である私の上に立っている偉大なる恩恵者のことを思い出さずにいられない。

*㈤　神を求めない者にとってのみ、神は存在しない。神を探し求めはじめるや否や――神は君のなかにあり、君は神のなかにあるのだ。

㈥　神を探すのは――ちょうど網で水を掬《すく》うのと同じである。掬っているあいだは水は網のなかにあるが、網を上げると――何も入っていない。思いと行ないによって神を探しているあいだ、神は君のなかにある。しかしながら神を発見したと思って安心したとたん——君は神を失うのだ。

（フョードル・ストラーホフ）

(七) この世界およびわれわれの生活の背後に、なんのためにこの世界が存在し、そのなかでわれわれはなぜに水泡のように浮かび、はじけ、そして消え去るのかを知っている何者かが存在するという疑うべからざる真理がある。それをどうして認めずにいられるのか、驚くほかはない。

(八) すべてのものが静かに神を語っているこの偉大な万物合一の世界で、信なき者はただ永遠の沈黙を見るのみである。

（ルソー）

(九) たとえ神を意識しなくても、そのために神は存在しないと結論する権利はない。

四月十三日

(一) われわれの生命の霊的・神的本源をわれわれは、一面理性として認め、一面愛として認める。

㈡　賢者の特質は次の三点にある。
①　他人に行なえとすすめることは、自分でも行なう。
②　絶対に正義に反することを行なわない。
③　周囲の人々の弱点を辛抱強く堪《た》える。

＊㈢　偉大な思想はハートから生まれる。　　　　　（ヴォーヴナルグ）

㈣　われわれの道徳的感情と知力とは固くからみ合っていて、一方に触れれば、必ずもう一方にも触れずにはすまない。偉大な知力も道徳的感情を欠けば、大きな禍《わざわ》いの種となる。　　　　　（ジョン・ラスキン）

㈤　なんでも研究するがいい。しかしながら理性に合致するものだけを信ずるがいい。

㈥　理性と知力とは――全然違った性質のものである。世の中には大きな知力を持ちながら、理性を欠いた人々が大勢いる。知力とは、生活してゆくうえの世俗的条件を理解し推察する能力であるが、理性とは、われわれの霊に己《おの》れの世界および神との関係を自ら啓示する能力である。理性は、知力と同一物でないばかりか、まるで正反対のものである。理性は、知力ゆえに人間が陥る誘惑や欺瞞《ぎまん》から人間を解放する。それが一番大事な理性の働きである。理性は誘惑を打破して人間の霊の本性である愛を解放し、その発揚を可能ならしめる。

㈦　人々はよく理性と良心を区別して、善事は強い思索力よりも大事だなどと言う。しかしながら本来不可分の霊の力を無理に区別することは、われらの本性をいびつにする。善行から思想を取り去ったら、いったいあとに何が残るだろう？　思索力を欠いたら、いわゆる良心も、妄想や誇張や悪の是認に変質してしまう。現に世にも残虐な事柄が良心の名において数多く行なわれてきた。人々は良心の命令と称して互いに憎み合い殺し合ってきたのである。（チャンニング）

㈧　理性的な人間は、けっして悪人ではない。善人は必ず理性的である。理性を働かせることによって己れの内部の善を増大させ、愛を培《つちか》うことによって理性を増大させなければならない。

四月十四日

(一)　富める支配階級と貧しき被支配階級に別れている世の中なんて、最初からでたらめだと言うほかはない。

(二)　われわれは財神《マモン》崇拝の結果、奇怪な帰結に到達したことを認めざるをえない。われわれは共同社会に住むと称しながら、公々然と完全な分裂や極度の孤立とを唱導している。われわれの生活は相互扶助の図を描きださず、むしろ公正なる競争云々《うんぬん》などといった美名の下に、きわめて苛酷な戦争の掟《おきて》に覆《おお》いつくされた生存競争の修羅場を現出している。われわれはすべての人間関係が金銭の支払いに帰着するものではないことをすっかり忘れている。

「労働者が飢え死にするからといって、私になんの関係があろう？」と富める工場主は言う。「私は市場で公然と彼らを雇い、そのときの条件どおりの賃金を綺麗《きれい》に払ったではないか。だから彼らがどうなろうと私の知ったことではない」。財神崇拝とはなんと悲しむべき信仰であろう。カインも我欲のために自分の兄弟を殺し、「お前の兄弟はどこにいる？」と人から訊《き》かれたとき、「私は何も兄弟の番人じゃないよ」と答えているが、ちょうどそのように工場主も、「私は兄弟である労働者に、ちゃんと決まった賃金を払ってるじゃないか？」と言うのである。

（カーライル）

㈢　人間は土地によって、土地の上でのみ生きてゆけるものであるから、ある人の住む土地を他人の財産にすることは、その人の肉や血を他人の財産にするのと同じくらいに、すっかりその人を奴隷にすることになる。そして結局社会の一定の発展段階に達すると、土地の掠奪《りゃくだつ》から生ずる奴隷制度は、その場合、主人と奴隷の関係がなまじっかあまり直接的でも露骨でもないため、人々の肉体を財産とする奴隷制度に比べてより残酷なもの、より人々を堕落させるものとなるのである。

（ヘンリー・ジョージ）

㈣　現在われわれはいかに多くの、われわれの先祖たちが想像もしなかったような、幸福達成の手段や便利な品物に取り囲まれていることであろう！　しかしながらはたしてわれわれは幸福であろうか？　ほんの少数の人々が幸福になったとしても、大多数の人々はそれだけますます不幸ではないか！　少数の富者の生活の便益を増大させるためにわれわれは、大多数の人々を不幸にし、また不幸と感じさせている。他人の幸福を犠牲にして獲得された幸福などという代物《しろもの》が、はたしてありうるだろうか！

（ルソー）

㈤　私が溺死《できし》しかけている人を救う場合、その前にその人に彼の財産の大部分を渡す約束をさせたとしよう。その場合、明らかにギヴ・アンド・テークの関係が成立する。その人は自分の財産よりも生命のほうが大事なのだ。しかしながら、それこそ言語道断《ごんごどうだん》な約束と言うべきではないか？　ところが現に無慮幾《いく》百万の人々が、ほんの少しの財産か、取るに足りないくらいの財産しか持たないために、そのわずかの財産さえ取り上げられ、その結果、わずかに彼らの労働に対して、つまり彼らの唯一の財産に対して、かろうじて生きるために必要なものが与えられるありさまである。（ヴォルテール）

(六)　百万長者の陰には、必ず浮浪者あり。（ヘンリー・ジョージ）

(七)　一方には無知と極貧と隷従と堕落があり、一方には文化と富と権力とがあって、互いに敬愛することを妨げている世界に、キリスト教的四海同胞の生活を築くことはできない。（ヨセフ・マッジニ）

(八)　暴虐な主人であることは、従順な奴隷であることより悪い。貧困を苦にせず、むしろ贅沢《ぜいたく》こそ苦にすべきである。

＊(九)　もしも君が働きもしないで収入を得るならば、それはきっと誰かほかに、働いた

のに収入がない人がいるのである。

（メムノニードイ）

一週間の読み物

行商人

野菜行商人、ジェローム・クランクビーユは小車を引いて、「キャベツや！　人参《にんじん》や！　蕪大根《かぶら》や！」と町を触れて歩いていた。また葱《ねぎ》を持っているときなどは、「新しいアスパラガスはいかが！」と叫んだ。葱は貧乏人にはアスパラガスに当たるからである。あるとき、十月二十日の午後のこと、彼がモンマルトル街を下っていると、マダム・バヤールという靴屋のおかみさんが店から出てきて、野菜車のそばへやって来た。彼女は蔑《さげす》むような顔つきで葱を一束つまみ上げながら言った。

「この葱あんまりよくないわね。一束いくらなの？」

「十五スウです、奥さん。飛びっきり上等ですぜ」

「こんな葱が十五スウもするの？」

彼女はそう言うと、顔をしかめて、持っていた葱を車のなかへ投げ返した。

と、ちょうどそのとき、六十四号憲兵が近寄ってきて、クランクビーユに向かって言った。

「さあ、行った、行った！」

クランクビーユはもう五十年間朝から晩まで野菜車を押して暮らしていた。憲兵の命令はごく当たり前の正当なものと思われた。で、彼はその命令に従おうと思い、おかみさんに向かって、早く好きなのを選んでください、と言った。

「もういっぺんはじめから選び直さなくっちゃ！」と靴屋のおかみさんはつっけんどんに言った。

そう言うと彼女は、葱の束を全部いじくりまわしたあげく、一番よさそうなのを取って強く胸に抱きしめた。

「十四スウでいいわね。それでたくさんだよ。今持ってないからすぐに店から取ってくるわ」

そう言うと彼女は、その葱を抱えて、ちょうどそのとき子供を抱いた女客が入っていったばかりの自分の店へ取って返した。

そのとき六十四号憲兵が再びクランクビーユに向かって言った。

「行った、行った！」

「代金を待ってますんで」とクランクビーユは答えた。

「お前が代金を待っていないとは言わぬ。ただ行けっと言ってるのだ」と憲兵は厳しい口調で言った。

一方靴屋のおかみさんは、自分の店で生後一年半の子供に合う空色の短靴を選んでいた。お客はひどく急いでいたので、青い葱《ねぎ》の束はゆったりと勘定台の上に横たわっていた。

まる五十年間、野菜車を引っ張って町のあちこちを触れまわったクランクビーユは、権力の代表者たちに服従する術《すべ》を心得ていた。しかしこんどの場合、彼は権利と義務との板挟みという例外的な立場に置かれていた。彼は法律に無知で、個人の権利の行使のためといえども社会的義務の遵奉《じゅんぽう》を免れられるものではないことを知らなかった。彼は十四スウを受け取る自分の権利にあまりにこだわりすぎて、自分の車を引っ張って前へ前へと進む義務への配慮にいささか怠慢《たいまん》だった。彼はその場を動かなかった。

六十四号憲兵はさらにもう一度、落ち着いた、全然苛立《いらだ》たない声で彼に向かって前進を命じた。

「行けっと言っているのがわからないのかね！」

しかしながらクランクビーユの眼から見れば、自分としてその場を動くわけにゆかない、あまりにも重大な理由があった。そこで彼はその理由を率直に、ありのまま陳述したのである。

「ちぇっ、いやになっちまう！　代金を待ってるんだと言ってるじゃありませんか」

するると憲兵は言った。

「ははん、それじゃなんだな、お前は警察権執行妨害で引っ張られたいんだな。それならそうと言えばいい」

それに対してクランクビーユはゆっくり肩をすぼめ、懶《ものう》げな眼差しで憲兵を見ると、その眼を天に向けた。その眼は〝このわっしが法律の敵だなんて、そんな馬鹿な！……〟と語っていた。

しかしながら憲兵はどうやらその眼の表情を理解できなかったか、命令違反に対する充分な釈明を読み取れなかったらしく、またしても厳しく荒々しい声で行商人に向かって、本官の言うことがわかったのか？と尋ねた。

ちょうどそのとき、モンマルトル通りはことのほか馬車が輻輳《ふくそう》していた。辻馬車や軽四輪馬車や家具運搬車や乗合馬車や荷馬車がひしめき合って、まるで数珠繋《じゅずつな》ぎになっているようだった。至るところから叫び声や罵《ののし》り声が聞こえてきた。辻馬車の馭者《ぎょしゃ》たちはうんざりしたような口調で、それでもひどい罵声を店の番頭たちと交していたし、乗合馬車の車掌たちは、クランクビーユを渋滞の原因と思って、忌ま忌ましい葱野郎めと言った。

そのうちに通りには野次馬たちが集まってきて、二人のやりとりに聴き耳を立てはじめた。憲兵は野次馬たちに見られているのを知ると、ただもう自分の権力を示すことだけを考えた。

「よーし」彼はそう言うと、ポケットから汚れた手帳と恐ろしく短い鉛筆を取りだした。クランクビーユは何か内部の力に支配されて相変わらず依怙地《いこじ》になっていた。もっとも今では彼も、前にもうしろにも動くに動かれなくなっていた。彼の野菜車の輪は運悪く牛乳屋の車の輪にひっかかっていたのである。

彼は髪の毛を掻《か》きむしりながら、やけになって叫んだ。

「代金を待ってるんだと言ってるのに！　まったく助からねえなあ！　困った、困った！　ええい、こん畜生！」

その言葉は反抗よりもむしろ絶望の気持を現わしていたにもかかわらず、六十四号憲兵は自分が侮辱されたように感じた。そしてあらゆる侮辱の言葉が彼には伝統的な、正則な、習慣によって聖化された、一種儀礼的とさえ言える〝くたばれ牝牛め！《モール・トーヴァーシュ》〟という形で響いたので、彼は自分の頭のなかでその罪人の言葉をすっかりそんなふうに翻案したのである。

「ああ！　くたばれ牝牛め！　と言ったな。よろしい、本官に同行しろ」

行商人は驚きと絶望のあまり眼を大きく見開いて六十四号憲兵を見つめ、両手をその青い上衣《ブルーズ》の上に十字に組んだまま大声で叫んだ。

「あっしが、くたばれ牝牛め！　って言ったって？　このあっしが？……おお……」

この検束事件は店の番頭たちや街の子供たちの笑いによって迎えられた。それは低劣で残酷な見物《みもの》に対する、あらゆる群衆の物見高さを満足させるものだった。しかしそのとき、黒一色の服装で高い帽子を被《かぶ》った老人が、野次馬を押し分けて出てきた。彼は憲兵のそばへ来ると、静かで穏やかな、それでも非常にきっぱりした口調で言った。

「君は間違っている。この人は君を侮辱なんかしていませんよ」

「どうか余計な口出しはしないでください」と憲兵は言ったが、相手が立派な服装をしているのを見て、威嚇《いかく》するような語調は避けた。

老人は非常に落ち着いた控え目な態度で、自分の意見を主張しつづけた。すると憲兵は、それじゃ署長のところへ行ってそう説明してください、と言った。

そのときクランクビーユはまたしても「このあっしが〝くたばれ牝牛め！〟って言ったって？　おお！　おお！」と叫んだ。

彼がその不思議な言葉を口にしているとき、靴屋のおかみのマダム・バヤールが、代金を持って店から出てきた。しかしそのとき、憲兵はすでにクランクビーユの襟首《えりくび》を摑《つか》んでいたので、彼女は、警察へ引っ張られる男に代金を払う必要はないと考えて、十四スウの金をまた自分のエプロンのポケットに入れてしまった。

突然自分の車が押さえられ、身柄が拘束され、足もとに深淵《しんえん》がぱくりと口を開け、太陽も光を失ったことを感じたクランクビーユは思わず、「ええい、どうにでもなれっ！」

と叫んだ。

見知らぬ老人は、署長の前で、自分はモンマルトル街で極端な馬車の輻輳に遮《さえぎ》られていたので、偶然一部始終の目撃者となった、と説明した。そして憲兵はけっして侮辱されたのではなく、ほんの思い違いにすぎない、と主張した。老人は自分の身分や姓名を名乗ったが、それによると彼は、アムブロアーズ・パレ病院医長、レジョン・ドヌール帯勲者ダヴィド・マティウ氏だった。

が、クランクビーユは依然として釈放されず、一夜を警察で明かしたが、翌朝護送車で未決監へ身柄を移された。

監獄は彼には別段ひどいところとも苦しいところとも思われなかった。むしろなくてはならないところだろうと思われた。監獄でことのほか彼を驚かせたのは、その壁や床が清潔なことだった。

彼は言った。「こんな場所にしてはとても綺麗《きれい》だなあ。これだったら床の上でも食事ができるわい」

一人になったとき、腰かけを動かそうとすると、それは壁に固定されていた。老人はびっくりして大声で叫んだ。

「おや、これはこれは！　おれたちなんぞ、まったく考えもつかねえや！」

彼は腰を下ろし、驚きながら周囲のいろんなものに手を触れてみた。静寂と孤独が彼を悩ました。彼は侘《わび》しくなり、キャベツや人参やミツバやチサを積んだ自分の車のことを思って不安になった。彼は淋しく自問した。〝あいつらはいったい、おれの車をどこへ引いていったんだろう？〟

翌々日彼のところへ裁判所内でも一番若手のルメルル氏が弁護士としてやって来た。クランクビーユはことの一部始終を彼に話そうとしたけれども、口下手の彼にとってそれは容易なことではなかった。もし弁護士がうまく指導してくれたらなんとかなったのかもしれないが、彼は老人が何を言っても疑わしそうに頭を振りながら「うむ、うむ、……でもそんなことはちっとも調書に書いてないがね」と言うだけだった。

やがて弁護士は疲れたような顔をしてブロンドのちょび髭《ひげ》をひねりながら、クランクビーユに向かって言った。

「ありのままにすっかり白状したほうが、君のためにいいんじゃないかな。僕としては、君のように何もかも否認するのはかえってまずいと思うんだ」

こうなればもうクランクビーユも、たぶん何を認めたらいいのかわかりさえすれば、すぐに認めもしたであろう。

ブーリーシュ裁判長はクランクビーユの訊問にたっぷり六分間を費やした。この訊問は、もし被告が問われたことにちゃんと答えていたら、もう少し事件に光を与えていたかもしれなかった。しかしながらクランクビーュは論陣を張るのに慣れていなかったし、またそうしたお偉方のあいだでは恐怖と尊敬の念が彼の口を塞《ふさ》ぐのだった。というわけで彼は相変わらず黙っていたので、結局裁判長が自分で答えることになった。そしてついに被告の有罪が確定したのである。

「結局被告は、自分が〝くたばれ牝牛め！〟と言ったことを認めることになるな」と彼は結論した。

そのときやっと被告クランクビーュの咽喉《のど》から古銃の軋《きし》む音か、ガラスの割れる音を思わせるような声が出てきた。

「お巡《まわ》りさんが〝くたばれ牝牛め！〟とおっしゃったんで、あっしも〝くたばれ牝牛め！〟と言いました。そのときはじめてあっしも〝くたばれ牝牛め！〟って言いましたんで」

クランクビーュとしては、思いがけない濡衣《ぬれぎぬ》を着せられて狼狽《ろうばい》した結果、もともと言いもしないのに言ったと言われているその言葉を、思わずオウム返しに言ったにすぎないことをわかってもらいたかったのである。

しかしながら、ブーリーシュ裁判長はそうは取らなかった。

「じゃ被告は、憲兵が先にその言葉を言ったと主張するんだな？」と彼は言った。

クランクビーュは、なんとも言わなかった。そこのところを説明するのは、彼には難しすぎたのだった。

「被告はそのようには主張しないのだな。なるほどそうでもあろう」と裁判長は言った。

彼は証人を呼ぶことを命じた。

バスティヤン・マトラと呼ばれる六十四号憲兵は、真実を語ること、ただ真実のみを語ることを誓った。そして次のように陳述した。

「十月二十日昼過ぎのこと、自分の職務執行中、本官はモンマルトル街において行商人らしき一人の男を認めました。この男の荷車は、三百二十八番地の家の前に不法停止をしていまして、それが交通渋滞の原因となっていました。本官は三度にわたってその男に、車を先へ進めるように命じましたが、どうしても服従しようとしませんでした。そこで本官が始末書を取るぞと警告しますと、その男は本官に向かって〝くたばれ牝牛め！〟と叫びました。それで本官は大いに侮辱を感じたのであります」

この簡潔で要を得た陳述は、明らかに裁判官たちに好意をもって聞かれた。一方弁護側の証人として出廷したのは、靴屋のバヤール夫人と、アムブロアーズ・パレ病院医長、レジョン・ドヌール帯勲者、ダヴィド・マティウ氏だった。バヤール夫人は、自分は何も見なかったし、何も聞かなかった、と言った。しかしマティウ博士は、自分はちょうどそのとき、行商人に車を進めるように命じている警官の周囲に群がる人ごみのなかにいた、と言った。彼の陳述のおかげで、とんだ一幕が生じた。

「私は現場を目撃しました」と彼は言った。「そしてお巡りさんに、あなたが間違っていると教えてあげました。誰もお巡りさんを侮辱なんかしていません。私はわざわざそばへ行って、そのことを教えたのです。だけどやっぱりお巡りさんは行商人を検束し、私にも一緒に署長さんのところへ行こうと言うので、こうしてやって来たわけです。そのことは署長さんにももう話しました」

「おかけください」と裁判長は言った。「守衛、証人マトラをもう一度呼びなさい」

「マトラ、君が被告を検束したとき、マティウ博士が君の誤解であることを注意されなかったかね？」

「裁判長殿、この方は本官を侮辱されたのであります」

「君になんと言われたかね？」

「〝くたばれ牝牛め！〟と言われました」

傍聴席でざわめきと笑い声が起きた。

「退廷してよろしい」と裁判長はあわててそう言うと、傍聴人たちに向かって、もし諸君がもう一度そんな不謹慎な態度に出るならば、全員退場を命ずる、と警告した。そのあいだにも弁護側は意気揚々としていた。そしてその瞬間みんながクランクビーユの無罪を信じていた。

法廷が再び静粛になったとき、ルメルル弁護士が起立した。彼はまずその口頭弁論を警察官への讃辞から始めた。「これらの謙虚なる公僕は、零細な俸給に甘んじながら疲労に堪え、絶えざる危険に身を晒《さら》しつつ日々英雄的行為を遂行しつつあるのであります。かつて全員兵士であったこれらの人々は、今もなお兵士であります。兵士！……ああ、この言葉だけですでにすべてを語りつくしております……」

こう言ってルメルル弁護士は、軍人の美徳に関する高遠な思想を展開しだした。彼の言葉によると、彼自身〝何人《なんびと》にも軍隊を、彼もかつて勤務したことのあるフランス国の軍隊を中傷することを許さぬ〟者の一人であった。

裁判長は頷《うなず》いてみせた。

ルメルル氏は実際に民兵の中尉だった。そしてまた、ヴィエイユ・オードリエット区の国民党の候補者でもあった。

彼は言葉を続けた。

「いや、私はもちろん、素晴らしきパリ市民の平和の守護者たちが日ごとに示す謙虚にして貴重なる奉仕活動を、よーく存じております。それゆえ私は、もしもクランクビーユがかつての軍人を侮辱したことがわかれば、けっして彼の弁護を引き受けなかったでありましょう。彼は〝くたばれ牝牛《モール・トーヴァーシュ》め！〟と言ったというかどで告発されております。この言葉の意味は何人《なんびと》にとっても明白です。もしも諸君が『隠語字典』をお引きになれば、次のことがおわかりになると思います。すなわち〝牝牛《ヴァーシュ》とは怠け者、のらくら者、牝牛のようにごろりと横になって働こうとしない者。または警察に買収された者、警察のスパイ〃等々となっております。この〃くたばれ牝牛め！〃という言葉は、ある種の人々のあいだでよく使われております。しかしながら問題はもっぱら、クランクビーユがどんなふうにその言葉を言ったかという点にあります。いや、はたして本当にそう言ったのでしょうか？　みなさん、私はそのことを大いに疑問とするものであります。私も警官マトラ氏によもや悪意があったこととは思いません。しかしながら前にも言われましたとおり、彼は辛苦に満ちた任務を遂行いたしております。そのためにしばしば彼は疲労困憊《こんぱい》するのです。そうした状況下の彼が、ある種の幻聴に襲われたりするであろうことは、容易に想像できるところであります。それゆえに諸君、現に彼が諸君に向かって、レジョン・ドヌール帯勲者で、アンブロアーズ・パレ病院医長、学界の権威者であり社会の著名人であるダヴィド・マティウ博士までも彼に向かって〃くたばれ牝牛め！〃と叫ばれたと述べる以上、われわれはマトラ氏を精神病患者、あるいはその表現があまりにどぎついとすれば、被害妄想患者と認めざるをえないのであります」

「さらにまた、たとえそのときクランクビーユが本当に〃くたばれ牝牛め！〃と叫んだとしても、彼の口から出たその言葉がはたして犯罪的な性格を持つものでしょうか？このクランクビーユは、酒と女に身を持ちくずした行商人の私生児であります。すなわち遺伝的アルコール中毒患者であります。この六十年間の赤貧の生活のために鈍してしまったこの哀れな姿をごらんになれば、みなさんも必ずや彼に責任負担能力の存在しないことをお認めになるでしょう」

ルメルル氏は着席した。すると、ブーリーシュ裁判長は、ジェローム・クランクビーユを二週間の禁錮《きんこ》および五十フランの罰金刑に処する旨《むね》の判決を、口のなかでぶつぶつ読み上げた。裁判所は憲兵マトラの供述の信用性を認めたのである。

クランクビーユは裁判所の薄暗い廊下伝いに連行されたとき、誰かに同情してもらいたい気持でいっぱいだった。彼は自分を護送する守衛のほうを向いて三度まで呼びかけた。

「憲兵さん！……憲兵さん！……あ？……憲兵さん！」こう言って老人は溜息《ためいき》をついた。「ほんとうにこんなことになろうとは、二週間前まで考えてもいなかったのに……」

つづいて彼は次のような考えを述べた。

「あの人たちは、その、あんまり早くしゃべる。うまくしゃべるけれど、あんまり早すぎる。こちとらにはまるでちんぷんかんぷんだよ……。憲兵さん、どう思いますかあの人たち、早口でがしょう？」

しかしながら憲兵は、無言のまま振り向きもしないで歩いていった。クランクビーユは尋ねた。

「どうして返事をしてくださらんのですか！」

それでも憲兵は依然として沈黙していた。クランクビーユは恨《うら》めしそうに言った。

「犬とだって話はするじゃありませんか！　どうしてなんにも言わないんです？　お前さん、いっぺんも口を開けたことはないのかね？　口のなかが臭《くさ》くなってもかまわないのかね？」


再び監獄へ入れられたクランクビーユは、呆然《ぼうぜん》と壁に固定された腰かけに坐った。彼には裁判官たちが間違っているのだということがよくわからなかった。裁判所はその仰々しい形式によって己《おの》れの弱点をクランクビーユの眼から隠していた。彼は、正しいのは自分のほうで、自分には何を言っているのかわからぬ偉いお役人方が間違っているなどと信ずることはできなかった。彼としてはこのように荘厳な儀式のなかに何かの手落ちがあろうとは想像もできなかったのである。教会のミサにもエリゼ宮にも行ったことのない彼は、生まれてこの方、この軽罪裁判所ほど立派なところを見たことはなかった。彼は自分が〝くたばれ牝牛め！〟と言わなかったことはよく知っていた。しかし現にそう言ったというかどで二週間の禁錮刑に処せられてみると、彼の脳裏には何もかもが一種の荘厳な神秘、敬虔《けいけん》な信者たちがわけもわからぬまま鵜《う》呑みにするドグマのようなもの——要するに荘厳であると同時に、恐るべき謎に満ちた啓示と映じたのである。

この哀れな老人は、ちょうど教義問答書を教わっている子供が、エヴァの罪を自分の罪と考えるように、自分でも何か神秘的に六十四号憲兵を侮辱する罪を犯したにちがいないと思った。なにしろ自分を監獄へ入れて、〝お前は、くたばれ牝牛め！と言ったぞ〟と言うのである。そうであればきっと自分も実際に、何か神秘に満ちた、自分にも何が何やらさっぱりわからない方法でその言葉を叫んだにちがいなかった。彼は早や超自然の世界に導かれ、裁判というものが彼の眼に一種の黙示と映じたのである。

自分の犯罪についてははっきりした観念を持つことができなかった彼には、刑罰についての観念はそれ以上にぼんやりしていた。彼に対する判決は、厳粛きわまる一大儀式であり華やかな行事であって、もともとそれを理解することも、あれこれ批評することもできないし、また喜ぶわけにも悲しむわけにもゆかない代物《しろもの》だと感ぜられるのだった。

監獄を出ると、クランクビーユはまた以前のように野菜車を引いてモンマルトル通りを「えい、キャベツに人参に蕪の御用はありませんか！」と触れ歩いた。彼は自分が監獄に入れられたことを自慢もしなければ、恥ずかしいとも思わなかった。またそのために重苦しい思い出が残るということもなかった。彼の脳裏には、それは一種のお芝居か旅行か夢と映じたのである。一人の老婆が野菜車のそばへやって来て、ミツバをいじりながら尋ねた。

「クランクビーユ小父《おじ》さん、何があったの？　三週間も姿を見せなかったわねえ。病気してたんじゃない？　ちょっと顔色が悪いわよ」

言った。

「いやあおかみさん、あれからずっと旦那方みてえな暮らしをしてましたよ」と老人は

彼の生活になんの変化もなかったけれど、ただその日はいつも以上に頻繁に居酒屋へ入った。なんだかその日は祭日のような気がし、また、自分がとても優しい人たちと顔なじみになったような気がしたからである。彼は、ちょっぴり浮かれ気分で自分の裏長屋へ帰ってきた。寝床に横になると、角の焼栗屋が貸してくれた袋を蒲団《ふとん》代わりに被《かぶ》って考えた。〝監獄ってところもまんざらじゃないな。必要なものはみんな揃ってるし。だけどやっぱりわが家のほうがましだわい〟

しかしながら、老人の幸福は長くは続かなかった。まもなく彼は、お得意のおかみさんたちが変な眼で自分を見るようになったのに気づいたのである。

「素敵なミツバですぜ、コアントローおかみさん！」

「いらない、なんにもいらない」

「どうしていらないんです？　空気だけでは生きてはいけないでしょうに！」

でもパン屋のおかみのマダム・コアントローは一言も返事をせず、つーんとして自分の大きな店へ入っていった。最近までは青物や花を積んだ彼の車を待ちわびていた店々のおかみや女中たちも、今では彼を見ると顔をそむけた。もともと事件発端の場所である靴屋の店先に来たとき、彼は叫んだ。

「バヤールおかみさん、バヤールおかみさん、あんたには十五スウの貸しがありますよ」

でも勘定台に坐っていたバヤールおかみは、振り向こうともしなかった。

モンマルトル通りの誰もが、クランクビーユが監獄から出てきたことを知っていて、彼と交渉を持とうとしなかった。彼が禁錮刑を食ったという評判はモンマルトルの町はずれから、さらにはリシエの繁華街にまで広がっていた。昼過ぎのこと、リシエ街で彼はかねての大のお得意のマダム・ロールに気づいた。彼女はマルタン少年の野菜車を覗《のぞ》き込みながら大きなキャベツをいじっていた。

それを見るとクランクビーユの心はちくりと痛んだ。彼は自分の車でマルタン少年の車を押しのけるようにして、怨《うら》むような声でマダム・ロールに言った。

「あっしを袖《そで》にするなんて、ひどいじゃありませんか」

マダム・ロールは怒ったような顔をして一言も答えなかった。

そこで老行商人は激しい侮辱を感じて、精一杯大声で喚《わめ》いた。「ちぇっ、この淫乱女！」

マダム・ロールは手にしていたキャベツを落として叫んだ。

「あっちへお行き、この老《お》いぼれっ！　監獄から出てきたばかりのくせに、人の悪態までつきやがって！」

クランクビーユは、平静なときだったら、けっしてマダム・ロールの行状を非難したりはしなかったであろう。しかしこんどばかりは老人もすっかり頭に来た。彼は三度までマダム・ロールを淫売、役立たず、腐れ女と罵《のの》った。そしてその一件が決定的にモンマルトル街界隈《かいわい》やリシエ街でのクランクビーユの評判を損なってしまったのである。「ほんとに淫乱女だ！　あんな淫乱女はほかにはいない」と彼は口のなかで呟《つぶや》きながら立ち去った。

何よりもいけないのは、世間の爪はじき者かのように彼に接するのが、彼女一人ではないことだった。みんながいっせいに彼から顔をそむけたのである。

彼の性格はすさみはじめた。マダム・ロールとの喧嘩《けんか》以来、彼は誰も彼もと喧嘩をおっぱじめるようになった。ちょっとしたことで常客のおかみさんたちにひどい口をきき、彼女らが品物選びに時間をかけていると、頭から、ええいこのお喋《しゃべ》りだの、ぐうたらだのと罵声を浴びせるのだった。そして居酒屋でもしょっちゅうみんなとどなり合った。彼の仲好しの例の焼栗屋さえすっかり愛想をつかし、クランクビーユ爺《じい》さんも、もうまったく手のつけられぬ野蛮人になってしまったと言い触らすようになった。そのことを否定するわけにはゆかなかった。本当に彼は無愛想で喧嘩っぱやい男になり、言葉つきも乱暴で横着になってしまった。無教育な人々の世界で暮らす彼としては、もちろん大学の社会科学の教授のように現在の社会制度の欠陥とその改善策について自分の考えを述べることは困難だったし、またその考えそのものも、彼の脳裏では非常に拙劣で乱脈を極めていた。

不幸が彼を不正にした。今や彼は自分に全然悪を望まない者や、ときには自分以上に弱い者に対してさえ、ひどい仕打ちをするのだった。あるときなど、おとなしい居酒屋の子供のアルフォンスを、監獄暮らしはよかったかいと訊《き》かれたため、いやと言うほどひっぱたいたことがあった。

「ええい、この餓鬼《がき》め！」と彼は叫んだ。「きさまの親父こそ、あんな毒物を商売して腹を肥やすより、監獄にでも入るほうが似合ってるぞ」

結局彼は、精神的にすっかり参ってしまった。そうなるともう人間は立ち直ることはできない。通りがかりの人がみんな彼を足蹴《あしげ》にするのである。

貧困が、どん底の貧困が訪れた。かつては日に十五フランも稼《かせ》いでポケットを膨《ふく》らましてモンマルトル街から帰ってきた老行商人も、今ではすっかり文《もん》なしになってしまった。冬がやって来た。裏長屋を追われた彼は、今では物置で、車の下に寝ていた。一カ月近い長雨で下水が氾濫《はんらん》して、物置が水に浸《ひた》った。

鼠《ねずみ》や蜘蛛《くも》やのら猫に囲まれるようにして、汚水に浸された荷車のなかにうずくまりながら、老人は闇のなかで物思いに耽《ふけ》るのだった。一日中何も食べず、蒲団代わりの袋もない老人は、政府が自分に住まいと食物とを与えてくれた日のことを思い出した。と、飢えにも寒さにも苦しむことのない囚人の境遇が羨《うらや》ましくなり、ふと次のような考えが頭に浮かんだ。〞よーし、そうだそうだ。あの手を使わぬ法はない〟

彼は立ち上がって街へ出た。夜の十一時ちょっと前だった。暗くてじめじめした夜だった。どんな雨よりも冷たく身に沁《し》みる霧雨が降っていた。通行人もまばらで、みんな軒端《のきば》伝いに歩いていた。

クランクビーユはサン・トースターシュ寺院の横を通ってモンマルトル街に曲がった。街には人影がなかった。寺院の入口近く、ガス灯の下に一人の憲兵が立っていた。ガス灯の周囲では、霧雨の降っているのがよくわかった。憲兵は頭巾《ずきん》を被《かぶ》っており、直立不動の姿勢をとっていた。暗闇よりも明るみがよいのか、それとも歩き疲れたのか、彼はその街灯の下にまるで親友のそばにいるように立ったままじっと動かなかった。ゆらめく灯火だけが人気《ひとけ》のない夜の唯一の話し相手のようだった。その直立不動の姿勢には、ほとんど非人間的なものがあった。雨に濡《ぬ》れて湖水ともまごう舗道《ほどう》に映る彼の長靴の影が長く長く延びて、遠くから眺めると水から上半身を出した巨大な両棲類のようだった。でもそばから見ると、頭巾を被ったその姿は僧侶のようでもあり、軍人のようでもあった。頭巾のためにますます大柄に見える彼の顔は、静かで悲しげだった。その短くて濃い口髭《くちひげ》はもう白くなりかけていた。四十を過ぎた老軍曹だった。

クランクビーユはそっと彼に近づいて、慄《ふる》えを帯びた声で言った。

「くたばれ、牝牛め！」

そう言って彼はその神聖な言葉の効果を待っていた。しかしながらいっこう効果は現われなかった。憲兵はその広いマントの下で両手を十字に組んだまま、黙って直立不動の姿勢を続けていた。闇のなかに光るその大きく開かれた眼は、じーっと、悲しげに、ちょっぴり蔑《さげす》むように老人を見つめていた。クランクビーユはたじろいだが、再び勇を鼓して呟くように言った。

「あっしはお前さんに、くたばれ牝牛め！って言ったんですぜ！」

長い沈黙が続いた。そのあいだ相変わらず霧雨が降り、あたりを闇が領していた。やがてようやく憲兵が口を開いた。

「そんなことを言ってはいけない……。真面目《まじめ》に忠告するが、そんなことを言わないほうがいい。お前くらいの年だったらもっと分別があってもいいぞ。……さあ行った、行った」

「どうしてあっしを逮捕なさらねえんで？」とクランクビーユは尋ねた。

憲兵はその湿った頭巾を被《かぶ》った頭を振った。

「言葉使いを知らない者を片っ端から逮捕してたら、仕事が多すぎてどうにもならないよ……。それにまた、そんなことをしてなんの役に立つだろう？」

クランクビーユは憲兵の取り付く島もない応対ぶりに圧倒されて、無言のまま呆然と大きな水溜まりのなかに立ちつくした。しかし立ち去る前に彼は一応自分の気持を説明しようとした。

「あっしが〝くたばれ牝牛め！〟って言ったのは、お前さんに向かって言ったのじゃありません。また誰に向かって言ったのでもありません。実はある目的があって言いましたんで」

「たとえどんな目的があろうとなかろうと、けっしてそんなことを言ってはいけない。なぜならある人が自分の義務を遂行しており、そのため少なからぬ困苦に堪《た》えているとき、つまらぬ言葉でその人を侮辱すべきではないからだ。……さあ、行った、行った」

クランクビーユは頭を垂れ、両手を振りながら、雨のなかを夜の闇のなかに消えていった。

（アナトール・フランス）

四月十五日

㈠　われわれはわれわれの行為の結果を絶対に知りつくすことはできない。なぜなら無限の世界におけるわれわれの行為の結果は無限であるから。

＊(二)　われわれの行為そのものは、われわれに属するけれど、その行為の結果は早や天に属するのだ。　（フランシスコ）

(三)　汝《なんじ》は――日傭《ひやと》い人夫である。一日の労働に励んで、その日の日給を受け取るがよい。　（『タルムード』）

(四)　神の正体を見極めようという人々の努力は、すべて空しい。人間はただ神の掟《おきて》を遵奉《じゅんぽう》しさえすればいいのだ。　（『タルムード』）

(五)　己れの責務を果たせ。しかしてその結果は、汝にその責務を課した者に任せよ。　（『タルムード』）

(六)　諸君の仕事の結果は他人が評価する。諸君はただ、今、この瞬間に諸君の心を清く正しく保つよう努力しさえすればよい。　（ジョン・ラスキンによる）

(七)　聖者は外面的なものでなく、内面的なものに心を配る。彼は外面的なものを無視して内面的なものを選ぶ。　（『老子』）

(八) 人間の仕事に伴う決定的な条件の一つは、努力目標が遠ければ遠いほど、そしてまた自分の仕事の結果を見たがる気持が少なければ少ないほど、仕事の成功度は大きくかつ広いということである。(ジョン・ラスキン)

(九) 人間の仕事のうちで、自分にとっても他人にとっても一番大事で一番必要なものは、当人がその結果を見ないで終わるような仕事である。

(十) 人間の行為のうちで、その結果がずっと先に現われるものほど、より尊く、より価値が高く、より偉大な行為である。(ジョン・ラスキン)

(十一) 結果のことなど全然考えないで、ひたすら神の御旨《みむね》の遵奉《じゅんぽう》のためになされた行為こそ、人間のなしうる最善の行為である。

(十二) この世の中には鉱坑の爆薬のように、巨大な悪と不正の堆積が潜んでいる。たとえわれわれがその鉱坑に新しく悪と不正の爆薬を仕かけても、一見、そのことは人間社会の一般的平安と均衡とを破壊しないように見える。しかしながら悪と虚偽との爆薬でなくて、善と真理とのそれを鉱坑に仕かけるならば、その善と真実は火花のように悪と虚偽との爆薬に点火して爆発が起こり、潜んでいた悪と虚偽とがはっきり人目に晒《さら》されることになるであろう。

鉱坑での爆発を避けるためにといって、あえて善を行なうことをせず、相変わらず世間に君臨する悪を支持する行為に参加するのは――つまりそれのみが堆積する悪を緩和し、それを増大せしめるよりもむしろ減少せしめるところの爆発の意味を理解しないことになる。

自分の教えは地上に和平をもたらすものでなく、むしろ剣と分裂をもたらすものだということを自ら認めたキリストは、かくして己れの暴露せる悪を恐るることなく、むしろ結局は善と光のあからさまな勝利に帰すべき、善と悪および光と闇との白日下の激突を喜んだのである。　　　（フョードル・ストラーホフ）

㈢　キリストの生涯は、人間にとって自分の仕事の結果を見届けることは不可能であることの標本として、ことのほか重大な意味を持つ。結果を見届ける可能性が少なければ少ないほど、その仕事は重要な仕事なのだ。モーゼは民衆とともに聖約の地に入ることができたが、キリストはたとえ今日《こんにち》まで生きていたとしても、自分の教えの成果を見ることはできないであろう。それなのにわれわれは、神の事業を行ないながら、人間の報酬を欲しがる始末である。

㈤ もし君が自分の活動の成果をすっかり見ることができるなら、それはくだらぬ活動であることを知るがよい。

四月十六日

㈠ 自分のなかにも他人のなかにも、人間としての尊厳性があることを認めることと、ある人がある人に隷従したり、ある人がある人を庇護《ひご》したり、ある人がある人に恩恵を施したりすることとは、絶対に両立しない。

㈡ すべての人は己《おの》れに対する尊敬を要求することができるが、同様にまた、己れの隣人を尊敬しなければならない。

いかなる人も、単なる手段や単なる目的ではありえない。まさにその点に彼の人間的尊厳性は存在する。そしてまた、彼がいかなる代価によっても自分を売り渡してはいけないように（そのことは彼の人間的尊厳性に反する）、万人に対する平等な尊敬という道徳的義務を免れることは、けっしてできない。換言すれば、彼は万人のなかの人間的尊厳性を実際に認め、万人に対してその尊厳性に対する敬意を表するにやぶさかであってはならない。

（カント）

㈢　労働階級の人々の福祉問題に関して、権力の代表者たちはいかにも庇護者《ひご》のような尊大な口調で語る。労働の真の尊さを知る人々にとっては、その尊大な口調は露骨に表明された侮辱の念以上に侮辱的である。彼らの、いかにも勤労者に同情したような言葉のなかには、もともと労働者に貧乏は付きもので、自分たちが温かい庇護の手を伸べないかぎり必ず貧窮状態に陥るのだ、といった口吻《こうふん》が聞き取れる。誰一人、地主や資本家に庇護が必要だなどといったことはおくびにも出そうとしない。地主や資本家はちゃんと自分でやってゆけるが、ただ貧乏な労働者たちだけは庇護してやらなければ――と権力の代表者たちは言う。

（ヘンリー・ジョージ）

㈣　いつの時代にも、一般民衆を庇護するためというのが暴力に対する口実であり、専制君主制や貴族制度や種々様々の特権の正当化の口実だった。しかしながら世界の歴史において、それが君主制下であれ共和制下であれ、労働階級への庇護とは、とりもなおさず彼らを弾圧することを意味しなかった例が、ただの一つでもあるであろうか？政権を掌握する人々が労働者に与える庇護は、せいぜい人間が家畜に与える庇護のようなものである。人間は家畜を庇護するが、それはあとでその力や肉を利用するためにほかならないのだ。

（ヘンリー・ジョージ）

(五) きわめて些細《ささい》なことが、人間の性格形成のために作用する。

(六) そんな些細なことはどうでもいい、などと言ってはいけない。真に道徳的な人間はどんな些細なことの意味も見逃しはしない。

(七) 自分の接触するあらゆる人々の足もとにひれ伏す習慣を持った信者たちがいる。万人のなかに神の霊が住んでいるからそうするのだ、と彼らは言う。実に奇妙な習慣ではあるけれど、その根底には深い真実が含まれている。

＊(八) 人々は気が小さくて、しょっちゅう卑下してばかりいる。そして〝われ在《あ》り、われ思う〟と言う勇気さえ持とうとしない。

（エマスン）

(九) われわれは他人に奉仕する場合、相手に隷従するのでもなければ、相手を庇護するのでも、相手に恩恵を施すのでもなくて、自己の責務を——人間に対する責務でなくて永遠の掟《おきて》に対する責務を果たしているのだ、ということを知らねばならない。

四月十七日

㈠　キリスト教――それは人間の内部に具《そな》わる神性についての教えである。

㈡　キリスト教――それは簡単な教えである。非常に簡単な教えである。人間に対する愛の教え、神に対する愛の教えである。〝天に在《いま》す汝《なんじ》らの父のごとく純全なれ、神のなかに生きよ〟、換言すれば、最善の事柄を最善の方法で、最善の目的のためになせ(訳註――「マタイ伝」参照)というのがその教えである。

何もかも非常に簡単であり、子供でもちゃんと理解できる。それは実に素晴らしい教えであって、どんなに偉大な智者といえどもこれ以上素晴らしいことを考えつくことはできない。（パーカー）

㈢　モーゼからイエスまでのあいだに、個々の人々や個々の民族のなかで偉大な知的・宗教的発展が行なわれた。イエスから現代までのあいだに、その発展の動きは個々の人々の場合も、個々の民族の場合も、いっそう顕著となった。古い迷妄が棄却され、新しい真理が人類の意識のなかに生じた。個々の人間は、人類そのものほど偉大ではありえない。たとえある偉大な人物が人類同胞に先駆けて進み、そのため人々が彼を理解しえないというようなことがあっても――やがては、人々が彼に追いつき、追い越してはるか先へと進み、そのためこんどは反対に、以前のその偉大な人物が立っていたところに立ち止まっている人々には、彼らのことが理解できなくなる、といった時が来る。そしてそのとき新しい偉人が必要となり、その偉人が出現して新しき道を開拓するということになる。（パーカー）

＊㈣　己《おの》れの生命の意義をはっきり理解することなしには、換言すれば、信仰というものを持つことなしには、われわれはいつなんどき従来の生活の基盤を放棄して、それまで呪《のろ》っていたような生活の基盤に立ちはじめかねないのである。

㈤　人間は自分の生の目的そのものを把握することはできない。彼はただ目的の存する方向だけを知ることができるのだ。

㈥　すべての宗教上の教えの本質は――愛である。ことに愛に関するキリストの教えの特色は――キリスト教がはっきりとそれに反したら、いっさいの愛の可能性が滅びるような、重大な愛の条件を規定している点にある。
その条件とはすなわち、〝悪をもって暴力に酬《むく》いるな〟ということである。

(七)　キリスト教的愛は、自分および万人のなかの、否、万人のみならず万物のなかの神的本源の同一性の意識から生ずる。

(八)　平安でかつ強い人でありたいと思ったら――わが心に信仰を確立するがよい。

四月十八日

(一)　大事なのは知識の量でなく、その質である。もの凄《すご》くいろんなことを知っているくせに、一番必要なことは知らない人がいるものである。

＊(二)　知らないということは、別に恥ずかしいことでも悪いことでもない。誰にしても何から何まで知るというわけにはゆかない。知らないことを知った振りすることこそ、恥ずべきこと、いけないことである。

㈢　われわれ人間には、世界で行なわれることのすべてを知り、すべてを理解する力はない。それゆえ、いろんな事柄についてのわれわれの判断が正当とは言えない。人間の無知には二種類ある。一つは生まれながらの純粋で自然な無知であり、もう一つの無知は、いわば真の賢者のみが到達する無知である。ありとあらゆる学問を極め、古今の人知を渉猟《しょうりょう》しつくした人は、それらの知識を十把《じっぱ》ひとからげにしてもきわめて取るに足らず、それをもって神の世界を真に理解することは不可能だということがわかり、結局学者などという人種も、本質的には学問のない普通の人と同じように、実は何一つ知らないのだと、確信するに至るであろう。

ところが一方には、ちょっぴりあれこれ勉強し、いろんな学問を生《なま》かじりして、ひとかどの学者気分でいる道聴塗説《どうちょうとせつ》の徒もいる。彼らは生まれながらの無知からは離れたけれど、すべての人智の不完全さ、くだらなさを悟った学者の持つ真の叡智《えいち》には到達しなかった。こうした知識人気取りの連中こそ、世の中を掻《か》き乱すものである。彼らはすべての事柄について自信ありげに軽率な判断を下し、当然ながら絶えず間違ってばかりいる。彼らは巧みに人々を煙に巻き、そのためしばしば彼らを尊敬する人々が現われるけれど、一般の民衆は彼らのくだらなさを知って軽蔑する。そしてそのおかえしにこれら知識人たちは、一般民衆を無知蒙昧の徒として軽蔑する始末である。　（パスカル）

㈣　もしも一部の人々だけに食物の生産が許されて、ほかのすべての人々にはそれが禁止されるか、あるいは生産できない状態に置かれるならば、生産されたその食物は、けっしていい食物ではないであろう。同様の事態が、特定の階級《カースト》によって独占された学問や芸術の世界にも生じている。ただそのあいだの差異と言えば、肉体的食物の場合は自然から大きく逸脱することはないけれども、精神的食物の場合はその逸脱の度がきわめて大きい危険性がある、ということである。

㈤　叡智は――人間にとって広大無辺な目標であり、われわれは自由な時間のすべてをあげてその獲得のために献《ささ》げなければならない。われわれがどれほど多くの問題の処理に成功しようとも、やっぱりわれわれはいつになっても検討と決断を要する問題を山ほど抱えて苦労しなければならない運命にある。それらの問題は実に広汎《こうはん》多岐であるため、われわれの知力を充分発揮させるためには、意識のなかからいっさいの無益なものを排除しなければならない。われわれは生涯、たとえば言葉の問題だけにかかずらわっていていいものだろうか？　ところが往々にして世間には、人生についてよりも会話についてより多く思索する学者がいるものである。われわれは度を過ぎた学問沙汰《ざた》がどれほどの害悪を生むか、どれほど真理にとって危険なものであるかに気づくべきである。

（セネカ）

㈥　最高学府の理路整然たる饒舌《じょうぜつ》は、往々にして、曖昧《あいまい》でどうにでも取れる意味を言葉に与えることによって、解決困難な諸問題を解決することを回避しようという一般的申し合わせにすぎないことがある。なぜならば大変便利な、多くの場合虚心坦懐《たんかい》な〝わかりません〟という言葉は、アカデミズムの世界ではあまり好まれないからである。

（カント）

㈦　真理を無疵《むきず》のまま原稿用紙に写し、さらにそれを人々の頭に伝えるためには、数多くの障害を克服しなければならない。虚言者は――真理の最も無力な敵である。最も危険な真理の敵はまず第一に、一杯機嫌の人たちのように、有頂天で何もかもについて喋《しゃべ》り、何もかもに首を突っ込む著述家であり、第二に、人間のすべての行為のなかにその人の全生涯の反映を見る、あるいは見たがる、いわゆる人間通をもって自任する人であり、そして第三に、何もかもありがたがって信じ、十五の年までに教え込まれたことを何一つ再検討することなく、自ら若干の理論を打ち建てる場合も、自ら検討したことのない基礎の上にそれを打ち建てるような善良で敬虔《けいけん》な人間――そのような人たちが最も危険な真理の敵である。

（リフテンベルグ）

(八)　あらゆる学問の場合もそうであるが、いささかの白眼視も許そうとしないその学問の熱烈な擁護者たちは、たいてい最近その学問に首を突っ込み、心中ひそかにその欠点を意識しているような人たちである。　（リフテンベルグ）

(九)　いわゆる文化とは──真の文明よりもむしろ野蛮を偽装するために張られたベニヤ板のようなものである。　（リュシー・マローリ）

(十)　何一つ創造しない学者は、雨を降らさない雲のようなものである。（東洋の金言）

(十一)　何よりもいけないのは、深く考察された思想にのみふさわしい言葉を使って、いたずらに自分の思いついた思想を述べようとする著述家たちである。もし彼らがそんなことをしないで、自分の思想をそれにふさわしい言葉で述べるならば、間違いなく彼らは彼らなりに学問全体の向上に貢献でき、世間にも注目されるであろう。
（リフテンベルグ）

(十二)　真の知識や真の学問にとって何よりも有害なのは、曖昧な観念や曖昧な言葉を使用することである。ところが似而非《えせ》学者たちは、曖昧な観念を説明するために、曖昧な、空虚な、でっちあげられた言葉を使用したりして、実際にそうしているのである。

四月十九日

(一) 苦しむことの尊さを知らない人は、まだ理性的な生活を、換言すれば真実の生活を始めていない人である。

(二) 人類のなかの偉大な事業は、すべて苦悩の条件下で行なわれる。イエスは自分も苦しみを覚悟しなければならないことを知っていた。そしてすべてを予見していた。彼がその権力を破壊するためにやって来た人々の自分に対する憎悪、彼らの秘密謀議や暴力、彼がその病いを癒《いや》した人々、あるいは古き社会の荒野のなかで天来のパンとも言うべき神の言葉を与えた人々の忘恩、さらにはまた、十字架や死や、死よりも苦しい弟子たちの離反等々、何もかもを予見していた。それらの思いはけっして彼の胸中を去らなかったが、それでも彼は瞬時もためらうことをしなかった。たとえ彼の肉体は〝この爵《さかずき》〟を押しのけようとしても、より強力な神の意思が躊躇《ちゅうちょ》なくそれを受け取らせた。これこそイエスが、彼の仕事を受け継ごうとするすべての人々に対して、換言すれば、イエスのように人々を救い、人々を迷妄と悪の軛《くびき》から解放する使命を帯びて生まれたすべての人々に与えた範例、人々が永遠に記憶すべき範例である。もし人々が、キリストが導く目標に到達しようと思うなら、彼らも同じ道を辿《たど》らねばならない。そうした苦しい代価を払ってはじめて、人々は人々に奉仕することができる。諸君は人々がみんな真の同胞となることを望み、彼らを人類本来の普遍的法則に招き、いっさいの弾圧、いっさいの不法、いっさいの偽善と闘う。諸君は地上に公正と道義と真実と愛の王国を築こうとする。――とすれば、己《おの》れの権力をその正反対のものに基礎づけている人々が諸君に反対して立ち上がらないいわれがあろうか！　はたして彼らは一合も交えずして、諸君が彼らの神殿を破壊し、そうした人間の手による神殿とは別の、神自身によって基礎づけられた永遠不滅の神殿を築くことを許すであろうか！　もし諸君がかつて軽率にもそうした期待を懐《いだ》いたことがあるとしても、今や即刻その期待を放棄しなければならない。諸君は〝苦き爵〟を最後の一滴まで飲まされるであろう。諸君は盗賊のように逮捕され、諸君を罪するための偽りの証人が現われるであろう。そして諸君が自分自身について証言するとき、〝この男は神を冒瀆《ぼうとく》した！〟という叫びが起こるであろう。そして裁判官たちは、この男は死罪に相当する、と言うであろう。もしそうしたことが起きたら、諸君は喜ぶがいい。それこそ、諸君が真に神によって遣わされた者であることの決定的証拠であるから。

（ラムネ）

㈢　夜の闇のなかに星が見えるように、苦悩のなかにこそ人生の意味が見えるものである。
（ソロー）

㈣　苦しみなしに精神的成長はありえないし、生の拡充も不可能である。人間の死がいつも苦しみを伴うのもそのためである。また、神は不幸に見舞われる者を愛したまうと世間で言われるのもそのためである。

㈤　病気、手や足を失うこと、ひどい幻滅、財産の喪失、友人を失うこと等々は、最初取り返しのつかぬ不幸と感ぜられる。しかし歳月とともに、まさにその喪失のなかに潜む逞《たくま》しい治癒力が、その力を発揮してくるものである。
（エマスン）

㈥　人生の真理は、人々が原始的・無意識的生活から理性的・意識的生活へ移行するための扉である、という点に真の福音は存在する。たとえ苦しみはあくまで苦しみで、死はあくまで死であっても、理性的意識に目覚めた人は、それを幸福として——万人の生活、全世界の生活にとっての、神聖で永遠で不朽不滅の生命にとっての幸福として受け取るのである。
（ブーカ）

(七)　運命自体がいったいどんなものかということよりも、その運命をどんなふうに受け止めるかということが、より大事である。　（フンボルト）

(八)　小さな苦しみはわれわれを逆上させるが、大きな苦しみはわれわれに自己回帰をさせる。罅《ひび》の入った鐘は鈍い音を出すが、二つに割ってしまえば、再びいい音を出すものである。　（ジャン・ポール・リヒテル）

(九)　宗教の力と恩恵とは、宗教が人間にその存在の意義とその究極的使命とを説き明かす点にある。もしわれわれが宗教から生ずる道徳原理をいっさい放棄するならば（現在の科学の時代、知的自由の時代のわれわれがみんな現にやっているように）、いったいわれわれはなんのためにこの世に生まれたか、この世で何をなすべきかを知るための、なんの手がかりもなくなるであろう。

運命の秘密がそのさまざまな厳しい問題をもってわれわれを四方から取り囲んでいて、苦渋と恐怖に満ちた人生の無意味さを感じないでいるためには、まったくのところ全然何も考えないようにするほかはない。肉体的苦痛や、道徳的悪や、霊の痛みや、悪人が栄え、善人が不遇であること等々――これらはすべて、この世界の内面的秩序を悟ることさえできれば、結局そこに天の摂理があることを知ることができさえすれば、容易に堪《た》え忍ぶことができるであろう。信ずる者は己《おの》れの受けた痛手さえ喜ぶ。彼は自分が不正や暴力を蒙《こうむ》っても、じっと堪え忍ぶ。いかなる罪悪も、また犯罪すらも、彼から希望を奪うことはできない。しかしながら、いっさいの信仰をなくした人にとっては、悪や苦悩はその意味を失い、人生はただ忌わしい戯《ざ》れごととしか見えなくなるであろう。

（アナトール・フランス）

＊㈩　精神によって生きる人は、彼が味わうさまざまな苦悩が、彼を自分の望む完成へのゴールへ近づけることをおのずと感じないではいられない。そのような人にとっては、苦悩もその苦味《にがみ》を失い、転じて幸福となるであろう。

四月二十日

㈠　自らの霊性を意識している者にとって、自己棄却は、ちょうど動物的生活を送る人々にとって、さまざまな肉欲の満足が幸福であるのと同じように幸福である。

㈡　他人に善をなす人は善《よ》き人である。もし彼が善をなすことによって苦しむならば、彼はますます善き人である。また、もし彼が、自分が善をなす相手のために苦しむならば、彼は最高の善に到達したのであり、その善をますます強化するためには、あくまで相手に善をなしつづけることによって自分の苦悩を増大させること以外にはない。そして、もし彼がそのために死ぬならば――それこそもう最高の完成度に達したことになる。

（ラ・ブリュイエール）

㈢　われよりも父もしくは母を愛する者は、われにふさわしからず。われよりも息子もしくは娘を愛する者も、われにふさわしからず。また己《おの》が十字架を取りてわれに従わざる者は、われにふさわしからず。己が命を見出せし者は、これを失い、わがためにその命を失う者は、これを見出すなり。

（「マタイ伝」第十章三七〜三九節）

㈣　人間にとって、私欲を離れて他人のために働くこと――つまりは永遠の神のために働くことほど大きな幸福はない。もしも人々が、現在己れの個我的欲望に奉仕しているように公共の利益に奉仕するならば、彼らはそこに平安と幸福とを知り、その眼前に現在彼らがそれに対して盲目であるところの、神の叡智《えいち》の無限の世界が展開するであろう。

（リュシー・マローリ）

㈤　さてイエス、弟子たちに言えり、「人もしわが後に従い来たらんと欲せば、己れを棄て、己が十字架を担《にな》いてわれに従うべし。そは己が生命を救わんと欲する者は、これを失い、わがために己が生命を失う者は、これを得ん。人全世界を儲《もう》くとも、もし己が魂を損なわば、なんの益かあらん。人何をもってか、その魂に代えん」

（「マタイ伝」第十六章二四〜二六節）

㈥　火が蠟燭《ろうそく》を滅ぼすように、善は個我的生命を滅却する。火をともせば蠟燭の蠟が溶け去るように、善に参加することによって個我の意識は滅びる。

建物が完成したとき、足場が取り壊されるように、死は人間の肉体を取り壊す。建物ができあがった人は、その足場が取り壊されるのを喜ぶ、つまり己れの肉体の死を喜ぶのである。

㈦　われわれの心のなかの太陽にも、必ず黒点がある。それはわれわれの個我が落とす影である。

（カーライル）

㈧　我執《がしゅう》——それは霊にとっての牢獄である。牢獄がわれわれの肉体的自由を奪うように、我執は間違いなくわれわれの幸福を奪う。

（リュシー・マローリ）

＊(九)　われわれは他人のために生きたとき、はじめて真に自分のために生きるのである。一見不思議に思われるけれど、実践してさえみれば、本当だということがわかるだろう。

(十)　もしその人が精神に生きるのであれば、世俗的幸福を拒否することは別に自慢の種にはならない。彼としては、拒否せざらんとしてもあたわず、なのである。そして拒否することによって彼は、己れの境遇を改悪しているのでなく、むしろ改善しているのである。

四月二十一日

(一)　現代のキリスト教世界が直面しつつある社会体制の変革の骨子は、愛をもって暴力に取って代わること、暴力や暴力の恐怖に基づくのでなくて、愛に基づく生活が可能で、楽しくて、より祝福されていると認めることにある。

＊(二)　その人たち自身が自分を憐《あわ》れがっていること、たとえば財産とか家族とか美貌とか健康とか世俗的栄誉とかを失ったということでその人たちを憐れむのでなくて、真に

彼らの憐れむべき点、たとえば彼らが道徳心や清浄な理性や善き習慣などを失ったことで憐れむ術《すべ》を学ぶことは、なかなか難しい。しかしながら、隣人に対する己れの義務を果たすためには、そのような人間関係がどうしても必要なのである。

㈢　われかく汝《なんじ》らに命ずるは、汝ら相愛せんためなり。世もし汝らを憎まば、汝らより先に世われを憎めりと知れ。汝らもしこの世に属せば、世は己れに属する汝らを愛せん。しかれども汝らはこの世に属せずして、われがこの世より選べる者なれば、世は汝らを憎むなり。

（「ヨハネ伝」第十五章一七〜一九節）

㈣　人々はよく、愛なくして人に接していい場合もあると考えるけれど、けっしてそんな場合などはない。物品にならなら愛なくして接してもいいであろう。しかしながら人間には愛情なしに接してはいけない。それはちょうど不用心に蜂を扱ってはいけないようなものである。蜂の性質から言って、不用心にこれを扱ったら蜂も傷つくし人間も傷つく。人間の場合も同様である。

以上のことは、人間同士の相互の愛情こそ人生の根本法則である以上、至極当然な話である。確かに人間には、働こうと思えば働くことができても、愛しようと思っても愛することができない場合があるけれども、だからといって愛情なくして人に接していいということにはならない。相手に何かを求めている場合などは、ことにそうである。人間に愛情を感じない場合は、おとなしくじっとしていて、自分自身を相手にしているか、品物をいじるか、なんでも好きなことをしていていいけれど、人間だけは相手にしないがいい。腹が減ったとき食べて、はじめて食物が有益無害であるように、愛情をもって人に接したとき、はじめて人間関係が有益無害となる。いったん愛情なくして人に接しはじめたら――結局人々に対する残忍冷酷さに際限がなくなり、自分自身の苦しみにも際限がなくなるだろう。

㈤　キリストの最も重要な誡律である〝敵に対する愛〟が実際に守られるのを見定めないうちは、私は絶対に、いわゆるキリスト教徒と自称する人々を本当にキリスト教徒とは認めないであろう。（レッシング）

㈥　己《おの》れの欲せざるところを人に施すことができる情況が放置されているあいだは、つまり、種々の暴力強制、刑罰、さらには死刑という人殺しさえ横行しているあいだは、愛の教えなど単なる口頭禅にすぎない。

㈦　いかに最大幸福達成のためといっても、けっして最小の悪も行なうべきではない。

である。　　　　　　　　　　　　　　　　　　　　（パスカル）

(八)　かつて世界で行なわれた最も破滅的誤謬《ごびゅう》は、政治学を道徳学から切り離したことである。　　　　　　　　　　　　　　　　　　　　（シェリー）

(九)　世間と妥協するためにだらだらと現在の生活を続ける、といった生き方をしてはいけない。そんな生き方をすれば、君は愛の王国の接近を妨げることになる。愛の王国の到来が可能なような生き方をするがよい。そしてそのような生き方をするためには、君の生活を暴力の上にでなく、愛の上に築くがよい。

一週間の読み物

アレクサンドル・デュマの手紙より

人間の前には、彼より以前からあり、彼よりあとまで残る世界があって、彼はその世界が永遠であり、その永遠性に参加することが望ましいことを知っています。いったんこの世に生を享《う》けた以上、彼は自分を取り囲み、刺戟《しげき》し、あるいは自分を嘲笑したり滅ぼしたりするこの世界のなかで、自分なりの役割が欲しいと思います。彼は自分の生が始まったことを知り、それが終わることを望みません。彼は大声で訴え、低い声で安心立命の境地を祈り求めるのですが、その境地に安住することはなかなかできません。なんとなれば、人間のエネルギーを最も強力に支配するものの正体が不明なので、彼が自分の身の上に関して確実に知っていることは、結局自分の運命が静止と死にすぎないということです。しかしながら彼は、そうした境地に安住できないで、何かしら完全性への衝動を感じ、たとえ傲慢《ごうまん》心や好奇心や憎悪心や流行かぶれの結果、完全性への懐疑や否定に一時的にすっかり陥ったとしても、いつかは必ずまた希望へ回帰するのです。希望を失っては人間は生きてゆけませんから。

　したがって、人間の完全性への精進には、ときに翳《かげ》りは生じても、完全に消失することはけっしてありません。月にかかる叢雲《むらくも》のように、彼の心を哲学の霧がよぎることはあっても、月はその運行を止めず、たちまち雲間を出てもとのままの煌々《こうこう》たる姿を現わします。こうした人間のなかの、完全性に対するやみがたき希求の念こそ、人間があれほどの信頼と歓喜の念をもって、没理性的にさまざまな宗教へ没入してゆく事情を説明してくれるものです。そして〝無限なるもの〟を約束するそれらの宗教は、彼に彼の性質に適応した〝無限なるもの〟を提供し、彼を、完全性にとっても常に必要な一定の枠のなかに置くのであります。

しかしながら、もうずいぶん前から、人類の歴史の各段階において、歴史の闇のなかから新しい人種がますます多く現われて（この百年間はことのほかそうですが）、理性や学問や実験観察の名において、従来真理と見なされていたものを否定し、それらを相対的なものと宣言し、それらを内容とする教えを破壊しようとしております。

しかしながら、たとえそれがなんであれ、とにかく世界を創造した力（というのは、私には、世界が自分で自分を創造したとはどうしても考えられませんから）はわれわれを自家薬籠中《じかやくろうちゅう》のものとなし、なぜそれがわれわれを創造したか、いったいわれわれをどこへ導くか、を知る権利をわれわれに渡そうとしません。その力はその意図をどんなに憶測してみても、どんなに祈り求めてみても、どうもその秘密を明かそうとしないようですし、それゆえ（私が考えていることをここですっかりぶちまけますと）、人類もどうやらその秘密を知ることを断念しているように思います。人類は宗教にすがりましたが、宗教はさまざまに分裂していているため、何一つ示してくれませんでした。こんどは哲学にすがりましたが、各学派互いに分裂対立していて、より以上に何一つ説明してくれませんでした。そこで人類はとうとう、もっぱら自分の素朴な本能と常識に頼るようになり、なんのためにどう生きるべきかも知らないで、この世に生きるまま、とにかくこの地球上で与えられるいっさいの手段を駆使して幸福になろうと努めているわけです。

世間には、人生のいっさいの苦難の対症療法として、勤労をすすめる人々がいます。

勤労は確かに良薬と言えましょう。それを用いるのも悪くはありません。しかしそれだけでは、これまでずっと充分でなかったし、こんごもやはりそうでしょう。どんなに筋肉労働をしたり頭脳労働をしたりしても、やっぱり食物を手に入れたり、財産をこしらえたり、名誉を獲得したりすることだけが人間の唯一の関心事ではないはずです。そうした目的だけしか持たない人たちは、その目的を達したとき、何かが不足であることを感ずるでありましょう。要するに、人が何を生産しようと、何を言おうと、はたまた人に何を言われようと、彼は単に食物で養う肉体や、教育し発達させねばならぬ知能だけから成り立っているのでなく、そのほかに疑いもなく霊というものがあって、それなりの要求を提示しているのです。この霊が不断に働き、絶えず発展して、光と真理に向かって精進します。そしてそれは、すべての光を受け入れ、すべての真理を獲得するまでは、人間を苦しめつづけるでしょう。

そしてまた現代ほど、霊がわれわれ人間にその力を強く振るう時代はないでしょう。いわばそれは、全世界が呼吸する空気のなかに充満しております。個々別々に人間社会の新生を念じていた人たちが、徐々に探し合い、求め合い、接近し、団結し、一つの集団すなわち重心を形成し、その重心に向かって世界の隅々から、ちょうどヒバリが鏡に向かって飛んでくるように、その他の霊が飛んでくるのです。かくしてそれらの霊は、将来人々が共同して、意識的・不可避的に、最近まで敵対関係にあった世界の諸民族の来たるべき統一と正しき前進実現のために、大同団結するのです。この新しい霊を、私は一見それを否定するような現象のなかに、何よりも認識するのです。

諸国間のああした軍備増強や、権力者たちが互いに威嚇《いかく》し合う姿や、ああした特定民族迫害の復活や、同国民間の敵対関係等々は、確かに悪しき現象ではあっても悪しき前兆ではないのです。それは——滅ぶべきものの最後の痙攣《けいれん》であります。この場合の病気は、生くべきものの死の本源より脱却せんがためのエネルギッシュな努力にほかなりません。

過去の迷妄を利用してきた人々、そしてこんごもずっと、できれば永久に利用したいと思っている人々は、いっさいの改革を阻止する目的で団結します。その結果ああした軍備拡張や威嚇行為や迫害などが生ずるのですが、よーく注意してごらんになれば、それらはみんな皮相的なものにすぎないことがおわかりになるでしょう。言うなればそれは張り子の虎なのです。

そうしたもののなかには早や霊は存在しません。それはもう他の場所へ移ってしまいました。毎日毎日全面殺戮《さつりく》戦争の訓練をしている幾百万の人々も、もはや自分の戦うべき相手を憎んではいませんし、彼らの指揮官たちも誰一人あえて宣戦布告をしようとしません。下から聞こえる怨嗟《えんさ》の声、連鎖反応的に広がる怨嗟の声に対して、早くも上からの、その正当さを認める心からの大きな同情が寄せられつつあります。

人間的な相互理解がやがて必然的に生ずるでありましょう。それもわれわれが考えているよりずっと早く。それは、いずれ私がこの世を去り、地平線から差し昇る光を私の視力が捕えることがなくなったあとに生ずることになるかもしれません。しかしながら私は、現代社会はすでに、〝汝《なんじ》ら互いに相愛せよ〟という言葉を、それを言った者が神であろうと人間であろうと関係なく、実現させるべき時に来ていると思うのであります。世界各地に目立ってきたところの、まずは自愛的な素朴な人々のみを巻き込もうとしている精神運動も、やがては無条件に人間的なものとなるわけでありましょう。およそ節度ということを知らない人々は、まるで気が狂ったように、互いに愛し合おうと騒ぎ立てるかもしれません。しかし最初から何もかもうまくゆかないことは、わかりきっています。そこには誤解も起きようし、流血の惨事も発生するかもしれません。もともとわれわれは、しばしばわれわれに愛を説く使命を持つ人々自身によって互いに憎悪し合うよう教育されているのですから。しかしながら四海同胞のこの偉大な掟《おきて》はいつかは成《じょう》就《じゅ》すべきことは明らかですから、私としては、われわれがその成就を切に願う時がまもなくやって来ることを信じて疑いません。

（アレクサンドル・デュマ）

四月二十二日

㈠ 自分を知ることは、神を知ることである。

㈡ イエス呼びて言えり。「われを信ずる者はわれを信ずるにあらずして、われを遣わしたまいし者を信ずるなり。また、われを見る者は、われを遣わしたまいし者を見るなり。われは光として世に来たれり、およそわれを信ずる者、闇にとどまらざらんためなり。もし人が、わが言を聞きて守らずとも、われこれを裁かず。われこの世に来たりしは、世を裁かんためにあらずして、世を救わんためなり。われをあなどり、わが言を容《い》れざる者には、これを裁く者あり、すなわち、わが語りし言こそ、終わりの日にこれを裁く。けだし、われは己《おの》れによりて語りしにあらず、すなわち、われを遣わしたまいし父自ら、われ何を言うべきか、何を語るべきかをわれに命じたまいしなり。しかして、その命じたまいしことは永遠の生命なることをわれは知る。さればわが語るところは、父のわれに言いしままを語るなり」　（「ヨハネ伝」第十二章四四〜五〇節）

＊㈢ ある人の、これは好きであれは嫌いという根本的性質は、時間的・空間的条件から生ずるものでなく、むしろ反対に、その人はこれは好きであれは嫌いという一定の性

質を生まれながらに持っているために、時間的・空間的諸条件がその人に働きかけたりかけなかったりするのである。時間的・空間的にまったく同じ条件下に生まれ育ってきた人たちが、その内面的自我に関してはしばしばきわめて鋭い対立を示すというのもそのためにほかならない。

㈣　霊の純潔なくしてどうして神を拝することができよう？　どうして神を拝しにゆこう、などと言われよう。悪を行なう者に、どうして神を拝することができよう？　聖なるものは森にもなく、天にもなく、地にもなく、いわゆる聖なる河にもない。自分の肉体を浄《きよ》めよ、しからば汝《なんじ》はそれを見ることができるであろう。汝の肉体を神の宮となせ、邪念を棄て、心眼をもって神を眺めよ。われわれが神を知るとき、同時にわれわれ自身をも知るのである。自ら体験することなしに、ただ書かれたものを読むだけでは、われわれは恐怖の念を克服することはできない。それはちょうど絵にかいた火が闇を照らすことができないのと同じである。汝が何を信じ、いかなる祈禱《きとう》を唱えようと、汝のなかに真実がなければ、幸福の道に到達することはできない。真理を知る者は、新たに生まれるのである。

真の幸福の源泉――それは心のなかにある。ほかの場所にそれを探す者は愚者である。それはちょうど、自分の懐《ふところ》に抱いている小羊をきょろきょろ探す羊飼いのようなものである。

なぜ汝らは石を集めて巨大な神殿を築くのであるか？　神は常に汝らの内に住みたまうのに、なぜいたずらに自らを苦しめるのか？

家のなかの生命なき偶像よりも、飼犬のほうがよい。八百万《やおよろず》の神々よりも、世界にただ一つの偉大なる神のほうがよい。

暁《あかつき》の明星《みようじよう》のように、万人の心のなかにある灯――この常住の灯こそ、われらの精神的故郷なのである。（ウエマーナ）

㈤　自分というものを知らない人に向かって、自分を離れて神につけと言うのはおかしい。自分を知る人に向かってこそ、そう言うべきである。（パスカル）

㈥　人間は己れの自我を、隷属的で不安定で哀れな世界から、自由で、不動で、歓喜に満ちた世界へ、すなわち己れの精神的本体に目覚める世界へ移行させることができる。

四月二十三日

㈠　真に善《よ》きものは常に素朴である。素朴であることは実に魅力的で、かつ有利なのに、素朴な人々がかくも少ないのは驚くべきことである。

＊(二) 海の彼方に幸福を求めるな。真に必要なことを容易にし、必要ならざるものを困難にしたまいし神は褒《ほ》むべきかな！

（グリゴリー・スコオローダ）

(三) 本当に善いものはいつも安く、有害なものはいつも高い。

（ソロー）

(四) いわゆる進歩なるものは、いつもわれわれに何かを与える代わりに、必ず何かを奪うものである。たとえば新しい発明は社会を富ませるけれど、半面われわれのなかの生得の特質の幾分かを損なわせる。教養人は乗り物を持っているが、足を使って歩くほうは駄目である。ジュネーヴ製の素晴らしい時計は持っているが、太陽で時間を知ることはできない。彼は天文暦を買っているが、そのなかになんでも書いてあると安心して、とうとう空の星一つ見分けることができず、春の彼岸もわからなくなっている。真に聡明な人間は、無駄なものをみんな放棄して、最後には自分にとって必要不可欠なものへ帰ってゆく。

（エマスン）

(五) われわれの支出のほとんどが、他人の真似をするためになされている。

（エマスン）

㈥　公共に奉仕せよ――愛の事業を行なえ――言葉と抑制と精進とによって。かりそめにも悪しき言葉を慎み、悪しき行為を避け、必要とあらば勇気を振るい、誤った羞恥心《しゅうち》を克服して言うべきことを言い、よきこと愛にかなったことを行なう。――以上みんな些細《ささい》な行為、目立たぬ言葉ではあっても、そうした芥子種《からしだね》からこそ全世界をその枝で覆う愛の巨木が成長するのである。

㈦　別に偉業を果たそうと思わなくてもいい。現在君の置かれた立場で君に求められることをなるたけよく、キリスト教徒らしく、誠心誠意行ないさえすれば、君は精一杯生きているわけで、別に偉業を求める必要はないのである。

㈧　およそ偉大な事柄というものは、地味で慎ましやかで、単純素朴な状態のなかで行なわれる。土地を耕すのも、家を建てるのも、家畜を養うのも、さらには物を思うことさえも、雷鳴や稲妻の下ではできない。偉大な仕事、真実の仕事はいつも素朴で謙虚である。

(九)　素朴に見せかけようとする人たちほど、本当は素朴でない。見せかけの素朴さこそ最大最悪の技巧である。

四月二十四日

(一)　戦いにおける真の勇者は、神が自分の同盟者であることを知っている者である。

(二)　世にありて汝《なんじ》ら艱難《かんなん》を受けん、しかれども勇めよ、われは世に勝てり。

（「ヨハネ伝」第十六章三三節）

(三)　死に至るまで、真理のために闘え。さすれば神も汝のために闘うであろう。

（シラフの子イエス）

(四)　通常人類がそれに従って行動するような動機や原因を拒否して、自分自身を信じようと決意する人は幸福である。一般社会やその慣習や法規に替えるに自分自身をもってし、ただ自分の内的信念のみが、他の人々に対して〝鉄の必然性〟が持つのと同じ力を自分自身に対して持つようになるためには、その人の霊がきわめて高潔で、意思が強

固で、物を見る眼が澄んでいなければならないのだ。（エマスン）

＊(五)　何ごとが起きようと、勇気を失ってはならない。もともと人間としての君にふさわしくない悪事が起きることは絶対にありはしないから。

(六)　何もかもが不安定で、曖昧《あいまい》で、たまゆらに過ぎ去るが、ただ善徳のみが明瞭で、いかなる暴力によっても滅ぼされはしない。（キケロ）

(七)　自我を滅却した人は強力無比である。なぜなら自我こそ彼の内なる神を覆《おお》い隠していたのだから。自我を滅却するや否や、彼ではなくて神が働くことになるのだ。

(八)　あるときローマの女王が宝石をなくした。そこで国中に次のような布令を出した。「三十日以内に宝石を見つけて自分に返した者には莫大な賞与を与える。しかし三十日を過ぎて返した者は死刑に処するものとする」

ユダヤの律法師《ラビ》サムエルがまもなくその宝石を見つけたが、三十日過ぎたときにそれを女王に返した。「お前は外国にいたのか？」と女王は尋ねた。「いいえ、わが家にいました」とサムエルは答えた。「しかしお前はたぶん布令のことを知らなかったんだろう？」「いいえ知っていました」と彼は言った。「それではどうして三十日以内に返さなかったか？　死刑に処せられるではないか」

「自分が宝石をお返しするのは、刑罰が恐ろしいからではなくて、主なる神を畏《おそ》れるからだということを陛下に示したかったからです」とサムエルは答えた。

(九)　君が奉仕する神の御業《みわざ》の完成を見ようと焦《あせ》ってはいけない。ただ君の努力はその一つも無駄に終わることなく、その推進力となることを信じて疑わぬがよい。

四月二十五日

(一)　人間は自分を、肉体的存在とも精神的存在とも意識することができる。自分を肉体として意識したとき、人間は自由ではありえない。しかしながら精神的存在にとっては、不自由などということはまるで問題にすらならない。

(二)　われ、まことに汝《なんじ》らに告ぐ。わが言を聴きて、われを遣わしたまいし者を信ずる人は、永遠の生命を持ち、かつ裁かるるに至らずして、死より生命に移りたる者なり。われ、まことに汝らに告ぐ。死せる者神の声を聞く時は来たる、今すでに来たれり、これを聞く者は生くべし。けだし父自らの内に生命を有したまうごとく、子にも己《おの》れの内に生命を有することを得させせたまえり。

（「ヨハネ伝」第五章二四〜二六節）

㈢　〝神に対する愛〟とは、自己の存在に最高の創造力を導入するための精進努力でなくてなんであろう。神的創造力は万物のなかにあるけれども、それが世界で最も多く現われるのは人間においてである。その創造力が実際に働くためには、人はその存在を認識しなければならない。

自分が最善のものを創造しうることを認識しないかぎり、人間は必ず最悪のものを造りだすものである。

（『世界の先進思想』より）

㈣　私は、自分が絶えず自己反省しなければならないことを知っており、天はすべてを知っていること、天の法則は不変であることを知っている。さらに私はまた、天がすべてを見、すべてのなかに入り、すべてのなかに存在していることを知っている。太陽が暗い部屋を照らすように、天は万人の心の底を透視する。われわれは、ちょうど調子を合わされた二つの楽器が和音を発するように、天の光を反映するように努力しなければならない。

（中国の古文書）

＊㈤もともと人間の性は直《ちょく》である。この本来の直が生活しているうちに失われると、その人はけっして幸福ではありえない。

（中国の金言）

㈥　霊の性質について考える場合、まるでよその国にいるように肉体に包まれて暮らしている霊とはいったいなんだろうと考えることのほうが、肉体を離れて自らをその一部と感ずるところのもの、すなわち神と融合した霊のことを考えるより、はるかに難しい。

（キケロによる）

㈦　「何ごとにおいても、これこそ神の御旨《みむね》だと知ったとき、自分は自分の意思を棄てて、神の欲したまうことのみを行なう」と本当に心の底から君が言うとき、君ははじめて完全に自由になる。

（エピクテトス）

㈧　人間は、自分の生を肉体的存在から精神的存在へ移行せしめる度合に正比例して、己れの自由を感ずるものである。

四月二十六日

㈠　神を意識することは簡単で、誰にでもできる。しかし神を知識することは誰にもできない。

㈡　聡明で謙虚な人は、たとえすぐれた知力を持っていても、人間の知力にはおのずから限界があることを感じ、その限界を越えようとせず、自分の霊や自分の創造者に対する概念も、畢竟《ひっきょう》自分には、純粋な霊のみが見うるでもあろうように、はっきりと見ることはできないことを意識して、その限界内で探そうとする。彼はそれらの概念の前で謙虚に立ち止まり、自分がいと高きものと向かい合っていることを意識することで満足して、その被《おお》いを剝《は》ぎ取ろうとはしない。そうした限界内においてのみ、哲学は有益であり必要であると言える。その限界を越えたものは、人間の本性に悖《もと》る空疎な観念論であって、聡明な人はそれを避け、一般民衆にとってはもともと無縁のものなのである。

世界のすべての国民が、神を知り神を敬っている。確かにそれぞれの国民がそれぞれ自己流に神を装わせているけれども、その衣の下にはみんな同一の神がいるのだ。一般の人たちに比べてより高い教えを求める選ばれた少数者は、一般人にある健全な常識が与えるものに満足しないで、より抽象的な神を探求する。私はそうした人たちを非難しようとは思わない。しかしながらその少数者たちが、自分たちが神を見ないからといって、神は人間には見えないなどと、全人類の代表者のような顔をして主張するならば、それは間違いなのである。私も、一時的には人々が往々巧言に欺《あざむ》かれて、神は存在しないと信ずることもあるであろうことは認める。しかしそれはけっして長続きするものではない。人間は何かの形で絶対に神を必要とするのだ。たとえ神が自然の法則に反してもっとあらわにわれわれの前に姿を見せたとしても、やっぱり無神論者は神を否定するための新たな詭弁《きべん》を弄するであろう。知は常に情が求めるものに服従するからである。

（ルソー）

㈢　私にとって、世界中で一番疑いのないものは、今この瞬間の私自身に関する意識である。

㈣　神を信ずることは人間にとって、両足で歩くことと同様に自然なことである。ときにはその信仰の形が変わっていたり、なかにはすっかり姿を消していたりする人々もいるかもしれないが、一般的にはそれはちゃんと存在するし、もともと理性的な生活のためには必要不可欠のものである。

（リフテンベルグによる）

(五) 神は存在するという命題も、存在しないという命題も、肉体のなかに霊があるという命題も、ないという命題も、はたまた世界は創造されたという命題も、創造されなかったという命題も、みんなみんな人智の捕捉しうるかぎりではない。（パスカル）

(六) 宗教は——神に属し、神学は——人間に属する。（デシェルニ）

＊(七) 己《おの》れの内なる神を意識しつつ神のなかに生き、神とともに生きよ。しかして言葉をもって神を定義せんと試みるなかれ。

四月二十七日

(一) 悪感情が起きれば人々を非難したくなるものだが、また人々を非難すればその人たちへの悪感情が起きる場合も非常に多い。そして非難の度が大きければ大きいほど、悪感情の度も大きいのだ。

(二) 人を裁くことなかれ、されば汝《なんじ》も裁かれじ。人を裁きしごとくに己《おの》れも裁かれん、人を量りたる秤《はかり》にて己れも量られん。なにゆえ兄弟の目にある塵を見て、己が目にあるより梁木《はりぎ》を認めざるや。あるいは己が目に梁木あるに、なにゆえ兄弟に向かいて「汝の目より塵を取り除かしめよ」と言うや。偽善者よ、まず己が目より梁木を除け。さらば兄弟の目の目よりいかにして塵を除きうるかを悟らん。

（「マタイ伝」第七章一〜五節）

㈢　最も一般的で広範囲にわたる迷信の一つは――人間はそれぞれ決まった性質を持っていて、善《よ》い人、悪い人、賢い人、愚かな人、熱狂的な人、冷徹な人等々に分かれている、という迷信である。人間とはそんなものではない。

われわれはある人について、あの人は悪い人のときより善い人のときが多いとか、愚かなときより賢いときが多いとか、冷徹なときより熱狂的なときが多いとか、あるいはその反対であるとかは言えるけれども、もしある人のことを、あの人はいつも善良で賢いとか、別の人のことを、あの人はいつも邪悪で愚かだとか言ったら、それは間違いである。ところがわれわれはいつもそんなふうに人間を区別する。それは正しくないのだ。

㈣　君は隣人の弱点を見ながら、彼の行為の一つは君の全生涯にもまして神に喜ばれていることを知らない。君の隣人が不幸にして罪に陥った場合でも、君は彼がその前に流した涙も知らず、その後に行なった改悔《かいげ》も知らず、彼の悲哀と傷心の照覧者である神は彼を赦《ゆる》しているのに、君は相変わらず彼を非難しつづけるのである。

（『聖賢の思想』より）

(五)　もしも二人の人間のあいだに敵意があるならば、それは二人とも悪い。ゼロにはどんな大きな数を掛けてもゼロである。もし敵意が生じたとすれば、その敵意は両方の側にあったのである。

(六)　もし人々のあいだに争いが生じたなら、程度の差はいろいろあっても、とにかく双方とも悪いのである。もしも当事者の一方の振る舞いが完全無欠だったら、完全に滑らかな表面、たとえば鏡の表面では、マッチに火をつけることができないのと同じように、けっして争いは起こりっこないのである。

＊(七)　人間というものは、いつも自分にとって最善と思われるような行為をするものだ、ということをよくわかってほしいし、けっして忘れないでいてほしい。もしその行為が本当に彼のために最善のものなら、彼は正しいわけである。またもし間違っていれば、それだけ彼は不幸である。なぜならあらゆる迷妄には必然的に苦悩が伴うからである。

もし君が以上のことをいつも忘れないでいれば、君は誰にも腹を立てず、憤慨もせず、誰も非難したり攻撃したりせず、誰にも敵意を懐《いだ》かないであろう。　（エピクテトス）

(八)　親しい人と一緒に暮らすとき、相手が他人の悪口を言いだしたらすぐそれを止め合いっこする約束をしておくがいい。

四月二十八日

(一)　疑いもない幸福の条件は、労働である。まず第一に自分の好きな、自由な労働であり、第二に食欲を与え、深い、静かな眠りを与える肉体労働である。

(二)　この世の煩《わずら》いのないユートピアの住人の生活も、われわれの憧《あこが》れてやまぬ宮廷生活も、確かに魅力的であってもどちらも愚劣で不自然である。なぜなら快楽が仕事となっているところには、けっして真の快楽はありえないからである。ただときたまの、短い、ひょっとした仕事からの休息のみが、真に快くまた有益である。　（カント）

(三)　肉体労働は知的活動を不可能にせず、むしろ知的活動の質を向上させるばかりでなくて、さらにはそれを刺戟《しげき》促進させさえする。

㈣　肉体労働は、万人にとっての義務でもあり、幸福でもある。知的活動や想像力の活動は特殊な活動であって、その天職を与えられた者にとってのみ義務であり幸福である。それがその人の天職であるかどうかは、その学者なり芸術家なりが、それに身を献《ささ》げるために自分の平和や安寧《あんねい》をどれだけ犠牲にするかによって認定できるのである。

＊㈤　永遠の遊惰《ゆうだ》は、地獄の苦しみの一つとして考えられなければならないのに、反対に天国の喜びの一つと考えられている。（モンテーニュ）

㈥　最も平凡な労働の場合でも、それに取りかかるや否や人間の霊はたちまち安らぐ。疑惑、悲哀、憂愁、憤激、絶望——貧乏人でも人並みにこうしたさまざまの悪霊に見舞われる。しかしながら彼が勇を鼓して仕事に取りかかるや否や、これらの悪霊は彼に近づけなくなり、ただ彼に向かって遠くから喚《わめ》くだけである。人間が本当の人間になったのである。（カーライル）

㈦　労働は、それを欠くと苦悩を来たす、人間本来の欲求であるが、けっして徳行とは言えない。それを徳行として持ち上げることは、人間の摂取する栄養をひとかどの善徳かのように持ち上げるのと同様、笑止の沙汰《さた》と言わねばならない。

(八)　快活な気分でいたいと思うなら、疲れるまで働け。しかしながら過労は避けるがよい。快活な気分は遊惰によって間違いなく損なわれるが、たまには過労によっても損なわれるものである。

一週間の読み物

卵ほどの大きさの穀物

あるとき子供たちが谷間で、卵ほどの大きさの、まんなかに縞《しま》のある、穀物のようなものを見つけた。通りかかった人がそれを見て、五カペイカで買い取り、町へ持っていって、貴重な珍品として皇帝に売りつけた。

皇帝は物知りたちを呼んで、それがいったい何か、卵かそれとも穀物かを検討するように言いつけた。物知りたちは考えに考えたが、どうしても答えることができなかった。そこでそれを窓の上に置いてみると、牝鶏《めんどり》が飛び込んできてそれをつつき、なかに穴を開けてしまった。そこでみんなが、それが穀物であることを知った。物知りたちは皇帝のところへ行って、「これはライ麦です」と言った。

皇帝はびっくりして、物知りたちに、それがどこでできたライ麦か調べるように命じた。物知りたちは考えに考え、またいろんな書物を調べてみたりしたが、なんの手掛かりもなかった。そこでまた皇帝のところへ行って、「どうしてもわかりません。私たちの書物のなかにも何も書いてありません。百姓の古老のなかで、いつかどこかでこんな穀物を播《ま》いた話を聞いたことがある者がいないか、尋ねたらいいと思います」と言った。

皇帝は使者をやって、年寄りの百姓を連れてくるように命じた。そこですっかり年を取った老人を探して、皇帝のところへ連れていった。その老人は顔色が蒼《あお》くて歯は一本もなく、二本の松葉杖にすがって、やっとのことでやって来た。

皇帝は彼に穀物を示したが、老人はすでに視力も衰え、矯《た》めつ眇《すが》めつしたり、手で触ってみたりした。

「老人よ、お前はこの穀物がどこでできたか知らないか？　自分の畑でこんなものを播いたことはないか？　それともいつかどこかでこんな穀物を買ったことはないか？」皇帝はこう老人に尋ねた。

老人は耳もよく聞こえなかったが、それでもやっと聞き分けて皇帝の質問の意味を理解した。そして次のように答えた。「いいえ、自分の畑に播いたことも刈ったこともなく、どこかで買ったこともありません。買ったのはやっぱり今のような小さな粒のものでした。私の父に尋ねたらいいと思います。父はどこでこんな穀物ができたか、聞いたことがあるかもしれませんから」

　皇帝は老人の父親のところへ使いをやって、自分のところへ来るように命じた。まもなく老人の父親が見つかって、皇帝のところへ連れてこられた。その老人は松葉杖を一本ついてやって来た。皇帝は彼に穀物を示した。その老人はまだ眼もはっきりしていて、よく見分けることができた。「老人よ、お前はこの穀物がどこでできたか知らないか？自分の畑にこんな穀物を播いたことはないか？　それとも、いつかどこかでこんな穀物を買ったことはないか？」皇帝は彼にこう尋ねた。

　老人も少し耳が遠かったけれど、それでも息子よりよく聞こえた。「いいえ、自分の畑でこんなものを播いたことも刈ったこともありません。また買ったことも全然ありません。なぜなら私たちのころにはお金なんて全然ありませんでしたから。みんな自分の作った穀物を食べ、不足するものがあったらお互いに交換し合っておりました。こんな穀物がどこでできたか私は知りません。私たちのころのものは、今のものより粒も大きくて収量も多かったですが、こんな大きなのは見たことがありません。でも私は私の父から、父の時代には私のころより麦の収量がずっと多く、粒も大きかったという話を聞いたことがあります。父に尋ねてみましょう」と彼は答えた。

　皇帝は彼の父親を迎えに使いをやった。老人が見つかって、皇帝のところへ連れてこられた。その老人は杖もつかず、軽い足取りでやって来た。目もはっきりし、話す言葉もはっきりしていた。皇帝は彼に穀物を示した。老人はそれを眺め、さらに手に取ってみた。「久し振りに昔のライ麦を見せていただきました」。老人はそう言いながら、それをちょっとかじってみた。「これです。間違いありません」と彼は言った。

「老人よ、どこでこんな穀物ができたか話してくれ。お前は自分の畑にこんな穀物を播いたことがあるのか？　それともどこかで買ったことがあるのか？」

老人は答えて言った。「私たちのころはこんな麦は至るところにできていました。私もこんな麦を食べていましたし、みんなにも食べさせました」

そこで皇帝は尋ねた。「老人よ、お前はどこかでこんな穀物を買ったのか、それとも自分の畑に播いたのか話してくれ」

老人はにやりと笑った。

「私たちのころは」と彼は言った。「麦を売ったり買ったりといった罪なことは誰もしませんでした。お金のことなど知りもしませんでしたし、麦はみんなが充分持っていました。私も現にこんな麦を播いたり刈ったり、脱穀したりいたしました」

そこで皇帝は尋ねた。「では老人よ、お前はどこでこんな麦を播いたか、そしてお前の畑はどこにあったか、一つ話してくれ」

老人は言った。「私の畑は――天が下、至るところにありました。どこでも開墾したところが自分の畑でした。土地はみんなのもので、自分の土地だなどと言う人は一人もいませんでした。ただ自分の労働だけを自分のものと言っておりました」

「ではもう二つ、お前に訊《き》きたい」と皇帝は言った。「一つは、以前にはこんな穀物ができていたのに、今ではなぜそれができないのか？　ということ、もう一つは、お前の孫は松葉杖を二本もついてやって来たし、お前の息子は一本ついてやって来たのに、お前は足取り軽くやって来たし、眼もはっきりしていれば歯も丈夫で、言葉も明瞭で丁重なのは、いったいなぜか？　ということ。老人よ、この二つについてわけを話してくれ」

そこで老人は言った。「それは、みんなが自分の額に汗して生きてゆくことをやめ、他人《ひと》のものを欲しがるようになったからです。昔はそんな暮らしはしませんでした。昔は神様の御旨に従って生き、自分のものだけで満足して、他人のものまで欲しがったりしませんでしたから」

（レフ・トルストイ）

四月二十九日

(一)　人間は病気のときも健康なときも変わりなく、自分の使命を遂行できる。

(二)　もし人が、死後の己《おの》れの生命の不滅を信ずるならば、あらゆる病気が一つの生活から別の生活への移行への接近、それも望ましくない生活ではなくて、むしろ望ましい生活への移行への接近と感ぜられるであろう。そうすれば彼は、ちょうどわれわれが、最後はいい結果を生むに決まっている労働の辛苦を堪《た》え忍ぶように、あらゆる病苦を堪え忍ぶであろう。病気のあいだにわれわれは、われわれの身に生じつつあることの意味を解明し、来たるべき新しき状態に備えればいい。

㈢ 神に仕え、人のためになるには、健康でなければならないと普通は考えられているが、それはとんでもない間違いで、むしろ反対の場合が多い。キリストは十字架の上で息を引き取る寸前、自分を殺す人々を赦《ゆる》すことによって、神や人々に対する最大の奉仕をした。病人の場合もみんなそれが可能である。神や人々に奉仕するために健康な状態と病気の状態とのどちらがいいなどとはもともと言えはしないのだ。

㈣ 人々が物を思いはじめて以来、彼らは、死を想うことほど人間の道徳的生活に役立つものはないことを認めてきた。誤った医術は、苦痛の軽減については配慮せず、人々を死から免れしめることを目的とし、人々に死を免れる期待を懐《いだ》かせ、死に関する想念を遠去けさせて、それによって人々から道徳的生活への最大の鼓舞者を奪うのである。

＊㈤　自分だけのためなら、つまり自分自身に仕えるためなら、なるべく健康でなるべく強力でなければならないが、神に仕えるためなら、それが必要でないばかりか、しばしばその反対の場合がある。

㈥　われわれは病人に接する場合、いかにしばしば、病人にとって一番大事なことは死の接近を彼の眼から隠すことではなくて、むしろ反対に彼を、自分自身のなかの、けっして減少することも死ぬこともなく、常に成長してやまぬ神の子としての本質を意識するようにさせることだということを忘れることだろう。

㈦　病気というものはほとんどいつも、肉体の力を減殺《げんさい》することによって、その人の精神の力を解放するものである。そして、己れの意識を精神的な領域に移した者に対しては、病気はその人の幸福を奪わないばかりか、むしろ反対にそれを増大させるのである。

四月三十日

㈠　人間は、なんのために生きているのかも知らないで生きるわけにはゆかないのだから、みんながまず第一に自分の生命の意味をはっきりさせなければならない、いわんやその意味を知っている人が昔もいたし、今もいるにおいてをやである——と、誰しもそう考えそうなものである。ところがいわゆる教養人をもって自任し、自分たちは無知な民衆よりはるかに高い思想的立場にあると己惚《うぬぼ》れている連中で、人生なんて別になんの意味もないなどと言いだす手合いがわんさといるのである。

㈡ 人々のあいだには二つの、互いに対立した人生観がある。

ある人は言う。「私は、私を取り囲む一定の条件のなかで暮らすすべての生物と同様に、両親から生まれた生物である。私にはその条件を調査研究することができるので、自分も含めたすべての生物、あるいはまた無生物を研究し、さらに彼らの存在する条件をも研究して、その研究に従って自分の生活態度を決める。個々の生物ないし無生物の発生に関する問題も、やっぱりそれと同様に、観察と実験によって絶えず知識を広めてゆく。いったいこの世界全体はどこから生じたのか、なぜに存在するのか、そしてそのなかでこの私はなぜに存在するのか、については、答えないことにする。なぜならそれについては、この世界に存在するものを取り囲む条件の問題に対するように明確かつ実証的に答えることは不可能だ、と思うからである。それゆえ、私をこの世に生まれさせた神が存在するとか、その神がその一定の目的に従って私の生活の掟《おきて》を定めたとか、そういった問題解答の仕方には、種々の生命現象の原因や条件の問題に対する解答の場合のような明瞭性、実証性がないから、これを認めることはできない」云々《うんぬん》。

　こんなふうに信仰を持たない人は言う。この立場は、観察によって得られた知識、あるいは観察したことを考察し判断することによって得られた知識以外のいっさいの知識を認めないというものである。それは、正しいとは言えなくとも、少なくとも完全に首尾一貫している。

　一方神を認めるキリスト教徒は言う。「私は自分を理性的存在者として意識してはじめて、自分が生きていることを意識する。自分を理性的存在者として意識する以上、私は、自分の生やほかのすべての存在者の生をも、理性的なものと認めざるをえない。しかして理性的な生には目的がなければならない。そしてその目的は、私の外なる存在者のなかに、それの目的達成のためにのみ私自身もほかのすべてのものも存在するところの存在者のなかになければならない。その存在者はまぎれもなく存在している。そして私はその存在者の律法（御旨《みむね》）を遵奉《じゅんぽう》しなければならない。私から己《おの》れの律法の遵奉を要求する存在とは何者か？　いつどのくらいの年ごろに私のなかにその理性的生命が生じたか？　また私以外のほかの存在者のなかにはそのような生命がどんなふうに生じたか？　またそれはどこから来て、どこへ去るのか？　体のどの部分に住んでいるのか？——そうした問いに対して、私はいっさい答えを差し控えなければならない。なぜならそれらはすべて無限の時間と無限の空間のなかに隠されていて、それらをどんなに観察し研究してみても、絶対に決定的な答えは出てこないことが予《あらかじ》めわかっているからである。だからこそ私は、いかにして世界ができあがったか？　いかにして霊が生じたか？　そしてそれは頭脳のどの部分にあるのか？——といった問題に学問が与える答えを、認めようと思わないのだ」云々。

第一の場合、自分を単なる動物的存在と認めて、そのため外的感官に訴えるもののみを認めるところの信仰なき人は、霊的本源を認めず、理性の要求を蹂躪《じゅうりん》する己れの存在の無意味さと妥協するのである。

第二の場合、自分を理性的存在としてのみ認め、したがって理性の要求にかなうもののみを認めるキリスト教徒は、外的実験が与えるデータの真実性を認めず、そんなものは幻想にすぎず、間違いだらけだと思っているのである。

双方いずれもそれなりに正しい。しかしながら両者間の差異——それも本質的な差異は、前者の世界観によれば、世界中の何もかもがきわめて科学的・論理的・合理的にできているけれども、ただ人間および世界のすべての生命にはなんらの意味がないということになる。それゆえ、そうした世界観からは否でも応でも非常に面白おかしい考え方がひょこひょこ飛びだしてくるけれども、人生の指針となるような考え方は何一つ生まれない。ところが後者の世界観によれば、人間および全世界の生命は一定の理性的意味を生じ、それによって各人が容易に、かつ簡単に己《おの》れの生命に意味を与えることができ、しかもその際、科学的研究の可能性は破壊されることなく、それなりのふさわしい領域を守ることができる、ということになる。

㈢　生命とは、意識によって啓示されるものであり、それは常に、至るところに存在する。ところがわれわれは、われわれから生命を覆《おお》い隠しているものを、生命そのものと勘違いしているのだ。

*㈣　人生の真の目的は、無限の生を知ることにある。

㈤　人間は、なぜ自分が生きているのかを知ることはできないが、いかに生くべきかについては、知らないわけにゆかない。

大工場の労働者は、自分がなぜ現在こんな仕事をしているのかを知らないけれど、彼が立派な労働者でさえあれば、現在の仕事をどんなふうにしなければならないかを知っているはずである。

㈥　人々のあいだには二つの人生観がある。ある人々は人生を感性的・個我的方面から眺めて、世界は自分たちのために造られており、神は人間が便宜上考えだしたものだと思い、人生における無意味な苦しみ、そして無意味な死を憤《いきどお》る。それに対してある人々は、まるでそれと対蹠《たいせき》的な精神的人生観を持っている。それによると、反対に人間が世界のため、神のために生きているのであり、それゆえ、人間に苦しみや死があるのはそれが世界にとって必要であり、神の御旨《みむね》にかなうからであることは明らかである。この第二の人生観によれば、われわれが生まれて、苦しんで、苦しみながら死んでゆくことにも意味がある。第一の人生観によれば、何もかも無意味で無目的なのに、第二の人生観によれば、世界はちゃんと道理にかない、目的を備えたものとなる。

この二つの人生観によって人々は、二つの道を辿《たど》って真理に、つまり同じゴールに到達する。第一の感性的人生観を持つ人々は、人生に負けてたまるかといたずらにあがき、結局至るところで失意や悲哀や疲労困憊《こんぱい》や倦怠《けんたい》や疾病《しっぺい》に出会って、人生を苦悩に溢《あふ》れたものとし、とどのつまりは物の道理の前に、換言すれば神の掟、神の御旨の前に頭を下げる。それもちょうど鎖に繋《つな》がれた奴隷のように無意識的に、いやいやながら頭を下げるのであって、そこにはいたずらに苦しみのみ多く、喜びははるかに少ないのである。ところが第二の神的人生観によれば、人々は天なる父の子、真理の父の子という理性的存在者の立場から、意識的に真理に向かって精進し、鎖に繋がれた無意識的な奴隷にとっては必然の運命となっているさまざまな苦悩をすべて免れる。

一方、人生の喜び、人為的なものではなくて真正の、自然な、それだけに最も貴重な人生の喜悦や幸福は、人生観とは無関係に平等に両者に与えられる。第一の人生観の人々もそれを享受すれば、第二の人生観の人々からもそれは奪われることはないのである。（ブーカ）

㈦　あらゆる者が自分に、世界におけるその位置を示す機関を持っている。人間の場合、その機関は理性にほかならない。

もし君の理性が君に、世界における君の位置や使命を示さないならば、それは世の中が間違っているのでなくて、君の理性が、君が理性を歪《ゆが》めたことが原因であることを知るがよい。

文読む月日　——五月

五月一日

㈠　人生の目標を精神的完成に置く人は、いかなる外的事件をも恐れるものではない。

㈡　アブウ・ハニファフはバグダッドの牢獄で死んだ。彼はカッドの教えを認めることを拒んだので、国王アルマンゾールによって投獄されたのであった。この有名な教師は、あるとき人からひどく殴られて、殴った人に向かって言った。「私はひどい仕打ちにはひどい仕打ちでお返しすることができるが、そんなことはしない。国王に訴えることもできるが、訴えはしない。お祈りのとき神様に、君が私に行なった乱暴を訴えることもできるが、それも差し控えよう。最後の審判の日に、神に君への復讐を願うこともできるが、もしその日が今すぐやって来て、私の祈りがかなえられるものならば、私は君とともに天国へ行くであろう」

（ペルシャのドヘルベロット）

㈢　人間の男らしさというものが、勇猛さのなかにのみあると考えてはいけない。それよりもっと高い男らしさは、怒りを超えて、己れに悪をなす者を愛することのうちにある。　（ペルシャのドヘルベロット）

＊㈣　汝《なんじ》自らの行為を責めよ。そして責めても絶望はするな。　（エピクテトス）

㈤　わが暗闇にて汝らに告ぐることを、汝ら明るみにて語れ、耳もとに囁《ささや》かれしことを屋根の上にて述べよ。身を殺すとも霊魂を殺しえざる者を恐るることなかれ、むしろ身と霊魂とを地獄にて亡ぼしうる者をば恐れよ。　（「マタイ伝」第十章二七、二八節）

㈥　義を見てなさざるは勇なきなり。（訳註――『論語』「為政」第二㉔）　（孔子）

㈦　どんな不幸も、事前の恐怖ほどひどいものではない。　（ホッケ）

㈧　もし誰かが私にひどい仕打ちをするとすれば、それはその人の行為であり、そうするのが彼の癖であり、彼の性情であろう。私には私の性情があり、私としてはそのほうがより人間らしい性情だと思うので、あくまでその性情に従って行動しようと思う。
（マルクス・アウレリウス）

(九) 〝己《おの》れの心を蝕《むしば》ましめるな。過ぎ去ったこと、葬り去られたことを嘆き悲しむな〟と賢者たちも教えている。ひたすら汝《なんじ》が現在なすべきことをなし、星のように休まず急がぬがよい。
（ハジ・アブドゥール・ヘジ）

(十) もし何かが恐ろしいときは、恐怖の原因が君の外にはなくて、君のなかにあることを知るがよい。

五月二日

(一) 人々が真理に同意しないのは、何よりも彼らがその真理が提示される形式に侮辱を感じた場合が多い。

(二) 募《つの》りゆく紛争は、堰《せき》を決潰《けっかい》させる奔流のようなものである。一度堰を突破した奔流は、もう止めることはできない。
（『タルムード』）

*㈢　喧嘩《けんか》、口論は簡単に始められるが、それを鎮《しず》めるのは、火事を消すのと同様、なかなか厄介である。

㈣　論争のとき怒りを感ずるや否や、われわれはすでに真理のためでなく、自分のために論争しているのである。（カーライル）

㈤　ある人を説得する場合、その人自身の思想によらなければ絶対にそれは不可能である。つまりその人のなかに健全な思慮分別があると考えなければならない。もしそうでなかったら、どんなに話しても、その人を自分の味方に引き入れることは望むべくもない。それとまったく同様に、その人自身の感情による以外、その人の心に訴える方法はない。つまりその人のなかにちゃんと善良な心根があると考えなければならない。もしそうでなかったら、その人は私がどんなに悪の恐ろしさを語り、善を賞揚しても、悪への嫌悪も感じなければ、善への指向をも感じないであろう。（カント）

㈥　論争の際は言葉は柔らかく、論拠ははっきり示すがよい。相手をへこませるのでなく、相手を説得することが大事なのだ。（ウィルキンス）

(七) 理性の勝利に何よりも貢献するのは、理性に奉仕する者の平静さである。真理はしばしば自分の反対者の攻撃よりも、自分の擁護者の熱狂ぶりのため苦しむものである。

（ペン）

(八) 語るほうは愚者であっても、聴くほうは賢者であれ！穏やかな応答は憎悪を遠去ける。侮辱的な言葉は憤怒《ふんぬ》を惹《ひ》き起こす。

(九) 褒《ほ》められていいようなことをした人は、なるべく褒めるようにするがよい。でないとその人も自分の求める支持や激励が得られないため、正道からそれてゆく恐れがあるし、君自身も、人間に対してその働きの当然の報酬を与える喜びを失うことになる。

（ジョン・ラスキン）

(十) もしも君が真理を知っているならば、あるいは知っていると思うならば、相手に向かってなるべく簡潔に、そして何よりもなるべく物柔らかに、愛情をもってそれを語るがよい。

五月三日

㈠　人々が何を自分の使命と考え、また幸福と考えようとも、とにかく学問とはまさにその使命や幸福について学ぶことである。

＊㈡　賢者は自ら知らんがために学び、愚者は人に知られんがために学ぶ。

（東洋の金言）

㈢　われわれのいわゆる学問、芸術は、無為遊惰な知識や感情の所産であり、同じく無為遊惰な知識や感情に媚《こ》びる目的のものである。現代の学問や芸術は一般大衆にはちんぷんかんぷんで、いっこう訴えるものがない。なぜなら、それは一般大衆の幸福にはまるで無頓着な代物《しろもの》だからである。

㈣　人間は自分の力にかなうかぎり、そしてまた境遇が許すかぎり、自分や自分の隣人の幸福に協力せんがためにのみ生きている。それで、その最終目的を早く達成するために、先人の経験を利用する。そのために彼は学ぶのである。

そうした目的もなしに、単に他人のしたことをただそのまま述べるための学問は、最劣等の学問と言うべきである。カタログを書物と呼べないように、そんな人を本当の学者とはけっして呼べないのである。真の人間というのは、先人たちがわれわれのためにやったことを知るばかりでなく、それと同じことを未来の世代のために行なう人のことである。はたして、われわれは以前にすでに発見されたものを再発見する術《すべ》も知らないで、ただ学者たちの歴史を勉強することに一生を過ごしていいだろうか？　同一の思想が故意に二度繰り返される場合があるが、その思想が新しい側面から表現されさえすれば、それは少しもかまわない。もしわれわれが自分で考えるのであれば、以前に発見されたものをそれによって再発見することは、やっぱり大事なことである。

（リフテンベルグ）

㈤　最高の仁に到達するには心を浄《きよ》めることに努めなければならない。そして心が真実を求め、意思が聖を目指すとき、はじめて心は浄まる。すべては真実の智慧にかかっているのである。

（孔子）

㈥　人々が自分自身のために学んでいるとき、その学問は彼らの役に立つ。しかしながら学者と言われようと思って他人のために学ぶとき、その学問は無益なばかりか、むしろ有害である。

（中国の金言）

(七) 往々にして人々の迷信のほうが真理に近く、学問のほうがそれに遠かったりする。（ソロー）

(八) 誰にしても人生の目標はただ一つ、すなわち善徳の完成である。それゆえ善徳の完成へ導く知識のみが真に必要な知識なのである。

五月四日

(一) 言葉によって表現された思想はすべて、限りなき働きを持つ力である。

(二) われわれはみんな、自分だけの空間と自分だけの時間のなかに一人で生きているが、われわれのすべての思想、すべての感情が人類に反響を呼ぶし、呼んできたし、これからも呼ぶであろう。人類の大部分が自分の指導者、啓蒙者と認めるような人たちの場合は、その反響は絶大でことのほか力強いであろう。しかしながら、その思想がそんなふうな影響をたとえはるかにささやかではあっても他人に与えないような人間は、一人もいない。あらゆる真情吐露、あらゆる信念の表白が誰かの、あるいは何かの役に立つものである――たとえそれが人々に知られず、君の口が塞《ふさ》がれたり、君の頸《くび》を縄で緊《し》めようとしたりしているときさえも。誰かに向かって語られた言葉は、あらゆる運動と同じように、形はいろいろ変わっても、けっして滅び去るものではないのである。

（アミエル）

㈢　人の肺腑《はいふ》から迸《ほとばし》りでたよき格言は、手本となるよき行為と同様に有益である。

（セネカ）

＊㈣　諸君が懐《いだ》く思想ないし語る思想は、結局善あるいは悪を行なう能力に転じ、因果応報となって諸君に返ってくるのである。

（リュシー・マローリ）

㈤　簡潔に表現された力強い思想は、生活改善に大いに役立つものである。（キケロ）

㈥　無邪気さや幼さは、神聖なものである。子供の心に実り多き言葉の種を播《ま》く父親や母親は、神聖な仕事をしているのであって、常に宗教的行為として、敬虔《けいけん》に祈りながらそれをしなければならないと思う。なぜなら彼らは神の国の樹立のために働いているのであるから。土地に播かれる種にしろ、人の心に播かれる種にしろ、とにかく種を播くということは神秘的な仕事である。人間はみな農夫のようなもので、よく考えれば彼の課題は生命を耕し、その上に満遍なく種を播くことに尽きると言っていい。それが人類の使命であり、その使命は神聖である。そして言葉こそ――そのための最も重要な手段なのだ。

われわれはあまりにもしばしば、言葉が同時に播種でもあれば啓蒙でもあることを忘れようとする。適切なときに発せられた言葉は、測りがたい結果を生むものである。ああ、言葉の意味はこんなに深いのに、われわれは肉体に捉えられてこんなに鈍感になってしまっている！　われわれは石を見、道路の両側の樹々《きぎ》を見、家々のたたずまいを見る。形あるものはなんでも見る。しかしながら大気を満たし、われわれ一人一人の周囲に羽ばたいている、目に見えぬ思想の行列行進に気づこうとはしない。（アミエル）

㈦　思想とは、人間から発生するところの、その性質いかんによって呪《のろ》われた仕事をしたり祝福された仕事をしたりする、精神的活力である。

㈧　言葉によって表現された真理は、人間の生活における最も強大な力である。われわれがその力に気づかないのは、その結果がすぐには外に現われないからにすぎない。

㈨　人々のよき思想から恩恵を受けるがいい。そして同じくよき思想によって彼らに酬《むく》いることができないなら、せめて自分のものであれ他人のものであれ、およそ曖昧《あいまい》な、それゆえにまた誤った思想を広めないようにするがよい。

五月五日

㈠　教育の基礎は——宗教的な教えでなければならない。換言すれば、人生の意義とその使命とを明らかにすることでなければならない。

㈡　人々は法廷で嘘をつくことを犯罪と考え、同じ大人同士で間違ったことを言うのははしたない行為と考えているけれども、子供たちにはどんなにでたらめや嘘を言っても、いけないこととは思わず、むしろ反対にほとんどやむをえないことかのように思っている。しかしながら大人が子供に話すとき、どんなことを話したらいいかについては、ことのほか慎重でなければならないことは見やすき道理ではないか。

㈢　千年前の人々には満足を与えていたところの、人生の意義と使命の説明としての宗教上の教義は、もはや現代の人々を満足させることはできない。ところが子供たちに対して何よりも先に、千年前の人々の要求に答えていたものを教えている、というのが実情である。これは恐るべき過《あやま》ちなのだ。

「子供たちを教育する際、まだはっきりしない事柄については、子供たちにもわからないままにしておく、といった具合にやったらどんなにいいことか！」（リフテンベルグ）

この言葉は、普通世間で行なわれているように、子供たちに対して怪しげな迷信を、いっぱし根拠のあるもののように教え込んではいけないという意味である。そんなことをすれば結局、子供たちは曖昧で中途半端な論拠に甘んずる癖がついて、わからないことをわかったつもりになってしまうものである。

㈣　われわれは子供のころあまりに早くいろんなことを知りすぎると、その後老年に至るまで、本当は何一つわからないままで終わるであろう。そこで結局、理屈っぽい人は、自分が若いころ陥った迷信を弁護するために、詭弁《きべん》を弄するようになるのである。

（カント）

㈤　子供らに対しては、彼らが成人してからも何一つ付け加える必要のないほど完全に理解できる事柄だけを教えるようにしなければならない。

＊(六) 何人《なんぴと》に対しても誠実であれ。ことに子供に対しては、しかりである。子供との約束は必ず守れ、さもないと彼を虚言に慣らすことになるであろう。

(『タルムード』)

(七) 子供を教育する際、あまりに彼らをいじくりまわしてはまずいのではないか？という問題は、よく検討する必要があると思う。言ってみればわれわれは、まだ充分に人間というものを知らないのだから、子供の教育はむしろ自然のなりゆきに任せたほうがよくはないか、ということである。もしも現代の教育者たちがまんまとその目的を果たしたならば——つまりあえて言えば、彼らが子供たちを完全に已《おの》れの意のままに教育したならば、真に偉大な人物は将来一人もいなくなるであろう。人生で一番大事なことについては、普通誰一人われわれに教えてはくれないのだから。

全自然を師とすべき人間が、某々教授のもったいぶった肖像の跡が残る蠟《ろう》の一片となるようなことがあっては大変である。

(リフテンベルグ)

(八) 自分の被教育者に対して、自分が全然信じていないことはもちろん、まだ疑っていることにしても、語ることは避けたがいいし、いわんやそれを、まるで神聖にして争うべからざる真理であるかのごとく説くことは、しないがいい。そのような行為は——まさに大きな犯罪である。

一週間の読み物

教　育

およそ人間は、それぞれ特殊の天分を持ち、一定の使命を果たす能力を持っている。それゆえ児童のなかのその特殊の天分を開発し、それに応じた教育を施すように努めなければならない。それゆえ彼に、万人に役に立つような勉強をみんなと一緒にさせたあとは、彼のなかにある特殊な天分を発展させるような教育をしなければならない。教育とは、児童のなかの能力の育成を図ることであって、もともと彼のなかにない新しい能力を創造することではない。そんなことは絶対に不可能なことである。

しかしただ一つ、すべての児童たちに是非とも必要なことがある。ほかでもない、人生についての正しい観念を与えること、彼らがその人間的任務を果たすために遣わされたこの世界とはいったいどんなものかを正しく教えることが、それである。

人生——それは義務であり、課題であり、使命である。いっさいの聖なるものの名にかけて、ゆめゆめ児童たちに個人的あるいは公共的幸福についての教えを説かないでほしい。個人的幸福の信仰は児童を利己主義者にするであろう。また、公共的幸福の信仰も早晩彼を利己主義へ導くであろう。彼は実現不可能なことを夢想し、青年時代にその不可能事を実現しようともがく。しかしやがて自分の心に描く夢が簡単に実現しそうもないことに気づくと、こんどは自分一個の殻に閉じこもり、個人的幸福を獲得することに狂奔することになり、結局、利己主義の泥沼へ沈み込んでゆくのである。

人生は使命あるいは義務としてのみ意味を持つこと、人生という旅路をときおり照らす幸福の太陽が彼にもほほえみかけるかもしれないが、そのときは素直にそれを喜んで神に感謝すべきであるということ、しかしながら、きょろきょろと幸福を探しまわることは人間を破滅に導き、いつの日か幸福を享受する可能性すらも間違いなく奪い去るであろうということを、児童に教えてほしい。さらにはまた、人類同胞の進歩、完成のために、彼自身が道徳的ないし知的自己完成に努力することは彼の端的な義務であること、まず真理を究明し、しかるのちに言葉をもって、そしてまた恐れることなく不断にそれを人生に生かすという実践をもって真理に奉仕すべきであるということ、何が真理かを見極めるためには、二つの指針、すなわち、自分自身の心、自分自身の良心と、先人の教え、つまり全人類の叡智《えいち》という二つの指針があることを教えてほしい。

（ヨセフ・マッジーニ）

教育に関する書翰《しょかん》

あらゆる教育の基礎には、現在の学校で棄てて顧《かえり》みられないもの、すなわち宗教的な人生観がなければなりませんが、それも授業で教えるというのでなく、すべての教育活動の指導原理として存在しなければならないのです。この私の考えでは、現代の人々の生活の基礎でなければならない宗教的人生観を最も簡潔に表現すれば、次のようになると思います。すなわち、われわれの人生の意義は、われわれが自分自身をその一部と感ずるところの、無限の本源者の意思の遵奉《じゅんぽう》にあり、その本源者の意思は生きとし生けるものの、ことに人々の合一に、換言すれば、人々が兄弟のように暮らし、互いに助け合って生きることにある、ということです。別な側面からこの宗教的人生観を表現すれば、人生で一番大事なことは生きとし生けるものとの合一、何よりも人々が兄弟のように仲よく助け合うことだ、ということになります。なぜならわれわれは、自分という個を無限なる全体者の一部と感ずるかぎりにおいて生きていると言えるのであり、全体者の掟《おきて》は合一にほかならないからです。いずれにせよ、宗教的人生観から生ずる生命現象は、愛による万物の合一、何よりも人類における四海同胞の関係であります。これこそ人生における最大の実践的法則であり、教育の基礎に据えらるべきものであって、それゆえ合一へ導くすべてのものが児童のなかに開発され、分裂に導くいっさいのものが抑圧されることは、望ましいこと、是非なされねばならないことなのです。

児童たちは常に──幼ければ幼いほど──医師たちが暗示の第一段階と名づける状態

にあります。彼らはそうした状態のおかげでこそ、いろいろのことを学びながら成長するのです（そうした暗示に対する感受性ゆえに、彼らは完全に大人たちの影響下にあるわけですから、われわれは彼らに暗示を与える際、どんなに用心しても用心しすぎることはないわけです）。そのように人々は常に暗示を通じて学びかつ成長するものですが、暗示には意識的暗示と無意識的暗示の二種類があります。われわれが子供たちに教えることは、お祈りから歌からダンスから音楽に至るまで、すべて意識的暗示であり、われわれの希望とは無関係に児童たちが模倣する場合、ことにわれわれ大人の生活、大人の行動を模倣する場合、それは無意識的暗示となるのです。意識的暗示は——教育であり訓育でありますが、無意識的暗示は——実際の行為の見本、狭い意味での養育、私流に言えば啓発であります。現代社会では前者にいっさいの努力が向けられており、後者は、われわれの生活が劣悪であるために閑却されております。教育者である大人たちは多くの場合子供たちを特殊な環境に閉じこめて（軍関係の学校、専門学校《インスティチュート》、寄宿舎等々）自分たちの生活や、一般に大人たちの生活を子供たちの目から隠したり、あるいはまた無意識のうちに行なわるべきものを意識的な領域に持ち込んで、修身道徳の規則を子供たちに指定したりしますが、その場合、fais ce que je dis, mais ne fais pas ce que je fais（私の言うところを行なえ、ただし私の行なうところはこれを行なうなかれ）と付け加えねばならないのが実情です。

それゆえ現代社会では、いわゆる教養のみが先走りして、真の教育、真の啓蒙がすっかり立ち遅れているのです。そしてどこかに真の教育があるとすれば、ただ貧しい労働者の家庭のみにあると言えましょう。ところで児童たちに対する無意識的影響と意識的影響の二つのうちでは、前者、すなわち無意識のうちに行なわれる道徳的影響のほうが、個人にとっても社会にとっても比較にならないほど重要なのです。

たとえば銀行家、地主、官吏、画家、作家などといった人の家族が裕福な暮らしをしていて、その人は酒にも溺《おぼ》れず、遊蕩《ゆうとう》もせず、喧嘩《けんか》もせず、人々にひどい仕打ちもせず、子供たちに道徳的教育を授けようと思っているとします。しかしながらそれは、子供たちにある新しい言葉を教えるのに、その言葉で話もせず、その言葉で書かれた書物を与えもしないで教えようとするのと同様、不可能なことなのです。子供たちは道徳の規則について、人間尊重について聞かされはしますが、無意識のうちに大人の世界を模倣するばかりでなく、ある人々は靴を磨いたり、着物を洗濯したり、水や汚物を運んだり、炊事をしたりして、ある人々は着物を汚したり、部屋を汚したり、他人が作った食べ物を食べたりするのを、いかにも当然の決まりかのごとく思い込んでしまうのです。人生の宗教的原理である人類同胞の理念を真剣に考えれば、他人から搾取《さくしゅ》した金で暮らし、その金の勢いで他人を自分に仕えさせている人々の生活が不道徳な生活であることは明瞭であり、どんなに道徳を口にしても、子供たちが無意識のうちに不道徳な影響を受けることは免れず、結局一生涯歪《ゆが》んだ人生観のなかで暮らすか、あるいは苦心惨憺《さんたん》さまざまの試行錯誤のすえ、やっとのことでそれを抜けだす、ということになります。

そのように教育というもの、無意識的暗示というものは重大なものです。それが善《よ》きもの、道徳的なものであるためには、言うも恐ろしいことながら、教育者の生活全体が善きものでなければなりません。いったい善き生活とはどんな生活か？　と尋ねられるでしょう。善き生活にも無限に多くの段階がありますが、ただ一つそれについての普遍的な重要な特徴があります。ほかでもない、愛による完成への精進がそれです。教育者のなかにそれがあり、子供たちがそれに薫陶《くんとう》されれば、その教育は善き教育となるでしょう。

児童たちの教育が成功するためには、教育者たちが絶えず自らを教育し、互いに協力し合って目的の実現に精進しなければなりません。そのための方法は、各人が自分の精神を浄《きよ》めるために内面的に努力するという一番大事な方法は別として、いろいろあるにちがいありません。それらの方法を探し、それについて熟慮し、判断し、実践に移さねばならないのです。

以上私は事柄の一側面について――広義の一般児童教育について述べましたが、こんどは別の側面、すなわち学問、教養という意味の教育について述べましょう。私は学問とか教養とかいうものは、最も賢い人々が考えたことを一般の人々に伝達することにほかならないと思います。そして、そのような賢人たちが考えることにも、三つの種類があります。まず第一に、自分の生命の意味を哲学的・宗教的に考えるもので、それが宗教であり哲学であるわけです。第二に、種々の実験、観察から結論を引きだすもので、つまり、力学、物理学、化学、生物学といった自然科学がそれですし、第三にいろんな定理を考え、その定理からさらに系を引きだすといった具合に数学的に考える考え方で、これが数学あるいはいわゆる高等数学です。この三種類の学問こそ、真の学問でありますす。これらの学問の猿真似は許されないし、半可通も許されません。知っているか、知らないかの、どちらかなのです。この三種の学問は万国共通の学問であって、人々を分裂させないで、合一させる性質のものなのです。そのいずれも万人の近づきうるもの、人類同胞の理念の要求を満たしうるものなのです。しかしながら個々の国家や個々の民族内のいわゆる法律学とか歴史学とかいったものは学問ではなく、学問だとすれば有害な学問であって、排除されねばなりません。さらに付言すれば、学問に以上三つの部門があるのみならず、それを伝達する手段にも三つの手段があります（どうか私が無理矢理三つにこじつけたと思わないでください。四つでも十でもあればいいと思うのですが、やっぱり三つなのです）。

伝達のための第一の、一番普通の手段は言葉ですが、言葉にもいろんな国の言葉があり、そのためまたもや人類同胞の理念の要求に答えるための語学という学問が生まれます（もし時間があり学生たちの希望があれば、エスペラント語の教授も必要かもしれません）。第二の手段は、造形美術、つまり絵画とか彫刻塑像《そぞう》とかですが、これはつまり、視覚を通して自分の知っていることを他人に伝える手段と言えます。また第三の手段は、音楽や歌であって、これは聴覚を通して自分の気分なり感情なりを他人に伝える手段なのです。

これら六つの学科のほかに、もう一つ七番目が加わらねばなりません。それはつまり技術の勉強で、これまた人類同胞の理念の要求に応えるもの、つまり万人にとって必要な鍛冶《かじ》、指物《さしもの》、大工、裁縫といった技術なのです。したがって学科は七つに別れるわけです。

自分の日々の労働以外に、上記の七つのどれに一日のどの時間をさくかということは、学生の一人一人の性向が決定するでしょう。

私としては、教師たちは教師たちで講義の時間を決め、学生たちはそれに出席するもしないも自由、という具合にしたらいいと思います。まったく奇怪至極な教育制度をでっちあげてしまったわれわれの目に、それがどんなに不思議に見えようと、完全な学問の自由こそ、換言すれば、学生たちが行きたいときだけ勉強に行くことこそ、およそ実り多き教育に不可欠な条件です。それは、食物が真に身につくのは、本当に食べたいときに食べた人の場合だけであるのと、なんら変わりはないのです。ただ、そのあいだの違いといえば、物質的な事柄では、自由の欠如による弊害はただちに現われ、たちまち吐き気がしたり胃が痛んだりするけれども、精神的な事柄では弊害はそう早く現われず、一年間くらいそのままだったりすることです。そのように完全な自由を保障してやってはじめて、優秀な学生を能力の劣った学生のおかげで足ぶみさせることなく、その持てる能力を最大限に発揮させることができるし、そうしたよき学生こそ、最も必要な学生なのです。そうした自由が与えられてこそ、もし適当な時間に自由な条件下で教えられれば大好きになるであろう学科を、学生が毛嫌いするという、よく見受けられる現象も避けられるでしょうし、さらには、どの学生がどの学科に適するかもわかるでしょうし、まったく自由のみが、妨げられることなく教育効果を上げうるものと言わねばなりません。そうでないとわれわれは、学生たちに向かって、人に暴力を振るってはいけないと説きながら、われわれ自身が彼らに対して残酷極まる知的暴力を振るうことになると思うのです。

以上のことを実行するのはなかなか困難であることはわかるのですが、自由の欠如が教育に致命傷を与えることを知る以上、やむをえないではありませんか。いや本当はわれわれが、馬鹿な真似はいっさいやめようと固く決心さえすれば、別にそう困難でもないと思うのです。　　　　（レフ・トルストイ）

五月六日

(一) 動物に対する憐憫《れんびん》は、われわれにとってごく自然な感情で、世間のいろんな習慣や因襲や暗示によってのみ、われわれは動物の苦しみや死に対して冷酷無慈悲にさせられるのである。

(二) 動物に対する憐憫は善良な性格と密接に結びついていて、動物に対して残酷な人間は、けっして善良な人間ではないと、確信をもって言えるほどである。動物に対する憐憫と人間に対する善良な態度とは、同根同種なのだ。それで、たとえば繊細な感情を持つ人であれば、自分が機嫌が悪いときとか、怒ったときとか、酒に酔ったときなどに、自分の飼っている犬とか馬とか猿とかを、わけもなく無茶苦茶に、あるいはあんまりひどくぶん殴ったことを思い出すと、人間に対してひどい仕打ちをしたのを思い出したときと同様、自分に対して不満を感ずるものである。われわれはその場合、その不満を良心の咎《とが》めと呼ぶのである。 (ショーペンハウエル)

(三) 神を畏《おそ》れ、動物たちを苦しめぬがよい。喜んで仕えているあいだは彼らを使役し、疲れ果てたら解放してやって、彼ら無辜《むこ》の動物たちに充分食べ物や飲み物を与えるがよい。

（マホメット）

㈣　肉食は、動物を殺さずにはできない。動物を殺すことは、至福への道を閉ざすことになる。人々よ、肉食を控えよ。

（バラモンの『マヌの法典』より）

＊㈤　人間が動物より上だというのは、動物を冷酷に苦しめうるからでなくて、彼らを憐《あわ》れむからである。

（仏陀の教え）

㈥　子供たちに虫を殺させぬがよい。それが人殺しの発端となるからである。

（ピタゴラス）

㈦　動物に対する憐憫《れんびん》の情がわれわれに与える喜びは、狩猟と肉食をやめることで失う満足を贖《あがな》って大いに余りがある。

五月七日

㈠　現世においても来世においても、自分自身の外に幸福を探すのは間違いである。

(二) 私は自分を導いてくれる光を探して世界中を歩きまわった。私は昼夜休むことなく探したが、とうとう私に真理を啓示する説教者の声を聞いた。その説教者は私の心のなかにあり、私が世界中探しまわった光も私のなかにあった。(ペルシャのスーフィー)

(三) われわれこそわれわれ自身の救済者であり、また破滅者でもある。人間外のものが人間に悪をなすことはできない。人間が已《おの》れの生の掟《おきて》に従って暮らしているならば、たとえ日月星辰は滅びても、彼の身に悪は生じないであろう。(リュシー・マローリ)

(四) キリストは、ただ外面だけに捉われているパリサイ人たちとは反対に、内面的人間改善を目指した。彼は、パリサイ人たちが自分らの伝承によって神の誡《いまし》めを廃したことを責めた。自ら人の師と称する者の精神力が退廃し、従来の種々の制度が最初の力を失って衰弱すると、二つのことが生ずる。すなわち、外面的神信仰の習慣が複雑となり、人々に向かって外面的神信仰が真の善行の代用品となるから、真実の神の誡めのほうは守らなくてもかまわぬといったお説教をして、空疎な神信仰的行事のみを彼らに押しつけることになる。そうすると、そのような愚劣な教えの支配する社会のなかにいわば擬似良心《いいい》といったものが形成される。民衆はこぞって、しばしば熱狂的に抽象的信仰を守りながら、同時に最も神聖な義務には一顧も与えずに平然としていたり、放蕩《ほうとう》堕落の淵《ふち》に身を沈めたりするのである。彼らは肉体のための食物を食べる前には手を洗ったり、食器を洗ったりはするけれど、霊を清潔にする術《すべ》は知らない。心が打ち棄てられ、心からイエスが列挙してみせたさまざまの恐るべき罪悪が生ずるのである。

イエスはそれに対して言った。「心からいっさいの悪の根を抜き取るために、心に沈潜せよ。外面的なものは重要でない。善も悪も――内面的なものである」と。キリストはそんなふうに教えた。それと違ったことを教える者、キリストのようには教えない者はキリスト者ではなく、ただ人々を欺くためにキリストの名前を濫用《らんよう》している者であり、キリスト自身が「羊の毛衣を着て汝《なんじ》らに近づけど、内は酷《むご》き狼《おおかみ》のごとき、偽善者を警戒せよ」と言ったり、さらにはまた、「主よ主よと口先にて唱えながら、心は悪に居らんとする者は天国に入るあたわず」と言った、あの似而非《えせ》預言者なのである。　（ラムネ）

＊㈤　運命に偶然というものはない。人は運命に出会うのではなく、運命を創造するのである。　（ウィルメン）

㈥　人自ら罪を犯し、自ら悪を念《おも》い、自ら悪に遠去かり、自らその意を浄《きよ》める。罪に陥るも清浄であるも、自らの力による。他人は汝を救うことはできない。　（『法句経』）

(七)　汝《なんじ》の肉体は――善と悪との住む町である。汝は皇帝《サルタン》であり、理性は宰相《さいしょう》である。

（セイク・ムルーク）

(八)　人の幸不幸は、財産にもなければ金銀にもない。幸不幸は心のなかにある。不正を行なわない者が善良というわけではなく、いささかも不正を思わぬ者が善良なのである。

賢者にとっては至るところに青山《せいざん》があり、高貴なる霊の祖国は全世界である。

（アブデルのデモクリストス）

(九)　自分の努力以外の何かに救いや幸福を見出そうと思うことほど、人間の力を弱めるものはない。

五月八日

(一)　善良さと結び合わされた謙虚さほど魅力的なものはない。しかしそれは探し求めねばならないのであって、展示されてはいないのである。

(二) アハヴ王は、あとからついてきて彼を罵《ののし》る男に向かって言った。「もっとわしの悪口が言いたかったら、町へ入る前に言うがよい。さもないと、人がお前の悪口を聞いてお前に襲いかかるだろうから」

（エジプトの金言）

(三) また彼らのあいだに、己れらのうち最も大いなる者は誰《た》ぞとの争い起こりしかば、イエス彼らに言えり、「異邦人の王らはその民を治め、また人の上に権ある者は、恩人と呼ばわる。されど汝《なんじ》らはしかあるべからず。かえって汝らのうち最も大いなる者は、最も小さき者のごとくなり、頭《かしら》たる者は仕うる者のごとくなるべし。けだし食卓につく者と仕うる者とは、いずれか大いなる、食卓につける者ならずや。されどわれは、汝らのなかにありて仕うる者のごとし」

（「ルカ伝」第二十二章二四～二七節）

(四) ある冬のこと、フランシスコは弟のレフと二人で、ペルーザからポルツィオンキュールへ向けて歩いていた。恐ろしく寒い日で、二人はぶるぶる震えていた。フランシスコは前を行く弟のレフを呼んで言った。「おお、レフよ、願わくば私たちは世界中に聖なる生活の手本を示したいものだね。しかしながら、そのことに完全な喜びがあるのではないことを忘れるな」

少し進んだとき、またもやフランシスコはレフを呼んで言った。「レフよ、たとえ私たちが病人を癒《いや》し、悪魔を追い払い、盲人を見えるようにし、四日前に死んだ者を甦《よみがえ》らせることができても、それは完全な喜びではないことを忘れるな」

また少し進んだとき、フランシスコは弟に言った。「レフよ、たとえ私たちがあらゆる言葉やあらゆる学問を知り、あらゆる書物を読み、未来について予言するのみならず、人々の心のあらゆる秘密を知ったとしても、そのことのなかに完全な喜びはないことを忘れるな」

さらに少し進んだとき、フランシスコはまたもやレフを呼んで言った。「それからまた、神の小羊なる弟レフよ、たとえ私たちが天使の言葉を話し、天体の運行を知り、地中に蔵されているあらゆる宝物を発見し、鳥や魚や昆虫や人間や樹木や石や水の生命の秘密を知りつくしたとしても、それはやっぱり完全な喜びではないことを忘れるな」

それからまたまた少し進んだとき、フランシスコは再びレフを呼んで言った。「それからまた、たとえ私たちがあらゆる異教徒をキリスト教に帰信せしめるほどすぐれた説教師であったとしても、やっぱりそれは完全な喜びではないことを忘れるな」

するとレフがフランシスコに向かって言った。「では兄さん、いったい何が完全な喜びですか？」

フランシスコは答えて言った。「私たちが汚れて濡れて寒さに震え、腹を減らしてポルツィオンキュールの町へ辿《たど》り着き、門衛に町へ入れてくれるよう頼んだとき、門衛が私たちに向かって〝この浮浪者ども！　なんで世間をぶらついてみんなを騙《だま》し、貧乏人へのお恵みのピンはねをするんだ。とっとと失《う》せやがれ！〟と言って門を開けてくれなかったとするがよい。そんなとき私たちが腹を立てないで、門衛としては当然な言い分で、神様ご自身が門衛に、私たちに対してそんな態度に出るようにお命じになったのだといったふうに謙虚に、愛情をもって考え、濡れて、震えて、飢えたまま、門衛に対する不平を一言も言わないで、朝まで雪や雨のなかに佇《たたず》んでいるとしたら、そのときにこそレフよ、そこに完全な喜びがあるのだ」

㈤　江海《こうかい》のよく百谷の王たる所以《ゆえん》のものは、そのよくこれに下るをもってなり。これをもって、聖人は民に上たらんと欲せば、必ず言をもってこれに下り、民に先立たんと欲せば、必ず身をもってこれに遅るるなり。

これをもって聖人は上に居るも、しかも民は重しとせず、前に居るも、しかも民は害とせざるなり。聖人は争わず、ゆえに天下よくこれと争うことなし。これをもって天下は聖人を推《お》すことを楽しみて、しかも厭《いと》わず。（『老子』）

＊㈥　ある人が賢者に向かって、あなたは悪い人間だと世間で言ってますよ、と告げた。

すると賢者は答えて言った。「みんなが私のことを何もかも知っていないから、まだありがたい。もし何もかもを知れば、もっとひどいことを言うだろう」

(七) 自分のことをあれこれ言わないほうがいい。ことに他人と比較したりしないがいい。比較するなら完全性の理念と比較するがよい。

五月九日

(一) 人生は絶えざる変遷である。すなわち、肉体が徐々に衰え、精神生活が徐々に豊かになる過程そのものである。

(二) 自分自身と闘争すること、自分自身に強制を加えることは、もともと煩悩《ぼんのう》具足のわれわれ人間にとって畢竟《ひっきょう》やむをえざることである。しかしながらこの自分自身への強制は、愛にかなったもの、正当なものなのである。母親は自分の子供を、野獣の口から引き離す。子供は痛い目に合うけれども、もちろん自分の苦しみを自分を救ってくれる母のせいとするわけにはゆかず、自分をくわえて放すまいとする野獣のせいだとしなければならない。善と悪との闘争に対するわれわれの態度も、まったくそれと同じでなくてはならない。善は母親のようにわれわれの霊を悪から引き離す。この闘争はわれわれにとって苦痛であるけれども、やっぱり必要不可欠のもの、われわれに幸福をもたらすものである。そうした闘争が行なわれないことは、われわれにとって不幸なことであり、その闘争なくしてわれわれはけっして善良にはなれないのだ。（パスカル）

㈢　われわれの内なる光が増すにつれて、われわれは自分自身が以前に考えていたよりずっと醜《みにく》いことを知るようになる。またわれわれの心から飛びだす種々様々の恥ずかしい感情に気づくにつけて、以前はどうしてそれが見えなかったのだろう？　と驚く。われわれはそれまで一度も、そんなに醜悪な感情が自分の心に潜んでいようとは思ったこともないので、恐怖に駆られてそれを見つめる。しかしながらけっして恐れる必要もなく、絶望する必要もない。われわれは以前より悪くなったのではなく、むしろ向上したのである。（フェヌロン）

㈣　生くるかぎり学べ。老年が叡智《えいち》をもたらすのを拱手《きょうしゅ》して待つなかれ。（ソロン）

㈤　何よりも、天がそのうちにわれわれの過《あやま》ちを正してくれるだろう、などといった馬鹿な考えを棄てることが大切である。ぞんざいな料理の作り方をしながら、神様がおいしくしてくださるだろうなどとあてにするわけにゆかないではないか。それと同じように、もし諸君が長年月にわたって愚劣な日々を送って、自分の生活を誤った方向へ導いてしまったならば、そのうち神様が手を伸べて、何もかもをいい方向に向けてうまくお膳立てをしてくださるだろうなどと期待すべくもないではないか！

（ジョン・ラスキン）

＊(六) 徳は絶えず前進し、しかも絶えず新たに出発する。

（カント）

(七) 鳩の温和さは――徳とは言えない。鳩が狼より善良なわけではない。徳ないし徳への一歩は、努力の始まるときにはじめて始まるのである。

(八) もしそのほうがよかったら、神はわれわれ全部を一国民に創られたであろう。しかしながら神はわれわれを試験されているのである。諸君がどこにいようとも、力のかぎり善に向かって精進するがよい。さすればいつか、神が諸君全部を一つに結びたもう日が来るであろう。

（コーラン）

(九) 自己完成の途上で立ち止まってはいけない。君が自分の霊に対して以上に外的世界に対して関心を持つや否や、自分が停止しているのだということを知るがよい。世界は君のそばを通り過ぎ、君はぼんやり突っ立っていることになるのだ。

五月十日

㈠　真に存在するのは精神的なもののみである。肉体的なものはすべて幻影にすぎない。

㈡　何人《なんびと》も二人の主に兼ね仕うることあたわず、そは、あるいは一人を憎みて他を愛し、あるいは一人に従いて、他を疎《うと》むべければなり。汝《なんじ》ら神と富とに兼ね仕うるあたわず。　（「マタイ伝」第六章二四節）

（原註——二人の主とは精神と肉体である）

㈢　自分の霊のことと世俗的幸福のこととを同時に考えるわけにはゆかない。世俗的幸福を望むなら、霊のほうは放棄するがよい。また、もし霊を守ることを望むなら、世俗的幸福は放棄するがよい。さもないと君は絶えず分裂して、そのいずれをも獲得できないであろう。　（エピクテトス）

＊㈣　手で触れることのできるものだけが存在すると考えるような人々は、まだまだきわめて無知蒙昧《もうまい》な人々と言うべきである。（プラトン）

㈤　人間には二様の生き方ができる。真実の（内面的）生き方と、虚偽の、幻想的な（外面的）生き方である。私が内面的生活というのは、人間が単に外的刺戟《しげき》や印象のみによって生きず、いっさいのものの奥に彼岸を――換言すれば神を見、自分の生命が自分の満足のために与えられているのではないことを知って、神の名において、自分に与えられた才能を実践的に発揮し、それを地に埋めたままにはしておかない場合のことなのである。（ゴーゴリ）

㈥　義務の感情はわれわれを駆って物的世界の現実性を感ぜしめ、その生活に参加せしめるが、同時にそれはわれわれを物的世界から引き離し、その非現実性を示してくれる。（アミエル）

㈦　目にも見えず手にも触れない精神的なもの、われわれが自分の内部に、自分自身として意識するもの――それのみが現実的である。目に見え、手に触れるものは、すべてこれわれの感官の産物であり、したがって幻影にすぎない。

(八)　肉体の教えと霊の教えと、二つの教えがあるが、心して肉体の教えから遠去かるがよい。なぜならそれは人々を奴隷状態に導く教えであるから。単に肉体のために働く者は、まもなく自分の足につけられる足枷《あしかせ》を作っているようなものである。霊の生活を忘れて、感性的生活を送る者は禍《わざわ》いなるかな！　それが一個人の場合でも一国民の場合でも、とにかく精神的堕落の果てに、すっかり肉体的欲望の泥沼に沈淪《ちんりん》して、そのなかで荏苒《じんぜん》日を送る者は——結局肉体の死とともにそれを蛆虫《うじむし》のご馳走に供する準備をしているにすぎない。ただ霊の教えのみが自由と、生命と、救済とを与える。霊の教えによってのみ、死せる者も新たに甦るのである。もし諸君が、新たに甦ることを願い、もろもろの汚れと骸骨の満ちた古き世界の墓より脱出することを願うならば、心して霊の声に耳を傾けるがよい。その声がどこから聞こえてくるのか、それは誰も知らない。なぜならそれはある特定の声というわけではないから。その声は教壇からも聞こえてこず、人々が集まってどうでもいいようなくだらない言葉を聞かされる公けの集会の場でも、聞こえはしない。それはちょうど、野を渡る風のようなもので、誰一人それがそこで起きた、ここで起きたと言える性質のものではない。またその声がどこへ届くか——それもわからない。それは今日はここ、明日はあそこと、注意深い耳、準備のできた心のある、至るところに届く。またその声がそれに向かってわれを導きたまえ、と言う者をどこまで連れてゆくかもわからない。

（ラムネ）

(九) 本質的には学問の対象はただ一つ、精神の種々な様相とその変容とである。ほかのすべての対象もそれに帰一するし、ほかのすべての学問もそれに帰一する。

（アミエル）

(十) 私は自分の思想をいろいろな人に伝えることができる。もしそのなかに、神聖な愛と叡智《えいち》の力が存在しさえすれば、それらの思想は海を渡り、世界の津々浦々を覆《おお》うであろう。私の思想はこの私の精神的分子であり、したがって私の体は特定の瞬間、常に特定の一個所だけにしか存在することはできないけれど、思想は一度に何千個所にも存在しうるのである。

（リュシー・マローリ）

(十一) 自然はもともと不正である。ところで、もしわれわれが自然の産物であるなら、どうしてわれわれは自然の不正に不満を感ずるのであろう？　どうして結果が原因に反発するのだろう？　それは人間のくだらぬ、子供っぽい虚栄心からの反抗であろうか？　否、それは己《おの》れを自然から独立したものと認め、何がなんでも正義を要求する存在としてのわれわれの心の奥底から迸《ほとばし》りでる叫びである。天地は滅びても、善は存在すべきであり、不正は滅ぶべきである。それが全人類の意識なのだ。精神は自然に従属するものではない。

（アミエルによる）

㈩ われわれにはいつも、一番はっきりした、わかりやすい、一番実在的なものは、有形的なもの、感官によって認められるもの、といったふうに感ぜられるけれど、実際にはそれが一番曖昧《あいまい》で、わかりにくくて、矛盾に満ちた、非実在的なものなのである。

五月十一日

㈠ 完全性というものはわれわれからはるかにかけ離れた境地であって、われわれの生活がいかに千差万別であっても、われわれ一人一人の完全性への距離はみんな同じと言っていい。

㈡ 完全性の観念を持たぬ人は、現状に満足し、現実と争わず、現実がそのまま正義であり、幸福であり美であると思い込んでいる。そのような人にとっては、なんの進歩もなく生命もない。

（アミエルによる）

㈢　個人の場合も民族の場合も言えることであるが、あらゆる完全性への推進力は、その人なりその民族なりの現にあるものに関する知識ではなくて、ありうるものに関する観念なのである。（マルチノ）

㈣　「人間は弱いから、力に応じた仕事をさせなければならぬ」と人々は言う。それはちょうど、「私はぶきっちょうで、二点間に最短距離の直線を引くことができない。だから直線を引こうと思う場合、負担を軽くするために、曲がったり歪《ゆが》んだりした線を手本にしよう」と言うようなものである。

手がまずければまずいほど、私にはより完全な手本が必要なのである。

＊㈤　〝汝《なんじ》らの天の父の完全なるがごとく完全なるべし〟（訳註――「マタイ伝」より）。神の完全性、すなわち万人にとっての最高善の理念こそ、全人類の目指す究極目標である。

㈥　完全性を説くキリストの教えこそ、人類を導きうるただ一つの教えである。

キリストの教えのなかで与えられた完全性の理念を外面的な規則とすり替えたりせず、純粋無垢《むく》なその理念をしっかり見つめ、何よりもそれを信ずるようにしなければならない。

岸に近いところを泳いでいる者には、あの丘、あの岬、あの岸等々を目指して泳げ、と言っていい。しかし岸からはるかに遠くを航海している者には、方向を示すはるかな星や羅針盤だけが頼りである。その双方ともわれわれに与えられているのだ。

(七)　どんなに堕落した人間にも、常に自分の目指すべき完全性だけは見えるはずである。

五月十二日

(一)　人生は死への不断の接近である。それゆえ死が悪と映じなくなったとき、はじめて人生は浄福となる。

(二)　われらが年をふる日は七十歳にすぎず、あるいは壮《すこ》やかにして八十歳にいたらん、されどその誇るところはただ勤労とかなしみとのみ、その去りゆくこと速やかにして、われらもまた飛び去れり。

（「詩篇」第九十篇一〇節）

㈢　われわれは、健康に恵まれ知力に恵まれているあいだ、ただ人間のことやごくつまらない日常の些事に心を配り、神のことを思おうとしない。まるで世間的な儀礼や習慣がわれわれに対して、神のことを思うのはお前たちに物を思う力がほとんどなくなって、もうどうにもならないと諦《あきら》めがついてからにしろ、と要求しているかのようである。

（ラ・ブリュイエール）

㈣　大勢の人が鎖《くさり》に繫《つな》がれている光景を想像するがいい。彼らはみな死刑を宣告されており、毎日そのなかの幾人かがみんなの眼の前で殺される。こうして殺される者の姿を見ながら自分の順番を待つ人々には、自分自身の来たるべき運命が見えるはずである。そのような情況下で人はいかに生くべきであろうか？　はたして互いに殴り合ったり苦しめ合ったり殺し合ったりしていいものだろうか？　どんなに兇悪な強盗でも、そんな情況下で互いに悪を行なうことはないであろう。ところが人間はみな、そうした情況下に置かれているのだ。だのに彼らは、いったいなんということをしているのだろう？

（パスカルによる）

㈤　われわれは、重要な地位にある人が不意に倒れて、たちまち死んでいったりするのを目撃するし、またある人が毎日少しずつ消耗し衰弱してゆくのに気づき、そのうちとうとう死んでしまうのを見届けたりする。こうした衝撃的な出来事が誰の注意も惹《ひ》かず、誰の心も動かさぬままに終わるのだ。人々はそういう人たちに対して、花が萎《しお》れたり木の葉が落ちたりするのを見る場合以上の注意を払おうとしない。そしてただその人たちの残した地位にあこがれ、もう誰かがその地位についたであろうか？　いったい誰がついただろうか？　ということばかりを知ろうと焦《あせ》るのである。

（ラ・ブリュイエール）

㈥　〃雨期にはここに住もう、夏にはあそこへ行こう〃。愚者はそんなふうに思って、自分が死ぬことなど考えようともしない。しかしながら死は突然やって来て、あくせくと利欲に迷って無我夢中で暮らしている人をあの世へ連れ去るのである。

われわれが突然死に襲われるとき、子供も父親も親戚も友人も、一人として助けることはできない。そのことをはっきり悟って、安心立命への道を掃き清める賢者は幸いなるかな。

（仏陀の教え）

㈦　人は生まれるとき、世界はみんな私のものだと言わんばかりに手を握りしめているが、死ぬときは、ほらごらん、なんにも持っていかないよ、と言わんばかりに掌《てのひら》をひろげている。

（『タルムード』）

(八)　イエスまた比喩《ひゆ》を人々に語りたまえり、「ある富める人その畑豊かに実りければ、心の内に『わが実りを納むべき所なきをいかにせん』と思いめぐらして言いけるは、『かくなさん、すなわちわが倉を毀《こぼ》ち、さらに大いなるものを建て、そこに、穀物と財産をことごとく納めん。しかしてわが魂に向かいて言わん。〃魂よ、汝《なんじ》には多年を過ごすに足るものあまた貯えられたり、心を安んじ、飲み食いして楽しめ〃と』。されど神言えり、『愚かなる者よ、今宵《こよい》汝の魂取り上げらるるべし、さらば貯《たくわ》えしものは誰《た》がものとなるべきぞ』」と。

（「ルカ伝」第十二章一六〜二〇節）

(九)　〃この息子たちは私のもの、この財産は私のもの〃と、こんなふうに愚者は思う。彼自身がすでに彼のものでないのに、どうして息子たちや財産が彼のものであろう？

（仏陀の教え）

(十)　われわれは幕を目の前に掲げて見えないようにしながら、のんきに深淵《しんえん》に向かって走っているようなものである。

（パスカル）

＊(十一)　今すぐにもこの世に別れを告げねばならないかのような、残された時間を思わぬ

贈り物と受け取るような気持で生きるがよい。（マルクス・アウレリウス）

㈩汝の一生は、悠久《ゆうきゅう》の時間のなかの一微分子にすぎない。されば心して、そのたまゆらの間にできうるかぎりのことをなせ。（サイド・ベン・ハメド）

㈪自分はこの世に定住しているのでなく、この世を通り過ぎているのだ、ということを忘れないようにするがよい。

一週間の読み物

病院での死

今こうして書いているときにも、私の脳裏には一人の肺病で死にかけている男の姿が、私のほとんど真向かいに寝ていたそのミハイロフという男の姿が浮かんでくる。このミハイロフのことは、実は私はあまりよく知らなかった。せいぜい二十五歳くらいの若い男で、背が高く、ほっそりして、とっても美男子だった。彼は一人独房にいて、不思議なくらい口数が少なく、いつもなんだかひっそりと、哀愁を湛《たた》えた静かな表情をしていた。まさに彼は監獄のなかで〝枯れ萎《しぼ》んでいった〟のである。少なくとも、彼が自分についてのいい思い出を残した同じ囚人仲間の連中は、後日彼のことをそんなふうに評した。彼がとても美しい眼をしていたことだけは私も覚えている。彼が死んだのは、寒い晴れた日の午後三時ごろだった。凍りかけた緑の窓ガラス越しに太陽の強い斜光が部屋に差し込んでいたのを覚えている。そしてそれはその哀れな瀕死《ひんし》の男を真向から照らしていた。彼は人事不省のまま何時間も苦しみつづけて死んでいった。もう朝のころから彼の目は、誰がそばに来ても見分けることができなくなっていた。彼が非常に苦しんでいるのがわかるので、みんななんとかしてその苦しみを軽くしてやりたいと思うのだった。彼は苦しそうな、深い息遣いをし、咽喉《のど》をぜいぜい言わせていた。胸はもっと空気が欲しいとでも言うかのように高く盛り上がっていた。彼は毛布をはねのけ、服をはだけ、とうとう着ているシャツまで挘《むし》り取ろうとした。骨と皮だけの手足や、くぼんだ腹や、盛り上がった胸や、骸骨のようにはっきり見えている肋骨《ろっこつ》を剝《む》きだしにしたその長い長い体を見るのは恐ろしかった。彼の身に着《つ》けているものと言えば、お守り袋のついた木製の十字架と足枷《あしかせ》だけだったが、その干《ひ》からびた脚はその足枷のなかにすっぽりと入りそうに見えた。彼が死ぬ半時間前には、みんながなんだかひっそりとなり、ほとんど囁《ささや》くような声で話すのだった。また歩くのにも、音を立てないように歩いた。みんなほかの話はあまりせず、ときどきますます烈《はげ》しく咽喉をぜいぜい鳴らす臨終《りんじゅう》の男をちらりと眺めるだけだった。とうとう彼はその弱々しい手を這《は》わせるようにしながら胸の上のお守り袋をつまみ、それを引きちぎろうとした。まるでその重量が胸を圧迫して彼を苦しめている、とでもいった様子だった。誰かがお守り袋を取りのけてやった。十分後に彼は死んだ。守衛室の扉を叩《たた》いてそれを知らせると、一人の守衛がやって来たが、虚《うつ》ろな眼で死人を一瞥《いちべつ》すると、すぐに看護卒のところへ行った。若くて気のよい看護卒はすぐにやって来た。彼は死人のそばへ近づいて、なんだかことのほか無造作に死人の手をとって脈搏《みゃくはく》を調べ、片手を振って出ていった。すぐに衛兵に報告が届いた。その囚人《しゅうじん》は独房に入っていた重大犯だったので、彼を死人と認めるにも特別の手続きが必要だったのである。

衛兵を待っているあいだに、一人の囚人が静かな声で、死人の眼をつむらせてやったらどうだろうと言った。頷《うなず》きながらそれを聞いていたもう一人の囚人が、黙って死人のそばへ行ってその眼を閉じてやったが、枕もとの十字架に気づくと、それを手にとって眺め、黙ってそれを元のようにミハイロフの頸《くび》に掛けてやり、やおら十字を切った。そのあいだにも死人の顔は硬直していった。陽光がその顔の上で戯《たわむ》れており、口は半ば開かれていた。白くて丈夫な二列の歯並みが、歯茎にくっついた薄い唇のかげに光っていた。ついに衛兵下士官が短剣をつけ、ヘルメットを被《かぶ》ってやって来た。そしてそのあとから、二人の守衛もついてきた。衛兵下士官は近づきながら次第に歩度を緩《ゆる》め、静まりかえったまま険《けわ》しい眼差しで四方から彼を見つめている囚人たちを訝《いぶか》しげに眺めた。死人へあと一歩というところまで近づいたとき、彼はまるで怖《お》じけづいたかのようにぴたりと足を止めた。すっかり剝きだしの、ただ足枷だけをつけた、痩《や》せこけた死体が彼の心を打ったようで、彼は別段要求されていることでもないのに、突然顎紐《あごひも》をはずし、ヘルメットを脱いで、大きく十字を切った。髪は半ば白く、厳しい、いかにも軍人らしい顔つきの男だった。ちょうどそのとき、やっぱり半白の老人であるチェクウノフがその場に居合わせたのを覚えている。チェクウノフは終始無言のまま衛兵下士官の顔を真正面からじーっと見据え、異様なほどの緊張感でその一挙手一投足を観察していた。しかし二人の視線がぱっとぶつかったとき、チェクウノフはなぜだか突然下唇をぶるっと震わせた。彼はその下唇をなんだか変な恰好《かっこう》に歪《ゆが》めて歯を見せると、下士官に向かって死人を顎で示しながら、まるで思わず口に出たといった調子で早口に言った。

「この男にもやっぱりお母さんがいたんだがなあ！」こう言って立ち去っていった。

やがて死体を片づけることになり、みんながそれを、藁《わら》の敷蒲団《しきぶとん》と一緒に持ち上げた。藁がカサカサと音を立て、周囲の静寂のなかで床に落ちた足枷の部品の金属的な音が響いた。部品は拾い上げられ、死体は運び去られた。突然みんなが声高に話しはじめた。もう廊下で下士官が誰かに鍛冶《かじ》屋を迎えにゆけと言っている声が聞こえた。死人の足枷をすっかりはずさねばならないので……。

（ドストエフスキー『死の家の記録』より）

五月十三日

㈠　人はみな自分で、自分のために、生と死の意義に関する問題を解決しなければならない。

㈡　君子はすべてを己《おの》れに求め、小人《しょうじん》は他人に求める。

（中国の金言）

＊㈢　霊は学びはしない。霊はただ、もともと知っていることを思い出すだけである。

（ダウド・エル・ハッフィル）

㈣　賢者は常にあらゆるもののなかに助力を見出す。なぜなら彼の才能の本質は、万物から善を導きだすことにあるからである。

（ジョン・ラスキン）

㈤　政治的勝利、収入の増加、身内の者の病気の平癒、いなくなっていた友だちの帰還等々といった類《たぐい》の幸運は諸君の心を弾《はず》ませ、諸君に、いよいよ善《よ》き日がめぐってきたな、と思わせる。しかしそんなことを信じてはいけない。諸君自身のほかに諸君に平和

をもたらすものは何もないのである。　（エマスン）

㈥　人生の使命という問題に対する解答を外の世界に求めても無駄であろう。諸君のすべての問題に対する解答はちゃんと諸君自身のなかにある。でもそれは萌芽としてあるのであって、諸君はその解答の芽を善き生活によって育て上げねばならない。それのみが叡智に至る唯一の道である。　（リュシー・マローリ）

＊㈦　友を探し求める者は哀れなるかな。なんとなれば、真に忠実な友は自分自身のみであり、外に友を探し求める者は、自分自身に対して真に忠実な友ではありえないからである。　（ソロー）

㈧　教えられた真理は、ちょうど義手や義足や義歯や、蠟《ろう》製の鼻や、精一杯いいところで、他人の皮膚で作った鼻のように、ただわれわれにくっついているだけである。ところが自分自身の思索によって獲得された真理は、本当の手、足、その他のようなものである。それだけが本当にわれわれのものなのである。　（ショーペンハウエル）

㈨　人が生や死の問題に対して他人の解答を、たとえば古来の賢者たちの答えを受け入れるとしても、その解答の選択、解答の承認はあくまでその人自身のものである。

五月十四日

*㈠　霊の神性を意識すれば、人生のあらゆる災難も恐ろしくなくなる。

㈡　われわれは、霊には神性があることを知っている。現在私のなかに住んでいる霊の驚嘆すべき諸性質が、そのままいつの日かほかの肉体に宿ることがあるかどうかは、私にはなんとも言えないし、またそれが私のこの肉体に宿る以前に、現に私のこの肉体が辿《たど》ったような自然的歴史を辿ったかどうかも、なんとも言えない。しかしただ一つ私がはっきり知っているのは、それらの諸性質は存在しはじめたものでもなく、私の肉体が病めば一緒に病むというものでもなく、けっして墓に葬られることなどありえず、世界よりも以前に存在していたのだということである。それが私に信仰と、勇気と、希望とを与える。

霊はすべてを知っている。霊はどんなことを知らせても驚きはしない。何人も霊より偉大ではありえない。恐れたいと思う者は恐れるがいい。霊は自己本来の王国に住み、空間を超え、時間を超えているのだ。

（エマスン）

＊㈢　神は万人のなかに住んでいるが、万人が神のなかに住んではいない。そこに人々の苦悩の原因がある。

火がなくてはランプがともらないように、神なくしては人間は生きられない。

（バラモンの教え）

㈣　君は自分が温和にしていると人に軽蔑されはしないかと心配するが、公正な人たちはそのことで君を軽蔑するはずがないし、公正でない人たちのことは放っておいていいではないか。彼らの言葉になど耳を藉《か》さないがいい。上手な指物師《さしものし》は、指物のことを何一つ知らない男が自分の立派な仕事を褒《ほ》めようとしないからといって、別に気にも止めはしない。

悪人が君に危害を加えはしまいか、などと心配しないがいい。はたして君の霊に危害を加えうる者がいるだろうか？　何を恐れることがあろう？

私は、私に危害を加えうると思っている人々を心のなかで嘲笑する。彼らは私が誰であるかも、私が善と悪を奈辺《なへん》にあると考えているかも知らない。彼らは自分たちが、真に私のものであり、私がそれによってのみ生きているものには一指も触れえないことを知らない。

（エピクテトス）

㈤　この世のすべてのものは私のものである。創造も破壊も私の思いのままである。世界は殻にすぎず、その核心はこの私である。どうして塵《ちり》が塵に帰るのを恐れることがあろう？　私は塵ではないのだ。それゆえ神に従って平安に生きるがよい。

（ペルシャの金言）

㈥　理性は、いかにして？　なぜに？　と尋ねる。しかし愛は——私が愛だ、と言うだけである。そして問いには何一つ答えないで、問う人を充分満足させる。

㈦　何人《なんぴと》をも何ものをも恐れるなかれ。汝《なんじ》のなかの最も貴重なものは、何人《なんぴと》にも何ものにも損なわれることはない。

五月十五日

㈠　正直はそのまま善行とは言えないが、少なくとも罪業《ざいごう》の欠如を意味する。

㈡　真理は嘲笑によって傷つけられるものではない。しかしながら、嘲笑する人たち

のなかで、真理の成長が停止する。（リュシー・マローリ）

㈢　最も普通で最も広汎《こうはん》な虚言の原因は、人々を欺《あざむ》こうという欲望ではなくて、自分自身を欺こうという欲望である。この虚言が最も有害な虚言なのだ。

＊㈣　迷誤へ至る道は無数であり、真理へ至る道はただ一つである。（ルソー）

㈤　人間は、真理が自分の罪を暴《あば》きはしまいかと真理を恐れはじめたときほど、不幸なことはない。（パスカル）

㈥　ただ自ら明らかな真実のみを人々は実現せねばならない。（孔子）
（訳註――これは「我が道は一以《もっ》て之《これ》を貫く」から来ているのだろうか？「大学の道は明徳を明らかにするに在《あ》り」をも連想させる）

㈦　一つの嘘を言い張れば、必ずまた別の嘘を言わねばならなくなる。（レッシング）

㈧　真実を語るのは一見実に容易に見えるけれど、実際にそうするには実に多大の精神的努力が必要である。
人間の正直さの程度は、その道徳的完成度の指標なのである。

(九) 正直は――どこでも通用する唯一の貨幣である。　(中国の諺)

(十) 正しくあれ。そこに雄弁と徳行の秘訣《ひけつ》があり、精神的影響力の源泉があり、芸術と人生との最高規範がある。　(アミエル)

(十一) 世間には事柄次第では、真実を逸脱してもかまわぬ場合がある、などといった誤った考え方が往々にして見受けられる。どんなに小さな虚偽でも、その内的および外的影響は、真実を述べる場合のぎごちなさ、不愉快さよりはるかに有害である。

五月十六日

(一) 人類はいまだかつて宗教なくして生きたことはなかったし、また生きられるものでもない。

(二)　現代の学者たちは、宗教は無用で、科学がそれに取って代わるだろうと、あるいはすでに取って代わっていると決め込んでいるけれども、実際には昔も今も、ただ一つの人間社会も、ただ一人の理性的人間も（理性的人間も、とはっきり断わっておく。なぜなら理性を備えぬ人間は、動物と同じように宗教なしでも生きることができるから）、いまだかつて宗教なしに生きたことはなく、生きられる道理もないのである。

　なぜ理性的人間が宗教なしに生きられないかといえば、宗教こそ彼に対して、自分と、自分がそのなかに住む無限の世界との関係についての理解を与えてくれ、ひいてはその理解から生まれる彼の行動の指針を与えてくれるからである。

　蜜《みつ》を集める蜜蜂は、蜜を集めるのが善《よ》いことか悪いことかなどとは全然考えない。しかしながら人間は、穀物や果物を収穫するとき、それらのこんごの成育をだめにしはしまいかとか、隣人の食物を奪うことにはなるまいか、とか考えざるをえない。さらにはまた、自分がこうして食物を与えて育てている子供たちが、将来どんな人間になるだろうとか、そのほかいろんなことを考えざるをえない。たとえ理性的人間でも、人生における最も重大な行為に関する問題を徹底的に解決できないのは、自分の行為から生ずるであろうさまざまの結果を予想せざるをえないからである。理性的人間であればみんな、もし自分が人生の最も重大な問題で個人的感情のままに動いたり、目先の結果だけを見て行動したりすれば、そこからさまざまな結果が生まれ、それが往々にして矛盾に満ちたもの、つまり自分にとっても他人にとっても、善いことでもあれば悪いことでもあるといった場合があるので、けっしてそんなことをしてはいけないことを、たとえ知らないまでも、感じているのである。

それゆえ理性的人間としては、動物と同じ行動規準で動くわけにはゆかない。人間はその日その日を生きる動物たちのあいだにあって、自分も一個の動物と考えることができるが、また家族の一員、社会の一員、幾世紀も続く民族の一員と考えることができるし、さらにはまた、無限の時間を生きる無限の世界の一部とも考えることができるし、また是非そう考えなければならない（なぜなら理性が否応なしにそう考えさせるからである）。それゆえ、理性的人間は、人生における目先の現象に対する関係のみでなく、無限の時間と空間の世界全体を一つと見て、それに対する自分自身の関係を打ち建てねばならないし、また常に打ち建ててきたのである。そのような、人間と、人間が自分をその一部と感ずる無限の全体者との関係の樹立と、樹立されたその関係から生ずる行動の指針こそ、宗教と呼ばれてきたもの、呼ばれているものである。

それゆえ理性的人間ないし理性的人類にとって、宗教は常に存在したし、また必須不可欠な生活の条件として、けっして存在しなくなることはないのである。

㈢　ある人の宗教的感情が強ければ強いほど、その人にとって真にあるべきものの観念が明瞭で、行動の指針も不動のものとなる。反対に宗教的感情を持たないか少ししか持たない人々は、従来あったもの、過去の遺物、言い伝えなどを行動の規準とし、衆人は彼らのことを宗教的と呼ぶのである。しかしながら真に宗教的な人は旧来の陋習《ろうしゅう》に拘泥《こうでい》せず、もっぱら真にあるべきものによって導かれるので、衆人の眼にはむしろしばしば無神論者と映ずる始末である。

㈣　なぜ、決闘とか戦争とか自殺とかいったでたらめなことにすべてを犠牲にし、進んで生命すら棄てる者はよく見かけるのに、真理のために生命を棄てる者はめったにいないかと言えば、世間から褒められたりおだてられたりして頭が変になれば、別に信念などなくとも命を棄てることは容易であるけれど、世間に逆らって死ぬ覚悟を決めるほど堅く真理を信ずることは非常に困難だからである。

㈤　舞踏会場で耳を塞《ふさ》げば、すぐに瘋癲《ふうてん》病院にいるような気持になる。宗教的意識を失った人間には、人類のあらゆる宗教的行為がそうした印象を与えるであろう。しかしながら、自分が人類の法則の圏外にありながら、誰よりも一番正しいと思うのは危険と言わねばならない。

（アミエル）

㈥ よく、宗教は人々に対する権威を失ったと言われる。しかしそんなことはないし、あるはずもない。そんなふうに言われるのは、そんなふうに考えている人たちが、宗教的感情を失った特定の階層の人々のみを観察するからにすぎない。

＊㈦ ある人が不幸な生活をしている場合、その原因はただ一つ——信仰の欠如である。社会全般についても同じことが言える。

五月十七日

＊㈠ アッシジのフランチェスコの言葉によれば、まったき喜びは、不当な非難を忍び、その肉体的苦悩に堪えながら、その非難、その苦悩を自分にもたらした者に敵意を懐《いだ》かないところにある——すなわち、いかなる人々の悪も自分自身の肉体的苦悩もけっして破壊できないような、真の信仰と愛の意識のなかにある。

㈡ 人に見られんとて、人の前に義をなさざるよう、汝《なんじ》ら心せよ。しからずんば、天に在《ま》します汝らの父、汝《ちまた》に報いたまわざるべし。されば施しをなすとき、偽善者が人に崇《あが》められんとて会堂や巷にてなすごとく、己《おの》が前にラッパを吹くことなかれ。われ誠に汝らに告ぐ、彼らはすでにその酬《むく》いを受けたり。
（「マタイ伝」第六章一、二節）

㈢　汝がよき行ないのゆえに非難され、しかもそれを悲しまず、むしろ喜びとするとき、それはまさに最高の境地である。
（マルクス・アウレリウス）

㈣　人に知られず、理解もされなくとも、それを悲しまないこと——これこそ真に善徳の士の特質である。
（中国の金言）

㈤　罵《ののし》られ誹《そし》られたら——喜ぶがよい。褒《ほ》められ、持ち上げられたら——恐れ、悲しむがよい。

㈥　言いわけするわけにもゆかないような誹謗《ひぼう》や中傷を受けることは、善を学ぶ最良の学校である。

㈦　人と会うとき、彼らから是認や賞讃でなく、自分を鍛錬し自分の高慢さをなくするために、むしろ卑下と屈辱といわれなき中傷とを期待する習慣を養うがよい。

㈧　いわゆるユロードストゥォ（訳註――いわばなりふり構わぬ、白痴的な行者《ぎょうじゃ》的行動）、つまり人々の非難と攻撃を招くような行動は、それが人々の悪しき行為を誘発するかぎり間違ったものであるけれど、一面、神および隣人への己《おの》れの愛情の唯一の試金石と考えれば、納得できる、好ましいものだと言える。

五月十八日

㈠　己れの霊の神性の意識はわれわれに力を与える、と言うべきではない。その意識はわれわれを、もはや強いとか弱いとかいった観念すらない――したがって力の観念のない――境地へ高めてくれるのである。

＊㈡　己れの霊を浄《きよ》め、疑惑から解放された人にとっては、天は地よりも近い。五官が与えるすべての知識に通じている人でも、物の真の本質を知らなければ、なんら益するところはない。

あらゆるものについての真の知識とは、そのなかに物自体としての真の本質が潜んでいることを悟ることである。

（インドのキュラール）

㈢ 霊にとって、真に存在するものを認識すること以外に誕生の道があるとは思わないがいい。

その認識への道に足を踏み入れた者は、もうけっしてあと戻りしないのである。

（インドのキュラール）

㈣ 人間は力強い存在であり、自分の霊の力を知る者、自分の外に力を求めたりしたら無力な存在になってしまうことを知っている者は、自分の肉体と精神を制御して真の支配者となり、脇目もふらずに前進して、偉業を成し遂げるのである。彼は、自分の両足でしっかり立っているために、当然のことながら、地面に倒れている者より強い、といった人間のようなものである。

（エマスン）

㈤ なぜに神を知っているのか？　と問われたら、神が私の心に宿っているから、と答えるがよい。もしそうでなかったら、人間はまったく救いのない存在となってしまう。この時空を超えた存在者を汝の肉眼によってでなく、心眼によって見るがよい。自分自身を知らない者が、どうして神を知ることができよう。真に自己を知ることこそ、神を知ることなのである。

（ペルシャの金言）

㈥　汝が神と合一するとき、何人《なんぴと》が汝に悪をなしえよう？　また何人《なんぴと》が汝よりも強力でありえよう？　そして、神との合一は汝にとって可能なのだ。

㈦　われわれは次のことを知っている。あるいは知りたいと思えば知ることができる。すなわち、人間の心、人間の良心には神性があるということ、悪を否定し善を受け入れることによって、人間自身神となるということ、愛における人間の歓び、怒りにおける人間の苦しみ、不正を見る際の人間の憤激、自己犠牲を果たしたときに自ら感ずる栄光などは、すべて人間と至上至高の主なる神との合一の、永遠にして争う余地のない証拠であるということ、これである。　（ジョン・ラスキン）

㈧　己れの霊の神性を認め、それによって生きる者は、自分の幸福にとって必要なすべてのものを持っていることになる。

五月十九日

㈠　すべての信仰の基礎はただ一つである。

㈡　疑いもなく神性の現われであるものが一つある。それは、人が自分のなかにその存在を感じ、それを認めることによって彼が他の人々と合一する、というよりも否応なしに合一させられる、善の法則である。

㈢　人々が商売をしたり、条約を結んだり、戦争をしたり、学問や芸術に従事したりするのは、表面上そうしているように見えるだけである。彼らにとってただ一つの大事なこと、ただ一つ実際に行なっていることは、自分がそれによって生きる道徳律を解明することだけである。この道徳律の解明のみが、彼らにとって、主要なばかりかむしろただ一つの仕事なのだ。

㈣　ある人が賢者に向かって「自分の幸福のために一生守ってゆけるような言葉がありますか?」と尋ねた。

賢者はそれに答えて言った。「恕という言葉があるが、それは、己《おの》れの欲せざることを人に施すな、という意味である」　（中国の金言）

（訳註――これは明らかに『論語』「衛霊公」第十五⑷の「子貢問うて曰く、一言にしてもって身を終わるまでこれを行なうべきものありや。子曰く、それ恕《じょ》か。己れの欲せざるところを、人に施すことなかれ」から来ている）

(五)　わが今日《こんにち》汝に命ずる誡命《かいめい》は、汝が悟りがたきものにあらず。また汝に遠きものにあらず。これは天にあるならねば、汝は、誰かわれらのために天にのぼりて、これをわれらに持ちくだり、われらにこれを聞かせて行なわせんかと言うに及ばず。またこれは海の外にあるならねば、汝は、誰かわれらのために海を渡りゆきて、これをわれらに持ちきたり、われらにこれを聞かせて行なわせんかと言うに及ばず。この言ははなはだ汝に近くして、汝の口にあり、汝の心にあれば、汝これを行なうことをうべし。

（「申命記」第三十章一一〜一四節）

（原註——今より二千年以上も前に、ユダヤの書物にこう記されてあったのだ）

＊(六)　万人に向かって、この私のように振る舞え、と言えるように行動せよ。

（カントによる）

（訳註——「汝の行為の格率が、同時に万人にとっての行為の格率でありうるごとく行為せよ」——カント）

(七)　われわれの義務の源は神にある。われわれの義務の規定は神の律法に含まれている。その律法を絶えず探求してこれを実際に移すこと——そこに人類の果たすべき課題がある。

（ヨセフ・マッジニ）

(八)　自然のなかに観察される智慧、われわれを刺戟《しげき》してなすべきことをなさしめ、悪を慎ませる自然の智慧が法則となるのは、その法則が書物に記されているからではなくて、その法則が人間の理性と同様、永遠の神の法則であるからである。それゆえに、われわれに行為を命じたり禁じたりする真に永遠不変の法則は、いいいと高き存在者の理性にほかならない。

（キケロ）

(九)　人と衝突するごとに相身互《あいみたが》いの法則、すなわち〝己れに施されんことを欲するごとく、人にも施せ〟という法則を思い出すようにすればよい。そのうちそれが習慣になるであろう。

一週間の読み物

暴力の掟《おきて》と愛の掟

キリスト教徒は暴力を用いてはならない。「人もし汝《なんじ》の右の頬を打たば、左の頬をもこれに向けよ」と言われている。この言葉の意味は、もし君を殴る人がいたら、こちらからも殴り返したりしないで、黙って頬を向けているがよい、ということである。それがキリスト教徒にとっての神の掟《おきて》である。誰がその暴力を振るおうと、またどんな理由で振るおうと、やっぱりそれはあくまで悪である。それはちょうど、殺人や姦淫《かんいん》が、誰によって行なわれようと、どんな理由で行なわれようと、一人によって行なわれようと、百万人によって行なわれようと、あくまで悪であるのと同じである。なぜなら万人は神の前に平等であるからであり、神の誡律は、時と場合によっていろんな例外や註釈や逃げ口上を含む人間の誡律とは違うからである。神の誡律は万人にとってただ一つである。なぜならわれわれのなかに宿る霊はみんな同一の霊であるから。キリスト教徒としてはいざという場合、人殺しになるよりもむしろ殺されるほうがいいし、自分が暴力を振るうより振るわれるほうがいい。もし人々からひどい仕打ちを受けたら、キリスト教徒である私は、自分も人にひどい仕打ちをしたことがあるから、私がそのことを反省し罪から身を浄《きよ》めるようにと、神様がこんな具合に試練を下さるのはいいことだ、と考えなければならない。また私が正義を行なっているのに迫害を受けたら、それは二重にいいことである。なぜなら、それによって私は、生命と光と自由のために闘った先人の仲間入りをすることになるからである。悪によって自分の霊を救うことはできないし、また悪の道によって善に到達することは、家から遠去かりながら家に到着することができないのと同じように、不可能なことである。悪魔が悪魔を追い払うことはできないし、悪は悪によって克服されはしない。そんなことをすればますます悪は累積し、強力になってゆく。悪はただ、悪とは反対の精神によってのみ、正義と善とによってのみ克服される。しかり、善によってのみ、善と忍耐と苦悩によってのみ、悪は消滅せしめねばならない。

　しかしながら人々はキリスト教の掟、つまり悟りと謙抑《けんよく》と自己犠牲と有恕《ゆうじょ》と同胞愛の掟によって生きないで、まさに〝弱肉強食〟の動物的掟、獣類の掟に従って生きている。相手に悪を行なう目的ではなく、むしろ不幸を免れしめる目的で、たとえば熱病患者や酔っぱらいや狂人や、愚かな子供を取りしずめるための強制は認めてもよい。そうした強制は必要悪として忍び、許し、是認しなければならないが、それを讃美することはいけない。獣の掟が万人にとっての掟かのように公けごとに導入され、あたかも神の掟かのごとく讃美されたりすれば、それは理性ある人々にとって、とりわけキリスト教徒にとっては、早や自然に反するもの、キリストへの反逆、キリストの精神の誹謗《ひぼう》であり、許しがたき罪悪である。

　キリストと反（アンチ）キリストは、久しい昔から対立する二つの力として存在している。キリストに従って生きるとは——人間らしく生きること、人を愛すること、善を行ない、善をもって悪に酬《むく》いることである。反キリストに従って生きるとは——野獣のように生きること、自分だけを愛し、悪に対しても善に対しても、悪をもって酬いることである。われわれが毎日毎日の生活でキリストに従って生きようと努力すればするほど、人々の愛と幸福とが増大するであろう。反対に反キリストの教えに固執すればするほど、人々の生活は不幸になるであろう。悪をもって悪に酬いるなという誡《いまし》めは、われわれの前に二つの道があることをはっきり教えてくれる。すなわち一つは真理の道、キリストの道、誠実な思想と感情の道──つまり生の道であり、もう一つは虚偽の道、悪魔の道、ありとあらゆる偽善の道──つまり死の道である。たとえ悪への無抵抗という十字架を背負うのがどんなに恐ろしくても、わが身を悪人の犠牲に供することがどんなに恐ろしくても、われわれにはどこに善の道があるか、救いの道があるかがわかっているではないか。それゆえ、あくまで力を尽くしてその道を進もうではないか。われわれは別に壁にぶつかっているわけではなく、前方には道があり光があることを知って、その道を悟りの光によって照らそうではないか。

しかしながら、暴力をもって悪に抗しないということは、自分や人々の生命や労働の防衛を放棄するということではなくて、それを防衛するには暴力以外の方法で、理性に反することのない方法でそうしなければならない、ということである。自分や人々の生命や労働を防衛するためには、われわれに襲いかかる悪人の心のなかに善良な感情を喚起するように努めなければならない。しかしそのためには、われわれ自身が善良で聡明でなければならないのだ。たとえばある人がある人を殺そうとしているのを見たとき、私にできる最善のことは、自分が殺されようとしている者の身代わりとなって、自分の体でその人を庇《かば》い、できればその人を助けだして安全な場所へ連れてゆくことであり、言ってみれば、火事で焼け死にしそうな人や、水に溺《おぼ》れて死にそうな人を助けるのとまったく同じで、自分が死ぬか、相手を救うかのどちらかということになる。よしんば私自身が迷える罪人で、それを実行する力がないとしても、だからといって私には、暴力行為とその弁護によって自分のなかの獣性を鼓舞し、世界に混乱をもたらす権利はないのである。

（ブーカ）

五月二十日

㈠　動物的存在としての人間にとっては、もともと自由についてあげつらう余地さえない。彼の全生活が因果律によって縛《しば》られている。しかしもし人が自分を精神的存在として意識するならば、彼にとって不自由などというものは存在する余地がない。不自由という観念は人間の理性や意識や愛情の現われには適用されえないのである。

㈡　汝《なんじ》の悟性は、そのなかに生命の特質を蔵していて、もし汝がそれを歪《ゆが》めて肉への奉仕に用いなかったら、汝を自由にするものであることを忘れぬがよい。悟性の光に照らしだされ、その光を遮る欲悪煩悩《ぼんのう》から免れた人の霊は、まさに堅固な要塞であって、人間にとってこれほど安全な、これほど悪を近づけない避難所はない。そのことを知らない者は盲目《めしい》であり、知っていてその要塞に入らない者は不幸者である。

（マルクス・アウレリウス）

＊㈢　汝ら真理を悟らん、真理は汝らを自由ならしめん。（「ヨハネ伝」第八章三二節）

㈣　物的自然にとっては悪は存在しないが、善の意識や善と悪との選択の自由の意識を与えられた人間にとっては、悪が存在する。（マルクス・アウレリウス）

㈤　自由な人というのは、何もかも彼の欲するようになる人のことである。しかしそれは、彼が何かを思いつけば必ずそれが実現する、という意味では絶対にない。たとえば読み書きにしても、われわれは思いどおりに字で書いたり言葉で表現したりすることを学ぶことができるけれども、ただ自分の名前を書くのさえ、勝手に思いついた文字で書くわけにはゆかない。そんなことをしたら、いつまでも名前一つ本当に書けないことになる。そうではなくて、私としては本当に必要な文字を本当に必要な順序で書こうと欲しなければならないのである。それは何ごとについても言えることで、もしわれわれがただ勝手に思いついたままのことをしていれば、何一つ学ぶことはできないであろう。つまり、自由な人間となるためには、頭に浮かぶものを何もかも望んだりしてはいけない。むしろ反対に、自由な人間は自分の身に起こるすべてのことを望み、すべてのことに順応する術《すべ》を学ばなければならない。なんとなれば、人間の身の上に起こることはすべて、全世界を統《す》べる者、すなわち至上の神の御旨《みむね》によって起こるからである。

(エピクテトス)

(六) われわれは、われわれの意思が自由であるということを、すべて生起するものには原因がある、ということよりずっと明瞭に意識する。この論法を逆にして、〃われわれの持つ因果律の観念は大間違いではないだろうか？ なぜなら、もしそれが正しいなら、われわれの意思は自由ではありえないから〃と言えないだろうか？

(リフテンベルグ)

(七) 徳が高いということは、精神が自由だということである。絶えず誰かを怒り、絶えず何かを恐れ、欲望に溺れる者は、精神が自由であるはずはない。

(孔子)

(八) 自由を否定する人々は、光を否定する盲人たちのようなものである。彼らには、人間が自由である世界のことがわからないのである。

五月二十一日

㈠　善を信ずるためには、善を始めねばならない。

＊㈡　過ぎゆく一日一日を善事で飾るがよい。

㈢　毎朝毎朝目が覚めるとすぐ、今日は誰か一人でも喜ばせることはできないだろうか？　と考えることほどいいものはない。　（ニーチェ）

㈣　善行――それはわれわれの義務である。しばしば善を行ない、自分の善意が実現するのを見る人は、結局本当に自分が善を行なった相手を愛するようになる。〝汝《なんじ》自らのごとく汝の隣人を愛せよ〟という言葉は、まず〝最初に隣人を愛し、その愛の結果として彼に善をなせ〟という意味ではない。そうではなくて、〝汝は汝の隣人に善をなすべきである。さすれば汝のその行為が、善を目指すその行為の結果としての人類に対する愛情を、汝の胸中に呼び覚ましてくれるであろう〟という意味である。　（カント）

㈤　善意はそれが遂行するものによってでなく――換言すれば、なんらかの目的を達成するのに役立つからではなく、もともとそれ自体が善なのである。善意がそれ自体として眺められたとき、それはそれを通じていつか、誰かのために、あるいはすべての人々のためにさえもなされるであろういかなる事柄よりも、比較を絶するほど高い価値を内包している。たとえ非常に運が悪くて、あるいはあまりにも能力不足で、その善意が全然自分の意図を達成できなくても、たとえそれがどんなに努力しても何一つ遂行できず、単なる善意にとどまったとしても（もちろんそれが単なる空しい願望ではなくて、われわれの力の及ぶ範囲のあらゆる手段を尽くすものとして）、そのような場合でもやっぱりその善意は高価な金剛石のように、それ自体きわめて大きな価値を内包するもののように内面的な輝きを見せるであろう。（カントによる）

㈥　何人《なんぴと》も自ら善を行なわないかぎり、善の理念を持つことはできない。何人《なんぴと》も犠牲を払って何度も善を行なってみないうちには、本当に善を愛することはできない。何人《なんぴと》も絶えず善を行なうことなしには、それに安住することはできない。（マルチノ）

㈦　たとえ小さな悪にしろ、隣人に悪をなした場合、大きな悪と考えるがよい。また隣人に対して大きな善を行なった場合、些細《ささい》な善と考えるがよいし、人から小さな善をなされた場合は、大きな善と考えるがよい。

(八)　貧しき者に恵む者には神の祝福が臨む。その際、その貧しき者を優しく迎え、優しく見送る者には、二重の祝福が臨む。

（『タルムード』）

(九)　善をなすとき、そのことに感謝せよ。

(十)　諸君は己《おの》れの全生涯を他人の幸福のために献《ささ》げ、全力をあげて彼らに尽くすことが己れの義務であることをしかとわきまえ、深く心に銘ずるがよい。その際、不言実行を旨《むね》とすることである。

（ジョン・ラスキン）

(十一)　たとえ猟師が獲物を探すように善を行なう機会を探すまでにはゆかなくとも、せめて与えられた機会は逃さないようにせよ。

五月二十二日

㈠　その最も大きな変化を含めて、自然界のすべての変化は知らず識《し》らずのうちに、徐々に行なわれるものであって、けっして突発的に行なわれるものではない。精神生活の場合も、それとまったく同じである。

㈡　およそ真実の思想、生きた思想は、育《はぐく》む力、変化する力を持っている点に特徴がある。しかしその変化は樹木の場合のような変化であって、雲の動きのような変化ではない。（ジョン・ラスキン）

＊㈢　およそ真に偉大な事業は、徐々に、目立たぬように達成される。（セネカ）

㈣　個々の人間、個々の社会が、あらゆる時代にわたっての完全性の度に到達することは絶対にない。なぜならあらゆる時代には、その時代時代の完全性があるからである。（リュシー・マローリ）

㈤　人生は霊の誕生でなければならない。動物的なものが人間化され、肉体が精神に造り変えられ、肉体的活動が、ちょうど蠟燭《ろうそく》が光と熱に変わるように、思想に、意識に、理智に、正義に、寛容に変わらなければならない。このいと崇高な錬金術こそ、われわれの地上における存在を正当化するものである。ここにわれわれの使命があり、われわれの尊厳性がある。（アミエル）

㈥　なかに雛《ひな》の入っている卵を、雛の生命を危険に晒《さら》すことなしに割ることはできないように、ある人がある人を、その精神生活を危険に晒すことなしに解放することはできない。精神は一定の点まで成長すると、自分で自分の鎖《くさり》を断ち切るものである。（リュシー・マローリ）

㈦　生命は不断の奇蹟である。生命の成長とは何かを知ることは、自然界の最も神秘な秘密を知ることである。（リュシー・マローリ）

㈧　自分は大成功を収めたという意識ほど、道徳的完成にとって有害なものはない。幸いにして真の道徳的向上への道は実に目立たぬように進められるので、当人自身長い期間が経過したあとでなくては、自分がそんなに向上したことに気づかないのである。君がもし自分は完成しつつあると考えるならば、そのことにはっきり気づく気がするならば、それは君が迷っている証拠であり、停止しているかあと戻りしているかの証拠であることを知るがよい。

五月二十三日

㈠　乏《とぼ》しきに慣れれば慣れるほど、われわれは貧窮を恐れなくなる。

㈡　節制は、けっして力の抑止を意味せず、また善の停止、愛と信仰の発現の停止を意味せず、むしろ反対に、人に自分が悪と思うところを行なわせないように抑止する精神力の発現である。

（ジョン・ラスキン）

㈢　煙が蜂を巣から追いだすように、大食は精神的天稟《てんぴん》と知性の完全性を追い払う。

（聖ワシーリー）

㈣　自分の欲しいものが手に入るのは大きな幸福である。しかし、自分の持っているもののほかに何も欲しがらないのは、もっと大きな幸福である。

（メネデム）

(五)　夜の蛾《が》は身を焼くことも知らずに灯火に飛び込む。魚は身の危険も知らずに釣竿《つりざお》の餌に食らいつく。ところでわれわれ人間も、官能的快楽が不幸の網に絡《から》め取られていることがちゃんとわかっていながら、それを離れようとしない。まさに無分別の底なし沼と言うべきである。
（インドの諺）

(六)　われわれの欲望というものは――いつもそわそわして、あれやこれやを母親にねだりながら、何をもらっても満足しない小さな子供のようなものである。甘やかせば甘やかすほど、ますますしつこくなってゆく。
（『聖賢の思想』より）

(七)　賢者とはどんな人か？――あらゆる人から何かを学ぶ人である。
強者とはどんな人か？――己れに克《か》つ人である。
富者とはどんな人か？――自分の運命に甘んじている人である。
（『タルムード』）

(八)　人間が拒否したものは、彼に苦しみをもたらすことはできない。〝俺が〟〝俺の〟というわが心のなかの高慢心に打ち克った者は、すでにより高い世界へ移ったのである。
（インドのキュラール）

(九) 急がば回れ。

(十) あまりにも少ししか食わなかったと後悔した者は誰もいない。

*(十一) 自然はわずかしか求めないが、人間の心が欲望を逞《たくま》しゅうする。

(十二) 愛欲より悲哀が生じ、愛欲より恐怖が生じる。快楽より解脱《げだつ》した人、その人にとっては、もはや悲哀も恐怖もない。（仏陀の教え）

（訳註――『法句経』第十六、愛好の部に、「愛より憂《うれい》を生じ、愛より畏《おそれ》を生ず、愛を離れたる人に憂なし、何《いずれ》の所にか畏あらん」とある）

(十三) 地上を統治するよりも、また天に往《ゆ》くよりも、一切世界の王位よりも、預流の果を勝《すぐ》れたりとす。（仏陀の教え）

（訳註――『法句経』第十三、世俗の部に、「預流《よりゅう》の果とは、仏教に確信を得ること」との註が見える）

(十四) 欲望の拡大は、しばしば人が考えるような、自己完成への道などではけっしてない。反対に、人は自分の欲望を抑制すればするほど、己れの人間的尊厳性の意識が増大し、より自由に、より雄々しく、何よりもより多く神と人とに奉仕することができる。

五月二十四日

㈠　神は愛ではない。愛は人間における神の顕現の一つである。

㈡　われらもし神を愛して、その誡《かい》を行なわば、これによりて神の子供を愛することを知る。神の誡を守るは、すなわち神を愛するなり、しかしてその誡は難《かた》からず。

（「ヨハネ第一公書」第五章二、三節）

㈢　律法学士らの一人、かく彼らの論じ合えるを聞き、またイエスのこれによく答えしを見て近づき、「すべての掟《おきて》のうち、第一のものいずれぞ」と問いしに、イエス「第一はこれなり、〝イスラエルよ聞け、われらの主なる神は唯一の主にてまします。汝《なんじ》心を尽くし、魂を尽くし、意を尽くし、能力を尽くして汝の神たる主を愛すべし〟。第二はこれなり、〝汝の隣人を己《おの》れのごとく愛すべし〟。この二つより大いなる掟なし」と答えり。

（「マルコ伝」第十二章二八〜三一節）

(四) エピクロス主義はわれわれを絶望に導く。義務の哲学は、それほど喜び少なきものではない。しかしながら義務と幸福との一致のなか、個人の意思と神の意思との合一のなか、その至上の意思が愛によって支配されているという信仰のなかにのみ、救いはある。

(アミエル)

(五) 人間愛には正義が含まれている。

(ヴォーヴナルグ)

(六) 賢者が言った、「私の教えは簡単で、その意味を理解するのは容易である。要するにそれは、〝己れのごとく汝の隣人を愛せよ〟ということである」と。(中国の金言)

(七) 人生の目的はそのあらゆる現象に愛の刻印を押すことであり、徐々に悪しき生活を善き生活に変えてゆくことであり——つまり真実の生活の創造であり(なんとなれば愛の生活のみが真実の生活であるから)、真実の生活を、換言すれば、愛による生活を誕生させることである。

(八) 善良さとは、独自の現実的な、あるものである。人間のなかに善良さがあればあるだけ、彼のなかに生命がある。この諸法則を統《す》べる法則の意識は、われわれの心に、われわれが宗教的と呼ぶところの、われわれの最高の幸福を形成している感情を呼び覚ます。

（エマスン）

(九)　幸福であるために必要なことはただ一つ、愛することである。わが身を犠牲にしてすべての人、すべてのものを愛し、四方に愛の網を張り、それにかかったものを全部捕えることである。

(十)　ちゃんとした人間なら誰でも、少なくとも一度は（ことに幼年時代の初期に）経験したはずの、次のような幸福な感情を知らない者はないであろう。すなわち、隣人も、父も、母も、兄弟も、悪人も、敵も、犬も、馬も、草も愛したくなる感情、ひたすらみんなが楽しくしあわせであるようにと、ことにこの自分がみんなをしあわせにしてやりたいと願う感情、いつもみんなが楽しく嬉しく暮らすために、自分自身を、自分の全生命を投げだしたいと願う感情である。その感情こそ、そしてその感情のみが、人間の生命の原点なのである。

＊(土)　もし汝のうちに行動力があるならば、その行動をして愛に溢《あふ》れたものたらしめよ。

もし汝が弱くて無力な存在であれば、汝の弱さをして愛に溢れたものたらしめよ。

㈩ 仁遠からんや。われ仁を欲すれば、ここに仁至る。

(訳註――別に出典が『論語』だとは書いてないけれど、『論語』「述而」第七(29)のこの言葉が、そのまま正確無比な訳文となっている)

㈫ 自分の霊を晦《くら》ますいっさいの汚物を取り除け。そうしたら愛のみが残るであろう。しかしてその愛は己れの対象を求め、汝自身だけに満足せず、生きとし生けるものをその対象に選び、さらには生きとし生けるものに生命を与えるもの――すなわち、神をも対象に選ぶであろう。

五月二十五日

㈠ 人間の道徳性は、その人の言葉に対する関係によって知ることができる。

㈡ 一人もし自ら信心深き者と思いて、その舌に轡《くつわ》をつけず、己《おの》が心を欺《あざむ》かば、その信心は空しきなり。

(「ヤコブ書」第一章二六節)

㈢　他人の欠点が目につくのは、自分のことを忘れているからである。よく他人を非難しながら、自分もたった今非難した過《あやま》ちと同じ過ちに陥ることがある。自分の霊を救うことには無頓着で、よりよき人間になろうと努力しない者は、容易に誘惑に陥り、他人の悪に倣《なら》うものである。（『聖賢の思想』より）

㈣　隣人の欠点に気づいても、それを誰にも言わないがいい。（『聖賢の思想』より）

㈤　他人を傷つけるような悪口を喋《しゃべ》り散らさぬがよい。隣人の欠点を友人にも敵にも話さぬがよい。他人の悪行を知ってもそれを暴《あば》かぬがよい。隣人の悪口を言う人がいたら、なるべくやめさせるがよい。（『聖賢の思想』より）

㈥　才智ばしった人間の一番陥りやすい誘惑は、明らかに、隣人に対する巧妙な非難、嘲笑である。

㈦　巧妙な非難は、死骸にかけられたソースのようなものである。ソースがなければ胸が悪くなるが、ソースがかかっていたら気がつかないで飲み込む。

＊(八) 他人の悪口を言ったり、君のことを褒《ほ》めたりする人の話は、聞かないほうがいい。

(九) 君は、自分が落ち着いた、善良な、愛に満ちた気持でいるときだけ、前もって自分の言うことを考えないでもいい。しかしながら、悪感情に駆られて、苛立《いらだ》って、平静を失っているようなときには、心して暴言を慎むようにするがよい。

五月二十六日

(一) われわれは生命の消滅自体も、死の直前の時々刻々をも死と呼ぶ。前者はわれわれの力ではどうにもならないけれど、後者の意味での死ぬことは、人生最後のきわめて重大な事業である。

＊(二) 死は同意で、それゆえ、また道徳的行為でもありうる。動物は息が絶えるだけであるが、人間は自分の霊をその創造者に委《ゆだ》ねなければならない。（アミエル）

(三) キリストの口から出たという実に偉大な言葉――それは彼が死に臨んで、〃神よ彼らを赦《ゆる》せ、彼らはそのなすところを知らざればなり〃と祈った言葉である。

(四)　死んでゆく者の言葉や態度は、人々に大きな影響を与えるものであるから、立派に生きることはもちろん大事だけど、立派に死ぬことは何よりも大事と言えるくらいである。ぶざまな未練がましい死は、善《よ》き生活の影響を弱める。悟りきった毅然《きぜん》たる立派な死は、悪しき生活を償う。

(五)　ある舞台装置からほかの舞台装置へ代わるとき、われわれがそれまで現実の場面のように思っていたものが、単なる装置であったことがわかる。ちょうどそのように、人間は死の瞬間、何が現実であって、何が舞台装置であったのかを悟るであろう。

(六)　死んでゆく人には、生きている者のことがよくわからなくなるが、同時に、自分に生きている者のことがわからないのは、理解力が衰えたからではなくて、自分に何か別のものが、生きている者にはわからないし、わかるはずもない何かがわかるようになり、それが自分の霊を飲み込んでしまっているからだと感ずるのである。

(七)　人のまさに死せんとするとき、彼がそれまでその光で不安や欺瞞《ぎまん》や悲哀や悪に満ちた書物を読んできた蠟燭《ろうそく》が、これまでよりいっそう明るくぱっと輝き、今まで闇のなかにあったものを照らしだし、やがてじりじりと音を立て、暗くなり、そして永久に消えるのである。　　（アミエル）

㈧　死に臨んでいる人は、すでに一部永遠の世界に入っているのである。彼がわれわれに語る言葉は、墓の彼方から聞こえてくるように感ぜられる。その言葉は、われわれに対する命令のように響く。彼はわれわれにとって、ほとんど預言者のような存在となる。やがて生命が過ぎ去り、墓が開くのを感ずる者にとって、重大な発言の瞬間が到来したことは明らかである。まさに彼の真面目《しんめんぼく》が発揮されねばならない。もはや彼の内なる神性は隠れているわけにゆかない。　　（アミエル）

㈨　普通世間で考えられているような、死に臨んでのいろいろな宗教的儀式とか事後の整理とかいう意味での死の準備ではなくて、最善の死に方をするための準備をするがよい。すなわち君が、いわばすでに別世界の存在となり、君の言葉や態度があとに残る人々に特殊の影響を与えうる厳粛な死の瞬間を、充分に活用する準備を整えるがよい。

一週間の読み物

ソクラテスの裁判――彼の弁明《アポロギア》

ソクラテスに対する起訴は、㈠彼がアテネの国教を認めず、㈡青年たちに国教への不信を教えて彼らを堕落させた、というかどで行なわれた。

ソクラテスには、その後キリストに起こり、そのほか大勢の預言者や人類の教師の身に起きたのと同じことが起きたのだった。ソクラテスは人々に、彼の心に啓示された正しい人生の道を示し、同時に当時の社会生活の基礎をなしている偽りの教えを否定せざるをえなかった。アテネ市民の大多数は、彼の言葉の正しいことを認めながらも、彼の指示した道へ進むことができず、自分たちが神聖視するものが何もかも批判されるのを忍ぶこともできないまま、彼を亡《な》き者にしようと裁判にかける始末となり、ついに死刑ということになったのである。ソクラテスにはそのことがわかっていたので、けっして逃げ隠れせず、ただその裁判の席でアテネ人たちに向かって、なぜ自分がこれまであのような行動をしてきたか、またこんごも生きてさえいればそうしたいと思っているかを述べようと思ったのである。

裁判官たちは彼を有罪と認め、死刑を宣告した。静かにその宣告を聴いていたソクラテスは、裁判官たちに向かって次のように述べた。

今に人々は、あなた方アテネ市民は、いわれもなく賢人ソクラテスを殺したと言うでありましょう。私は本当は全然賢人などではないのですが、あなた方を非難するためにも彼らはそう言うでありましょう。あなた方が私を殺したのは馬鹿なことだった、私はこんなにも死期が近い老人であるから、しばらく待っていれば、死は自然に訪れたであろうのに、と言うでありましょう。さらにもう一つ、私に死刑を宣告した諸君に言いたいのは、自分たちが死刑を宣告すればこの私はもう死を逃れる術《すべ》を知らないとお考えであれば、それは間違っているということなのです。私はそれを知っているけれど、そんなことをするのは自分の品位を傷つけると思うからしないだけです。もし私が泣いたり喚《わめ》いたり、いろんなみっともないことをしたり言ったりすれば、諸君が喜ぶであろうことはわかっています。しかし私にしても誰にしても、不当な方法で死を免れようとすべきではありません。どんな危険に遭遇しても、自尊心さえ棄ててしまえば死を逃れる方法はあります。死を逃れるのはさほど困難ではなく、悪を逃れるほうがはるかに困難です。悪は死よりも早く、たちまちわれわれを捕えます。私は年老《お》いて体の動きも鈍く、こうして死に捕まってしまいました。しかしながら私に死刑を宣告した諸君は、まだ若くて身も軽いのに、死よりも素早いほどの悪に捕まったのです。つまり私は諸君の宣告によって死に捕えられたが、私に宣告を下した諸君は、真理の宣告によって悪と汚辱に捕えられたのです。私は死刑になり、諸君は諸君で罰を受ける。これも因縁ずくとあれば、それでいいでしょう。

さらにもう一つ、私を告発した諸君に言っておきたい。人間は死の直前には将来のことがよりはっきり見透せるようになるものです。そこでアテネ市民諸君、諸君に予言しておくけれども、諸君は私の死の直後に、諸君が私に下した宣告と比べてはるかにひどい罰を受けるでしょう。つまり、諸君が期待したことと正反対のことが起こるでしょう。私を殺すことによって諸君は、諸君は気づかないけれど私がこれまで慰撫《いぶ》していた、諸君に対する批判者たちの鋒先《ほこさき》を、諸君に向けさせることになるでしょう。その批判者たちはまだ若いだけに諸君にとっては厄介であり、彼らの攻撃に堪《た》えることは困難だと思います。それゆえ諸君は、私の死によって自分らの悪しき生活への非難を免れることはできません。これが私を告発した諸君に予言しておきたいことです。人を殺しておいて、非難を免れるわけにはゆきません。非難を免れるための一番簡単な、一番実際的な方法はただ一つ――より善《よ》く生きることなのです。

さてこんどは法廷で私を有罪と認めず、弁護をしていただいた諸君にご挨拶《あいさつ》したい。諸君との最後の会話にあたり、今日《こんにち》私の身に生じた驚くべき事柄、私がこの異常な事件から導きだした推論について、語りたいと思います。私は今日までの全生涯において、非常に重大な局面の場合も、日常茶飯事の場合も、いつも心のなかにある神秘な声を聞き、その声が私に警告して自分に不幸を招くような行動を取らせないようにしむけてくれました。ごらんのとおり、今日私には、通常最大の不幸と見なされている事態が生じましたが、それにもかかわらずその声は、私が朝家を出たときも、この法廷に入ったときも、こうして話しているときも、ちっとも警告も発せず、制止もしませんでした。

　これはいったい何を意味するでしょうか？　今私の身に生じていることは、悪でないばかりか、むしろ善だということを意味していると思うのです。実際考えてみれば、死は二つのうちのどちらか一つ、意識が完全に消えてなくなることか、それとも古来の言い伝えのように、霊が変化して、甲の場所から乙の場所へ移ることかなのです。もしも死が完全な意識の消滅であって、夢も見ないでぐっすり眠った夜のようなものであれば、死は疑うべからざる幸福と言わねばなりません。なぜなら誰にしてもそんなふうに夢も見ないでぐっすり眠った夜を思い出し、その夜と、自分が現実に、あるいは夢のなかで経験したような、さまざまな恐怖や不安や不満に満ちた夜とを比較すれば、みんな夢も見ないで眠った夜ほど幸福な日、幸福な夜はめったになかったと思うであろうと信じて疑いません。それゆえ、もしも死が、そのような眠りであるならば、少なくともそれは幸福だと思うのです。またもしも死がこの世からあの世への移住であって、あの世にはわれわれより先に死んだ賢者たちや聖者たちが住んでいると言われているのが本当であれば、あの世でその方々と一緒に住むこと以上の幸福がありうるでしょうか？ そんなところへ行けるものなら、私は一度どころか百度でも死んでいいと思うのです。

　ですから裁判官諸君も一般の人々も、けっして死を恐れる必要はなく、ただ、善人にとっては生のなかにも死のなかにもなんら悪は存在しないことを忘れないでいればいい、と思っております。

　それゆえ、たとえ私を裁いた人々の意図が私に悪をなすことであったとしても、私は私を裁いた人々にも告発した人々にも腹を立てません。それにしてももう別れる時間です。私は——死ぬために、諸君は——生きるために。われわれのどちらが幸福か——それは神様のみがご存知です。

　裁判のあとまもなく、ソクラテスの死刑は彼に毒杯を飲ませるという形で執行され、彼は自分の教え子たちに囲まれて悠然と死に就《つ》いた。彼の臨終についての詳細は、彼の教え子のプラトンによって対話篇『パイドン』のなかに記述されている。

（プラトン『ソクラテスの弁明』——アポロギア——より）

五月二十七日

(一) しばしば人智の活動が全部、真理の解明にではなくて、真理の隠蔽《いんぺい》のために用いられることがある。そのような人智の活動こそ、もろもろの誘惑の最大原因である。

(二) 裁判の目的は現在の社会体制を維持することにすぎない。それゆえ一般社会の水準より高くて、その水準を向上させようと思う人々も、一般水準より低い人々と同様に迫害し処罰するのである。

(三) あらゆる道徳上の実践的命令には、同じ根拠から出たほかの命令と矛盾する可能性がある。

節制をせよ！　それじゃ、何も食べないで、人々に奉仕することもできなくなっていいのか？　動物を殺すな！　それでは自分のほうが動物に食われろと言うのか？　酒を飲むな！　それでは聖餐《せいさん》を受けても、医療に使ってもいけないのか？　純潔であれ！それでは人類の絶滅を望むのか？　暴力をもって悪に抗するな！　それでは自分もほかの人も一人の男に殺されていいのか？

こんなふうにいちいち抗弁するというのは、抗弁する人が道徳的規律を守りたくないと思っている証拠である。

論法はまさに十年一日、結局医療に酒が必要なただ一人のために泥酔に反対せず、人類が絶滅するのが心配だから、色欲に耽《ふけ》ることをやめず、ひょっくりみんなに襲いかかる乱暴な男がいるかもしれないから、殺したり処刑したり、投獄したりする、ということになる。

㈣　人間は何もかもできるものではない。しかし何もかもはできないからといって、悪いことをしなければならないことにはならない。

（ソロー）

㈤　理性的存在者としての人間が現われて以来、彼らは善と悪とを区別し、先人が行なった区別をも利用して、常に悪と闘い、真実にして最善の道を探求し、徐々にではあるが不退転にその道を進んできた。しかしながらいつも、またその道にさまざまな欺瞞《ぎまん》が立ち塞《ふさ》がって、人々に向かって、そんなことはしなくていい、ただその日その日を漫然と暮らせばいい、と呼びかけるのである。

㈥　私は百姓たちが好きだ。彼らは間違った判断をするほど学問していないから。

（モンテーニュ）

＊㈦　いったいなぜあの人は、宗教的・政治的・学問的に、あれほど奇怪で不合理な立場を擁護するのだろうと、不思議で仕方がないことがしばしばあるが、よく調べてみれば、ただ自分の立場を擁護する保身術にすぎないのである。

㈧　人が自分の行為を複雑な理屈で説明するようなときは、その行為が悪事であることを信じていい。良心の決定は簡明率直である。

五月二十八日

㈠　異教の世界では、富は名誉と偉大さのシンボルである。しかしキリスト教徒にとっては、富は、それを所有する者の弱さと虚偽の証明である。富めるキリスト教徒というのは、脚のない競走馬というのと同じ、名辞矛盾（contradictio in adjecto）である。

㈡　人々はすっかり物質欲に溺《おぼ》れてしまって、対人関係のなかに現われる人の心の動きを、自分の財産をふやしたいという一念からだけ観察するほどである。彼らが献《ささ》げる尊敬は、相手の富の程度に比例し、その人の内的価値とは無関係である。しかしながら真に啓蒙された人は、理性的存在者としての〝私〟に対する尊敬ゆえに、自分の財産、自分の金を恥じるものである。　（エマスン）

㈢　聴け、富める者よ、汝《なんじ》らの上に来たらんとする艱難《かんなん》のために泣き叫べ。汝らの財は朽ち、汝らの衣は衣魚《しみ》食い、汝らの金銀は銹《さ》びたり。この銹、汝らに向かいて証《あかし》をなし、かつ火のごとく汝らの肉を食《は》まん。汝らこの末の日にありてなお財を蓄えたり。見よ、汝らがその畑を刈り入れたる労働人に払わざりし値は叫び、その刈りし者の呼び声は万軍の主の耳に入れり。（「ヤコブ書」第五章一～四節）

㈣　至るところに貧者たちを搾取するための富者たちの共同謀議がある。しかも何より悪いのは、それらの謀議が公共の福祉のためという美名のもとになされていることである。　（トーマス・モア）

㈤　貧困はわれわれに智慧と忍耐とを教える。ラザロは貧困のうちに生きたけれども、結局栄冠に飾られたではないか。ヤコブが欲したのはただパンだけだったし、ヨセフも極度の貧困のなかにあって、奴隷であったばかりか、囚人でもあったが、それだけにますますわれわれは彼に驚嘆するのである。われわれはみんなに小麦を頒《わ》けてやったときの彼よりも、獄屋にいたときの彼を、王冠を戴いたときの彼よりも、鎖《くさり》に繋《つな》がれていたときの彼を、王位についたときの彼よりも、奸計《かんけい》にかかって奴隷に売られたときの彼を讃美する。われわれは以上のことを想起し、そうした数々の偉業によって編まれた王冠に思いを致して、富や名誉をでなく、また快楽や権力をでなくて、善徳ゆえの貧困や、鉄鎖や、足枷《あしかせ》や、それに対する忍耐やを驚嘆讃美することにしよう。（金口《きんこう》ヨハネ）

㈥　富の所有は、傲慢《ごうまん》や残忍や、思い上がった粗暴さや腐敗堕落の源泉である。（ピュイシュ）

㈦　富者の冷淡さは、その同情ほど残酷ではない。（ルソーによる）

＊㈧　富者を尊敬してはいけない。彼らの生活から遠去かり、彼らを憐《あわ》れまなければならない。富者は己《おの》れの富を誇るべきでなく、これを恥じなければならない。

五月二十九日

㈠　人生とは、有限の肉体に宿る無限の神性を認識することである。

＊㈡　ただ一つの直接的に確実なものは、われわれの意識の確実さである。

（訳註——自分のなかには現にちゃんと意識があるということ。〃われ思う、ゆえにわれ在《あ》り〃に通ずると思う）

㈢　バークレイもフィヒテも正しく、エマスンも同様に正しい。世界は何者かの映像にすぎない。お伽噺《とぎばなし》も宗教的伝説も、博物学と同じように正しい、否、より以上に正しい。なんとなれば、それはより以上に理解しやすい映像であるからである。真に存在するのは精神だけである。ではそのほかのいっさいは？　影であり、仮定であり、幻であり、映像であり、夢である。われわれが意識するもののみが精神である。世界——それは演技のための一種の舞台であって、その目的は精神の鍛錬強化である。意識のみが真に存在し、その核心は——愛である。（アミエルによる）

㈣　足の下には凍った堅い大地、周囲には巨木、頭上には曇った空、私は自分の肉体を感じ、こうして思索している。——しかしながら私は、堅い、凍った大地も、巨木も、空も、私の体も、私の想念も、みんな偶然的なものであり、これらすべてが私の五官の産物、私の表象、私が構想した世界にすぎないということ、それは私が世界の別の部分をでなくて、まさにその部分を構想したからそうなっているので、それが個としての私が世界から受け取った分け前なのだ、ということを知っているし、全存在をもって感じている。そしてまた、私が死ぬや否や、それらはみんな消滅はしないけれど、芝居の舞台装置が、茂みや石から宮殿や塔に変わるといった具合に変わることも知っている。死と同時に私がすっかり消滅するのでなくて、世界から別の分け前を受け取った違った存在へ移行するのだとすれば、死は私のなかにそのような変化を生ぜしめる。今では私はこの私、私の体、私の感情を自分だと思っているが、死んだらまったく違った何かが私に乗り移るであろう。そのとき世界は、あとに残った人々にとってはもとのままであろうが、私にとっては別のものとなるであろう。なぜなら世界は私にとって、自分が世界からいかなる分け前を受け取ったと感ずるかによって、いかようにも変わるからである。そしてまた、世界からそれぞれに自分の分け前を受け取る者の数は、無限に多いのである。

㈤　自分自身の心のなかに神を求めよ。それ以外どこにも神は存在しないのだ。

（アルマンゾール・ダル・ガフェド）

㈥　われわれの生命は、われわれが自分自身を永遠にして無限の霊として、換言すれば、現象としては時間的・空間的条件に制約されてはいても、本質的には物自体として時間も空間も超越した霊として意識することにある。

㈦　人間を意識することは、神を意識することである。

五月三十日

㈠　土地は人身と同じように売買の対象であってはいけない。土地の売買は隠れた人身売買である。

㈡　奴隷制の本質は、報酬も与えずに他人の労働を搾取する権利を特定の人に与える点にある。土地私有は、奴隷所有の権利と同じくらいにその権利を与えるものである。奴隷所有者は、奴隷の労働生産物のなかから彼が生きてゆくだけのものは、残してやらねばならない。しかしながら、いわゆる自由国家の無数の労働大衆は、はたしてそれ以上のものを受け取っているであろうか？

（ヘンリー・ジョージ）

㈢　土地は自然の人間に対する厳粛な贈り物である。いやしくもこの世に生まれた者には、すべて土地に対する権利がある。それは赤ん坊に母親の乳を吸う権利があるのと同じように、当然な権利である。

（マルモンテール）

㈣　私は土地に生まれたのだから、耕したり植えたりするのに必要な分は与えられているはずである。だから、その自分の分け前を要求する権利がある。

（エマスン）

㈤　現代社会の人間は、自分の寝る場所にさえお金を払わなければ寝ることができない。空気も水も太陽の光も往来の上だけでしか彼のものではない。法律によって彼に認められた唯一の権利は、疲れてふらふらになるまで往来を歩くことである。なぜなら、彼は立ち止まることは許されず、絶えず歩きつづけねばならないからである。

（グラント・アーレン）

㈥　男にしろ女にしろ、人間の体を売ったり買ったりしてはいけないし、いわんや霊を売買してはいけないように、土地や水や空気も売買の対象となってはいけない。なぜならそれは、人間の肉体や霊を支えるのに欠くべからざる条件だからである。

（ジョン・ラスキン）

＊㈦　土地を買ったり、売ったり、登記したり、管理したりすることは、大きな罪と言わねばならない。

㈧　人々はいつも自分が善と思うことをなそうと努力はしないで、なるべく多くのものを自分のものと呼ぼうと努力している。

五月三十一日

㈠　贅沢《ぜいたく》に慣れていない人が、たまたま贅沢できる身分になると、人前に恰好をつけたくなって、これくらいの贅沢なんて当たり前で、別に驚きはしないし、問題にもしていない、といった様子をしたりするものだが、それと同じように、生の喜びに対する蔑視が自分の高尚な人生観の証拠だと思って、人生にはもう飽き飽きした、俺は人生なんかよりもずっといい何かのことを考えているんだ、といった顔をする馬鹿者がいるものである。

㈡　幸福であること、永遠の生命を保つこと、神の懐《ふところ》に抱かれること、救われてあること——それらはみんな同一のことであり、人生の使命の解決、人生の目的そのものである。悲しみも成長するように、幸福も成長する。天国の喜びが揺《ゆる》ぎなく、静かにどこまでも成長し、ますます深く心に滲透《しんとう》し、ますます確固たるわがものとなってゆくこと――それがまさしく幸福である。幸福には限界がない。なぜなら、神には底もなければ岸もないし、幸福とはもともと愛を通しての神の占有にほかならないからである。

（アミエル）

㈢　われわれが人生に不満を感ずる主な原因は、われわれには何ものにも犯されない幸福を持つ権利があり、そうした幸福を享受するためにわれわれは生まれてきたのだ、と勝手に臆断していることである。

われわれには何ものとも比較しがたい、さまざまの喜びに溢《あふ》れた人生の幸福が与えられているのに、人生には喜びが少ない、と言う。われわれには霊肉両様の世界との交流というきわめて大きな生の喜びが与えられているのに、なぜ人生はこんなに短いのだろう、なぜ終わりが来るのだろう、もっともっと続けばいいのに、などと言う。

もしわれわれが、愛を通じて霊肉両様の世界と交流する可能性を与えられている、という人生の大きな喜びを正しく理解し、評価しさえすれば、われわれはそれ以上何かを望もうとはけっして考えなくなるであろう。

＊㈣　感謝の喜びこそ最大の敬神である。

（レッシング）

㈤　精神の喜びこそ精神の力の象徴である。

㈥　幸福であるためには、幸福の可能性を信じなければならない。

㈦　己《おの》が生の掟《おきて》を、すなわち神の掟を破る者には、彼の望む最大の幸福を与えても、やっぱり不幸であろうが、生の掟を守ることを己が幸福と思う人から、世人が幸福と考えているいっさいのものを奪っても、やっぱり彼は幸福であろう。

㈧　お腹《なか》をこわした人は、食事に苦情を言う。人生に不満な人の場合も、道理は同じである。

㈨　われわれは現在の人生に不満を懐《いだ》く権利はまったくない。われわれがどうしても人生に満足できない気がするなら、それは自分自身に不満を懐いている証拠だと考えていい。

（上巻　了）

・この作品は、一九八三年十一月七日および一九八四年一月十日に、地の塩書房から刊行された『文読む月日』上・下巻を上・中・下巻に再編集、新たに「トルストイ略年譜」「人名紹介」「索引」を下巻に加えたものである。

・本書の中には、今日の人権意識からすれば不適切と思われる表現があるが、本書の成立した時代背景および著者（故人）が差別助長の意図で使用していないことなどを考慮し、そのままとした。

思考の整理学 外山滋比古

アイディアを軽やかに離陸させ、思考をのびのびと飛行させる方法を、広い視野とシャープな論理で知られる著者が、明快に提示する。

質問力 齋藤孝

コミュニケーション上達の秘訣は質問力にあり！これさえ磨けば、初対面の人からも深い話が引き出せる。話題の本の、待望の文庫化。（斎藤兆史）

整体入門 野口晴哉

日本の東洋医学を代表する著者による初心者向け野口整体のポイント。体の偏りを正す基本の「活元運動」から目的別の運動まで。（伊藤桂一）

命売ります 三島由紀夫

自殺に失敗し、「命売ります。お好きな目的にお使い下さい」という突飛な広告を出した男のもとに、現われたのは？（種村季弘）

こちらあみ子 今村夏子

あみ子の純粋な行動が周囲の人々を否応なく変えていく。第26回太宰治賞、第24回三島由紀夫賞受賞作。書き下ろし「チズさん」収録。（町田康／穂村弘）

ベルリンは晴れているか 深緑野分

終戦直後のベルリンで恩人の不審死を知ったアウグステは彼の甥に訃報を届けに陽気な泥棒と旅立つ。歴史ミステリの傑作が遂に文庫化！（酒寄進一）

向田邦子ベスト・エッセイ 向田邦子 向田和子編

いまも人々に読み継がれている向田邦子。その随筆の中から、家族、食、生き物、こだわりの品、旅、仕事、私……、といったテーマで選ぶ。（角田光代）

倚りかからず 茨木のり子

もはや／いかなる権威にも倚りかかりたくはない……話題の単行本に3篇の詩を加え、高瀬省三氏の絵を添えて贈る決定版詩集。（山根基世）

るきさん 高野文子

のんびりしていてマイペース、だけどどっかヘンテコな、るきさんの日常生活って？ 独特な色使いが光るオールカラー。ポケットに一冊どうぞ。

劇画 ヒットラー 水木しげる

ドイツ民衆を熱狂させた独裁者アドルフ・ヒットラーとはどんな人間だったのか。ヒットラー誕生からその死まで、骨太な筆致で描く伝記漫画。

ねにもつタイプ　岸本佐知子

何となく気になることにこだわる、ねにもつ。思索、奇想、妄想はばたく脳内ワールドをリズミカルな名短文でつづる。第23回講談社エッセイ賞受賞。

TOKYO STYLE　都築響一

小さい部屋が、わが宇宙。ごちゃごちゃと、しかし快適に暮らす、僕らの本当のトウキョウ・スタイルはこんなものだ！　話題の写真集文庫化！

自分の仕事をつくる　西村佳哲

仕事をすることは会社に勤めること、ではない。仕事を「自分の仕事」にできた人たちに学ぶ、働き方のデザインの仕方とは。（稲本喜則）

世界がわかる宗教社会学入門　橋爪大三郎

宗教なんてうさんくさい⁉　でも宗教は文化や価値観の骨格であり、それゆえ紛争のタネにもなる。世界宗教のエッセンスがわかる充実の入門書。

ハーメルンの笛吹き男　阿部謹也

「笛吹き男」伝説の裏に隠された謎はなにか？　十三世紀ヨーロッパの小さな村で起きた事件を手がかりに中世における「差別」を解明。（石牟礼道子）

増補　日本語が亡びるとき　水村美苗

明治以来豊かな近代文学を生み出してきた日本語が、いま、大きな岐路に立っている。我々にとって言語とは何なのか。第8回小林秀雄賞受賞作に大幅増補。

子は親を救うために「心の病」になる　高橋和巳

子は親が好きだからこそ「心の病」になり、親を救おうとしている。精神科医である著者が説く、親子という「生きづらさ」の原点とその解決法。

クマにあったらどうするか　姉崎等　片山龍峯

「クマは師匠」と語り遺した狩人が、アイヌ民族の知恵と自身の経験から導き出した超実践クマ対処法。クマと人間の共存する形が見えてくる。（遠藤ケイ）

脳はなぜ「心」を作ったのか　前野隆司

「意識」とは何か。どこまでが「私」なのか。死んだら「心」はどうなるのか。――「意識」と「心」の謎に挑んだ話題の本の文庫化。（夢枕獏）

モチーフで読む美術史　宮下規久朗

絵画に描かれた代表的な「モチーフ」を手掛かりに美術を読み解く、画期的な名画鑑賞の入門書。カラー図版約150点を収録した文庫オリジナル。

シェイクスピア全集（全33巻）　シェイクスピア　松岡和子訳

シェイクスピア劇、個人全訳の偉業！　第75回毎日出版文化賞（企画部門）、第69回菊池寛賞、第58回日本翻訳文化賞、2021年度朝日賞受賞。

すべての季節のシェイクスピア　松岡和子

シェイクスピア全作品翻訳のためのレッスン。28年にわたる翻訳の前に年間100本以上観てきたシェイクスピア劇と主要作品について綴ったエッセイ。

「もの」で読む入門シェイクスピア　松岡和子

シェイクスピア劇に登場する「もの」から、全37作品の意図が克明に見えてくる。「世界で最も親しまれている古典」のやさしい楽しみ方。（安野光雅）

ギリシア悲劇（全4巻）

荒々しい神の正義、神意と人間性の調和、人間の激情と心理。三大悲劇詩人（アイスキュロス、ソポクレス、エウリピデス）の全作品を収録する。

バートン版 千夜一夜物語（全11巻）　大場正史訳　古沢岩美・絵

めくるめく愛と官能に彩られたアラビアの華麗な物語――奇想天外の面白さ、世界最大の奇書の名訳による決定版。鬼才・古沢岩美の甘美な挿絵付。

高慢と偏見（上・下）　ジェイン・オースティン　中野康司訳

互いの高慢さから偏見を抱いて反発しあう知的な二人がやがて真実の愛にめざめてゆく……絶妙な展開で深い感動をよぶ英国恋愛小説の名作の新訳。

エマ（上・下）　ジェイン・オースティン　中野康司訳

美人で陽気な良家の子女エマは縁結びに乗り出すが、見当違いから十七歳のハリエットの恋を引き裂くことに……。オースティンの傑作を新訳で。

分別と多感　ジェイン・オースティン　中野康司訳

冷静な姉エリナーと、情熱的な妹マリアン。好対照をなす姉妹の結婚への道を描くオースティンの永遠の傑作。読みやすくなった新訳で初の文庫化。

説得　ジェイン・オースティン　中野康司訳

まわりの反対で婚約者と別れたアン。しかし八年後思いがけない再会が。繊細な恋心をしみじみと描くオースティン最晩年の傑作。読みやすい新訳。

ノーサンガー・アビー　ジェイン・オースティン　中野康司訳

17歳の少女キャサリンは、ノーサンガー・アビーに招待されて有頂天。でも勘違いからハプニングが……。オースティンの初期作品、新訳＆初の文庫化！

マンスフィールド・パーク　ジェイン・オースティン　中野康司訳

伯母にいじめられながら育った内気なファニーはいつしかいとこのエドマンドに恋心を抱くが――。恋愛小説の達人オースティンの円熟期の作品。

ボードレール全詩集Ｉ　シャルル・ボードレール　阿部良雄訳

詩人として、批評家として、思想家として、近年重要度を増しているボードレールのテクストを世界的な学者の個人訳で集成する初の文庫版全詩集。

文読む月日（上・中・下）　トルストイ　北御門二郎訳

一日一章、一年三六六章。古今東西の聖賢の名言・箴言を日々の心の糧となるよう、晩年のトルストイが心血を注いで集めた一大アンソロジー。

暗黒事件　バルザック　柏木隆雄訳

フランス帝政下、貴族の名家を襲う陰謀の闇――凛然と挑む美姫を軸に、獅子奮迅する従僕、冷酷無残の密偵、皇帝ナポレオンも絡む歴史小説の白眉。

ダブリンの人びと　ジェイムズ・ジョイス　米本義孝訳

20世紀初頭、ダブリンに住む市民の平凡な日常をリアリズムに徹した手法で描いた短篇小説集。リズミカルで斬新な新訳。各章の関連地図と詳しい解説付。

眺めのいい部屋　E・M・フォースター　西崎憲／中島朋子訳

フィレンツェを訪れたイギリスの令嬢ルーシーは、純粋な青年ジョージに心惹かれる。恋に悩み成長する若い女性の姿と真実の愛を描く名作ロマンス。

キャッツ　T・S・エリオット　池田雅之訳

劇団四季の超ロングラン・ミュージカルの原作新訳版。あまのじゃく猫におちゃめ猫、猫の犯罪王に鉄道猫。15の物語とカラーさしえ14枚入り。

ランボー全詩集　アルチュール・ランボー　宇佐美斉訳

束の間の生涯を閃光のようにかけぬけた天才詩人ランボー――稀有な精神が紡いだ清冽なテクストを、世界的ランボー学者の美しい新訳でおくる。

怪奇小説日和　西崎憲編訳

怪奇小説の神髄は短篇にある。ジェイコブズ「失われた船」、エイクマン「列車」など古典的怪談から異色短篇まで18篇を収めたアンソロジー。

世界幻想文学大全
幻想小説神髄　東雅夫編

ノヴァーリス、リラダン、マッケン、ボルヘス……時代を超えたベスト・オブ・ベスト。松村みね子、堀口大學、窪田般彌等の名訳も読みどころ。

素粒子
ミシェル・ウエルベック
野崎歓訳

人類の孤独の極北にゆらめく絶望的な愛――二人の異父兄弟の人生をたどり、希薄で怠惰な現代の一面を描き上げた、鬼才ウエルベックの衝撃作。

地図と領土
ミシェル・ウエルベック
野崎歓訳

孤独な天才芸術家ジェドは、世捨て人作家ウエルベックと出会い友情を育むが、作家は何者かに惨殺される――。最高傑作と名高いゴンクール賞受賞作。

競売ナンバー49の叫び
トマス・ピンチョン
志村正雄訳

「謎の巨匠」の暗喩に満ちた迷宮世界。突然、大富豪の遺言管理執行人に指名された主人公エディパの物語。郵便ラッパとは？　（巽孝之）

スロー・ラーナー［新装版］
トマス・ピンチョン
志村正雄訳

著者自身がまとめた初期短篇集。「謎の巨匠」がみずからの作家生活を回顧する序文を付した話題作。驚異に満ちた世界。　（高橋源一郎、宮沢章夫）

エレンディラ
G・ガルシア＝マルケス
鼓直／木村榮一訳

大人のための残酷物語として書かれたといわれる中・短篇。「孤独と死」をモチーフに、大著『族長の秋』につらなるマルケスの真価を発揮した作品集。

氷
アンナ・カヴァン
山田和子訳

氷が全世界を覆いつくそうとしていた。私は少女の行方を必死に探し求める。恐ろしくも美しい終末のヴィジョンで読者を魅了した伝説的名作。

アサイラム・ピース
アンナ・カヴァン
山田和子訳

出口なしの閉塞感と絶対の孤独、謎と不条理に満ちた世界を先鋭的スタイルで描き、作家アンナ・カヴァンの誕生を告げた最初の傑作。　（皆川博子）

オーランドー
ヴァージニア・ウルフ
杉山洋子訳

エリザベス女王お気に入りの美少年オーランドー、ある日目をさますと女になっていた――4世紀を駆ける万華鏡ファンタジー。　（小谷真理）

昔も今も
サマセット・モーム
天野隆司訳

16世紀初頭のイタリアを背景に、「君主論」につながるチェーザレ・ボルジアとの出会いを描き、「政治人間」の生態を浮彫りにした歴史小説の傑作。

コスモポリタンズ
サマセット・モーム
龍口直太郎訳

舞台はヨーロッパ、アジア、南島から日本まで。故国を去って異郷に住む〝国際人〟の日常にひそむ事件のかずかず。珠玉の小品30篇。　（小池滋）

バベットの晩餐会　I・ディーネセン　桝田啓介訳
バベットが祝宴に用意した料理とは……。一九八七年アカデミー賞外国語映画賞受賞作の原作と遺作「エーレンガート」を収録。（田中優子）

ヘミングウェイ短篇集　アーネスト・ヘミングウェイ　西崎憲編訳
ヘミングウェイは弱く寂しい男たち、冷静で寛大な女たちを登場させ「人間であることの孤独」を描く。繊細で切れ味鋭い14の短篇を新訳で贈る。

カポーティ短篇集　T・カポーティ　河野一郎編訳
妻をなくした中年男の一日を、一抹の悲哀をこめ、ややユーモラスに描いた本邦初訳の「楽園の小道」他、選びぬかれた11篇。文庫オリジナル。

フラナリー・オコナー全短篇（上・下）　フラナリー・オコナー　横山貞子訳
キリスト教を下敷きに、残酷さとユーモアのまじりあう独特の世界を描いた第一短篇集『善人はなかなかいない』を収録。個人全訳。（蜂飼耳）

動物農場　ジョージ・オーウェル　開高健訳
自由と平等を旗印に、いつのまにか全体主義や恐怖政治が社会を覆っていく様を痛烈に描き出す。『一九八四年』と並ぶG・オーウェルの代表作。

パルプ　チャールズ・ブコウスキー　柴田元幸訳
人生に見放され、酒と女に取り憑かれた超ダメ探偵が次々と奇妙な事件に巻き込まれる。伝説的カルト作家の遺作、待望の復刊！（東山彰良）

ありきたりの狂気の物語　チャールズ・ブコウスキー　青野聰訳
すべてに見放されたサイテーな毎日。その一瞬の狂った輝きを切り取る、伝説的カルト作家の愛と笑いと哀しみに満ちた異色短篇集。（戌井昭人）

死の舞踏　スティーヴン・キング　安野玲訳
帝王キングがあらゆるメディアのホラーについて圧倒的な熱量で語り尽くす伝説のエッセイ。「２０１０年版へのまえがき」を付した完全版。（町山智浩）

スターメイカー　オラフ・ステープルドン　浜口稔訳
宇宙の発生から滅亡までを壮大なスケールで描いた幻想の宇宙誌。１９３７年の発表以来、各方面に多大な影響を与えてきたＳＦの古典を全面改訳で。

トーベ・ヤンソン短篇集　トーベ・ヤンソン　冨原眞弓編訳
ムーミンの作家にとどまらないヤンソンの作品の奥行きと背景を伝える短篇のベスト・セレクション。「愛の物語」「時間の感覚」「雨」など、全20篇。

品切れの際はご容赦ください

太宰治全集（全10巻）　太宰治
第一創作集『晩年』から太宰文学の総結算ともいえる『人間失格』、さらに『もの思う葦』ほか随想集も含め、清新な装幀でおくる待望の文庫版全集。

宮沢賢治全集（全10巻）　宮沢賢治
『春と修羅』、『注文の多い料理店』はじめ、賢治の全作品及び異稿を、綿密な校訂と定評ある本文によって贈る話題の文庫版全集。書簡など2巻増巻。

夏目漱石全集（全10巻）　夏目漱石
時間を超えて読みつがれる最大の国民文学を、10冊に集成して贈る画期的な文庫版全集。全小説及び小品、評論に詳細な注・解説を付す。

芥川龍之介全集（全8巻）　芥川龍之介
確かな不安を漠然とした希望の中に生きた芥川の全貌。名手の名をほしいままにした短篇から、日記、随筆、紀行文までを収める。

梶井基次郎全集（全1巻）　梶井基次郎
「檸檬」「泥濘」「桜の樹の下には」「交尾」をはじめ、習作・遺稿を全て収録し、梶井文学の全貌を伝える。一巻に収めた初の文庫版全集。（高橋英夫）

中島敦全集（全3巻）　中島敦
昭和十七年、一筋の光のように登場し、二冊の作品集を残してまたたく間に逝った中島敦——その代表作から書簡までを収め、詳細小口注を付す。

ちくま日本文学（全40巻）　ちくま日本文学
小さな文庫の中にひとりひとりの作家の宇宙がつまっている。一人一巻、全四十巻。何度読んでも古びない作品と出逢う、手のひらサイズの文学全集。

内田百閒　ちくま日本文学
花火　山東京伝　件　道連　豹　冥途　大宴会　流渦　蘭陵王入陣曲　山高帽子　長春香　東京日記　サラサーテの盤　特別阿房列車　他　（赤瀬川原平）

阿房列車——内田百閒集成1　内田百閒
「なんにも用事がないけれど、汽車に乗って大阪へ行って来ようと思う」。上質のユーモアに包まれた、紀行文学の傑作。（和田忠彦）

小川洋子と読む内田百閒アンソロジー　内田百閒　小川洋子編
「旅愁」「冥途」「旅順入城式」「サラサーテの盤」……今も不思議な光を放つ内田百閒の小説・随筆24篇を、百閒をこよなく愛する作家・小川洋子と共に。

おまじない　西加奈子

さまざまな人生の転機に思い悩む女性たちに、そっと寄り添ってくれる、珠玉の短編集、いよいよ文庫化！　巻末に長濱ねると著者の特別対談を収録。

通天閣　西加奈子

このしょーもない世の中に、救いようのない人生に、ちょっぴり暖かい灯を点す驚きと感動の物語。第24回織田作之助賞大賞受賞作。（津村記久子）

沈黙博物館　小川洋子

「形見じゃ」老婆は言った。死の完結を阻止するために形見が盗まれる。死者が残した断片をめぐるやさしくスリリングな物語。（堀江敏幸）

注文の多い注文書　小川洋子　クラフト・エヴィング商會

バナナフィッシュの耳石、貧乏な叔母さん、小説に隠された〈もの〉をめぐり、二つの才能が火花を散らす。贅沢で不思議な前代未聞の作品集。（平松洋子）

図書館の神様　瀬尾まいこ

赴任した高校で思いがけず文芸部顧問になってしまった清（きよ）。そこでの出会いが、その後の人生を変えてゆく。鮮やかな青春小説。（山本幸久）

僕の明日を照らして　瀬尾まいこ

中2の隼太に新しい父が出来た。優しい父はしかしDVする父でもあった。この家族を失いたくない！　隼太の闘いと成長の日々を描く。（岩宮恵子）

星間商事株式会社社史編纂室　三浦しをん

二九歳「腐女子」川田幸代、社史編纂室所属。恋の行方も友情の行方も五里霧中。仲間と共に「同人誌」を武器に社の秘められた過去に挑む!?（金田淳子）

ラピスラズリ　山尾悠子

言葉の海が紡ぎだす、〈冬眠者〉と人形と、春の目覚めの物語。不世出の幻想小説家が20年の沈黙を破り発表した連作長篇。補筆改訂版。（千野帽子）

聖女伝説　多和田葉子

少女は聖人を産むことなく自身が聖人となれるのか？　著者の代表作にして性と生と聖をめぐる少女小説の傑作がいま蘇る。書き下ろしの外伝を併録。

ピスタチオ　梨木香歩

棚（たな）がアフリカを訪れたのは本当に偶然だったのか。不思議な出来事の連鎖から、水と生命の壮大な物語「ピスタチオ」が生まれる。（管啓次郎）

ちくま文庫

文読《ふみよ》む月日《つきひ》（上）〔全三冊〕

二〇〇三年十二月十日　第一刷発行
二〇二四年　五　月十日　第十二刷発行

著　者　レフ・トルストイ
訳　者　北御門二郎（きたみかど・じろう）
発行者　喜入冬子
発行所　株式会社　筑摩書房
東京都台東区蔵前二―五―三　〒一一一―八七五五
電話番号　〇三―五六八七―二六〇一（代表）
装幀者　安野光雅
印刷所　株式会社精興社
製本所　株式会社積信堂

ISBN978-4-480-03911-8　C0198